Arne Nevanlinna

Marie

Titel auch als E-Book erhältlich

Arne Nevanlinna

Marie

Roman

Übersetzung aus dem Finnischen
von Angela Plöger

Lübbe

Lübbe Hardcover in der Bastei Lübbe GmbH & Co. KG

Titel der finnischen Originalausgabe:
»Marie«

Textredaktion: Susanne Dahmann, Marbach
Umschlaggestaltung: Manuela Städele
Umschlagmotiv: © Jitka Saniova/Trevellion Images
Satz: Bosbach Kommunikation & Design GmbH, Köln
Gesetzt aus der Caslon
Druck und Einband: GGP Media GmbH, Pößneck

Printed in Germany
ISBN 978-3-7857-2427-9

5 4 3 2 1

Sie finden uns im Internet unter: www.luebbe.de
Bitte beachten Sie auch: www.lesejury.de

Der Morgen

L'Impasse du Brave Soldat

Marie erwacht um sechs Uhr morgens und schält sich aus dem Bettzeug. Vorsichtig, sodass das Bett nicht neu gemacht zu werden braucht. Genau so, wie es in den besseren Straßburger Familien üblich war und sicherlich immer noch ist. Genau so, wie es die Frauen der Familie, sie selbst, ihre Mutter und deren Mutter und so weiter ihr ganzes Leben lang gemacht haben. Beharrlich, ohne sich darum zu scheren, dass man in Finnland Decke und Laken üblicherweise lose auf der Matratze liegen lässt. Kein Wunder, dass sie sich dann morgens am Fußboden wiederfinden und das Hausmädchen sie jeden Tag auf den Lüftungsbalkon bringen muss, obwohl das für ihr Bettzeug an sich einmal pro Woche genügen würde. Dies war vermutlich die einzige Sache, in der sie sich durchgesetzt hatte, oder die anderen glaubten das zumindest, was auf dasselbe hinausläuft. Bestimmt kommt gleich wieder die Putzfrau und sagt, oje, Frau M., bei uns in Finnland ist es nicht üblich, die Decke unter die Matratze zu stecken, und so muss sie jeden Abend das Bett selbst neu machen, weil sie nicht in der Nacht davon aufwachen will, dass Laken und Decke am Fußboden liegen, dass sie friert, ein wenig Angst hat und ihr der Rücken wehtut, wenn sie sich bückt, um das Bettzeug aufzuheben.

Die Sonne hatte es noch nicht bis zu der Seite des Hauses geschafft, wo sich der Speisesaal befindet, aber das kleine Fenster des Wohnzimmers badete schon im Licht. Alles war dunkelbraun oder schwarz, der Fußboden, die Wandtäfelung, das Büfett, die Anrichte, Mamans Sonntagskleid, die Haare und die Augen von Maman. Auch der Esstisch wirkte nicht hell, weil morgens ein rot kariertes Tischtuch aufgelegt wurde, das nur das eine Ende des Tischs bedeckte und nicht die ganze Fläche, wie die weiße Tischdecke mittags oder die noch weißere für festliche Gelegenheiten, die fast bis zum Boden reichte. Auf der Anrichte stand alles bereit, die Teller, die eine braune dörfliche Landschaft zeigten, oder ein pastorales Idyll, wie Maman sagte, die kleineren, vom Hausmädchen frisch geputzten Gabeln, Messer und Löffel, alltags die gewöhnlichen und sonntags die mit dem Muschelgriff. In den blanken, bauchigen Schüsseln spiegelten sich komisch verzerrte Bilder, unter Deckeln und Servietten hervor stiegen kleine Wölkchen auf wie aus dem Schornstein eines Flussschiffs. In der Luft schwebte der starke Geruch von Bratwürsten, so stark, dass die milden Düfte von gebratenen Eiern, Kaffee, Tee und heißer Milch kaum zu spüren waren. Marie hatte schon hundert Stunden darauf gewartet, dass die anderen aufwachten und zum Essen kämen, Maman war sicherlich noch länger aufgeblieben, vielleicht auch Papa, es war eine Ewigkeit her, dass Marie bei ihnen geschlafen hatte. An den Sonntagen warteten sie vergeblich darauf, dass die Jungen erschienen.

»Bonjour, petite Marie.«

»Bonjour, chère Maman.«

Maman sah so aus wie immer, fertig angekleidet, Rüschen und Schmuck an den vertrauten Stellen, das gebürstete Haar in einem glänzenden, ordentlich straffen Knoten, der Rücken gerade.

»Papa kommt gleich, vielleicht warten wir auf ihn, bevor wir anfangen.«

Vom Korridor her hörte man Schritte. Maman und Marie sahen einander in weiblichem Einvernehmen an und lächelten. Sie erkannten den Ankömmling, das langsamere Tempo als bei den Jungen, das schlurfende Geräusch der Pantoffeln.

»Bonjour, chère Elise, bonjour, petite Marie.«

Papas Stimme war morgenrau.

»Ach, die Sonne scheint schon in das kleine Wohnzimmerfenster, das ist ein sicheres Zeichen dafür, dass der Frühling da ist. Wusstest du, Marie, dass das hier in Straßburg jedes Jahr am selben Tag geschieht, nämlich am zwölften April, dass sie aber in Afrika das ganze Jahr über direkt von oben scheint, nämlich mittags?«

»In der Zeitung steht, dass heute der fünfzehnte ist.«

»Na ja, das ist doch fast dasselbe, Haarspalterei schickt sich nicht für ein kleines Mädchen. Wie hast du geschlafen, Elise?«

»Gut, aber ich hatte Albträume.«

»Erzähle nur nicht in Gegenwart des Kindes, welcher Art sie waren.«

Marie hätte Papas Lachen auf einen Kilometer Entfernung erkannt.

»Robert!«

»Habe ich dir nicht gesagt, dass dieser Name nur auf der Straße verwendet wird, wenn die Deutschen es hören können, zu Hause bin ich Jean.«

»Entschuldige, aber ...«

»Die Nächte sind zum Schlafen da, Träume und besonders Albträume haben diejenigen, die entweder ein schlechtes Kissen, ein schlechtes Gewissen oder beides haben. Ich weiß, dass die Kissen in unserem Haus nicht schlecht sind, dafür hast du gesorgt, aber wie es um das Gewissen steht, das weißt nur du allein.«

Während ihres ganzen langen Lebens hatte Marie einen festen Schlaf gehabt, nun ja, nicht immer, obwohl sowohl die Kissen als auch das Gewissen manchmal schlecht waren – ebenso wie Papas Lebensregeln. Erst im Krankenhaus und jetzt hier im Heim träumte sie wirr, zuerst davon, was am Tag zuvor geschehen oder nicht geschehen war, dann von der alten Zeit. Davon erzählte sie niemandem.

Bernadette behauptete immer, Träume sagten die Zukunft vorher, und sie selbst erwiderte, nein, sie sagen die Vergangenheit vorher. Bernadette wurde böse und erklärte, die Vergangenheit könne man nicht vorhersagen. Kann man wohl, sagte sie, und damit begann eine ihrer unzähligen Streitereien, wie immer in der Sache belanglos. Sie wäre bereit gewesen, die Beziehung abzubrechen, weil Bernadette manchmal, eigentlich fast immer, anstrengend war. Dennoch waren sie bis zur letzten Klasse die besten Freundinnen, Bernadette ernsthaft und sie aus Mitleid, und auch später, denn wenn man sich nicht sieht, ist es leicht, die Freundschaft ohne Abhängigkeit und Mitleid fortzusetzen. Bernadette ist tot, so wie die ganze Klasse. Es gibt nur noch solche Mumien, wie sie selbst eine ist.

Die Finnen, sowohl die schwedischsprachigen als auch die finnischsprachigen, haben schwierige Namen, das findet sie immer noch, obwohl sie fast ihr ganzes Leben in diesem Land und viele Jahre in diesem Zimmer gelebt hat, wie viele, das kann sie nicht ausrechnen. Als der schlimmste Schock vorbei gewesen war, hatte sie einen ganzen Nachmittag damit verbracht, sich für die Pflegerinnen leichte Namen auszudenken, ebenso wie in den Kindheitsspielen mit Rainier und Henri. Alle Männer mit Schnurrbart waren Kaiser Wilhelms, alle glatt rasierten Fleischer Kupsus – wie kann man nur einen so komischen Namen haben –, alle schlecht Riechenden Mistkutscher, alle Dicken Deutsche, alle Lockenköpfe Juden …

Für die Leiterin fiel ihr Madame ein, und von Madame kam sie auf Pompadour, jedoch nicht auf Pompidou, der irgendwann viel später französischer Präsident gewesen war. Der Doktor war eher Jekyll als Hyde, denn seine Augen waren freundlich, aber wo mochte er sich nachts herumtreiben? Die junge Krankenschwester mit den Zöpfen war wie direkt von den Buchdeckeln der beiden Bücher herabgestiegen, die sie parallel lesen sollte, um schneller Schwedisch und Finnisch zu lernen. Also Topelius. Die Oberschwester hatte schwarzes Haar, allerdings gefärbtes, denn es war an den Wurzeln hell, und eine spitze Nase. Also Rabe. Die Augen der anderen Pflegerin standen so weit auseinander, dass sie ihr fast aus dem Gesicht rutschten, hoffentlich rutschen sie aber nicht wirklich, es könnte schwierig sein, sie wiederzufinden, wenn man so schlecht sieht. Also Mongolin.

Sie hatte viele Male gebeten, dass der hübsche Mechaniker kommen möge, oder gebeten, dass jemand ihn bitten möge zu kommen, der scherzt auf Finnisch, wobei sie nichts anderes versteht, als dass er auf Finnisch scherzt, und er soll das Ventil bedecken, weil es sich über ihrem Kopf befindet und kalte Luft hereinbläst. Aber es ist nicht geschehen, und sie hat nicht gewagt, daran zu erinnern, weil sie sich der richtigen Wortform nicht sicher ist.

Im Wannenzimmer beziehungsweise Badezimmer, wie man hier sagt, verweilt Marie lange. Zum Glück ist ihr Magen in Ordnung, kein Wunder, wo sie so wenig isst. Das Papier ist hart, sie muss die freundlichere Putzfrau, für die sie sich noch keinen Spitznamen ausgedacht hat, um weicheres bitten. Die Farben sind wichtig. Das Kleine muss hellgelb sein wie ein Ranunkelfeld im Frühling und das Große locker braun wie ein frisch gepflügter Acker im Herbst, hat der Onkel Doktor zu Hause gesagt, und sie schämte sich dabei, aber wenn es schwarz ist, musst du es sofort Maman sagen. Und die Ohren darf man nicht vergessen. Man kann sie mit einer kleinen roten Gummipumpe säubern, die Maman mit lauwarmem Wasser füllt, wenn du das nicht selbst kannst.

Das Gehirn schien zu dümpeln, und das war nicht lustig. Beim ersten Mal kam fürchterlich viel Dreck. Schon als Fünfjährige lernte sie, dass es leichter war, eine Haarnadel oder, falls keine zur Hand war, das stumpfe Ende einer Schreibfeder zu benutzen, die sie sich von Papas Schreibtisch geborgt hatte. Je größer der Klumpen, desto größer der Genuss. Einmal vergaß sie, die Schreibfeder zu reinigen, und hörte dann bis in ihr Zimmer, wie Papa schrie, wer hat meine beste Schreibfeder verdreckt? Niemand verdächtigte sie, man verdächtigte Laurent, der das heftig abstritt, aber ihm glaubte keiner, weil in ihrer Familie die Streiche immer auf Laurents Konto gingen.

»Vergiss nicht, jeden Morgen und Abend die Zähne zu putzen, Marie, sonst werden sie ebenso hässlich wie die von Grand-Père, und du musst dir ein künstliches Gebiss zulegen, so eines, wie die Köchin es nachts im Wasserglas aufbewahrt und auf dem Abwaschtisch in der Küche vergisst, sodass auf dem Zink ein Rand zurückbleibt. Du hast so schönes und glänzendes Haar, ebensolches wie Maman, die Haare musst du jeden Morgen und Abend eine Viertelstunde lang bürsten, das Braun passt so gut zur Farbe deiner Augen.«

In den Spiegel schaut sie nur aus Versehen. Sie fürchtet, dass das Muttermal an ihrer Nasenwurzel gewachsen und inzwischen so behaart ist wie das der Englischlehrerin – wie hieß sie doch noch – und dass ihre Zähne noch gelber geworden sind. Hätte sie sich nicht doch ein künstliches Gebiss anfertigen lassen sollen? Na, jetzt ist es zu spät und nicht einmal mehr nötig, da das Essen sowieso ein weicher Pamps ist. Außerdem ist der Gedanke an die im Wasserglas grinsenden Zahnreihen auf dem Nachttisch irgendwie so, wie soll sie sagen, vulgär. Nur sich selbst gesteht sie ein, dass ihr die Zähne manchmal wehtun, zum Glück hat sie noch so viele, dass sie es wagen würde zu lachen, falls es dafür einen Grund geben sollte. Aber zum Zahnarzt wird sie nie wieder gehen, nachdem der letzte erst so gebohrt hat, dass es fürchterlich wehtat, dann den Mundschutz abnahm, ihr seinen übel riechenden Atem ins Gesicht blies und vorschlug, in ihrem Alter sollte sie sich schon ein künstliches Gebiss anschaffen, er kenne einen zuverlässigen Zahntechniker und auch der Preis sei moderat.

Unterrock, Schlüpfer und Büstenhalter – das Strammziehen der Korsettschnüre ist beängstigend schwer, aber um Hilfe zu bitten wagt sie nicht – warten säuberlich zusammengelegt auf ihrem kleinen Stuhl. Heute sind sie hellblau, weil ihr Kleid braun ist. Blau und braun passen immer zusammen, sagte Mademoiselle – wie hieß die Zeichenlehrerin noch mal, na, egal –, jetzt ist sie selbst Maman und älter als Maman bei ihrem Tod. Wie viel älter? Maman war im Jahre siebenundsechzig geboren und starb ... Einmal sah sie heimlich zu, wie Maman sich die Haare bürstete, das dauerte nur fünf Minuten, und sie traute sich nicht, etwas zu sagen. Gentille Mademoiselle. Chère Maman.

Marie lächelt, wenn sie daran denkt, wie jemand fragte, an welchem Wochentag in diesem Jahr Heiligabend sei, Grand-Mère sagte, seid still, ich rechne es aus, schloss die Augen und rief einen Augenblick später begeistert, ich brauche keinen Kalender, am Freitag natürlich, und die Kinder schrien ebenso begeistert, nein, am Donnerstag! Der November könnte ebenso gut einunddreißig Tage haben, und dann hätte ich recht, murmelte Grand-Mère und schmollte. Jedes Jahr dieselbe Geschichte, flüsterten die Kinder einander zu und kicherten, bis Papa die Brauen runzelte. Vielleicht habe ich es von Grand-Mère geerbt, dass ich so schlecht kopfrechnen kann? Konzentrier dich, Elise, konzentrier dich. Ach, wie sie doch Fräulein – Fräulein ... gehasst hatte! Nicht wegen der Rechenstunden und auch nicht deswegen, weil Elise ihr zweiter Vorname war – warum war Marie nicht gut genug? –, sondern weil sie nach deutscher Art Eliise sagte und nicht nach französischer Art Eliis, so wie es sich gehört. Bestimmt mit Absicht. Blödes Fräulein. Chère Grand-Mère.

Und Laurent konnte es sich nicht verkneifen, als Weihnachtsgeschenk einen Kalender zu kaufen, und wieder schmollte Grand-Mère. Als Kind bewunderte sie ihren Bruder, später vielleicht noch mehr, aber anders, und sie lachte über seine Streiche, aber nur hinter seinem Rücken. Zum Beispiel damals, als Laurent Patronen in den Kamin tat, die genau in dem Moment explodierten, als die Hausschneiderin sich an die Singer gesetzt, den Kamin angezündet, sich die Hände massiert und gesagt hatte, heute ist aber ein kalter Wintertag, wenn das so weitergeht, friert der Kanal ebenso früh zu wie im Jahre zweiundneunzig, oder war es dreiundneunzig? Ach, wenn er doch wirklich zufrieren wollte, dann würden Bernadette und ich den stolzen deutschen Mädchen zeigen, wie man Pirouetten dreht, sagte sie und fügte bei sich hinzu, warum nicht auch den Jungen. Grand-Père behauptete, so etwas sei seit Menschengedenken nicht geschehen, und später sagte Laurent, Grand-Pères Menschengedenken könne alles zwischen einer Stunde und achtzig Jahren sein, je nachdem, was besser passte. Warum kann es bei uns nicht so sein wie in Holland, dort möchte ich wohnen, allerdings nur im Winter.

Ein übler Streich, auch wenn die Schneiderin böse Augen hatte und uns herumkommandierte. Maman wurde fürchterlich böse. Die Wunden der Schneiderin heilen von selbst, sagte sie, aber die Singer ist neu und schrecklich teuer, und ob überhaupt jemand sie reparieren kann, ist die Frage. Laurent erklärte, das sei gar kein richtiger Streich gewesen, weil die Patronen aus einem Lager der Deutschen auf der anderen Seite des Kanals stammten und gar nicht lang, sondern nur halblang waren. Ein patenter Junge, obwohl es streng verboten ist, auf die andere Seite des Kanals zu gehen, lachte Papa, sein Bart zitterte, und seine Augen quollen noch weiter hervor als sonst, dafür kann man in ein deutsches Gefängnis kommen, das sind keine Erholungsheime, sie stinken, und die Wärter schlagen einen, wenn man einen französischen Namen hat.

Als Laurent und sein Klassenkamerad, der Eule genannt wurde, und zwar wegen seiner Brillengläser und nicht, weil er dümmer oder klüger gewesen wäre als die anderen, aus dem Fenster des Jungenzimmers einer unschuldigen Tante eine große braune Papiertüte voll Wasser vor die Nase fallen ließen, klingelte die Polizei an der Tür, erblickte Laurent, machte eine Ehrenbezeigung und sagte, dies ist sicherlich die falsche Tür, ein so brav aussehender Junge macht doch keine so üblen Streiche, Marie hatte sich hinter dem Vorhang versteckt und konnte sich kaum das Kichern verkneifen. Vielleicht war das in demselben Jahr, als sie zwischen den Seiten eines Buches von Papa einen Hundertmarkschein fand, damals viel Geld, oder war das ein andermal? Papa war guter Laune, roch nach viel Tabak und wenig Wein, war nicht so zerstreut wie sonst und sagte, komm zu Papa auf den Schoß. Er nannte sie kleine Prinzessin, obwohl sie selbst fand, dass sie viel zu groß war, um auf jemandes Schoß zu sitzen, kauf dir von dem Geld eine Armbanduhr, die sind jetzt in Mode, obwohl nach meinem Geschmack die Collieruhren, die man um den Hals trägt, besser zu so jungen Frauen passen. Marie war sich mit dem wichtigsten Mädchen der Klasse darin einig, dass nur Kühe so ein Bammelding um den Hals tragen, aber das durfte man zu Hause nicht laut sagen. Bitte Maman, dass sie mitkommt, wenn du dich nicht traust, allein zu gehen. Wo mag die Uhr hingeraten sein? Sicherlich ist sie während des Krieges abhandengekommen wie so viele andere Dinge. Papas Hände waren feucht von Schweiß, das Leder des Sessels fühlte sich warm an, das Metall des Schachtischs kalt und Papas Hosen an ihrem nackten Schenkel rau. Damals muss Sommer gewesen sein, denn sie trug Kniestrümpfe. Cher Papa.

Marie sieht starr aus dem Fenster und wartet darauf, dass der Morgen graut und auf der Straße ein Mensch oder ein Auto oder sonst etwas erscheint, das sich bewegt. Sie fürchtet, dass der Tag grau wird und draußen nur vom Wind aufgestöberte Schneewirbel zu sehen sind, die einander ruhelos jagen wie Gespenster, denn morgen ist ein Feiertag, und die Finnen bleiben zu Hause oder sind aufs Land geflüchtet, um dort Weihnachten zu feiern. Als Henri noch klein war, glaubte er, auf dem Land sei immer Sommer, armer Henri. Die roten Ziegelwände von Töölö ragen drohend überall auf und sehen anders aus als die Häuser von Paris – dort schneit es nur einmal im Jahrhundert, sagte Laurent, der immer übertrieb –, ebenso schmutzig grau, aber die Fachwerkhäuser von Straßburg sind anders und schön. Warum werden in Finnland nicht ebenso anheimelnde Häuser gebaut anstelle dieser Kolosse, die unter die Kategorie neue Sachlichkeit fallen? Einmal fragte sie, wie das auf Französisch heiße, niemand wusste es, und auch im Wörterbuch fand sich kein solches Wort.

Sie hofft, dass sie noch einmal ihr Zuhause wiedersehen kann, obwohl sie weiß, dass dort von den wichtigen Sachen nur noch die große Standuhr übrig ist, vor der sie sich als Kind fürchtete, wenn sie Grand-Père besuchte. Wenn die Uhr stehen bleibt, dann sterbe ich, und das ist, auch wenn die Männer das behaupten, nicht nur das Gefasel alter Frauen.

Sie wartet darauf, dass der Lift anhält, das Kreuzgitter aufgleitet und wieder zu, die Fahrstuhltür klappt, das Geräusch junger Schritte sich verstärkt und vor ihrem Zimmer haltmacht.

Sie fürchtet, dass der Fahrstuhl anhält und vom Gang her die schlurfenden Schritte und die quietschenden Räder des Rollators zu hören sind, mit dem die demente Dame aus dem Nachbarzimmer unterwegs ist. Was soll sie tun, wenn die sich in der Tür irrt, hereingestürmt kommt und sie noch im Bademantel ist? Was ist das nur für eine Vorschrift, dass die Türen nicht verschlossen werden dürfen? Hoffentlich stolpert die Dame über ihren Rollator und stirbt, auch wenn sie wohl siebzehn Jahre jünger ist als sie selbst, also noch kaum erwachsen. Durch welche Tricks hat eine so ungebildete Person ein Zimmer in dieser Etage bekommen? Was hat das Leben einer Greisin zu bieten, die sich nicht mehr mit eigener Kraft bewegen und auch nicht denken kann? Eines Tages wird sie auf den Korridor hinausgehen, Frau und Rollator die Treppe hinunterstoßen, sich über das Geländer beugen, vorsichtig, damit sie nicht selbst hinunterfällt, und sich vergewissern, dass die Frau sich nicht mehr rührt, so wie in jenem Film, dessen Titel sie ebenso vergessen hat wie den Namen des Theaters, in dem er gezeigt wurde.

Zwei Dinge sind ihr zuwider. Zum einen der Rollator. Anfangs hatte der Rabe, dann Pompadour und zuletzt Doktor Jekyll ihr erklärt, was für ein praktisches Ding das sei. Man brauche keine Angst zu haben, man könnte stürzen, und komme bequem an verschiedene Orte. Doch keiner von ihnen begriff, dass es hier um Psychologie und nicht um Technik ging. Lieber will sie sterben, als dass *irgendjemand* sie *jemals* in dem Zustand einer solchen Erniedrigung sieht, dass sie sich dieses fürchterlichen Apparats bedienen muss und die anderen die Gelegenheit bekommen, mitleidig zu sagen, seht nur, dort tapert Frau M., ein typisches Beispiel dafür, wie die physische Verfassung eines Menschen sich in wenigen Wochen total verschlechtern kann. Und zum anderen das Wort Greisin. Sie ist keine wertlose Greisin, sondern ein würdiger alter Mensch, keine Frau M., sondern Marie Elise Myhrborgh, geborene Céline, aus einer namhaften Straßburger Juristenfamilie.

Seltsam, dass sogar Pompadour, die doch auf eine reiche Erfahrung zurückblickt, sich in einer so wichtigen Sache irren kann und keine Lust hat, den ganzen Familiennamen zu lernen, sei es auch, dass er für Finnen etwas schwierig ist und Müürpori nicht angenehm klingt. Pompadours Fingernägel sind grellrot. Das kann bedeuten, dass es ihr darum geht, einem Mann zu gefallen, und nicht darum, ihre Aufgaben zu erfüllen. Ob wohl der Pastor, den sie noch nie gesehen hat, von dem aber Pompadour ständig redet, verheiratet ist, und auch wenn er es sein sollte, dann war das auch früher kein Hindernis … Obwohl sie dagegen ankämpft, füllen sich Maries Augen mit Tränen.

Sie erwartet, dass rasch geklopft wird und Topelius sich mit dem Frühstückstablett hereinschiebt, sie hat einen ordentlich geflochtenen Zopf, ein schönes Lächeln, einen hohen Busen und eine frische Stimme und kann die Tür mit dem Fuß hinter sich schließen. Sie fürchtet, dass Edith Piaf hereingestürmt kommt, ohne anzuklopfen, mit ungepflegtem Haar, müder Miene, flachem Busen und heiserer Stimme, die die Tür nicht hinter sich zumachen kann, ohne das Tablett auf dem Fußboden abzustellen. Sie hofft, dass wenigstens eine der beiden Schwedisch spricht und nicht auf Finnisch fragt, hast du gut geschlafen und möchtest du jetzt frühstücken?, obwohl sie schon viele Male gesagt hat, sie sei Französin und verlange, so lange gesiezt zu werden, bis sie die Erlaubnis zum Duzen erteilt.

Am meisten fürchtet sie die Baderin Monster, die den Kopf durch den Türspalt steckt, Kuckuck ruft und sie daran erinnert, dass wir heute wieder Badetag haben, und nicht auf sie hört, auch wenn sie jedes Mal sagt, sie sei es nicht gewohnt, sich vor Frauen nackt auszuziehen, außer bei der ärztlichen Untersuchung in der Schule, und dass das Wasser zu kalt, die Bürste zu hart und der Schemel zu glatt sei. Sie erinnert sich noch, wie die Kraft ihrer Hände auf einmal nicht mehr ausreichte, um aus der Wanne zu steigen, gleich nach Weihnachten in dem Jahr, als sie fünfundachtzig geworden war, und sie sich bei Stockmann einen Hocker kaufen musste oder einen Schemel, wie es angeblich heißt, der war schön blau und nicht braun, so wie der hier im Hause. Hinterher fühlst du dich wunderbar, sagt Monster und lacht zu laut, so hatte auch jemand anders gesagt, allerdings nicht nach dem Bad, sondern … Beim nächsten Mal wird sie sich an Monsters Hand festklammern, sie mit in die Wanne ziehen, ihr den Kopf unter Wasser drücken und warten, bis das Strampeln und die Luftblasen aufhören. Und das Kuckuckrufen.

Marie erinnert sich an die Badetage ihrer Kindheit, einmal in der Woche, da war nur so viel Wasser in der Wanne, dass es gerade den Boden bedeckte, erst Papa, dann Maman, dann die Jungen und zuletzt die Jüngste, also sie, obwohl Henri jünger war, aber die Jungen waren etwas anderes, sagte Maman. Später kam sie als dritte dran, aber das nutzte nichts, weil das Wasser nach Papa fast ebenso übel roch wie nach den Jungen, wenn auch anders. Wo mochten sich Miss Lewis, die Köchin, die Stubenmädchen, die Kutscher und Hilfsarbeiter waschen? Sicherlich auf dem Hof, am Zuber, der voller Regenwasser war, außer in trockenen Sommern, und die Pferde, tranken die aus demselben Bottich? Ihr Mund verzieht sich zu einem Lächeln, dann beginnt sie laut zu lachen. Es schert sie nicht, dass jemand ins Zimmer treten und allen erzählen könnte, dass Frau M. schon immer ein wenig eigentümlich gewesen, jetzt aber verrückt geworden sei. Einen Vorteil hat das Greisenalter aber doch:

Sie erwartet, heute besucht zu werden. Doch sie befürchtet, dass wieder niemand kommt. Am liebsten wäre sie tot.

Der Tisch ihrer Kindheit in der l'Impasse du Brave Soldat war länger als irgendein anderer Esstisch in ihrem Leben, und im Esszimmer war es doppelt so dunkel, denn die Elektrizität war neu, und man musste damit sparsam sein. Papa saß an dem Tischende in der Nähe des Fensters, Maman an dem, das zum Korridor hin lag, und beide sahen so aus wie immer. Laurent und Rainier saßen auf der Wohnzimmerseite und wanden sich in ihren hohen Kragen, die sie dann anlegen mussten, wenn Papa zu Hause war und nicht bei Gericht. Henri und sie saßen auf der Kaminseite, im Winter wärmte er einem den Rücken, und sie waren stolz auf ihre Matrosenanzüge, genau solche, wie die kleinen Prinzen und Prinzessinnen von Russland sie trugen. Neben Papa war ein Platz für die Gerichtspraktikanten. Einer von ihnen war lustig. Später erzählte Papa, der arme Junge stamme nicht nur vom Land, sondern auch noch vom rechtsseitigen Ufer des Flusses, und von solchen Leuten könne man keine Manieren erwarten. Gaston – warum hatte sie sich gerade seinen Namen, aber den von vielen anderen nicht gemerkt – schaute erst zu, wie die anderen es machten, bevor er es wagte, Gabel, Messer oder Löffel in die Hand zu nehmen, und antwortete nur, wenn Papa oder Maman etwas fragten, was sehr selten vorkam, und auch dann so leise, dass man die Worte nicht verstand, und sein Nacken wurde noch röter.

Warum riecht Gaston anders als die anderen, fragte sie. Was faselst du da, sagte Maman und lachte, man darf die Menschen nicht nach ihrem Geruch klassifizieren. Warum denn nicht, das ist eine ebenso gute Kategorie wie die Frisur, der Schnurrbart oder die Form der Nase, frage ich jetzt, fast hundert Jahre später, vergebens, denn niemand hört mir zu. Ein anderer Praktikant war kultivierter und gesprächiger, sein Name fällt ihr nicht ein, sicherlich vom linksseitigen Ufer des Flusses, aber auch frecher, denn einmal wagte er es, Papa zu fragen, ob *brave soldat* stolz-kühner Soldat oder dummkühner Soldat bedeute, und Papa antwortete, natürlich stolz-kühner Soldat, denn wir wohnen in dieser Straße, und wurde böse, nicht wegen der Frage, obwohl sie wirklich dumm-kühn war, sondern deshalb, weil es sich für einen Praktikanten nicht schickt, den Anwalt von sich aus anzusprechen, erklärte Laurent ihr später.

Neben Maman war ein Platz für Gäste. Wenn Verwandte von Maman aus Paris oder Kollegen von Papa aus Nancy kamen, wurde der Tisch mit den Kristallgläsern und dem Weihnachtsgeschirr gedeckt, Miss Lewis aß in der Küche, und Petite Marie durfte vom Rotwein kosten, allerdings mit Wasser verdünnt. Das schmeckte schlecht. Es gab zwei Hausmädchen. Sie standen an der Tür bereit, und die in einem Lampenschirm versteckte Klingel wurde noch nicht gebraucht. Papa erinnerte sich an die guten alten Zeiten vor der großen Katastrophe – sitz gerade, Laurent, und schlürf nicht, dein Großvater hätte mir das Gesicht in die Suppe getaucht, wenn ich beim Essen so krumm dagesessen hätte – und sagte, wir würden immer noch mit Öllampen zurechtkommen, und die anderen taten so, als hörten sie zu. Sie stellte sich vor, wie Laurents Gesicht aussehen würde, wenn es voller Blaubeersuppe war, und konnte sich ein kurzes Kichern nicht verkneifen, wobei sie etwas Suppe auf das Tischtuch sprühte, nicht viel, aber doch so viel, dass Papas Augen einen merkwürdigen Ausdruck bekamen. Maman erschrak und sagte, keine Prügel, nein, der Fleck geht bei der Wäsche leicht wieder heraus. Sie hörte erst auf zu weinen, als das Hausmädchen, bestimmt Friedl, die netteste von ihnen, sie in ihr Zimmer begleitet und getröstet hatte.

Sie erschrickt, als von der Tür her ein Klopfen zu hören ist, und richtet sich auf. Herein schieben sich zunächst der Teewagen, Saft, Kaffee, zwei Scheiben Weißbrot – ohne Butter, weil der Arzt es so verordnet hat, warum können die Finnen kein Baguette backen – Orangenmarmelade, das *Hufvudstadsbladet*, die *Helsingin Sanomat* und die Pillen. Wenn die Demenz den Verstand zerstört hat, erzählen eine lange rote und eine runde hellblaue Pille, dass Morgen ist, und eine kurze rote Pille und eine weiße mit einer Kerbe in der Mitte, dass Abend ist, sagte Doktor Jekyll, lachte und sah einen Augenblick wie Mr. Hyde aus. Als Nächstes erscheint die neue junge Pflegerin, ein gewöhnliches Lächeln, gewöhnliches Haar, ein gewöhnlicher

Busen und eine gewöhnliche Stimme, es ist schwierig, sich für sie einen anderen Namen als Anonyma auszudenken, sie wünscht einen guten Morgen und fragt, wie wir diese Nacht geschlafen haben. Gut, antwortet sie und wundert sich, ob die andere nicht selbst weiß, wie sie in der Nacht geschlafen hat. Anonyma deckt den Tisch, wirft einen Blick auf das Bett und sagt, oje, Frau M., bei uns in Finnland ist es nicht üblich, die Decke unter die Matratze zu stecken.

Bernadette und Hélène

Das Frühstück erfrischt sie, obwohl das Brot nach Papierserviette schmeckt. Die ewige Müdigkeit weicht für einen Augenblick, und an ihrer Stelle strömt etwas wie Energie, sehr wenig, aber doch so viel, dass Marie sich einbildet, etwas anderes tun zu können, als im Sessel vor sich hin zu dösen. So geht es jeden Morgen, aber daran erinnert sie sich nicht. Erst müssen die Routinen abgearbeitet werden, und zwar rechtzeitig, bevor das Tablett abgeholt wird.

Wenn in der Tasse etwas Kaffee übrig geblieben ist, muss sie ihn im Badezimmer ins Waschbecken gießen und Wasser nachlaufen lassen, oder wenn es nur ein Schluck ist, in den Blumentopf, das heißt in den Blumentopf des Hauses, der schon auf dem Fensterbrett stand, als sie das Zimmer bezog, und nicht in die eigenen Blumentöpfe, die nach ihrer Anweisung von zu Hause mitgebracht worden waren, die übrigen sind weggeworfen worden. Brot und Marmelade dürfen übrig bleiben, aber nur wenig. Einmal warf sie eine ganze Scheibe Brot ins Klosett, und die verschwand nicht, obwohl sie den Spülknopf mehrmals drückte und mit der Bürste nachhalf. Die Putzfrau petzte es der Mongolin, die klopfte an die Tür und sagte, oje, Frau M., bei uns in Finnland ist es nicht üblich, Lebensmittel wegzuwerfen, meine Großmutter hat mir erzählt, wie das ist, nichts zu essen zu haben, im Krieg mussten die Menschen gefrorene Steckrüben essen, weil es nicht einmal gefrorene Kartoffeln gab, das muss schrecklich gewesen sein. Das weiß ich noch, das weiß ich noch, murmelt Marie, aber umso schöner war es dann, als man die Lebensmittelkarten wegwerfen konnte und wieder richtigen Kaffee, Zucker und Butter bekam, Musik von Chopin anrührend aus dem neuen Asa-Radio erklang – wo mochte die Kassette hingekommen sein, auf der der Pianist Ashkesowieso spielt?, die Russen sind schrecklich musikalisch, obwohl sie unmögliche Namen haben, und sie hat niemals gelernt, wie herum die Kassette in das Gerät geschoben werden muss. Die Mongolin hat nicht zugehört. Jetzt weiß Marie, dass sie das Brot zuerst in kleine Stücke reißen muss.

Beide Zeitungen muss sie öffnen und zerknittern, so als hätte sie sie gelesen. Der *Figaro* kommt erst gegen Mittag zusammen mit der normalen Post, obwohl sie keine normale Post mehr bekommt. Einmal hatte sie das *Hufvudstadsbladet* und die *Helsingin Sanomat* unberührt auf dem Tablett liegen lassen. Die Putzfrau erzählte es dem Raben, der es Pompadour erzählte, die es Doktor Jekyll erzählte. Gibt es noch andere Anzeichen für ein Nachlassen der Kondition, hörte sie die Arztstimme des Doktors vom Korridor her, eigentlich nicht, sie ist in guter Verfassung, also für ihr Alter, krächzte der Rabe. Wenn man sein schlechtes Gehör übertreibt, bekommt man allerlei mit. Es ist schön, dass sich wenigstens irgendjemand um ihre Gesundheit Sorgen macht. Die Finnen glauben, Taten seien wichtiger als Worte. Die Franzosen wissen, dass Worte wichtiger sind als Taten.

Sie schaut auf die Uhr mit den großen Zahlen. Erst kurz nach sieben. Der Hausmeister hat sie so an der Wand aufgehängt, dass sie die Zeit sowohl vom Bett als auch vom Sessel aus sieht, nachdem sie in der Schublade Hammer und Nägel gefunden hatte, wahrscheinlich hatte der Hausmeister selbst sie vergessen, und er hat den Nagel nicht getroffen, die Wand wurde beschädigt, zum Glück nur leicht, und die Uhr fiel herunter, zum Glück auf das Bett, und sie musste weinen. Das wird sie niemandem erzählen. Wie bemitleidenswert der Mensch doch sein kann, oder ist er überhaupt ein Mensch?

Heute machen wir einen Besuch bei Grand-Père, sagte Maman, Laurent suchte seine Sachen zusammen, und Rainier war schon gegangen, alltags waren die morgendlichen Abläufe immer gleich, außer wenn die Jungen Gymnastik hatten. Fräulein Luuis, wo sind unsere Sportanzüge, riefen sie, um sie zu ärgern, obwohl sie sehr wohl wussten, wie man den Namen aussprechen musste, und auch, dass Miss Lewis keine Dienerin war, weil sie mit ihnen zusammen am selben Tisch zu Mittag aß, allerdings nur dann, wenn keine Gäste da waren, sondern die Hauslehrerin, deren Aufgabe es war, Englisch zu unterrichten und nicht das ganze Haus nach der Kleidung der Jungen abzusuchen. Das mussten die Hausmädchen tun, die so oft wechselten, dass Papa sie alle Gretchen nannte. Manchmal machte Marie sich einen Spaß, indem sie Rainiers Kleidung versteckte, weil er dumm, lieb und ernst war und sie nicht verstand, aber nicht Laurents Kleidung, weil der schlau, ein Spitzbube und verspielt war und sie verstand.

Wäre es nicht lustiger, zusammen zu gehen, ihr könntet euch unterhalten, fragte Maman. Maman hatte eine schöne Stimme, klangvoll und tief, genau wie Marie selbst, nur weniger heiser, kein Wunder, dass die Männer sie beide mochten oder zumindest sie, obwohl Maman andere Männer gehabt hatte?, ein unmöglicher Gedanke. Mit Rainier kann man sich nicht unterhalten, er ist dumm, sagte Laurent und grinste. Ist es nicht verboten, zu spät zu kommen, bei uns in der Schule bekam man dafür einen blauen Brief und eine Kopfnuss … Mamans Blick wurde abwesend. Ich komme nicht zu spät. Wieso, du gehst doch zehn Minuten später los als Rainier. Rainier trödelt, aber ich laufe. Ach, cher Laurent, es ist nicht gut, verschwitzt im Unterricht zu sitzen, wenn das Fenster offen steht, kann man sich den Tod holen so wie … Maman seufzte, als sie bemerkte, dass Laurent gegangen war.

Ich will nicht, quengelte sie. Das macht doch Spaß, du kannst mit dem Puppenhaus spielen, wenn Grand-Père mit Henri das Pferdespiel spielt. Ich will trotzdem nicht, Grand-Père ist dumm, sagte sie und stampfte mit dem Fuß auf. Mamans Stimme wurde laut und war nicht mehr schön. So darf man nicht vom eigenen Großvater sprechen, vergiss nicht, was man mit hysterischen Kindern tut, man steckt sie in die Wanne und lässt kaltes Wasser über sie laufen, beim letzten Mal hast du so laut geschrien, dass die Nachbarn kamen und fragten, was los sei, und das will Maman nicht. Wenn Grand-Père uns zu sich einlädt, dann gehen wir zu Grand-Père zu Besuch. Lauf schnell und zieh dir das samtene Besuchskleid an, das Maman dir zu Weihnachten geschenkt hat, aber nicht den Matrosenanzug,

Grand-Père mag es nicht, dass Mädchen wie Soldaten aussehen, und zieh den besseren Wintermantel an, draußen sind nicht einmal zehn Grad, obwohl wir schon März haben. Ach, chère Maman, du wusstest nicht, in was für ein Land deine Tochter geraten würde, im März können hier zehn Grad Frost herrschen, und am ersten Mai kann es Schneeregen geben.

Unterwegs hüpfte sie, zweimal mit beiden Beinen bei jedem Schritt, weil es sich für kleine Mädchen so gehört. Eigentlich wollte sie mit dem Fuß gegen die Pferdeäpfel stoßen so wie Laurent, aber sie wagte es nicht, weil Maman dann böse wurde und sie es auch selbst nicht wollte, denn das verdarb die Lacklederschuhe. Henri ging an Mamans Hand und hüpfte nicht, obwohl er ein Jahr jünger war.

Grand-Pères Haus war ebenso furchterregend wie Grand-Père selbst. Es war größer und finsterer als ihr eigenes, und das Fachwerk war dunkler. Sie konnte schon lesen und blieb an der Haustür bei den Messingschildern stehen, die in der Sonne glänzten. »Rheinhof, Rheinhof & Sohn, Advokaten«, buchstabierte sie. Warum steht auf dem Schild Rheinhof auf Deutsch und nicht Rhincourt auf Französisch, obwohl Laurent gesagt hat, das sei der richtige Name des Büros, fragte sie, Maman blickte sich um und sagte schsch, die Polizei kann das hören. Warum darf die Polizei das nicht hören? Maman legte den Finger auf die Lippen und sagte noch einmal schsch, wenn du älter bist, wirst du das verstehen. Auf den Klingelknopf daneben durfte man auf gar keinen Fall drücken, denn das war die Klingel von Papas Büro, und ihn durfte man nicht stören. Jean Céline, Avocat, Privé, stand auf dem anderen. Lass mich, sagte sie, bevor Henri das sagen konnte, weil sie wusste, dass das die richtige Klingel war, wenn sie zu Grand-Père gingen. Warum steht an der Tür von Papas Büro nicht unser Name?, fragte sie, während sie warteten, dass jemand öffnete. Weil, bevor Grand-Mère Grand-Père heiratete, sie Rhincourt hieß, erklärte Maman. Waren sie nicht immer verheiratet, fragte sie. Sei jetzt still, ich höre die Schritte der alten Catherine. Mach einen ordentlichen Knicks und vergiss nicht, laut zu antworten *ça va bien*, falls sie das Hörrohr auf dem Tisch vergessen hat.

Die Tür ging auf, und vielerlei Gerüche wallten heraus. Der Geruch eines alten Hauses. Später lernte sie, dass er von Bratwurst und Schimmel herrührte. Catherines Geruch. Später lernte sie, dass er von kaputten Zähnen und ungewaschenen Kleidern herrührte. Grand-Pères Geruch. Schon damals wusste sie, dass er von Zigarren, von Wein und von dem Frack herrührte, den er seit vierzig Jahren trug und der von allein stehen konnte, wie Laurent behauptete. Catherine bringt euch in den Salon zu Grand-Père, Maman geht inzwischen einkaufen. Sie wusste, das bedeutete einen Besuch im Geschäft von Kupsus, sagte aber nichts, weil Maman nicht wusste, dass sie es wusste. Einmal bestellte Maman gerade eine Partie Lebensmittel mit dem neuen Telefon, als Papa früher als sonst nach Hause kam und sagte, dass es in Straßburg doch wohl noch andere Schlachter gebe, sodass sie nicht bei den Deutschen zu bestellen brauchte. Was kann ich dafür, dass es dort den besten Hinterschinken gibt, sagte Maman. Wichtiger, als wie das Essen schmeckt, ist, woher es kommt, schrie Papa. Oho, sagte Maman, letztens hast du von dem deutschen Hinterschinken so oft nachgenommen, dass für die Kinder nur verbrannte Randstücke blieben und Miss Lewis gar nichts bekam. Das tut ihnen nur gut ... mehr hörte sie nicht, denn jemand schloss die Zwischentür. Danach bestellte Maman keine Lebensmittel mehr per Telefon. Geh nicht weg, sagte sie und klammerte sich an Mamans Hand. Du bist schon ein großes Mädchen, nimm dir ein Beispiel an Henri, sieh mal, er geht schon und hat überhaupt keine Angst.

Und so ging es dann, genauso wie immer. Zuerst fragte Grand-Père, ob sie brav gewesen seien, er kümmerte sich nicht darum, dass Henri nicht antwortete, und hörte nicht, als sie flüsterte, sie könne schon lesen. Henri, du kannst mit dem Pferdespiel spielen, Marie und ich sehen uns inzwischen das Puppenhaus an, sagte Grand-Père, setzte sich in den großen Lehnstuhl und nahm sie zu sich aufs Knie. Sie versuchte, sich zu entwinden, aber Grand-Père war stark, obwohl er uralt war. Später brachte Catherine Wein für Grand-Père und Kakao und schlecht schmeckende Kekse für die Kinder. Grand-Père erzählte von der großen Katastrophe, davon, wie die Franzosen heldenhaft kämpften, jedoch gegen die Übermacht nichts ausrichten konnten, und wie dann die Deutschen mit ihren seltsamen Helmen kamen und alles anders wurde. Maman kehrte zwei Stunden später zurück, das erschien ihr wie eine Ewigkeit. Na, hat Grand-Père euch von den guten alten Zeiten, bevor die Deutschen kamen, erzählt?, fragte sie, als sie wieder zu Hause waren. Nein, log sie, aber wir haben diese Geschichten mindestens schon hundertmal gehört. Es war nicht lustig, dass ich das Pferdespiel allein spielen musste, sagte Henri. Was faselst du da, mein lieber Junge, du warst doch nicht allein, sondern Marie.

Hinter der Tür hört man ein Kratzen. Sie richtet sich so schnell auf, dass sie einen schneidenden Schmerz im Rücken verspürt. Vorsichtig, Marie, vorsichtig, murmelt sie halblaut. Wer kommt da? Pompadour? Was kann sie wollen? Topelius? Das Frühstückstablett wird erst später geholt. Die demente Nachbarin? Sie hört das Quietschen des Rollators und die schlurfenden Schritte, ist einen Augenblick nervös und seufzt vor Erleichterung, als die Geräusche an der Tür vorbeigehen.

Glücklicherweise war sie weit fort in Finnland, als Maman starb. Wann war das? Sie steht vom Sessel auf, geht zur Kommode, zieht die oberste Schublade heraus und entnimmt ihr ein chinesisches Kästchen aus blank lackiertem Holz, auf dem Deckel sind schöne Muster und Zeichen, was mögen sie wohl bedeuten? Maman hat es ihr als Erbstück übergeben, als sie krank war und glaubte, sie würde sterben, aber sie starb nicht, zumindest nicht damals. Wo ist der Schlüssel? In der Handtasche? Nein. In der Tasche des besseren Jackenkleids. Nein. Im Pappkarton unter dem Bett. Hoffentlich nicht. Sie setzt sich und überlegt.

Was haben Sie um den Hals, ist das ein Kreuz oder, pflegen nicht die Russen … Die Augen der Mongolin stehen noch weiter auseinander als sonst, typisch finnisches Aussehen, sie würde sagen, typisch finnlandschwedisch, obwohl bei einigen von ihnen die Augen ebenso eng beieinanderstehen wie bei dem schwachsinnigen Koksmann in Straßburg, das stimmt nicht, würde ein typischer Finnlandschwede antworten, wir sind Arier und keine Mongolen, und der

Streit würde weitergehen, bis alle vergessen haben würden, womit er begonnen hatte.

Was heißt hier von russischem Glauben, das ist kein Kreuz, sondern ... Sie sieht sich verschämt um, so als würde jemand sie sehen, und zieht an dem Band, bis der Schlüssel aus dem Büstenhalter zum Vorschein kommt. Früher bewahrte sie ihn in derselben Kommodenschublade auf wie das Kästchen, aber jetzt möchte sie nicht, dass die neugierigen Putzfrauen darin herumwühlen können, obwohl die meisten Briefe auf Französisch abgefasst sind. Sie steckt den Schlüssel ins Loch und dreht ihn um. Nichts geschieht. Aus der fernen Vergangenheit klingt Mamans Stimme herüber: Vergiss nicht, chère Marie, dass die Chinesen komisch denken, der Schlüssel wird gedreht, aber nicht gegen den Uhrzeigersinn, sondern im Uhrzeigersinn, und zugleich wird er ein wenig angehoben.

Der Deckel springt auf. Es sind mehr Briefe darin, als sie in Erinnerung hat. Sie legt die obersten zurück in das Kästchen und bückt sich, um nachzusehen, ob welche zu Boden gefallen sind. Im Rücken sticht es. Sie stellt sich vor, wie die Pflegerin die unnatürlich verrenkte alte Frau findet, der Rock ist bis zur Taille hochgerutscht, der Schlüpfer ist zu sehen, die Strümpfe ziehen Falten, sie muss darauf achten, dass sie keine Löcher haben, die Männer vom Rettungswagen kommen mit der Trage ...

Wo sind Mamans Briefe? Sie blättert den Stapel noch einmal durch, und wieder fallen einige zu Boden. Hier müssen sie sein. Sie hebt die Briefe an die Nase und riecht daran. Ja, dasselbe Parfum, das Maman benutzte. Wozu soll ich Mamans alte Briefe lesen, erschrickt sie und lässt das Bündel in den Schoß sinken. Sie sind immer gleich, chère Marie, *ça va, ça va bien*, ach ja, ich wollte nachsehen, wann Maman gestorben ist. Aber das finde ich nicht in Mamans eigenen Briefen, sondern ... Tränen trüben ihr den Blick.

Marie hatte immer ein gutes Zeugnis. Man konnte es von Papas und Mamans Mienen ablesen, dass sie beide glaubten, das liege an den Erbanlagen, aber es lag nicht an der Begabung, sondern an der Tatsache, dass man den Mädchen bessere Noten gab, zumindest in den unteren Klassen und besonders dann, wenn sie aus guter Familie waren so wie sie selbst. In den oberen Klassen fand ein Rollentausch statt, denn zum Klavierspielen, für Handarbeiten und zumal zum Kinderkriegen bedarf es völlig anderer Begabungen, sagte Papa und lachte vielsagend. Jean, rief Maman, zum Glück dachte sie diesmal daran, dass sie nicht Robert sagen durfte. Den Jungen wurde geholfen, damit sie an der Universität studieren und Anwälte, Ärzte oder Ingenieure werden konnten, obwohl sie faul, dumm oder beides waren. Etwas anderes waren die Jungen, die von den Lehrern gehasst wurden, also die naseweis und begriffsstutzig waren und ihnen auf die Nerven gingen, sowie die Freischüler. Aus denen wurden Offiziere, Bankbeamte oder Schreiber oder gar nichts.

Bernadette glaubte, dass man nur dann gute Noten bekam, wenn man in der ersten Reihe saß. Sie wollte unbedingt, dass sie ihr den Platz neben sich frei hielt, und weinte leise, als Marie ihren Willen durchsetzte und einen Platz in der letzten Reihe wählte. *Pauvre* Bernadette. Schon damals wusste Marie, dass sich diejenigen nach vorn setzten, die gescheit wirken wollten, und nach hinten diejenigen, die gescheit waren. Dort konnte man sich an die Wand lehnen, schon als Kind war sie von Rückenschmerzen geplagt, dort konnte man allerlei Unerlaubtes treiben, ohne dass die Lehrer es bemerkten, und sich neben das wichtigste Mädchen der Klasse setzen oder zumindest in dessen Nähe.

Hélène war alles. Schön, selbstbewusst, Klassenbeste, Brüste schon mit elf Jahren, Liebling zumindest der Herren im Lehrerkollegium. Und der Traum der Jungen, allerdings unerreichbar, denn mit ihren halbwüchsigen Klassenkameraden mochte sie sich nicht abgeben, nur mit Jungen aus den oberen Klassen oder, den Gerüchten zufolge, sogar mit erwachsenen Männern. Hélène wagte es, die graue Schuluniform mit Schleifchen und Schmuck zu verzieren, weil sie wusste, dass die Lehrer bei ihr nichts sagen würden, während andere dafür einen blauen Brief bekommen hätten. Aus irgendeinem Grund wählte Hélène sie zu ihrer Favoritin. Warum eigentlich? Vielleicht deshalb, weil starke Persönlichkeiten jemanden brauchen, den sie herumkommandieren können – wer hat das gesagt? Damals war Hélène der wichtigste Mensch in ihrer kleinen Welt, aber welche Bedeutung hat das jetzt?

Versuchten die alten Geschichten, ihre Gedanken mit Beschlag zu belegen, weil sie sonst nichts zu tun hat, ist Untätigkeit der Anfang von allem? Oder ist es so, wie ein Psychiater in jener Zeitung behauptete, die sie las, als sie noch sehen konnte, nämlich dass die Greise – nicht die Greise, sondern die alten Menschen – sich zwar an ihre Kindheit erinnern, aber vergessen, was gestern war? Topelius hat erzählt, der Pastor habe von Pompadour gehört – bestimmt haben sie ein intimes Verhältnis, und warum heiraten sie nicht, wo das den Lutheranern doch erlaubt ist –, Frau M. sei die älteste Heimbewohnerin, und das, woran der Mensch sich erinnert und woran nicht, sei göttliche Fügung. Beide haben sie unrecht, denkt Marie und hebt, ohne es zu bemerken, trotzig das Kinn, ebenso wie damals, als der Zeichenlehrer sie beschuldigte, niemand könne einen so perfekten Kreis zeichnen, ohne dazu einen Teller zu benutzen, obwohl sie es freihändig getan hatte, auch wenn das fast eine Stunde gedauert hatte.

Mit welchem Recht bilden sich alle möglichen Psychiater, Pastoren und Lehrer ein zu wissen, was sie denkt, weiß oder tut? Aus ferner Vergangenheit hört sie eine Stimme erklären, Gott sei ein bloßer Wahn, eine kollektive Einbildung der Menschen, die sich vor dem Tod fürchten, mit deren Hilfe diese Elenden glauben, das ewige Leben zu gewinnen, jedoch bemerken, dass sie im Irrtum waren, wenn nicht der heilige Petrus, sondern der Mund eines Wurms sie empfängt. Eine schreckliche Aussage. *Blasphème*, rief Marie entsetzt aus, denn damals vergaß sie noch in der Aufregung die schwedische Sprache, war katholisch und glaubte an Gott, den Papst, den Pastor und die heilende Kraft von Beichte und Messe, denn so hatte man es sie gelehrt.

Wo war ich doch gleich, denkt Marie und richtet sich auf. Ach ja, Hélène, richtig. Die Sportstunde war zu Ende, und die anderen waren gegangen. Stimmengewirr und Gekicher ertönten vom Korridor her und verebbten. Stille, die kahlen Steinwände des Umkleideraums, das graue Metall der Garderobenschränke, der feuchte Dampf des Waschraums, der unter der Tür hervorquoll. Von Hélène lernte sie die Geheimnisse ihres eigenen Körpers. Von Hélène lernte sie, wie Kinder gemacht werden. Von Hélène lernte sie, woran die Männer immer denken. Von Hélène lernte sie zu mogeln. Und von Hélène bekam sie jene leeren Buchdeckel, die sich später als so fatal erwiesen und auf denen in Fraktur geschrieben stand: »Draußen«, von Hercules Fauxbourg. Die Buchstaben waren verschnörkelt, keine Bilder und keine Farben so wie heute. Hercules – ein lächerlicher Name für einen bresthaften Mann – war der erwachsene Sohn des Geschichtslehrers und von Geburt an taub. Zwischen den Buchdeckeln konnte man alles Mögliche verstecken, aus Schulbüchern herausgerissene Seiten, Briefzettel von den Mädchen oder Romane, falls sie nicht zu dick waren. Monsieur Fauxbourg genügte es, als er den Deckel sah. Seine Miene wurde milder, sieh an, sieh an, »Draußen« von meinem Sohn Hercules, ein wichtiges Buch, lies nur weiter.

Auch die anderen Lehrer, denen ihr Kollege leidtat, drückten ein Auge zu, außer der Englischlehrerin Miss – jedenfalls nicht Lewis, denn das war der Name unserer Hauslehrerin, er fing mit S an, nicht Simon, nicht Sinclair und auch nicht Sutcliffe, sondern ... Jedenfalls hasste Miss S. den Geschichtslehrer, weil er sie einst, vor langer Zeit, abgewiesen hatte, sie war damals gerade von England nach Straßburg gezogen, warum nur, Monsieur war damals noch ledig und sein Sohn Hercules noch nicht vorhanden gewesen. Er hätte doch einfach mich heiraten sollen und nicht die ungebildete Schneiderstochter, auch wenn sie Geld hatte, dann wäre das ein normaler Junge geworden, hatte Miss S. im Lehrerzimmer gemurmelt, jedenfalls behauptete das Hélène. Woher weißt du das?, fragte sie, aber die andere lächelte nur in ihrer geheimnisvollen und hochmütigen Art.

Damals wusste Marie noch nicht, dass Hélènes Mutter Dienerin in einer Adelsfamilie gewesen und schwanger geworden war, ihr Dienstherr, oder war es doch der Sohn, weigerte sich, seine Schuld anzuerkennen, und zahlte keine Alimente, machte jedoch seinen Einfluss dahingehend geltend, dass die Tochter einen Platz als Freischülerin bekam. Ob die Geschichte nun stimmte oder nicht, jedenfalls erklärte sie, wie böse Zungen behaupteten, Hélènes aristokratisches Aussehen. Wer war eigentlich eine böse Zunge? Zunächst einige Mädchen aus den oberen Klassen, später Bernadette, zumal wenn es um Hélène ging.

Von Monsieur Fauxbourgs Jugendromanze hatte Marie nichts gehört und betrachtete deswegen während der Englischstunde in Ruhe den Inhalt der Buchdeckel und wurde erwischt, natürlich. Als sich herausstellte, dass sich darunter ein unschickliches Bild befand, auf dem ein nackter Mann und eine Frau zusammen waren, bekam Miss Smythe, ja, so hieß die Lehrerin, einen Wutanfall und erstattete dem Rektor Bericht. Vielleicht war der wirkliche Grund der, dass das Bild die Lehrerin die eine alte Jungfer geblieben war, an das verlorene Paradies erinnerte, sagte Hélène. Sowohl in der Schule als auch zu Hause gab es Verhöre, und man wunderte sich, wie sie so schlimm hatte fehlen können. Es ärgerte sie, dass der Ruf des braven Mädchens sie mit Bernadette und nicht mit Hélène in Verbindung brachte, wie sie es gewollt hätte. Einmal drohte ihr die Deutschlehrerin mit Bestrafung, weil sie dabei erwischt worden war, wie sie in der Pause zu laut Französisch sprach, was streng verboten war, aber das hatte keine Folgen, weil viele Lehrer, jedoch nicht der Rektor, das Verbot für ein Mittel der Deutschen hielten, die Franzosen zu unterdrücken. Das entsprach der Wahrheit. Sie weigerte sich zu sagen, dass sie das Bild von Hélène bekommen hatte, und die Prügel von Papa blieben ihr nur deshalb erspart, weil das Mädchen schon zu einer Frau herangewachsen war, wie Maman es ausdrückte, und zwar diesmal so ruhig, dass Papa ihr glaubte. Viel mehr, als geprügelt zu werden, fürchtete sie, Hélènes Freundschaft zu verlieren. Zur Strafe wurde sie für zwei Wochen aus der Schule ausgeschlossen, und niemand verstand, dass das keine Strafe, sondern eine Belohnung war. Maries Mund verzog sich zu einem Lächeln.

Bernadette und Hélène. Ihre besten Freundinnen, aber völlig gegensätzliche Charaktere. Bernadette bewunderte sie und gehorchte ihr, sie wiederum bewunderte und gehorchte Hélène. Sie sprachen über das Wetter, die Lehrer, die Hausaufgaben und vor allem über die

Jungen. Sie lachten, lamentierten, jammerten und kicherten, aber damit hielt Hélène sich zurück. Hélène war die Autorität, die nur an den richtigen Stellen etwas anzudeuten, die Brauen zu heben oder vielsagend zu lächeln brauchte. Marie konnte berichten, wie ein Schüler des Lyzeums die Straßenseite gewechselt hatte und ein anderer hochnäsig vorübergegangen war, während ein dritter freundlich gelächelt hatte. Bernadette schwieg und hörte zu, denn ihr war bewusst, dass die anderen nicht glauben würden, dass ein so unscheinbares Mädchen wie sie etwas über diese Dinge wusste. Erst Jahre später begriff sie, dass das Gerede über die Jungen nur ein Aufbegehren gegen die zu Hause und in der Schule erfundenen Regeln gewesen war.

Marie erinnert sich, dass sie sich für das Rechnen interessiert hatte, der Lehrer sich aber nur auf die Jungen konzentrierte, und so erfuhr sie nicht, was Mathematik ist. Sie erinnert sich auch, dass sie gern las, jedoch nicht die Bücher, an denen der Lehrer, Papa oder Maman interessiert waren, und so erfuhr sie nicht, was Literatur ist. Jetzt ist alles zu spät, oder war auch früher schon alles zu spät? Man darf nicht in Bitterkeit versinken, man darf nicht den anderen die Schuld geben, wiederholt sie halblaut wie ein Mantra, an das sie selbst nicht glaubt.

Was ist aus ihnen geworden? Über Hélènes Schicksal weiß sie, was Bernadette in ihren Briefen berichtet hat, die so lang waren, dass sie sie nicht bis zu Ende las. Dort liegen sie in dem chinesischen Kästchen, denkt sie, aber die Vorstellung, auf allen vieren herumzukriechen und die auf den Boden gefallenen Briefe aufzusammeln, lässt sie das Gesicht verziehen. Hélène hat angeblich gleich nach der Schule geheiratet, was keine Überraschung war. Ihr Ehemann war weder reich noch erfolgreich, sondern ein deutschjüdischer Nachtklubpianist. Einem Gerücht zufolge zog das Ehepaar noch während des Krieges ins eigentliche Deutschland und bekam acht Kinder. Alle kamen in Hitlers Konzentrationslagern um. Ein anderes Gerücht besagte, dass der Mann in den Zwanzigerjahren in Berlin einen Nachtklub gründete und seine Frau die Gesangssolistin des Orchesters wurde, kein ganz abwegiger Gedanke, denn schon in der Schule hatte der junge, schwarzäugige Musiklehrer Hélènes gutes Gehör und ihre schöne Stimme gelobt, und das nicht nur, weil er ebenso wie die anderen männlichen Lehrer von seiner Schülerin entzückt war.

Von dem wildesten Gerücht allerdings berichtete Laurent in einem der vielen Briefchen, die er seiner Schwester schickte, wenn er wegen seiner Frauengeschichten und vor allem wegen seiner finanziellen Schwierigkeiten deprimiert war. Demnach nahm Hélène den Künstlernamen Marlene Dietrich an, und *the rest is history*, wie Laurent schrieb, viel später, als alles Amerikanische en vogue war. Das kann nicht wahr sein, antwortete sie, denn Hélène war älter als Marlene. Einen Kommentar bekam sie erst, nachdem das Geld angekommen und Laurents manische Phase vorbei war: Ist nicht eine alternde Künstlerin, die ihr Alter verheimlicht, eher die Regel als die Ausnahme? Natürlich scherzte Laurent. Offenbar kommt jedem, der einige Jahrzehnte unter Finnen verbracht hat, der Humor abhanden. Außerdem sind nicht alle Kinder kindisch, zumindest nicht die Mädchen. Die Jungen dagegen schon und auch die Männer, jedenfalls solange sie noch nicht achtzehn sind. Dieser Gedanke stellt Maries gute Laune immerhin zum Teil wieder her.

Und Bernadette? Nicht verheiratet und keine Kinder, eine feste Stellung am Schalter der größten Bank der Stadt. Absolut zuverlässig, bis … Hélène schrieb ihr nur einige wenige Briefe. Und wenn Marie in Straßburg geblieben wäre, geheiratet hätte, jedoch wohl kaum einen deutschjüdischen Nachtklubpianisten, und wenn nicht acht, so doch viele Kinder bekommen hätte? Wenn Hélène ihrerseits nach Finnland gegangen wäre und – nein, ein unmöglicher Gedanke. Wäre ihr Leben dann glücklicher gewesen?

Sie erinnert sich, dass Hélène etwas Überraschendes über Bernadette erzählt hatte, aber sie hat vergessen, was genau es war. Diesmal siegt die Neugier über die Trägheit und die Angst vor dem Herumkriechen. Marie steht vom Sessel auf, ächzt, richtet sich auf, wartet, bis der Schmerz und der Atem sich normalisiert haben, schlurft in Richtung Kommode, nimmt sich vor dem hochstehenden Teppichrand in Acht – sie ärgert sich immer noch über die dumme Aushilfskraft, Kyllikki oder ein anderer seltsamer finnischer Name, die nach dem Putzen den schweren Schrank auf eine Teppichfalte gestellt hatte, was sie erst viele Monate später bemerkte, sodass der Teppich nie wieder glatt wurde –, nimmt das chinesische Kästchen aus der Schublade, warum hat sie es nicht draußen stehen lassen, und findet nach langem Suchen Hélènes Brief. Das Papier ist vergilbt, die Handschrift gleichmäßig, und jedes Wort ist ohne Absetzen des Stifts geschrieben – auch in Schönschrift war Hélène die Beste in der Klasse.

Am 15. Oktober des Jahres 1918

Kein Absendeort, aber den kann sie im Poststempel nachsehen. Kann sie das wirklich? Sie weiß mit Sicherheit, dass sie den Brief aus einem Umschlag genommen hat, aber wo ist er jetzt? Sie blättert die Papiere auf dem Tisch durch. Nichts. Sie schiebt die auf den Boden gefallenen Briefe mit dem Fuß hervor, bekommt einen Krampf im Knöchel, und es dauert länger als jemals zuvor, bis er nachlässt. Sollte sie vielleicht doch an der Gymnastik teilnehmen, obwohl sie es nicht ausstehen kann, sich nur halb angekleidet zu zeigen, während die anderen nach Schweiß stinken? Ist es der da? Ohne Brille sieht der Poststempel aus wie ein Fleck, die Fernbrille verschlimmert die Sache, und die Lesebrille liegt auf dem Nachttisch. Sie versucht aufzustehen und sie zu holen, sinkt zurück, wischt sich die Tränen mit dem Handrücken ab, schlummert ein, erwacht mit Schrecken und schaut auf die Uhr. Eine halbe Stunde gnädigen Vergessens. Was kümmert sie der Brief? Was kümmert sie Bernadettes Schicksal? Was kümmert sie ihr eigenes Leben?

Chère Marie,

wie ist es dir dort im hohen Norden ergangen? Gibt es dort ordentliche Häuser? Kann man sie heizen, oder musst du auch drinnen einen Pelz tragen? Gibt es in den Taxis Eisbären? Entschuldige bitte. Hoffentlich hast du nicht vergessen, was ich für eine bin. All diese spöttischen Fragen sollen nur mein schlechtes Gewissen bemänteln, das ich habe, weil ich dir nicht eher geschrieben habe.

Das liegt nicht daran, dass ich krank gewesen wäre oder so. Im Gegenteil, es geht mir gut, und ich habe auch zu essen bekommen, einstweilen, obwohl der Wert des Geldes dermaßen gesunken ist, dass ein gewöhnliches Brot Hunderttausende kostet und die Geldtasche schwerer ist als die Tasche mit den Lebensmitteln. Der Krieg ist sichtbar, auf Straßen und Bahnhöfen wimmelt es von Soldaten, die Züge mit den Verwundeten kommen und gehen. Die einen hoffen, dass Deutschland siegt, und die anderen sind aufseiten Frankreichs, beide gleich fanatisch. So ist das Leben.

Bestimmt hat sie aus Straßburg geschrieben, weil in Berlin niemand hofft, dass die Franzosen siegen. Kein Wort über das Leben als Ehefrau eines Nachtklubpianisten.

Eigentlich schreibe ich dir nicht, um von mir zu erzählen, sondern von Bernadette. Ich habe Lust, mit dir zu tratschen, so wie damals in den Pausen. Es kommt mir so vor, als wäre das eine Ewigkeit her, obwohl seit dem letzten Schulfrühling erst viereinhalb Jahre vergangen sind. Unglaublich.

Unsere kleine Freundin ist wohl nicht so tugendhaft, wie es den Anschein hatte und wahrscheinlich immer noch hat. Du weißt doch noch, wie wir uns darüber wunderten, dass sie sich in der letzten Klasse plötzlich für Tennis interessierte, obwohl sie die Ungeschickteste von der ganzen Klasse war und als Erste in der Geschichte der Schule im Sport ein Ungenügend bekam.

Wie ich schon damals vermutete, war der Grund dafür nicht das herrschaftliche Ballspiel, sondern ein bestimmter Spieler. Das kann ich gut verstehen. Die wohlproportionierten jungen Männer in ihrem weißen Dress sind auch für mich ein schöner Anblick. Aber Bernadette begnügte sich nicht damit, nur zuzuschauen, sie wollte auch berühren. Ich muss mich allerdings darüber wundern, warum dieser unbekannte Held der Rasenplätze dem zustimmte. Man sollte meinen, dass es reizvollere Alternativen gab.

Und so kam es, dass Bernadette schwanger wurde und aufs Land musste, aber, wie es in solchen Fällen erstaunlich häufig geschieht, das Kind wurde tot geboren.

Wusste Hélène tatsächlich nicht, dass ihre eigene Mutter ein ähnliches Schicksal gehabt hatte, abgesehen davon, dass das Kind natürlich nicht gestorben war?

Die Eltern verschafften Bernadette eine Stelle in einer Bank und bezahlten den hässlichen und alten Bankdirektor dafür, dass er die Tugend seiner Untergebenen schützte. Es wird erzählt, dass er seine Aufgabe persönlich und geschickter wahrnahm und immer noch wahrnimmt, als der Tennisspieler es jemals getan hat.

Manchmal habe ich ein schlechtes Gewissen, weil wir Bernadette nicht zu unseren »Unterrichtsstunden« zugelassen haben. Aber wer weiß, vielleicht ist das Leben doch ein besserer Lehrer als halbwüchsige Schulmädchen, und Bernadette ist glücklich.

Kein Wunder, dass Bernadette unbedingt nach Finnland zu Besuch kommen wollte, runde Brillengläser, ein strammer Dutt und so weiter. Zum Glück allein und mit dem Geld des Bankdirektors, denn mit dem Lohn eines Bankfräuleins unternimmt man keine Reisen nach Finnland. Marie lässt den Brief in den Schoß sinken und starrt hinaus. Altweibersommer in Helsinki – heute gehen wir zum Tennisplatz beim Kalastajatorppa und sehen uns Tennis an, weil du das gerne möchtest –, zuerst nehmen wir die Straßenbahn nach Munkkiniemi, eine halbe Stunde später sind wir fast wie auf dem Land, dann wandern wir ein Weilchen im Schatten großer Bäume – ich hätte nicht geglaubt, dass es in Finnland so schön ist, sieh dir diese Farben an, die weißen Birkenstämme, das blaue Meer und das gelbe Schilf. Ein Weilchen beobachtete Bernadette das Tennisspiel und bemerkte dann höflich, dass diese Freizeitbeschäftigung sich vielleicht noch nicht bis hierher verbreitet hatte, und schließlich genossen sie im runden Saal Kaffee und Gebäck. Marie fragte, weißt du, wie es Hélène geht, keine Ahnung, erwiderte Bernadette und wirkte nicht interessiert.

Marie sinkt der Kopf auf die Brust, und der Brief fällt zu Boden.

Hans

Warum erwählte sie unter allen anderen Jungen ausgerechnet Hans, als Hélène sie zum Tanzen an den seltsamen Ort auf der falschen Seite des Flusses mitnahm, oder besser gesagt, sie nötigte mitzugehen? Die Zeit war knapp. Sie musste um Punkt fünf Uhr zum Mittagessen zu Hause sein, sonst schimpfte Maman, Papa wurde böse, und die Köchin war gekränkt, obwohl sie nichts sagte. Abends kam sie ohne Verhör nicht aus dem Haus. Zu wem, ist er aus guter Familie, ist es weit bis dorthin, haben sie ein Telefon, und wie ist die Nummer, du bist spätestens um neun zu Hause, nimm dich in acht vor Rüpeln. Wenn ihre Antworten nicht durchgingen, erhielt sie keine Erlaubnis. Die einzige Möglichkeit war dann nach der Schule, alltags um drei und samstags um zwei, abgesehen von den zwei Wochen, die sie von der Schule ausgeschlossen war.

Ihre Nasenflügel weiten sich, und noch heute spürt sie den Geruch in der Nase. Die lasterhafte Kombination von Schweiß, Tabak und Bier. Alles war furchterregend, die Tatsache, dass sie ohne Erlaubnis dort war, die fremden Menschen, das Gedränge und die Musik – Akkordeon, Geige und Schlagzeug, die Musiker in komischen deutschen Trachten mit kurzen Lederhosen und behaarten Knien –, die in dem Lärm unterging, aber das Tanzen klappte, denn das hatte sie nach den Turnstunden geübt, Walzer und Polka, Hélène trällerte und sagte, jetzt bin ich der Junge und du das Mädchen, drückte Marie fest an sich und führte sie, vorsichtig, Marie, vorsichtig, auf dem Fußboden ist Seifenwasser, sie folgte so, wie sie gelernt hatte, in allen Dingen zu folgen, und einmal fielen sie hin, und der Turnanzug wurde nass, aber er war sowieso schon nass, wenn auch nicht vom Seifenwasser. An eine der Melodien erinnert sie sich, sie spitzt den Mund, und zwischen den Lippen presst sich ein schwaches Rauschen hervor, das sofort erstirbt. Das Pfeifen und die alte Tante passen nicht zusammen. Das weiß sie, auch ohne dass jemand hereingestürmt kommt und es ihr sagt.

Sie kannte niemanden, aber Hélène grüßte fröhlich viele Leute, mehr Jungen als Mädchen, und tauschte wie die Erwachsenen Wangenküsse aus. Ein gut aussehender Junge oder schon Mann, weil er an Kinn und Oberlippe Flaum hatte, schnappte sich Hélène direkt an der Tür, und sie landete in der Reihe der auf der Bank sitzenden Mädchen. Gegenüber war die Reihe der Jungen, die sah man nur durch die tanzenden Paare hindurch, aber es dauerte nicht lange, da trafen sich ihre Blicke. Schüchtern fand zu Schüchtern.

Warum gerade Hans? Anfangs wusste sie nicht einmal seinen Vornamen. Vielleicht wegen der blonden Haare und der blauen Augen, denn die waren auf der richtigen Seite der Stadt selten, nicht aber auf der falschen, obwohl nicht alle Deutschen gleich aussahen. Vielleicht war das ein Protest, denn zu Hause gehörte es sich, von den Deutschen nur verächtlich zu sprechen, außer wenn einer anwesend war, so wie der zornig wirkende Hilfskutscher Helmut. Auf den Kutscher Konrad kam es nicht an, denn der war taub oder, wie Laurent behauptete, stellte sich taub. Dann noch der einfache Holzträger Wolfgang und das richtige Gretchen, also nicht die Hausmädchen, die Papa Gretchen nannte. Niemand sprach deutsch, obwohl alle es konnten, sondern ausschließlich Straßburgisch, auch Hans, aber die Herkunft, die richtige oder eine ausgedachte, war und ist immer noch wichtig, denn sie bietet einen willkommenen Anlass, jemanden zu brandmarken oder sich aufzuspielen.

Die fahle Sonne erhellt die oberste Etage des gegenüberliegenden Hauses. Man kann die roten Ziegel erkennen, seitdem das Fenster geputzt wurde, letzte oder war es vorletzte Woche?, auf jeden Fall zu spät, weil die Fröste schon hätten einsetzen können, aber sie setzten nicht ein. Marie erklärte das dem Monster auf dem Weg vom Bad zurück ins Zimmer, und die lachte, schön, dass Frau M. mir nicht mehr böse ist, ich tue nur meine Arbeit so wie auch die Fensterputzer, abgesehen davon, dass sie den Alkohol erst verwenden und ihn dann trinken, man stelle sich vor, ich würde das Badewasser trinken, und Marie wurde wieder böse. Sie hätte sich gern angesehen, wie die Arbeit vorankam, aber eine der Pflegerinnen, wahrscheinlich dieselbe, die mit der Art und Weise, wie sie das Bett machte, nicht zufrieden war, sagte, das dauere lange, Frau M. könne derweil im Aufenthaltsraum warten. Aufenthaltsraum, was für ein blöder Name für eine Ausbuchtung des Korridors, wo stumme Mumien in ihren Sesseln dösen, während im Fernsehen alte finnische Filme laufen, und der Ton ist zu laut eingestellt, unter uns könnten ja Schwerhörige sein, erklärte Pompadour, als Marie sich über den Lärm beklagte.

Wie wohl das Straßburger Altenheim sein mag, vielmehr das Pflegeheim, wie man es heute nennen muss? Dort sitzt man sicherlich beisammen, die Menschen erzählen einander ihre Lebensgeschichte, lachen oder weinen zusammen und prahlen mit ihren erfolgreichen Verwandten. Von den Eltern kann man nicht auf das schließen, was aus den Kindern wird, und auch nicht umgekehrt, wer hätte zum Beispiel voraussehen können, sagte Papa, dass der Sohn des Mistkutschers Professor und Rektor der Universität werden würde, zwar einer deutschen Universität, aber immerhin.

Sie tanzten nur eine Runde. Hans stolperte und sagte, er könne das nicht, und sie sagte, das macht nichts, ich kann es dir beibringen. Ich trau mich nicht, antwortete der Junge, alle sehen es, lass uns spazieren gehen, hier ist so schlechte Luft, dass man erstickt. Warum bist du dann hierhergekommen, wenn du gar nicht… begann sie, brach aber den Satz ab, und draußen fassten sie sich bei der Hand, so als hätten sie einander schon immer gekannt. Wie sah Hans aus? An seine Kleidung erinnert sie sich, sie war anders und einfacher als die der Brüder, manchmal trug er Stiefel, aber vor seinem Gesicht schwebt eine graue Wolke, so eine wie im Fernsehen, wenn der Redakteur einen Kriminellen interviewte – damals, als sie noch sehen konnte, jetzt bedeckt die graue Wolke den ganzen Bildschirm, unabhängig davon, wer interviewt wird, das muss sie sich merken und erzählen – aber wem?

Hans führte sie in der Stadt zu Stellen, von denen sie nichts gewusst hatte, weit weg von zu Hause, von der Schule, vom Münster, dem Markt und den Hökerbuden, fort aus ihrem Straßburg. Die Straßen wurden schmaler und uneben, manchmal lehmig, wenn es geregnet hatte, sodass sie ihren Rock raffen, die Schuhe mit dem Taschentuch abwischen und es wegwerfen musste, bevor sie es wagte, nach Hause zu gehen, bis das Hausmädchen fragte, ob Mademoiselle Marie kein einziges Taschentuch in die Wäsche zu geben habe, heute ist Waschtag, und von da an hatte Hans immer einen Lappen in der Tasche. Die Häuser wurden niedriger und neigten sich, sie suchen aneinander Halt, sagte sie zu Hans, und er antwortete, das war aber hübsch gesagt, liebe Marie. Die Läden und Werkstätten in den unteren Etagen breiteten sich bis auf die Straße aus, die Menschen wirkten arm, die Karren klapperten, und die Kutscher verständigten sich rufend in einer Sprache, die zugleich bekannt und unbekannt war. Als sie fragte, was dieses oder jenes bedeute, lächelte Hans und sagte, es ist wohl besser, wenn du das nicht weißt.

Und so suchten sie ein verlassen wirkendes Gebäude, gingen um es auf die Rückseite und küssten sich, endlos, unersättlich, und noch heute erinnert sich ihr Mund an den Geschmack der Spucke des anderen Menschen, der ihr zunächst fremd, dann erregend und zuletzt lieb war. Aber so weit, wie Hélène gegangen wäre, wagten sie nicht zu gehen, beide fürchteten, jemand könnte es sehen, und auch die Folgen, obwohl Hans das egal war. Hans sah aus wie ein Mann und fühlte sich auch so an, stark, stärker als die Brüder, und er fürchtete nicht, Bekannte zu treffen, denn was hätten die im deutschen Straßburg zu suchen haben können, alles war anders und spannend, vielleicht deshalb, weil alles verboten war. Dann sah sie an einem Nachmittag auf der anderen Straßenseite Laurent gehen. Vorsicht, schnell weg hier, flüsterte sie und zog Hans mit sich in eine Nische, aber ihr Bruder unterhielt sich so angeregt mit dem neben ihm gehenden Mann, dass er sie nicht bemerkte.

Es war ein Frühling, wie er nur in Straßburg sein kann. Marie saß im Garten, las und genoss den ersten warmen Tag, den blauen Himmel und die Schäfchenwolken, den Duft der Blumen und das Ende des Schuljahrs, als Laurent sich hinter sie schlich, ihr die Augen zuhielt und sagte, rat mal, wer. Nun jag mir doch nicht so einen Schrecken ein, Laurent, rief sie, denn sie erkannte die Stimme und roch den Tabak, aber Laurent lachte und sagte, woher willst du das wissen, vielleicht ist hier ja dein Freund. Da erschrak sie, und der Bruder musste schwören, dass er niemandem davon erzählen werde. Mal sehen, sagte Laurent und grinste. In den darauf folgenden Wochen war sie so nervös, dass sie sich weigerte, mit Hans mitzugehen. Der verlangte eine Erklärung, und sie log, es handele sich nur um gewisse Frauenleiden, sie würden vorübergehen, auch das hatte sie von Hélène gelernt. Maman fragte, ist etwas nicht in Ordnung, du bist so blass, wegen der Episode mit dem Buch brauchst du dir keine Sorgen mehr zu machen, oder hast du Angst, dass du ein schlechtes Zeugnis bekommst, vielleicht solltest du mehr von Möllers Lebertran nehmen.

Dann geschah etwas, das Marie glauben ließ, Gott sei ausdrücklich für sie da. Sie kam früher als gewöhnlich von der Schule nach Hause, stieg die Treppe hinauf, die vierte Stufe knarrte wie immer, im Haus war es still, und sie dachte, jetzt ist niemand zu Hause, die Männer sind bei der Arbeit, Henri in der Schule, Maman macht Einkäufe, und die Bediensteten haben in der Küche zu tun. Sie ging den Korridor entlang zu ihrem Zimmer und bemerkte, dass die Tür zur Wäschekammer offen stand, obwohl Maman sehr genau darauf achtete, dass sie geschlossen und versperrt war, damit niemand die wertvolle Aussteuer, die Spitzenlaken, die Kissenbezüge und die brodierten Tischdecken stehlen konnte, bei den neuen Bediensteten konnte man nie wissen, auch wenn ihre Empfehlungen noch so gut waren. Sie spähte hinein und wandte den Blick schnell ab.

Das Bild ist so stark, dass Marie die Bewegung instinktiv wiederholt. Aber heute, anders als damals, ist der Schmerz unerträglich. Erst allmählich, in kleinen Bewegungen, kann sie den Kopf zurückdrehen. Sie reibt sich den Nacken und jammert halblaut, vor Schmerz, aber noch mehr aus Selbstmitleid verliert sie für einen Augenblick das Bewusstsein, zuckt zusammen und schreckt auf. Bin ich eingeschlafen, und wenn ja, für wie lange? Wenn der Tod so gnädig ist, warum muss man sich dann an das Leben klammern? Die Gedanken wandern wieder in die Vergangenheit.

Der stechende Geruch von Bohnerwachs. Zwei ineinander verschlungene Gestalten gegen das Regal gedrückt, heftiges Keuchen, zusammengeknüllte Kleidungsstücke, nackte Haut, verblüffend weiß, die eine, die größere Gestalt, beginnende Glatze, Glotzaugen, sah sie direkt an, Laurent, der älteste und wichtigste der Brüder, die andere, kleinere, lockiges Haar, das Häubchen schief, schrie auf und wandte den Kopf ab, Gertrude, das neueste und schönste unter den Hausmädchen. Marie rannte in ihr Zimmer, warf sich aufs Bett und weinte sich in den Schlaf. Beim Frühstück traf sie Laurent, keiner von beiden sagte etwas, aber durch Blicke verständigten sie sich darüber, dass sie nichts verraten würde, niemals und niemandem. Gertrude hat ihre Aufgaben nicht beherrscht, sagte Maman später, sodass sie gehen musste, und das musste auch Hans. Ein paar Tage lang hatte Marie ein schlechtes Gewissen, tröstete sich aber damit, dass Hans bestimmt eine besser passende deutsche Freundin finden, sie heiraten und acht Kinder bekommen würde.

Marie spürt, dass sie nervös wird, und ändert ab und zu ihre Stellung. Der Sessel erscheint ihr nicht mehr bequem, er ist so hart, und auch die Lehne könnte etwas mehr geneigt sein. Warum muss sie ständig an Laurent denken? Sie kennt den Grund, kämpft aber so lange wie möglich dagegen an. Es dauerte lange, ehe sie wagte, sich einzugestehen, dass Laurent für sie mehr war als ein Bruder, nicht in der Realität, aber in der Welt ihrer Fantasie, die wirklicher ist als die Wirklichkeit. Im Traum war er ihr erster Liebhaber und nicht der stattliche Junge aus dem Lyzeum, mit dem sie kein einziges Wort gewechselt hat, und nicht einmal Hans, obwohl es ihm keineswegs an Verlangen gemangelt hatte, Gott behüte.

Bin ich pervers? Warum kann ich nicht normal sein so wie Hélène, obwohl auch sie nicht immer normal war. So fragte sie sich damals und schämte sich ihrer Gedanken. Und warum plagen sie die alten Geschichten heute noch? Spätestens jetzt sollte sie doch das Recht auf Seelenfrieden haben, den braucht sie, um dem Ende tapfer entgegensehen zu können. Nicht mit Tränen in den Augen so wie die Elenden, die hoffen, in den Himmel zu kommen, fürchten, in die Hölle zu geraten, und nicht begreifen, dass der Tod der Weltuntergang ist.

Von dem Vorfall in der Wäschekammer – das könnte ein guter Titel für einen Kriminalroman sein – erzählte Marie niemandem, aber ob Laurent sein Versprechen gehalten hat, dessen ist sie sich nicht sicher. Der nächste Skandal aber blieb wahrlich niemandem verborgen. Papa war wütend, Maman hatte rote Augen, Rainier und Henri waren perplex, die Bediensteten tuschelten, und die Klassenkameradinnen kicherten, aber niemand verstand, wie sehr ihr das wehtat. Die Sache war banal und schmutzig, im wahrsten Sinne des Wortes, und deshalb erregte sie so großes Aufsehen. Alles begann damit, dass das Telefon klingelte und zufällig Marie abnahm. Hier spricht die Polizei, hörte sie eine heisere Männerstimme, könnte ich mit dem Herrn Richter persönlich sprechen, er ist kein Richter, sondern Anwalt, wollte sie schon sagen, legte jedoch nur die Hand auf die Sprechmuschel und rief, Papa, die Polizei will dich sprechen. Sie hörte nur Bruchstücke – jetzt reden Sie wahrscheinlich Blödsinn, Konstabler – das muss ein Irrtum sein – so etwas macht unser Laurent nicht – ich komme sofort hin. Aber nachdem Papa den Sachverhalt so wie immer, wenn er aufgeregt war, mit lauter Stimme Maman erzählt hatte, wusste das ganze Haus und etwas später die ganze Stadt, worum es ging. Dafür sorgten das Dienstpersonal und besonders die Kutscher.

Laurent war, wie er bei seiner Vernehmung auf dem Polizeirevier behauptete, vom Stadtrand her, von seinen Freunden, nach Hause unterwegs gewesen. Das heißt, er kam von seinen Spielkumpanen, wie sich später herausstellte. Damals war er schon ein erwachsener Mann, zehn Jahre älter als Marie, wohnte aber noch zu Hause, trotz allem das begabteste und charmanteste der Kinder. Hinter dem Münster hatte Laurent ein großes Bedürfnis verspürt. Die Städter waren daran gewöhnt, dass die Soldaten und nach ihnen die kleinen und schließlich auch die großen Jungen ihre kleinen Bedürfnisse so wie die Hunde schamlos in die Straßengräben oder gegen die Sockel und Laternenpfähle verrichteten, aber sich hinzuhocken galt als ungehörig. Damit wollte man die Frauen daran hindern, dass sie es ebenso machten, abgesehen von den Zigeunerfrauen, die im Stehen unter ihren Röcken beide Geschäfte verrichten können, sagte Hélène, die zu jener Zeit verbotene Schriften der englischen Suffragetten las.

Der Wachtmeister hatte Laurent in flagranti ertappt und ihn festgenommen. Später behauptete Papa, er habe ihm eins auswischen wollen, der unkultivierte deutsche Polizist habe gewusst, wer Laurent sei, und die Gelegenheit genutzt, um sich an einem kultivierten Franzosen zu rächen. Sie dachte damals bei sich, dass die Tat ja nicht sonderlich kultiviert gewesen sei, wagte aber nicht, das laut zu sagen. Der Polizeichef kannte Papa, obwohl er ein Deutscher war, und verhängte nur eine Geldstrafe, genauso gut hätte er Laurent einsperren können. Aber das Schlimmste war die Schande. Liebte sie Laurent trotz oder wegen der Skandale?

Wieder ist vom Korridor her etwas zu hören. Marie wendet den Kopf der Tür zu, formt aus ihrer Hand eine Schale und legt sie hinter das bessere Ohr, obwohl das nichts hilft, sagte der Hausarzt, der Verfall des Gehörs ist ein physiologisches und kein psychologisches Phänomen, und Marie war und ist immer noch anderer Meinung, kann aber nur schlurfende Schritte und schimpfendes Gejammer wahrnehmen. Verliert sie das Gehör langsam auch im rechten Ohr? Was soll sie tun, wenn sie taubstumm wird, wie Helen Keller es von Geburt an war? Sie war immerhin jung und keine kraftlose Greisin. Ihr kommt der Gedanke an Selbstmord, und das nicht zum ersten Mal, aber wieder verwirft sie den Gedanken. Töten ist eine Sünde, unabhängig davon, wer tötet oder getötet wird und warum. Der katholische Glaube ist schwächer geworden, aber nicht verschwunden, allerdings hat Selbstmord den Vorteil, dass der Täter sein Gewissen nicht mit der ewigen Frage zu quälen braucht, ob er seine Tat dem Beichtvater gestehen soll oder nicht.

Außerdem – wie sollte sie sich umbringen? Die Männer können sich an ihrem Gürtel erhängen, weil der schon eine Schlaufe hat, aber es ist absurd zu denken, dass sie sich zuerst aus einem Laken oder aus Gardinen einen Strick drehen, dann auf einen Stuhl steigen, die Schlaufe in den Haken der Deckenlampe einhängen und dann den Stuhl unter sich wegstoßen würde. Und wenn sie nun in ihrer Angst einen Altweiberknoten machen würde, obwohl der von der Pfadfinderbewegung begeisterte Turnlehrer von ihnen verlangte, dass sie zu Beginn der Stunde zehn Minuten lang den Seemannsknoten übten. Und als Hélène fragte, wofür um alles in der Welt brauchen wir diese Kunst, da antwortete er, stellt euch einmal vor, Mädchen, ihr macht mit eurem Bräutigam einen Ausflug auf eine Insel, und wenn ihr nach Hause fahren wollt, ist das Boot weg. Traumhaft, rief Hélène aus, und alle außer Bernadette lachten. Die ganze Klasse musste leiden, weil der Turnlehrer nicht wagte, nur Hélène zu bestrafen.

Ob sie imstande sein würde, eine Handvoll Pillen zu schlucken, wie die verzweifelte Heldin im Kino es tut? Nein. Schließlich bringt die Pflegerin von jeder Sorte jeweils nur eine Tablette, und sie hat keine Ahnung, wo sie die Pillen verstecken könnte. Ob sie nachts, wenn die Nachtschwester ihre Runde macht, ins Büro schleichen und ein ganzes Glas voll stehlen könnte? Sie spürt in der Kehle, dass die Folge kein langsamer und gnädiger Tod, sondern ein plötzliches Erbrechen wäre, die Putzfrauen müssten die stinkenden Spuren beseitigen und würden sich rächen, indem sie die Geschichte in allen Etagen verbreiteten, und sie würde nicht mehr wagen, ihr Zimmer so oft zu verlassen, wie sie es jetzt tut, aus Angst, dass alle mit dem Finger auf sie zeigen und tuscheln würden, ist das da nicht die schreckliche Frau M., die nicht kapiert, dass das Personal auch so schon zu viel zu tun hat?

Hunger hat sie seit Langem nicht mehr verspürt. Dennoch sind die Essenszeiten wichtig. Sie helfen einem, für einen Augenblick von seinen Gedanken loszukommen. Marie blickt auf die Uhr und spürt, wie Unwille in ihr erwacht. Warum wird das Hauptfrühstück nicht schon gebracht, der Lunch, wie man hier sagt? Warum muss man die alten vertrauten Bezeichnungen ändern? Solange sie denken kann, wird das erste Frühstück um acht Uhr und das zweite um zwölf eingenommen, die Zwischenmahlzeit um drei, das Mittagessen um fünf und das Abendessen um acht, meistens Tee und Butterbrote, aber wenn Gäste da sind, ein leichtes französisches *menu*. Topelius, die nicht ordentlich Schwedisch kann, obwohl fast alle Heimbewohner schwedischsprachig sind, fragte einmal, Frau M., wie nennen Sie denn die Morgenmahlzeit, wenn Ihr Frühstück dann ist, wenn normale Leute den Lunch essen? Auf eine so bösartige Frage zu antworten, hielt Marie nicht für nötig.

Sie meint zu hören, dass die Tür des Fahrstuhls häufiger als sonst geöffnet und geschlossen wird. Hoffentlich haben sie nicht vergessen, dass mit Pompadour ausdrücklich vereinbart wurde, dass Frau M. *alle* Mahlzeiten aufs Zimmer gebracht werden. Die Tür öffnet sich einen Spaltbreit. Endlich, denkt Marie, richtet sich auf und tastet, ob ihre Brosche gerade sitzt – eigentlich ein ziemlich hässliches Schmuckstück, aber in sechzig Jahren gewöhnt man sich daran, ist das tatsächlich so lange her, dass sie sie zum Geburtstag geschenkt bekommen hat?

Aber nicht der Teewagen schiebt sich herein, sondern erst ein Rollator und dann der Kopf einer alten Frau. Er unterscheidet sich vom Schädel eines Skeletts nur durch einige graue Haarsträhnen, denkt Marie noch, bevor sie bemerkt, dass sie hysterisch schreit, geh weg, geh in dein eigenes Zimmer, du demente Verrückte! Die andere scheint nicht zu hören, starrt mit ausdruckslosen Augen wie ein Insekt in das durch das Fenster hereinfallende Licht und setzt ihre mühsame Fortbewegung auf sie zu fort. Marie steht vom Sessel auf, wankt zum Rollator und versetzt ihm einen Stoß, beide stürzen, ich bring dich um, krächzt Marie heiser und bemüht sich mit letzter Kraft, nach der Kehle des Eindringlings zu tasten.

»Der Puls ist zu spüren, aber schwach. Manchmal fragt man sich, ob es einen Sinn hat, gesellschaftliche Mittel zu verschwenden, um uralte demente Personen mit Gewalt am Leben zu erhalten. Ich weiß, ich weiß, der Eid des Hippokrates und so weiter, aber trotzdem.«

Marie weiß, dass sie in ihrem Bett liegt – sie erkennt es am Duft oder eigentlich am Geruch –, und sieht um sich herum weiße Gestalten. Ich bin nicht dement, versucht sie zu flüstern, aber sie bekommt keinen Ton heraus.

»Hat sie Verletzungen?«

»Erstaunlicherweise nicht, nur ein paar blaue Flecke.«

»Und wie ist es der anderen ergangen?«

»Die ist auf die Intensivstation gebracht worden. Sie wird kaum überleben. Wohin sind wir nur gekommen, wenn die Omas anfangen, sich zu prügeln.«

»So ist es. Früher saßen sie im Schaukelstuhl und streichelten den Enkelkindern beim Stricken ab und zu den Kopf. Hast du übrigens gehört, was das Gute am Alzheimersyndrom ist?«

»Nein, erzähl.«

»Wenn man Alzheimer hat, trifft man ständig neue Leute.«

Es folgt eine so dröhnende Lachsalve, dass Marie sich die Ohren zuhalten möchte, aber sie hat nicht die Kraft dazu. Hoffentlich stirbt die Verrückte wirklich, und der schreckliche Rollator wird in dasselbe Grab geworfen, aber so viel Manieren sollte er doch haben, dass er vor einer Dame keine Schimpfwörter verwendet, und ich bin keine Oma, sondern eine würdige alte Dame, versucht Marie es, aber ihrer Kehle entringt sich nur ein Röcheln.

»Sie gibt Töne von sich, und die Augen bewegen sich. Vielleicht ist sie wach.«

»Was spielt das für eine Rolle. Die Schwester vorhin – sie sieht übrigens ganz gut aus – hat erzählt, dass die hier Französin ist, die wird kaum was verstehen.«

»Ach, eine Ausländerin. Deshalb hat sie auch eine so eigentümlich dunkle Haut.«

Ich habe fast mein ganzes Leben in Finnland verbracht, und es gibt auch andere Dunkelhäutige in diesem Land, und ich bin nicht die hier, sondern sie, denkt Marie und spürt, wie ihr Blutdruck steigt.

»Hey, schau mal, jetzt ist sie ganz rot geworden.«

»Das gehört zu den Symptomen. Eine Art Breakdown des Greisenalters. Das kann auftreten, wenn der Patient einen klaren Moment hat und begreift, dass das Leben ihm nichts mehr zu bieten hat. Im Nu verschwindet die Kontrolle. Der Psychiatrie-Prof hat uns in der Vorlesung einige typische Fälle vorgestellt. Schwere Kindheit und so weiter.«

»Wir stellen die Oma unter Beobachtung, oder sollten wir erst Holmberg fragen?«

»Das können wir uns sparen, ist doch seine eigene Schuld, was kommandiert er uns zu Silvester hierher.«

»Yes.«

Victor

Maries Blick trifft zunächst auf einen weiß gekleideten Mann – Dr. Jekyll, ich habe Sie nicht gleich erkannt, weil Sie so selten zu mir kommen –, dann auf mehrere weiß gekleidete Schwestern und zuletzt auf einen weiß gekleideten Pfleger. »Was machen Sie alle hier?«, fragt sie entsetzt.

»Verzeihung, aber mein Name ist nicht Jekyll, sondern Holmberg, wir wollen Ihr Bett nur etwas anders hinstellen, damit die Pflegerinnen Ihnen von beiden Seiten helfen können.«

Irgendetwas ist passiert, etwas Schreckliches, aber was? »Welcher Tag ist heute, wie spät ist es?«, fragt sie. Ist sie tot, und jener Mann ist nicht Dr. Jekyll, sondern der heilige Petrus – oje.

»Wir hatten einen kleinen Unfall. Es ist neun Uhr, und das Bewusstsein war nur eine Stunde weg. Ich stelle fest, dass wir schon ein wenig lächeln. So ist es recht.«

Warum muss man mir von beiden Seiten helfen, wenn mit mir alles in Ordnung ist? Und wenn noch einmal jemand wir sagt, obwohl er Sie meint, dann gebe ich ihm eine Ohrfeige. Marie regt sich auf und versucht, sich aufzusetzen.

»Wir können noch nicht recht sitzen, nicht wahr …«

Marie dreht sich mühsam auf die andere Seite, schläft ein und erwacht. Die weißen Gestalten neben ihrem Bett sind ebenso verschwunden wie der Angriff der Rollatorfrau aus ihrem Gedächtnis, nicht endgültig, denn ihr Unterbewusstsein hat das Ereignis in einen schwarzen Klumpen umgewandelt und ihn zu den vielen anderen schwarzen, unterschiedlich großen Klumpen verschoben, deren Existenz sie spürt, jedoch nicht spüren will, die sie fürchtet, aber nicht weiß, warum, die mal im Hinterkopf, mal im Herzen oder im

Bauch wohnen und sie bedrohen, aber auf welche Weise, das versteht sie nicht.

Warum wurden alle wichtigen, mich betreffenden Beschlüsse stets so gefasst, dass ich entweder nicht dabei war oder nicht dabei sein durfte?, murmelt Marie. Warum wurde mit mir nicht über alles gesprochen, wie es in einer Demokratie üblich ist, wer hat es doch so formuliert?, jedenfalls niemand in Straßburg, denn zu jener Zeit kannte man die Demokratie nicht einmal dem Namen nach oder hielt sie für eine neue exotische Speise, der Kaiser, die Deutschen, die Lehrer und Papa wussten, was für ein Kind das Beste war. So wie damals, als die eigentliche Schule zu Ende und das Frühlingsfest vorbei war, der Rektor gesprochen hatte und die Zeugnisse verteilt waren und sie nach Hélène die Zweitbeste gewesen war. Oder verklärte ein alter Mensch die vergangenen Zeiten? Als die Psalmen gesungen waren, alle auf Deutsch, im Nachhinein betrachtet lächerlich, und sie zu Maman sagte, ich möchte weiter zur Schule gehen und das Abitur machen, könntest du bitte mit Papa darüber sprechen, und sie sah es Maman an der Nasenspitze an, dass sie nicht derselben Meinung war. Aber als sie rasch hinzufügte, chère Maman kann diese Bitte bestimmt viel schöner vortragen als ich, war Maman so geschmeichelt, dass sie zustimmte, allerdings zögernd. Schon als kleines Kind hatte Marie gelernt, ihren Willen durchzusetzen, nicht direkt, aber auf Umwegen, und leichter bei Maman als bei Papa, aber dieser Wunsch war wichtiger als alle früheren, jedenfalls schien es ihr damals so.

Sie belauerte Maman und Papa viele Tage lang, bis sie einmal nach dem Mittagessen hörte, wie Maman sagte, cher Jean, hättest du einen Augenblick Zeit, ich möchte eine Kleinigkeit mit dir besprechen. Wieso eine Kleinigkeit, wieso nicht etwas sehr Wichtiges, es geht schließlich um meine Zukunft, dachte Marie. Na, wenn ich nicht dabei sein darf, muss ich mich hinter die Tür stellen und horchen, das wäre nicht das erste Mal. Papa sprach aufgeregt und mit lauter Stimme, sicherlich erforderte die Sache das, aber Maman so leise, egal, worum es ging, dass sie das Ohr gegen das Schlüsselloch pressen musste, selbst auf die Gefahr hin, dass jemand sie dabei überraschte.

»Na, was ist denn jetzt schon wieder, ich muss einen wichtigen Fall vorbereiten, morgen beginnt die Verhandlung.«

»Es geht um Maries Schulbesuch.«

»Was gibt es da zu besprechen?«

»Marie möchte das Abitur machen.«

»Was ist das denn für ein Unsinn? Nun sag nur noch, dass sie auch studieren und Juristin werden will, eine Richterin mit Perücke, die über Männer ein Urteil fällt, auch wenn es Kriminelle sind, aber niemand ist schuldig, bevor das Gericht einen Beschluss gefasst hat, das ist ein gutes Prinzip, obwohl ich weiß, dass viele anderer Meinung sind, nein, nein, die ganze Stadt würde darüber lachen.«

»So dachte ich auch zuerst, aber es gibt noch andere Möglichkeiten als Jurisprudenz.«

»Wie zum Beispiel?«

»Na, zum Beispiel Medizin, eine andere Marie hat den Nobelpreis bekommen, und unsere Marie war die Zweitbeste ihrer Klasse.«

»Welche andere Marie?«

»Marie Curie, ich weiß, der Vorname spielt keine Rolle, es fiel mir nur so ein.«

»Aber die ist eine Polin! Welchen Nutzen hat eine Frau in der Ehe davon, dass sie im Reagenzglas Gift kochen kann, das ist furchtbar gefährlich, sage ich, die Kinder können das in den Mund stecken, oder das Laboratorium explodiert, und wer ist dafür verantwortlich? Viel wichtiger ist es, für die Familie ordentliches Essen zu kochen, den Haushalt zu führen und so weiter, du solltest das doch am besten wissen, denn du hast es dein ganzes Leben lang getan.«

»Ich habe nur gedacht …«

»Überlass das Denken mir. Die Sache ist erledigt, wir stecken Marie in eine gute Schule für gebildete junge Frauen, die sind teuer, aber dort kann man neben dem Üblichen auch Fremdsprachen lernen, ich bin ja bereit, auch für meine Tochter etwas zu opfern.«

Immerhin erreichte Maman, wahrscheinlich im Schlafzimmer, als Marie nicht mehr horchte, dass Papa versprach, sich die Sache noch einmal zu überlegen, wenn Marie von ihrer Belohnungsreise nach Paris zu Mamans Verwandten zurückgekehrt sein würde. Papa fand sicherlich nicht, dass das eine Belohnungsreise war, und auch Marie selbst war nicht begeistert von ihren Verwandten – umso mehr aber von Paris. Sie hatte ihre Cousinen und ihren Cousin noch nie gesehen und auch Mamans Schwester nur einige Male, sie hatte irgendwie schlicht gewirkt, kein Wunder, denn Oncle Gaston war Bäcker und hatte komischerweise denselben Namen wie der Dümmere von Papas Anwaltspraktikanten.

Tante Marguerite holte sie vom Bahnhof ab, zum Glück, denn das war der einzige Mensch, den sie in Paris kannte, zum Glück auch deshalb, weil die Stadt groß war, bestimmt eine Million Einwohner, furchterregend, laut und stinkend, auf den Straßen Pferdewagen, Automobile und Regenschirme, feine Damen mit großen Hüten und Schleiern, vornehme Herren mit Zylinder auf dem Kopf, Kutscher, Arbeiter und Bettler, immerhin sprachen sie Französisch, wenn es auch anders klang als zu Hause in Straßburg. Pass auf, dass du nicht in Pferdemist oder Hundedreck trittst, sagte Tante Marguerite und lachte, oje, hast du nur einen einzigen Koffer, wir fahren trotzdem mit der Straßenbahn, wir haben auch die Metro, aber sie fährt in die falsche Richtung. Weißt du, dass wir in der Vaugirard direkt über dem Geschäft wohnen? Das ist die längste Straße von Paris, du wirst dir das Zimmer mit Emilie teilen, die kleinen Mädchen haben ein eigenes Zimmer und Victor natürlich auch.

Es dauerte nur ein paar Tage, bis sie voneinander entzückt waren, und dann verliebten sie sich, oder sie bildeten es sich ein. Victor war anders als Hans, seine weißen Zähne blitzten, und die schwarz gelockten Haare wehten, wenn er den Kopf zurückwarf und in ein so lautes Lachen ausbrach, dass die Passanten sich nach ihm umdrehten. Und erst viel später begriff sie, dass sie Laurent gerade wegen seiner Albernheit liebte und von Männern seines Schlags entzückt war, aber nicht von Frauen, denn von ihnen erwartete sie mehr, Lebenserfahrung und Weisheit und dergleichen.

Auf dem Land ist es öde, erklärte Victor und winkte ab, der Jardin de Luxembourgh genügt mir völlig, und den Eiffelturm sieht man überall, es gefällt mir, dass es furchtbar viele Menschen, Wagen, Karren und Automobile gibt, ich erkenne die Marken schon von Weitem, die Kutscher weichen aus, rufen Schamlosigkeiten und schütteln die Faust, mit viel Glück kann man einen Unfall sehen, es ist eine Pracht, wenn zufällig ein Pferd stürzt, ihm der Geifer aus dem Maul fließt und es wild in die Gegend stiert, schau dir einmal diese geraden und breiten Straßen an, Marie, die Reihen von Bäumen und prächtigen Gebäuden. Als Papa noch klein war, gab es hier nur krumme Gassen, heruntergekommene Häuser und arme Menschen, und unser Haus stand einsam auf dem Acker, man darf keine Angst vor dem Leben haben, nur die Miesepeter finden, dass die Gerüche von Pferdeäpfeln und Benzin nicht zusammenpassen.

Das Beste waren die hell erleuchteten Schaufenster und die neuen Kaufhäuser, die waren in Straßburg völlig unbekannt, überhaupt erschien ihr Straßburg schon am zweiten Tag wie eine Kleinstadt. Hineinzugehen wagten sie nicht, nachdem der Portier in seiner roten Uniform sie verscheucht hatte, geht hier weg, Kinder, ihr habt sowieso kein Geld, um etwas zu kaufen, was der Wahrheit entsprach. Der Hunger plagte sie fast immer, obwohl sie sich aus dem Hinterzimmer so viele Baguettes holen durften, wie sie essen konnten, wenn es nur die Kunden nicht sahen. Aber des Gegensatzes zwischen der krossen Kruste und dem weichen Inneren *konnte* man überdrüssig werden, so unmöglich das auch denjenigen vorkommen mag, die nichts anderes als die kleinen Kekse des Heims kennen, auch wenn sie nicht so hart sind wie die Kekse der Kriegszeit. Mit denen würden ihre Zähne nicht mehr fertig werden, niemand darf sie je mit eingefallenem Oberkiefer sehen, auch sie selbst sich nicht im Spiegel.

Das Zweitbeste war es, vor den Türen der feinen Restaurants herumzulungern, die edlen Düfte zu schnuppern, zu bewundern, wie geschickt die befrackten Kellner einander auswichen, und zu hoffen, sie möchten zusammenstoßen und die Tabletts zu Boden fallen, die Speisen die Festkleider der Menschen beschmutzen und die Scherben auf dem Fußboden zerspritzen, die weißen Tischdecken, die hellen Lichter, die blinkenden Spiegel und die guten Düfte zu bestaunen und festzustellen, um wie viel lauter die Menschen waren, die herauskamen, als diejenigen, die hineingingen, und sich daran zu erinnern, wie übelriechend, dunkel und schmutzig die Kneipe hinter der Bäckerei war, der *patron* mit seiner schmutzigen Lederschürze, die langen, fleckigen Holztische und Bänke, und festzustellen, um wie wenig lauter die Menschen waren, die herauskamen, als diejenigen, die hineingingen.

Wie war das feine Pariser Essen beschaffen? Jedenfalls nicht so wie das bei Victor zu Hause. Aus dem Laden ging man zuerst ins Hinterzimmer und von dort den Korridor entlang in die Küche, wo es tagsüber fast ebenso dunkel war wie am Abend, weil der Vorhang des einzigen Fensters immer zugezogen war, damit die Leute nicht hereinschauen konnten. In der Mitte stand der Esstisch, aus Holz und ohne Tischdecke wie in der Kneipe, aber sauberer, weil Tante Marguerite ihn einmal in der Woche mit der Wurzelbürste schrubbte. Marie wurde gezwungen, den Schmutzwassereimer hinauszubringen und aus dem Brunnen sauberes Wasser zu holen, aber nur einige Male, denn sie bemerkte, dass das immer zur selben Zeit am Samstagmorgen geschah, und lernte, dann nicht da zu sein. Dennoch roch es in der Küche völlig anders als zu Hause in Straßburg und etwas anders als in der Kneipe. Nach gebratenem Fett, aber nicht nach Schnaps, sondern nach frischem Brot und altmodischen Waschmitteln.

Oncle Gaston kam als Letzter zu Tisch, mit struppigem Haar – war es nun grau vom Alter oder vom Mehl, wahrscheinlich vom Mehl, denn damals kann er noch keine fünfzig gewesen sein –, weil er um drei Uhr morgens aufgestanden war und am Tage zwei Stunden geschlafen hatte. Kinder, seid leise, Papa muss sich ausruhen, sagte Tante Marguerite, die selbst ebenso früh aufgestanden war und tagsüber keine Sekunde geschlafen hatte. Die ganze Zeit hatte sie im Laden mit dem Kommandieren der Jungmägde und dem Zubereiten des Mittagessens verbracht, und manchmal kam sie erst zum Essen, als die anderen schon bei der Nachspeise waren, und aß die Vorspeise am Herd stehend. Arme Marguerite, sie muss es schwer haben, weil sie den Fehler gemacht hat, einen Bäcker zu heiraten, seufzte Maman einmal, als sie glaubte, die Kinder hörten es nicht. Ich habe mehr Glück gehabt, sagte sie, und Papa schmunzelte.

Ein Arbeiter hat seine Ruhe verdient, sagte Oncle Gaston als Erstes, nicht *bonjour* so wie die anderen. Victor und sie wechselten Blicke und versuchten, sich das Lachen zu verbeißen, aber natürlich bemerkte Emilie es, sie war ungeheuer interessiert an dem, was ihr Bruder und sie taten. Über die weiteren Lebenswege von Cousin und Cousinen hat sie nie etwas erfahren, bestimmt sind alle verheiratet und haben Kinder bekommen, außer Emilie, die an der Ecke St.-Germain und St.-Michel unter ein Automobil geraten war, und zwar kurz nachdem sie Marie einen bösen Brief geschrieben hatte, aber das geschah Emilie nur recht. Frankreich ist, Gott bewahre, nicht Finnland, hier halten sich die Menschen lange frisch aus demselben Grund wie die Lebensmittel im Gefrierschrank, ein guter Vergleich, den muss ich … ja wem – erzählen. Ihr Lächeln erstarrt zur Grimasse.

Was aßen sie? Nicht das Essen war wichtig, sondern Victor. Marie runzelt die Brauen und erinnert sich an den Fleischtopf am Rand des Herds, den Tante Marguerite *pot-au-feu* nannte und von dem sie behauptete, der Geschmack werde umso besser, je öfter man das Gericht wieder aufwärmte. Marie war derselben Meinung, bis eines Tages Emilie ihr kurz vor ihrer Heimreise verriet, dass das Fleisch aus dem Käfig stammte, der in einer Ecke des Hofs stand. Es war also keineswegs das beste Rind von der Theke des Schlachters, wie Tante Marguerite zu verstehen gegeben hatte, wenn sie es auch nicht wagte, direkt zu lügen. Den Kaninchen hatte sie gleich am ersten Tag Namen gegeben, und jedes Mal wenn sie an ihnen vorbeiging, blieb sie stehen, um mit ihnen zu plaudern. Dafür schämt sie sich immer noch, na, du mein Kleinchen, wie geht es dir denn heute, was bist du doch süß, rote Augen habt ihr beide, aber du bist viel niedlicher als die andere Bernadette, niemand sonst gönnte ihnen auch nur einen Blick, alle hielten sie für eine dumme Kleinstädterin, und sie wiederum empfand ihre Verwandten als hochnäsige Großstädter. Dass gerade dieses Kaninchen noch am selben Tag im Kochtopf enden sollte, war ein so schrecklicher Gedanke, dass sie sich übergeben musste und es nicht rechtzeitig zur Toilette schaffte, obwohl die sich auf derselben Seite des Hofs befand. Ihr Kleid wurde beschmutzt und stank fürchterlich, aber das Schrecklichste war, dass Emilie und die kleinen Mädchen spöttisch lachten und fragten, ob die Sitten aller Straßburger so hinterwäldlerisch seien. Alle lachten außer Victor, der sie später so schön tröstete, dass sie gerade nachgeben wollte, als sie bemerkte, dass im Vorhang ein Spalt war, durch den Adolphe, der Gehilfe des Schlachters, mit höhnischer Miene hereinspähte und unanständige Gesten machte.

Da ärgerte sie sich, allerdings nicht so sehr wie Victor, der in dieser Angelegenheit genau so war wie die anderen Jungen und Männer. Im Nachhinein war sie dem Schicksal sogar dankbar, obwohl es sich in so widerwärtiger Form gezeigt hatte. Es war ein Omen und kein Zufall, dass zur selben Zeit am anderen Ende Europas ein anderer Adolf Bilder malte und niemand ahnte, dass aus dem armen Künstler später ein Schlächter werden würde, aber aus dem Pariser Adolphe wurde später ein Kollaborateur, wenn er auch nur Tiere schlachtete. Bernadette war entnervend, aber nicht so entnervend, dass sie es verdient hätte, ein Opfer von Kannibalismus zu werden.

Marie erbebt, als sie daran denkt, wie begeistert sie von dem neuen Fahrstuhl waren, anders als Oncle Gaston, der beklagte, dass er für die Bewohner des Erdgeschosses von keinerlei Nutzen sei und sie dennoch zahlen müssten. Victor war begeistert, weil die Anlage neu war, und sie beide deshalb, weil man damit bis ins oberste Stockwerk fahren, von dort auf den Dachboden steigen und sich dann in Ruhe küssen konnte, ohne dass Zeit für das Suchen eines Verstecks draufging, so wie es mit Hans gewesen war. Andererseits fand sie es schade, dass es auf dem Hof keine Fahrstuhlmonteure im Blaumann mehr gab, die pfiffen und ihr Pariser Schamlosigkeiten hinterherriefen, sie versuchte, ärgerlich auszusehen, obwohl ihr das eigentlich gefiel, aber das konnte sie Victor nicht erzählen, und sich selbst hat sie es auch erst Jahre später eingestanden.

Hör auf, Victor, hör auf, da kommt jemand, lauf du die Treppe runter, ich nehme den Fahrstuhl, dann sieht uns niemand zusammen! Warum hält der Fahrstuhl nicht im Erdgeschoss, sondern fährt weiter und weiter und weiter abwärts, warum wird das Licht erst matter, jetzt erlischt es ganz, warum hat man den Geruch von feuchter Erde in der Nase, warum öffnet sich die schwarze Tür von selbst und knarrt, die Fackeln in den rußigen Wandhaltern flackern und qualmen, die Augen brennen, die Grabsteine ragen schief auf und suchen Schutz beieinander, Mönche mit Kapuzen wandern auf und ab und bekreuzigen sich, und plötzlich stürmt hinter der Ecke eine Horde Wikinger hervor mit gehörnten Helmen auf dem Kopf und langen Schwertern in der Hand, jemand schreit: Flieht, flieht, alle Einwohner von Paris und besonders die Juden, die Normannen erobern die Stadt, töten die Erwachsenen und fressen die Kinder auf. Nun ist es genug, Gaston, sagte Tante Marguerite vom Herd her, noch unfreundlicher als sonst, wir kennen diese Geschichten schon, aber die kleine Marie könnte sie glauben, möchte jemand noch Eintopf?

Einmal fragte sie Victor, warum sie immer die Vaugirard entlang und in Richtung Innenstadt gingen, und er erwiderte, gut, wir können auch aufs Land gehen, heute ist Samstag, und zu Hause erwartet uns niemand. Zuerst kamen sie dorthin, wo früher die Stadtmauer gewesen war. Victor fragte, sollen wir noch weitergehen, und Marie antwortete, ja gern. Dann blieben die Häuser zurück, und sie folgten dem Strom. Und so wanderten sie fünf oder sechs Stunden lang und waren überhaupt nicht müde. Victor fragte, wollen wir in den Park von Versailles gehen, und Marie antwortete, ja, warum nicht. Die Sonne ging unter, es wurde dunkel, und sie versteckten sich unter den großen Bäumen, damit die Wächter sie nicht bemerkten, und dort lagen sie Hand in Hand auf dem taunassen Rasen, ohne sich zu rühren, die ganze Nacht, bis die Sonne aufging und ihre Kleider trocknete, und der Heimweg dauerte fünf oder sechs Stunden. Victor fragte, wir heiraten doch, wenn wir achtzehn sind, nicht wahr?, und Marie antwortete, wahrscheinlich ziemlich unfreundlich, weil sie zu dem Zeitpunkt schon lange wanderten und sie müde war, dass Cousin und Cousine nicht heiraten können, obwohl sie wusste, dass das nicht stimmte, und dann grollte Victor während der letzten Wegstrecke.

Komisch, dass ich nur vier Wochen, zwei Tage und etwas über sieben Stunden in Paris war, ich habe das Gefühl, es sei viel länger gewesen, dazu noch zwanzig Stunden auf dem Ausflug nach Versailles. So dachte Marie im Stillen, als sie auf dem Bahnsteig standen, niemand sonst hatte Zeit oder Lust, sie zu begleiten, sie hielten einander an den Händen und hätten sich gern geküsst, wagten es aber nicht, weil Bekannte sie hätten sehen können. Das war ganz unnötig, denn Bekannte hatten sie nicht, und die Dampfwolke hätte sie sowieso in ihren grauen Mantel gehüllt, wie der Nebel an einem Septembermorgen auf dem Gesicht des Kanals verweilt, das hat sie einmal in einem Hausaufsatz geschrieben und eine ebenso gute Note wie Hélène bekommen, dabei aber verschwiegen, dass der Vergleich aus einem Roman stammte. Maman hatte vergessen, ihn in der Schublade des Nähtischs zu verstecken, und auf dem Deckel umarmten sich ein Mann und eine Frau, allerdings vollständig bekleidet, anders als in jenem Buch, mit dem sie in der Stunde von Monsieur Fauxbourg erwischt worden war.

Wie war die Zugfahrt nach Hause? Marie konzentriert sich, erinnert sich aber nur an Victors Gesicht, warum sieht sie es deutlicher als das von Hans, vielleicht deshalb, weil Victor Franzose, Hans aber Deutscher war? Nein, eine Rassistin will sie nicht sein, sie lernte bald nach dem Krieg, dass an den Gaskammern nicht Hans, sondern Hitler schuld war, auch wenn man Hans gegen seinen Willen als KZ-Wächter abkommandiert hätte. Oder deshalb, weil sie Hans verlassen hat, nachdem Laurent sie gesehen hatte, aber auch Adolphe aus der Metzgerei hatte sie durch den Spalt im Vorhang gesehen. Der hätte sich sehr gut als Lageraufseher geeignet, abgesehen davon, dass die Franzosen nur als Gefangene taugten, aber nicht Adolphe, der bestimmt kein Jude war, aber woher sollte man das wissen, auch Juden können rote Haare haben, ist das wirklich so, sie muss sich mal erkundigen …

Louise

Na, war es schön in Paris, fragte Papa, und hörte nicht zu, als Marie antwortete. Marguerite hat gar nicht geschrieben, wunderte sich Maman, vielleicht ist der Brief zensiert worden, oder das Backen hat ihre ganze Zeit in Anspruch genommen, lachte Papa, chère Maman schwieg und senkte den Blick auf ihren Teller so wie immer, wenn sie traurig war. Wo hast du dich versteckt, Marie, fragte Laurent, ich habe dich seit Wochen nicht gesehen, du bist doch wohl nicht wieder mit dem blonden deutschen Jungen zusammen, leise, Laurent, leise, oder willst du, dass ich Papa und Maman von Gertrud erzähle, und zum ersten Mal war ihre Gemeinsamkeit gestört, nicht für lange, aber es war doch unangenehm. Rainier und Henri hatten ihre Abwesenheit gar nicht bemerkt.

Diesmal durfte Marie dabei sein, als es darum ging zu beschließen, was sie im Herbst machen sollte, und sie setzten sich nicht an den Schachtisch im Wohnzimmer, sondern blieben im Esszimmer und warteten, bis das Hausmädchen das Geschirr abgeräumt hatte, warte, Elise, bis die Tür zu ist. Vielleicht auch deswegen, weil ihr neues Kleid erwachsen wirkte, sie hatte es in einer Pariser Altkleiderhandlung von ihrem eigenen Taschengeld gekauft, während Victor draußen wartete, weil er nicht in das Damengeschäft mitkommen wollte, oder vielleicht, weil Papa die Sache nicht mehr für so wichtig hielt, aber über das Lyzeum wollte er nicht einmal reden.

Maman schlug ein englisches Internat für junge Frauen vor, an den Ort erinnert sie sich nicht, die englischen Namen waren so seltsam, jedenfalls in der Nähe von London, jemand im Nähkränzchen hatte erzählt, von jemandem gehört zu haben, dass sich unter den Schülerinnen Adelige befänden, es beginnt Anfang August, erstaunlich früh, dann ist Ferienzeit, und es ist heiß, aber in England ist es regnerisch, nebelig und kühl, das ist gut für die Haut, zwar hat Marie kein solches Problem, obwohl ... Zur Sache, chère Elise, zur Sache, sagte Papa und willigte ein, nicht sofort, sonst hätte es so aussehen können, als träfe Maman die Entscheidungen. Später erklärte er, selbst auf die Idee gekommen zu sein, weil es in der heutigen Welt gut sei, außer Französisch und Deutsch auch Englisch zu sprechen, man weiß nie, in welche Richtung die Welt sich in diesen unruhigen Zeiten entwickelt. Keiner von beiden fragte, was Marie darüber dachte, obwohl sie glaubte, dass man ihr gerade um ihrer Meinung willen erlaubt hatte, dabei zu sein.

Ob wohl auf der Straße schon mehr Verkehr ist, ob sie wohl noch einmal wird beobachten können, was draußen geschieht, traurig, obwohl sie weiß, dass dort nichts geschieht? Manchmal fährt das Feuerwehrauto vorbei, ohne anzuhalten, dann wünscht sie sich fast, es möge ein Feuer geben, und bereut es sofort, ein Christenmensch kann so etwas nicht wünschen, bin ich überhaupt noch ein Christenmensch?, überlegt Marie, dreht sich erst auf den Rücken und dann auf die andere Seite. Einmal wurde die Straße wochenlang repariert, ob wohl der nette Techniker draußen am Fenster einen Spiegel anbringen könnte, solche gab es angeblich im alten Helsinki, vielleicht waren die Menschen früher neugieriger, nein, nein, ein unmöglicher Gedanke. Immerhin ist vom Bett aus der Himmel zu sehen, ist das ein Omen, wenn man nicht gerade mit dem Rücken zum Fenster liegt, oder die Vorhänge sind zugezogen, unnötigerweise, denn gegenüber befindet sich nur eine Mauer.

Das Schulgebäude war ein Gespensterschloss am Ufer des Flusses Rhin, es war kleiner und hatte weniger Türme, die dunklen Fenster verbargen grausige Geheimnisse, von denen nur die alten Bäume der Esplanade wussten, die im Wind seufzten. Drinnen war es keine Spur gemütlicher, die Hallen waren groß, die Korridore lang und die Steinwände kalt, obwohl August war. In den Kaminen wird erst am

Abend Feuer gemacht, nicht um zu sparen, sondern der Tradition wegen, sagte die Leiterin, die Pompadour etwas ähnlich sah, aber größer war und an ein Pferd erinnerte, wie es Laurent ihr schon angekündigt hatte. Elektrisches Licht haben wir früher gehabt als irgendeine andere Schule im ganzen Kreis, ein Verdienst ausschließlich von Reverend Thomas, *I dare say*, zum Glück hat er sich bereit erklärt, unser Vorstandsvorsitzender zu sein. Dies ist deine englische Schwester Louise, wie war noch mal dein Name, ach ja, Marie, sie wird dir die Regeln des Hauses erläutern – ein hübsches Mädchen, abgesehen davon, dass ihre Augenbrauen fast zusammengewachsen waren –, auf das Gebäude sind wir alle stolz, es ist über dreihundert Jahre alt, typische späte Tudorarchitektur. Und beim ersten Abendessen – in der Halle hallte es, und es war darin fast ebenso feucht wie im Waschraum nach der Turnstunde – flüsterte Louise ihr zu, die wichtigste Tradition der Schule ist das schlechte Essen, an einem Samstag fahren wir zu uns nach Hause und kommen am Sonntag zurück, das Haus ist ebenso alt, groß und hässlich, aber das Essen ist besser, das wage ich zu versprechen.

Zunächst hatte Marie keine Lust, der Weg war weit, und war das Essen nun wirklich die wichtigste Sache von der Welt? Sie geriet jedoch in Begeisterung, als das Gutshaus hinter großen Bäumen, samtglatten Rasenflächen und lieblich geschwungenen Sandwegen zum Vorschein kam. Wie der Buckinghampalast, in dieser Sache war Louise allzu bescheiden gewesen, schrecklich viele Zimmer, Gemälde von Ahnen und Männern in Harnisch. Das Essen war nicht gut, aber besser als in der Schule, in England wird das Gemüse zu lange gekocht und der Braten zu lange geschmort, das hatte Maman ihr schon vorher erzählt, und sie hatte recht damit. Vater und Mutter oder eigentlich Lord John und Lady – jedenfalls nicht Marleen, Lili Marleen, sangen während des Krieges alle außer ihr, *vor der Kaserne vor dem großen Tor,* dumme Worte, aber die Melodie blieb hängen, später las sie in der Zeitung, dass auch die Engländer es sangen und sogar die Franzosen, aber das glaubte sie nicht –, beide waren sehr freundlich, obwohl sie sie für eine Deutsche hielten und nicht zuhörten, als sie sagte, Straßburg sei eigentlich französisch, sagten vielmehr die ganze

Zeit *sit down, my dear, do sit down.* Marie weiß genau, dass sie an etwas anderes denken sollte als an Louises Eltern oder an Lili Marleen – *steht eine Laterne,* ja, so ging das weiter –, an etwas viel Wichtigeres.

Der Schlafsaal in der Schule: Vom Gang her waren Schritte zu hören, rasch in die Betten, flüsterten die Mädchen, und zieht euch das Nachthemd an, *Mrs Monster comes,* sie sah anders aus als das Monster hier im Hause, ist aber ebenso boshaft. Die Tür ging auf, und ein Streifen Licht traf auf Tallullahs nacktes, verblüffend weißes Hinterteil – ich verstehe nicht, warum die Frauen als so interessant gelten, ihr Hintern besteht aus zwei Teilen so wie bei allen gewöhnlichen Menschen, sagte Laurent und lachte, schrecklicher, geliebter Laurent –, auch sonst war sie die langsamste der Klasse. Louises Körper zitterte, die Lichter gingen an, und alle taten, als schliefen sie, *what in heaven is this girls,* spannend, alles Mögliche auszuprobieren, was ihr Hélène beigebracht hatte, Louise tat, als wäre sie erstaunt, erwies sich aber als ebenso geschickt, und zunächst waren alle still, bis Tallullah anfing zu weinen und sagte, an allem sei das deutsche Mädchen schuld, und alle außer Louise nickten.

Am nächsten Morgen fand im Sekretariat ein offizielles Verhör statt, die Zeugin war Tallullah, und Marie fragte, wo Louise sei, sie weiß, dass ich nicht die einzige Schuldige bin, und Monster antwortete, Louise musste nach Hause fahren, Lady Maureen ist plötzlich erkrankt, und ich habe immer geglaubt, die Deutschen seien tugendhaft und langweilig und die Franzosen unsittlich und lustig, aber es scheint gerade umgekehrt zu sein. Genau in diesem Augenblick beschloss Marie zu flüchten, bevor ein Urteil gefällt würde. Das konnte nämlich wer weiß wie streng ausfallen, mit den Engländern kennt man sich nicht aus, sie können genauso sein wie die Deutschen, in dem leeren Schlafsaal sammelte sie ihre Sachen zusammen, schob unter Monsters Tür einen Brief hindurch, Verzeihung, aber ich muss nach Hause fahren, auch meine Mutter ist plötzlich erkrankt.

Der Nebel verweilte zögernd, obwohl schon fast Mittag war, die großen, weisen Bäume tauchten aus dem Nichts auf, wunderten sich, wohin die Fremde eilte, und verschwanden wieder im Nichts. Zum

Glück hatte sie sich die Abfahrtszeit des Zugs gemerkt, zwölf Uhr dreiundvierzig, und sie weiß sie immer noch, weil sie, abgesehen von einer einzelnen Zahl, dieselbe war wie die Telefonnummer in der l'Impasse du Brave Soldat, der schläfrige Bahnhofsvorsteher sah sie neugierig an, aber die Ankunftszeit in Paddington hat sie vergessen. Verzeihung, Konstabler, ist dies die deutsche Botschaft, misstrauische Blicke, Verhöre, hat das kleine Fräulein überhaupt einen Pass, hallo, hallo, ich bin es, ich kann dich sehr schlecht hören, aus London, warten auf den Zug, warten auf das Schiff, warten auf Laurent, warten auf das Leben, da ist er ja, endlich, die Schulter duftete nach dem vertrauten Tabak, na, na, hier gibt es nichts zu weinen, nur zu lachen. Zu Hause log sie, man habe sie fortgejagt, weil die dummen Engländer glaubten, sie sei eine Deutsche. Als der Krieg dann wirklich zwei Wochen später ausbrach, seufzte sie erleichtert, und Maman fragte, warum bist du so froh, Marie, der Krieg ist eine schreckliche Sache.

Unterwegs sprachen Laurent und sie nicht vom Krieg. Marie erinnert sich an das rhythmische Rattern des Zugs, daran, dass jedes Abteil eine eigene Tür nach draußen hatte, anders als in Finnland, und an den Geruch oder eigentlich den Duft der Dampfwolke, denn seit ihrer ersten Reise mit dem Zug, die war damals erst zwei Monate her, war die weiße Wolke, die aus dem Schornstein der stampfenden Lokomotive aufstieg, das Zeichen für neue und aufregende Erfahrungen, bis die modernen Züge kamen und entweder schlecht oder später nach nichts rochen, falls nicht gerade jemand seinen Proviant aß.

Der Zug hielt ständig an, auch nach der Grenzstation Nancy, warum zweimal, wunderte sie sich. Natürlich, sagte Laurent, zuerst war da nur das bescheidene französische Gebäude, aber nach der großen Katastrophe wollten die Deutschen eine eigene Station und ein Gebäude haben, viel größer und hässlicher, wie du siehst, geh auf keinen Fall auf den Bahnsteig, und kauf auf keinen Fall etwas von den Straßenhändlern, das sind allesamt Schwindler, ich gehe nur kurz dort in das Bahnhofsgebäude und komme sofort zurück.

Der wichtig dreinschauende Abfertigungsbeamte in seiner französischen Uniformmütze – die anders und eleganter war als die deutschen oder auch die russischen Uniformmützen, die sie dann nach dem Krieg in Helsinki sah, von hinten gesehen erinnert sie an Grand-Mères Nachtmütze – blies in seine Trillerpfeife und gab dem Lokomotivführer ein Zeichen, die Waggons setzten sich mit einem Ruck in Bewegung, und sie wurde schon nervös, als Laurent durch die Tür des Warteraums angerannt kam und im letzten Moment auf den Zug aufsprang. Heutzutage setzen sich die Züge heimlich in Bewegung, ohne Abfertigungsbeamten, Trillerpfeifen und Fahne. Und ohne Romantik.

Ich musste auf die Toilette, keuchte Laurent. Sie hatte keine Lust anzumerken, dass es auch im Zug eine Toilette gab, wenn man die auch während des Aufenthalts auf den Bahnhöfen nicht benutzen durfte, und mochte ihn auch nicht daran erinnern, dass Laurent selbst ihr erklärt hatte, warum, und sie erwidert hatte, musst du denn immer über Unschickliches reden. Sie sah es dem Bruder an den Augen an und roch es an seinem Atem, dass er diesmal wohl ein ganz anderes Bedürfnis gehabt hatte. Später fragte Marie, warum Laurent die deutsche und nicht die französische Station gewählt hatte. Das deutsche Bier ist besser, grinste Laurent, für dich scheint der Patriotismus eine Sache des Geschmacks zu sein, sagte Marie, so ist es, denn das deutsche Bier wird in Straßburg gebraut, aber das französische vielleicht in Belgien, antwortete Laurent. Noch heute erinnert sie sich genau an das Gespräch, obwohl seitdem fast achtzig Jahre vergangen sind, damals war Sommer, es war viel wärmer, als es hier jemals wird, und so redeten sie, Laurent mehr und Marie weniger.

»Jetzt, wo du schon fast erwachsen bist, wird es Zeit, dass du einige Tatsachen über unsere Familie erfährst. Die Grundregel lautet, man darf Papas Reden keinen Glauben schenken.«

»So hässlich darf man nicht über seinen Vater reden.«

»Wart ab und hör zu, was ich sage. Papa beschönigt und behauptet, unsere Vorväter seien reinrassige Straßburger Franzosen, ehrenhafte und gesetzestreue Juristen gewesen.«

»Aber das ist doch wahr!«

»Ist es nicht. Wenn du in der Schule im Geschichtsunterricht aufgepasst hast, dann weißt du, dass die Stadt ursprünglich deutsch gewesen ist.«

»Das wissen alle, obwohl Hélène und ich nicht besonders genau auf das gehört haben, was der Lehrer sagte, weil er dumm war und Französisch nur dann sprach, wenn jemand nicht verstand, was er da brabbelte, oder zumindest so tat, als ob.«

»Aber du weißt nicht, dass Grand-Mère einen Bruder hatte, von dem niemals gesprochen wurde, und das nicht ohne Grund, denn der Mann war wirklich kein französischer Patriot, sondern Pfarrer in der deutschen Armee.«

»Unmöglich, musst du immer Lügengeschichten erzählen?«

»Entschuldige bitte, aber es ist eine bedauerliche Tatsache, dass er im Jahre siebzig an der Eroberung Frankreichs teilnahm, und als die Deutschen auf dem Marsfeld eine Parade abhielten, du weißt, dort vor dem Eiffelturm, obwohl der damals noch nicht vorhanden war, nun rate mal, wer die Predigt hielt, in der Gott und dem Kaiser für den Sieg gedankt wurde.«

»Woher soll ich das wissen, und was hat das schon zu bedeuten.«

»Unser geliebter Ahnherr. Und das ist noch nicht alles.«

»Wieso?«

»Er war nicht nur ein Deutscher, sondern auch Jude.«

»Aber das bedeutet doch, dass ...«

»Auch wir sind Juden, zumindest zum Teil.«

»Wenn du dir das mal nicht alles ausgedacht hast, wie schon so oft.«

»Als ich studieren oder bei Papa im Büro ein Praktikum machen sollte, dachten alle, ich würde meine ganze Zeit mit Kartenspielen verbringen. Das stimmte auch, aber einen Teil der Zeit habe ich in der Bibliothek verbracht und recherchiert, genau so, wie ich es behauptet habe. Sieh mich an. Lockiges Haar und eine leicht gekrümmte Nase, nicht wahr?«

Marie versank in Gedanken. Sie wollte nicht hören, was Laurent sagte, obwohl dieser seinen Monolog während des letzten Teils der

Reise fortsetzte. Deutsche und Jüdin. Damals brach ihre Welt zusammen, nicht ganz, aber der Teil, zu dem Pères und Grand-Pères spöttische oder bittere Bemerkungen zu der Frage gehörten, wer jeweils woran schuld war, am Schwund der Kunden, am unredlichen Wettbewerb, am schlechten Benehmen der Jugend, an der Brutalität der Polizisten und vor allem am Krieg, damals, als Grand-Père jung und Papa noch klein war. Die Deutschen marschierten in Straßburg als Sieger ein, die Hörner schmetterten, die Trommeln schnarrten, und die Fahnen wehten, aber die anständigen Straßburger blieben zu Hause, und nur die Bediensteten spähten durch die Vorhänge, kein Wunder, denn die meisten von ihnen waren Deutsche, oder vielleicht war all das nur, wie war doch gleich das Wort, Sublimation, ganz recht, davon sprach der dunkelhaarige Psychiater beim Abendessen während des Ärztetags – wann mag das gewesen sein?, bestimmt irgendwann gegen Ende der Zwanzigerjahre, denn damals hatte sie einen Bubikopf – so begeistert, dass sie sich viele Male seine Spuckespritzer von ihrem nackten Arm abwischen musste, verstohlen, damit der andere nicht gekränkt war, und die Sache war ihr dadurch nicht klarer geworden.

Den 1. Juni im Jahr des HERRN 1983

Liebes Tagebuch,

lang, lang ist's her, denn dies ist nicht mein erstes Tagebuch. Jetzt erscheint mir die Überschrift lächerlich weihevoll – sind nicht alle Jahre des Herrn, und warum mit großen Buchstaben –, aber so war es damals üblich. Ich glaube nicht, dass irgendein Junge aus unserer Klasse Tagebuch schrieb. Stattdessen rannten und sprangen sie, spielten Fußball und schrien, ebenso kindisch, finde ich.

Es gehörte sich, dass man den besten Freundinnen zeigte, was man am Abend zuvor geschrieben hatte, dann wurde verglichen und gekichert – na, das ist wohl etwas boshaft gesagt. Ich hatte keine Freundinnen, keine gewöhnlichen und keine besten. Und selbst wenn ich welche gehabt hätte, dann hätte ich ihnen ums Verrecken keine Zeile zu lesen gegeben. Einen Freund hätte ich gern gehabt, aber die Jungs trauten sich nicht. Manchmal habe ich eine ziemlich spitze Zunge, das muss ich zugeben. Das kann ein Grund dafür sein, dass ich als etwas eigentümlich gelte, aber nicht der einzige.

Einmal habe ich mich bei Mutter darüber beklagt, dass ich keine Freunde habe, obwohl alle anderen welche haben. Sie zuckte die Achseln und sagte, daran gewöhnt man sich. Vielleicht hatte sie recht, aber danach habe ich mich nie wieder bei ihr über irgendetwas beklagt. Außer manchmal über das Schleppen der Wassereimer, damals, als das Wasser noch nicht ins Haus kam und nicht daraus abfloss.

Die vollgeschriebenen Tagebücher verbrannte ich im Küchenofen, wenn ich allein zu Hause war. Dafür genügte es, dass Mutter und Großmutter gleichzeitig abwesend waren, denn zu unserem Haushalt gehörte niemand sonst. Der Grund, warum ich wieder zum Stift greife – meine Finnischlehrerin hat gesagt, man solle sich einer nuancenreichen Sprache bedienen –, ist, dass ich gestern mein Abitur gemacht habe. Es ist das erste Mal in unserer Familie, in der Sippe und im Dorf, also ein wirklich großes Ereignis.

Meine alte Volksschullehrerin hatte sich die Mühe gemacht, den weiten Weg vom Kirchdorf bis hierher zurückzulegen. Ich habe schon damals gewusst, dass aus dem Mädchen etwas wird, sagte sie. Mir haben Sie das aber nicht gesagt, dachte ich und bedankte mich für die Rose. Mehr kann die Arme sich nicht leisten, weil ihre Rente so bescheiden ist, sagte Mutter später. Insgesamt habe ich zwölf Rosen bekommen. Ziemlich viele, aber bestimmt weniger als jede andere meiner Klassenkameradinnen.

Großmutter fing noch in der halben Nacht an zu backen. In ihrer Jugend war sie als Dienstmädchen in Helsinki, wie es damals üblich war, und später hat sie als Festköchin gearbeitet, sodass das ging wie der Blitz, wie man hier sagt, obwohl sie uralt ist, um die siebzig oder so. Es mag eigentümlich klingen, aber in manchen Dingen ist sie mir eine bessere Freundin als Mutter.

Viele Verwandte waren der Einladung gefolgt, und der Hof war voller Ladas. Überraschend viele, sagte Mutter, das kann daran liegen, dass die Sommerferien begonnen haben und die Neugier der Finnen in demselben Tempo erwacht, wie die Birken ausschlagen. Sie alle waren mir unbekannt, aber freundlich. Auch einige Schwestern und Brüder von Großmutter waren dabei, obwohl viele schon gestorben sind. Noch zahlreicher waren die Cousins und Cousinen ersten und zweiten Grades von Mutter, die ganze Bande, wie Großmutter in ihrer leisen Art murmelte.

Einer der Männer hielt für mich eine Rede. Schlohweißes Haar und so alt, dass er sich nicht ohne Stütze aufrecht halten konnte. Viel Glück für die neue Abiturientin, begann er, erzählte aber dann von seiner Kindheit jenseits der Grenze und von der Aussiedlung. Zuletzt erhob er sein Glas mit Saft von Himbeeren aus unserem eigenen Garten, aber nicht auf mich, sondern auf das verlorene Karelien der Erinnerungen. Die Frauen weinten leise, die Männer schluckten, und ich fragte mich, warum sie eigentlich gekommen waren. Niemand erkundigte sich nach meinen Zensuren, und ich hatte keine Gelegenheit, von meinen vier Laudatur-*Noten zu erzählen. Ich muss zugeben, dass mich das ein wenig ärgerte, obwohl kaum jemand von ihnen weiß, was* Laudatur *bedeutet. Von dem Stipendium für die beste Schülerin, zwar nur 30 Mark, aber immerhin, mochte ich nicht erzählen, weil sie den Wert des Geldes natürlich kennen und das für eine größere Errungenschaft gehalten hätten als das Abitur.*

Für Onkel Niku muss man Verständnis haben, er ist noch zur Zarenzeit geboren, sagte Mutter und wirkte verlegen, und Nachbarn zeigten sich nicht, obwohl sie eingeladen worden waren. Sie sind noch genauso wie damals, als Großmutters Familie hier angesiedelt wurde, lamentieren immer noch über den Boden, den sie nach dem Krieg an die Flüchtlinge abtreten mussten, reden von gottlosen Piroggen-Essern und sind neidisch, weil ihre eigenen Kinder auf ihrem Bildungsweg nicht erfolgreich waren.

Jetzt fragst du, liebes Tagebuch, bestimmt, warum mein Vater und mein Großvater bei der Feier nicht dabei waren. Die Antwort darauf ist einfach. Nicht deshalb, weil sie gestorben oder böse wären, sondern aus dem einfachen Grund, dass ich keine Ahnung habe, wer sie sind. Ein paarmal habe ich Mutter gefragt, aber sie hatte keine Zeit und sagte, darüber reden wir ein andermal. Mit Großmutter darüber zu sprechen habe ich nicht gewagt.

Schon in der ersten Klasse habe ich erfahren, dass weder Mutter noch Großmutter jemals verheiratet waren und beide trotzdem ein Kind haben. In den Pausen haben manche Schüler gehöhnt, warum holst du dir nicht Rat bei deinem Vater oder bei deinem Großvater, du Bankert, wenn du schon so dumm bist. Die Vaterlosigkeit scheint ein angeborener Fehler der Familie zu sein, mal sehen, wie es dem Mädel ergehen wird, sagte die Nachbarsfrau im Laden, die nicht bemerkt hatte, dass ich zwischen den Regalen ein Paket Kaffee holte.

Die Kinder nennen unser Haus Hütte der Unbemannten, das haben sie von ihren Eltern gelernt. Allerdings ist dies keine Hütte mehr, seitdem auf dem Dachboden zwei Zimmer ausgebaut worden sind. Ich nehme das Zimmer nach Osten, sagte Mutter, weil ich aufwache, wenn der Hahn kräht, für dich ist das nach Westen geeignet, weil du im Bett liest und auf der Seite keine Nachbarn wohnen, die sich über das Licht wundern könnten. Großmutter bekam die Schlafkammer, sie versicherte, sie sei zufrieden, und beklagte sich nicht darüber, dass im Winter die Stube wärmer ist.

Ich muss Schluss machen, ich höre Rumoren im Erdgeschoss.

Der Vormittag

Guillaume

Und wenn sie nun auf die Toilette muss? Nur dreimal in ihrem Leben musste Marie eine Bettpfanne benutzen, erst musste sie ganz furchtbar dringend, die Pflegerin schob sie ihr unter, sie schämte sich, und nichts kam, obwohl sie sich wirklich bemühte, aber sobald die Bettpfanne entfernt wurde … Würde sie es vielleicht doch schaffen, ins Badezimmer zu gehen? Nicht allein, aber wenn man sie von beiden Seiten stützen würde, zwei starke Pflegerinnen, Topelius ist zu zart, Edith Piaf wäre ihr recht, aber nicht das Monster, ihre Hände sind stark und unfreundlich, ihre Fingernägel zweimal so groß wie ihre eigenen, fast so wie bei den Männern, ist das angeboren oder ein Zeichen dafür, dass sie ihr ganzes Leben lang körperlich gearbeitet hat? Ihre eigenen müssten unbedingt geschnitten und lackiert werden, damit sie sich nicht spalten, aber nicht rot, jetzt braucht sie den Männern nicht mehr zu gefallen, der Gedanke an ein Bad verursacht ihr eine Gänsehaut, und der Gedanke an feuchte Handtücher ist nicht weniger schrecklich. Das Schlimmste am Alter ist das Fehlen von Alternativen, der Zwang, das zu tun, was andere befehlen, der Zwang, sich zum Beispiel damit abzufinden, dass nur das Kopfende des Betts direkt an der Wand steht, das mag praktisch sein, erinnert aber an das Krankenhaus, hoffentlich hat dieses höhere Seiten, damit sie im Schlaf nicht aus dem Bett fällt.

Marie wäre nicht darauf gekommen, dass man ihre Schule zu einem Krankenhaus umfunktioniert hatte, dort ist die Sprossenwand, durch die Tür dort ging man in *jenen* Umkleideraum und von dort weiter in *jenen* Waschraum. Von Hélène und Bernadette hatte sie nichts gehört, nachdem sie aus England zurückgekehrt war und in einer neuen

Schule angefangen hatte, die, weil Papa auf seinem Standpunkt beharrte, kein Lyzeum war, sondern genauso eine wie das Internat von Louise und Monster, nur dass man zu Hause wohnen durfte. Kleinere Klassenräume, es hallte weniger, war gemütlicher, und Französisch durfte man sprechen, jedoch nicht zu laut, die Mädchen waren brav und kindisch. Marie fühlte sich erwachsen und erfahren, obwohl die anderen gleichaltrig oder älter waren als sie selbst. Alle sprachen von der Schlacht um Verdun, und die Stadt füllte sich mit müden und bleichen Soldaten, manchen fehlte ein Bein oder ein Arm, blutige Verbände, Lazarettzüge kamen an und fuhren wieder fort, die Leichenwagen ratterten so, dass Papa nachts nicht schlafen konnte, den Kommandanten anrief und Deutsch sprach, warum nicht am Tage, ach so, damit die Kinder es nicht sehen, na, da kann man dann wohl nichts machen, aber könnte man nicht Gummiräder aufziehen? Erst als Marie siebzehn Jahre alt geworden war, erlaubte ihr Papa, sich als Freiwillige im Krankenhaus zu melden, niemand ahnte, was für Arbeiten sie dort verrichten musste, der Geruch von Lysol und Leichen verfolgte sie. Chère Marie, sagte Maman, du musst damit aufhören, oder du bekommst das Wundfieber, und sie antwortete ungeduldig, chère Maman, wir müssen unsere Pflicht tun, auch wenn es Deutsche sind, und dachte gleichzeitig daran, dass auch Maman und sie selbst deutsches Blut hatten und jüdisches dazu, sagte aber nichts, weil die anderen nicht wussten, dass sie es wusste. Oder hatte Laurent Marie mit seinem Gerede von dem Feldgeistlichen, dem Marsfeld und der Predigt nur einschüchtern wollen?

Die Morgenrunde dauerte eine Ewigkeit. Die Betten der Patienten standen in drei Reihen, an der Spitze ging der diensttuende Arzt – der Oberarzt muss Tag und Nacht operieren, sagte die Oberschwester mitleidig, sind die Oberschwestern eigentlich immer in die Oberärzte verliebt? –, dann die Kandidaten, die Stationsschwester und die richtigen Krankenschwestern, Marie ging als Letzte, im Unterschied zu den anderen trug sie eine blaue und keine weiße Tracht, und ihre Haube war einfacher. Das Lehrerzimmer war zum Operationssaal umfunktioniert worden, sehr passend, dachte sie, und am Fußende eines jeden Bettes befanden sich die Karten, auf einer nur ein Vorname und eine steigende Fieberkurve, sie warf einen Blick auf den Patienten, sein Kopf war verbunden, der blutlose Mund und das glatte Kinn waren zu sehen, Flaum, aber kein Bart, lag darin etwas Bekanntes oder doch nicht? Hans, flüsterte sie, ich bin's, aber der Mann regte sich nicht und antwortete auch nicht. Wo bin ich, und wer sind Sie, fragte Marie, mit dem roten Haar, Bart und Schnurrbart erinnerte er an einen Wikinger, Oncle Gastons Albtraum, immerhin weder Helm mit Hörnern noch Schwert. Ich bin Chirurg, hier lernt man an einem Tag mehr als zu Hause *in Finnland* in einem ganzen Jahr, wo gibt es denn so einen Ort? Das ist kein Ort, sondern ein Land hoch im Norden, also doch ein Wikinger, seufzte Marie.

»Warum steht auf der Karte nur der Vorname?«

»Er hatte keine Papiere bei sich, das Gesicht war schwer verbrannt, und als wir nach seinem Namen fragten, flüsterte er Hans und verlor das Bewusstsein, noch bevor er seinen Familiennamen nennen konnte.«

»Es kann sein, dass ich ihn kenne, könnte man den Verband nicht ein wenig öffnen?«

»Mit mir muss man Deutsch sprechen, ich verstehe sehr schlecht Französisch, ich habe das in der Schule nur ein Jahr lang gelernt, Verzeihung, was tut das zur Sache, aber ist dieses Krankenhaus nicht ein deutsches?«

»Nein, ein straßburgisches«, sagte Marie leise und wiederholte ihre Frage auf Deutsch.

»Es ist wohl besser, wenn ich den Verband nicht öffne, die Gasmaske hatte er in der Hand und nicht auf dem Kopf, wahrscheinlich hat er es nicht geschafft, Senfgas hinterlässt schlimme Spuren, der arme Mann, oder sollte man sagen, der arme Junge.«

In diesem Moment bewegte sich der Patient unruhig und atmete in raschem Tempo. »Sauerstoffmaske!«, rief der Wikinger, und plötzlich drehte sich der Kopf des jungen Mannes zur Seite, und Blut rann ihm aus dem Mund.

»Der Puls ist weg, wir haben ihn wohl verloren, aber das Gute daran ist, dass das Bett frei wird, der Korridor ist schon voll.«

Marie erwachte, als starke Arme sie aufrichteten und eine raue Stimme sagte: »Na, was hat denn das kleine Fräulein, das ist schon schrecklich, aber in ein paar Tagen gewöhnt man sich daran.«

An die Reden der Chirurgen gewöhnte sie sich schnell, sie meinen es eigentlich nicht böse und auch nicht unbedingt gut, aber nicht an die sterbenden Patienten und auch nicht daran, dass sie niemals erfuhr, ob das ihr Hans gewesen war oder irgendein anderer, Männer dieses Namens gab es in Deutschland unzählige, das Schlimmste im Leben ist die Ungewissheit. Am ersten Tag strebten Marie und der Wikinger gleichsam aus Versehen in der Mittagspause zu demselben Tisch, sie hatte eine halbe Stunde Zeit, danach erschien die Oberschwester auf der Steintreppe und klatschte in die Hände wie seinerzeit die Schulleiterin, schlechtes Essen, die Gerüche von geschmortem Kohl, Fett und Krankenhaus mischten sich, ach, guten Tag, Schwester Marie, guten Tag, Herr Doktor, mehr sagten sie nicht, sahen sich viele Male an und wandten den Blick sofort ab. Am zweiten Tag ließen sie das Mittagessen aus und gingen im Garten des Krankenhauses spazieren, derselbe alte Pausenhof, die Bäume höher und mehr Bänke als früher, der Regen hatte aufgehört, und die Kirschbäume blühten, die gerade ausgestreckten weißen Gipsbeine der Genesenden, passen Sie auf, Schwester, dass Sie nicht stolpern, und sie setzten sich auf einen von der Sonne erwärmten Stein, plauderten und schauten einander in die Augen, bis die Pause zu Ende war. Am dritten Tag stellten sie sich vor, ich bin Marie, ich bin Wilhelm, erzählten von sich, von ihren Familien, ihrem Heimatland und ihren eigenen Kriegen. Am vierten Tag gingen sie hinter den Geräteschuppen und küssten sich, Bart und Schnurrbart waren eigenartig, aber erregend, und Marie vergaß Hans und Victor. Am fünften Tag beschlossen sie, sich zu verloben, nachdem Wilhelm um ihre Hand angehalten hatte, versehentlich in einer Pfütze niedergekniet war und beide aufgehört hatten zu lachen und Marie nichts anderes hatte sagen können als *pourquoi pas*, aber Papa musste um Erlaubnis gefragt werden. Wie war es möglich, dass alles so schnell ging, stimmte etwas nicht mit ihr? Mit Hans vergingen bis zum ersten Kuss allerdings nur einige Stunden, und mit Victor einige Tage, ist das nun pervers oder natürlich, wenn zwei junge Menschen sich begegnen? Maman und Papa waren viele Jahre verlobt, damals schickte es sich nicht zu heiraten, solange man die Anwaltspapiere nicht in der Tasche hatte.

Monatelang ließ sie zu Hause nichts verlauten, und als sie sich schließlich doch ein Herz fasste, wirkte Papa zunächst zufrieden, bis er hörte, dass der Bräutigam nicht aus Straßburg und nicht einmal Franzose, sondern Ausländer war, zum Glück jedoch kein Deutscher, und obwohl der Kandidat – manchmal waren Papas Ausdrücke wirklich altmodisch – angeblich nur Deutsch und überhaupt kein Französisch sprach, willigte er schließlich ein, ihn zu treffen, aber erst nachdem Maman ihn dazu überredet hatte. Chère Maman hatte Angst, Marie könnte unverheiratet bleiben so wie Bernadette, und versprach, obwohl man Braten nicht einmal bei Kupsus bekam, ein feines Abendessen zu geben, natürlich nur dann, wenn die Sache einen glücklichen Ausgang nehmen würde. Papa und Wilhelm schlossen sich im Kontor ein, und es dauerte furchtbar lange, bis sie wieder herauskamen, beide mit einer Zigarre in der Hand, das ist ein sicheres Zeichen, sagte Maman und bemühte sich, ruhig zu wirken, und Marie war abwechselnd rot vor Eifer und blass vor Angst.

Beim Abendessen servierte das Hausmädchen Wilhelm die Suppe vor Papa, ich kann nicht vor Monsieur Céline nehmen, stotterte Wilhelm. Papa runzelte die Brauen und sagte, Monsieur – Verzeihung, aber Ihren Familiennamen weiß ich nicht mehr, er ist so schwierig –, bedienen Sie sich, wenn Sie an der Reihe sind, und machen Sie keine Sperenzchen, sonst gehen Sie leer aus, bei uns gelten straßburgische und nicht russische Sitten. Später schnaubte Wilhelm, wie entsetzlich ungerecht es war, einen schwedischen Gentleman nur deshalb einen Russen zu nennen, weil in Finnland zufälligerweise unrechtmäßig die Herrschaft des Zaren errichtet worden war, ebenso gut hätte ich deinen Vater einen Deutschen nennen können, und Marie sagte, ach, ich dachte, du seist ein Finne, daraus hätte ein Streit entstehen können, aber das geschah nicht, denn sie waren ja verliebt.

Es amüsierte Laurent, dass Wilhelm ein Namensvetter des deutschen Kaisers war, und als Wilhelm nach dem Abendessen nach Hause oder vielmehr in seine Pension gegangen war, rief er, man möge dem Kaiser geben, was des Kaisers ist, daraus wurde einer von Laurents Standardwitzen, von denen er eine unglaubliche Menge auf Lager hatte. Rainier und Henri behaupteten, ihr Bruder habe in der verschlossenen Schublade seines Nachttischs einen Haufen Notizhefte einzig zu diesem Zweck. Er erzählte die Witze ohne Rücksicht darauf, wer ihm zuhörte, aber nicht, wenn Papa anwesend war, und schließlich hörte ihm niemand mehr zu außer Marie und Laurent selbst, manchmal versuchte er, auf seine eigenen Kosten zu scherzen, und da beschloss Marie, Wilhelm nicht anders zu nennen als Guillaume und rief ihn in ihrem ganzen langen Leben nicht einmal aus Versehen mit einem anderen Namen, unabhängig davon, ob Deutsch, Schwedisch oder Finnisch gesprochen wurde. Anfangs beanstandete Wilhelm – schrecklich, was habe ich da gesagt, zum Glück nicht laut –, also Guillaume jedes Mal, das sei nicht sein richtiger Name, er gewöhnte sich aber in einigen Wochen daran. Maman war schrecklich enttäuscht, weil die Hochzeit nicht im großen Münster stattfinden konnte, denn das war den Trauerfeiern für hohe Offiziere vorbehalten, und davon gab es so viele, dass die Termine nur für Offiziere vom Oberst an aufwärts reichten, sagte Papa, und noch mehr deshalb, weil niemand Guillaume fragen wollte, ob er bereit sei, katholisch zu werden, und Marie es sich nicht traute.

Wie ist es möglich, dass sich jemand an seine eigene Hochzeit nicht erinnert? Ist das ein Zeichen von Alzheimer, von dem die jungen Doktoren mit lauter Stimme sprachen – was machten sie eigentlich in ihrem Zimmer? –, oder von der anderen Krankheit, deren Namen sie vergessen hat, sie fängt mit P an. Das Hochzeitszimmer war klein, es war jedenfalls nicht zu Hause in der *l'Impasse du* Brave Soldat, vielleicht in einer kleinen Kapelle oder *chez prètre*, nur wenige Menschen, und es passierte etwas, worüber Laurent lachte, zum Glück erst hinterher, jetzt fällt es ihr ein: Als Guillaume niederkniete, wurde ein Loch in seiner Schuhsohle sichtbar.

Es war eine zugleich wunderbare und schreckliche Zeit, ihr Kopf war ebenso durcheinander wie die ganze Stadt, die anderen sprachen von den Kämpfen, Somme, Verdun, Paschendaele und Messines, aber Guillaume und sie planten ihre Zukunft und stritten nicht über die Frage, wer gewiefter war, die deutschen oder die französischen Generäle, denn sie wussten, dass sie verschiedener Meinung waren, und wollten nicht streiten, und wieder füllten sich die Korridore des Schulkrankenhauses. Eines Morgens rief Guillaume begeistert, hör mal, Marie, Finnland ist ein unabhängiger Staat geworden, lass uns zurückfahren, dort werden ausgebildete Ärzte wie ich gebraucht, hier gibt es nichts mehr zu lernen. Und Marie fragte, ob Finnland nicht schon vorher ein selbstständiges Großfürstentum gewesen sei, Guillaume hörte nicht zu, und so willigte Marie ein und ahnte nicht, dass dies die wichtigste Entscheidung ihres Lebens sein würde. Sie ging nicht, um ihrem Mann zu gefallen, und auch nicht, weil dieser von unwiderstehlichem Charme gewesen wäre, sondern weil ein Arzt eine sicherere Alternative war als Hans, Friede seiner Asche, oder Victor, wie es ihm wohl gehen mochte?

Maman weinte, Papa knurrte, Rainier und Henri waren nicht zu Hause, aber Laurent begleitete sie zum Bahnhof. Dort stand er dann zwischen den Soldaten und winkte, cher Laurent, die deutschen Züge rochen nach Krankenhaus und auch sonst anders als die französischen, das Schiff schlingerte, und die Eisstücke polterten so laut, dass sie in der Nacht nicht schlafen konnte, aber Guillaume schlief ruhig, bis er anfing zu schnarchen, und Marie dachte, muss ich dieses Geräusch nun mein ganzes Leben lang ertragen? Und als sie in Helsinki ankamen, war auch dort Krieg und außerdem Kälte, Schnee und Wind.

Gibt es auf der Welt kein einziges sicheres Land? Den Krieg hätte sie allerdings nicht bemerkt, wenn die neuen Verwandten nicht erzählt hätten, dass die Roten – sie bewegten sich in der Stadt in Zivilkleidern, mit einer seltsamen Pelzmütze, einer roten Armbinde am Ärmel und einem Gewehr – jederzeit an der Tür klingeln und hereingestürmt kommen konnten, um zu kontrollieren, ob in der

Wohnung Waffen versteckt waren. In der Straße, wo der Bekannte eines Bekannten wohnte, war ein Panzerwagen auf und ab gefahren, aber Marie bekam so etwas nicht zu sehen, vielleicht weil sie nicht wusste, wie so ein Ding aussah, damals, als sie zum ersten Mal allein in den Milchladen ging und mit leeren Händen zurückkehrte, und sie weiß immer noch nicht, woran das lag, ob daran, dass die Verkäuferinnen nicht verstanden, was sie sagte, oder daran, dass sie nichts zu verkaufen hatten. Guillaume war lieb, eine Bedienstete hatten sie damals noch nicht, und er ging in den Laden, was wahrscheinlich zum letzten Mal passierte, und die Frau des Hausmeisters wunderte sich, was das für Zeiten waren, wo der Doktor selbst mit der Milchkanne in der Hand losging, dass er sich gar nicht genierte und was würden die Nachbarn denken.

Wann werdet ihr *richtig* heiraten, fragten Guillaumes Verwandte, nicht die Männer, sondern die Frauen, was meint ihr damit, wunderte sich Marie, wir sind schon verheiratet, ja, ja, aber nicht nach den Zeremonien der lutherischen Kirche, wir haben auf den Katholizismus schon vor vierhundert Jahren verzichtet und unter dem Kommando des Heldenkönigs Gustav II. Adolf vor dreihundert Jahren einen Glaubenskrieg geführt. War das ein Russe?, fragte Marie, alle wurden böse und schrien, ein Schwede natürlich, und sie sagte, unsere Familie ist zweitausend Jahre lang katholisch gewesen, na, das war übertrieben, aber der Zweck heiligt die Mittel, und sie willigte ein, ein zweites Mal im Magistrat die Ehe zu schließen. Da bibberten sie dann in ihren Festkleidern am Rand des Marktes und warteten darauf, dass es drei Uhr wurde, die Fahrt mit der Mietdroschke war überraschend kurz gewesen, der eisige Wind schneidend, und die Schneewehen, so hoch wie ein Mensch, belagerten sie von allen Seiten.

»Im Sommer ist dieser Senatsplatz bestimmt schön, aber die Nikolaikirche ist auch im Winter prachtvoll, fast so, als wäre man in Sankt Petersburg.«

»Chère Marie, die Namen lauten jetzt Großmarkt und Großkirche, und auf Finnisch heißt die Stadt Pietari, es ist richtig, das Wort heilig wegzulassen, die Russen nennen die Stadt neuerdings Leningrad, unser Markt ist kleiner, und die Proportionen sind besser, aber bist du überhaupt schon einmal dort gewesen?«

»Nein, aber eine Klassenkameradin von Maman wohnte dort, damals lautete der Name Sankt Petersburg, und sie schrieb jedes Jahr zu Weihnachten eine Karte, auf der Sommer war. Wer ist die männliche Skulptur dort in der Mitte?«

»Kaiser Alexander.«

»Das ist jedenfalls ein Russe. Das Denkmal wird jetzt, da Finnland unabhängig geworden ist, ja wohl gestürzt, oder?«

»Nein, er war ein Freund Finnlands, anders als viele andere Zaren.«

»Warum war er ein Kaiser, die anderen aber Zaren?«

»Der Unterschied besteht darin, dass – das ist eine komplizierte Sache, ich erkläre es dir später einmal, wenn mehr Zeit ist.«

»Stammt deine Mutter aus einer russischen Familie?«

»Wieso?«

»Na, weil sie Alexandra heißt.«

»Nein, absolut nicht, du musst noch viel lernen, sag das niemals zu ihr, das ist die schlimmste denkbare Kränkung für uns Schweden, die wir in Finnland wohnen.«

»Warum, das ist ein schöner Name, und am russischen Blut ist nichts Schlechtes, viel weniger als am deutschen oder jüd… lass uns gehen, sonst kommen wir zu spät.«

Der Akt war so kurz, dass man ihn nicht als Zeremonie bezeichnen konnte. Der Beamte trug eine stark vergrößernde Brille so wie jener Junge, den sie Eule genannt hatten und der zusammen mit Laurent eine Wassertüte auf die Straße hatte fallen lassen, sie brauchten nicht niederzuknien, und auf dem Fußboden war kein Wasser, und diesmal waren Guillaumes Schuhe heil, das hatte Marie vorher überprüft, der Beamte, der als Zeuge abkommandiert worden war, gähnte, und sie musste weinen. Nicht deshalb, weil sie zum zweiten Mal heirateten, sondern weil Guillaume schlechter Laune war und sie ihre dummen Fragen bereute.

Ihre erste Wohnung. Ein Bretterzaun und ein Torbogen zur Straße hin, ein Holzhaus hinten im Hof, hohe, bereifte Ahornbäume, glitschige Kopfsteine und ein paar erfrorene Herbstblätter, an Frosttagen senkrecht aufsteigender Rauch, zwei Zimmer, Feuer im Kachelofen, der warme Duft von brennendem Holz flutete einem entgegen, wenn man die Haustür öffnete. Guillaume sah so jung aus, dass der Postbote fragte, ob der Vater zu Hause sei, er brauche eine Unterschrift, aber wie die genaue Adresse lautete, das hat Marie vergessen. Wo war der Umschlag von Hélènes Brief hingekommen, bestimmt lag er auf dem Fußboden, da ist er, auf halbem Weg zwischen Bett und Fenster. Marie reicht mit Mühe und Not an die Klingel heran, warum kommt niemand, endlich, was ist denn los, Frau M.? Könnten Sie mir bitte diesen Briefumschlag und die Brille geben, Edith, danke schön, ich verstehe ja, dass Sie nicht mehr gut sehen können, aber wir haben wahrhaftig Wichtigeres zu tun, und ich heiße nicht Edith. Frau Dr. Marie Myhrborgh, alle h's sind an ihrem Platz, aber warum auf Deutsch, sie hat bestimmt geglaubt, in Finnland könne man kein Französisch, was stimmte und immer noch stimmt, Boulevardenstraße 15 B, das ist sie, Bulevardi hätte genügt, aber Hélène konnte natürlich nicht wissen, dass es in Helsinki nur einen einzigen Bulevardi gibt. Vielleicht ist der Brief in Deutschland aufgegeben worden und Laurents Geschichte wahr.

Borgbacka

Marie konnte nicht begreifen, warum Guillaume die Hochzeitsreise auf die Ålandinseln machen wollte, zwar konnte man nicht ins Ausland, Geld war nicht vorhanden, und der Krieg war gerade zu Ende, aber trotzdem. Das war kein Krieg, sondern ein Aufruhr, chère Marie, sagte Guillaume und führte sie auf die Esplanade, damit sie sich ansehen konnte, wie der weiße General Mannerheim in die Stadt einritt, eine prachtvolle Erscheinung, aber nicht besonders weiß, er siegte in den Kämpfen mithilfe der Deutschen und war in der Armee des Zaren ausgebildet worden, damals gingen die Weißen, die Roten, die Finnen, die Deutschen, die Russen, die Russkis, die Emigranten, die Revolution und der Freiheitskampf in ihrem Kopf ebenso durcheinander wie die Parteien. Gab es zum Beispiel zwischen den Altfinnen und den Jungfinnen einen anderen Unterschied als das Alter? Es gibt in Finnland Orte, zu denen man nicht mit dem Schiff zu fahren braucht, erinnerte Marie, stolz darauf, dass sie etwas über die Geografie ihres neuen Heimatlandes wusste, zum Beispiel nach Viborg kommt man mit dem Zug. Ich glaube, das ist eine interessante Stadt, und gebildet, wie ich höre, spricht man dort Französisch so wie in St. Petersburg, mehr als in Helsinki. Na, das hatte keine anderen Folgen als einen langen Vortrag, oder sollte sie sagen, eine Predigt, etwas, woran sie sich in den späteren Jahren leider gewöhnen musste.

Anfangs war Guillaume ruhig. Zum einen, sagte er, werden Hochzeitsreisen nicht in lärmende und schmutzige Städte, sondern in eine schöne ländliche Gegend gemacht, wo die Natur unberührt ist und die Menschen echt, und zum andern geht nichts über das Meer, die Küste und die Inselwelt, das ist das ureigene Revier von uns Schweden, und zum Dritten – Guillaumes Nacken rötete sich – sollen die

Finnen doch dortbleiben, wo sie hingehören, also im Landesinneren auf ihren Schwenden, in letzter Zeit breiten sie sich auch im Süden aus, die Barbarei ist auf dem Vormarsch. Aber was war der vierte Punkt? Marie versucht sich zu erinnern, es gelingt ihr nicht, und sie will gerade aufgeben, ach ja, zunächst fragte sie, ob nicht Finnland und Schweden darüber stritten, wem die Ålandinseln gehören, und du bist für den Anschluss an Schweden, weil die Bewohner angeblich überhaupt kein Finnisch können. Wie kommst du denn darauf, schrie Guillaume, natürlich gehören die Ålandinseln zu Finnland, wo würde es denn hinführen, wenn man die Schweden, die mehr als hundert Jahre lang keinen Krieg geführt haben, hierherließe, damit sie ihre sozialistischen Lehren verbreiten? Aber was Schwenden sind, das weiß Marie bis heute nicht.

Der Wind ließ nach, und die Wellen plätscherten versöhnlich gegen die Bootswände, aber das Tempo war flott, fast ebenso flott wie in dem Motorboot, in dem sie nur ein einziges Mal in ihrem Leben gewesen war, nämlich mit ihrem Cousin Alois, als er Urlaub aus der Garnison hatte, unmittelbar vor Kriegsausbruch, und absolut nicht glauben wollte, dass Marie sich nicht mit ihm küssen wollte. Obwohl Marie, wenn der Mann selbst ebenso ansehnlich gewesen wäre wie seine Uniform, vielleicht eingewilligt hätte, denn er war so eitel, dass er den Waffenrock nicht ausziehen wollte, und plötzlich ging der Motor aus, und Marie bemerkte erst später, dass Alois das natürlich mit Absicht gemacht hatte, andere Leute waren nicht zu sehen, weil der Fluss an dieser Stelle eine Biegung machte, die Zweige der Bruchweide berührten die Wasseroberfläche, die Brackwasserstellen waren gelb vor Blütenstaub. Ein Segelboot ist geräuschlos und stinkt nicht nach Benzin, dachte Marie, das Wasser ist nicht nur im Fluss, sondern auch im Meer ein beruhigendes Element, es duftet frisch und schmeckt salzig, lustig, wie hartnäckig das Birkenkind dort aus der Felsenvertiefung der kleinen Insel hervorstrebt, obwohl dort kaum mehr Erde vorhanden ist als in Mamans Palmenkübel am sonnigen Fenster des Wohnzimmers, der Steuermann wird ja wohl wissen, wo die Klippen sind, wenn er es wagt, so nahe heranzufahren, bestimmt will er die Reisenden beeindrucken – Hilfe, tut etwas, wir stranden auf der Insel!

Die Tür geht auf, und Topelius steckt den Kopf herein. Ich wollte nur mal nachsehen, ob alles okay ist, weil ich einen Schrei gehört habe, ja, ja, alles okay, die Ohren der jungen Leute von heute sind ruiniert. »Okay«, das ist doch keine ordentliche Sprache, sondern eine amerikanische Verdrehung, früher war das anders, ausländische Lehnwörter wurden nicht geduldet, zumal keine deutschen, obwohl es in der eigenen Sprache der Straßburger unendlich viele davon gab und sicherlich immer noch gibt, ach, wenn man doch noch einmal seine Muttersprache sprechen könnte, eine vergebliche Hoffnung wie so manches andere. Guillaume packte in letzter Sekunde das Steuerruder, der starke, braun gebrannte Arm und die goldblonden Härchen, das Boot schoss in ein paar Dutzend Zentimetern Abstand an der Landzunge vorbei, und sie erbebt instinktiv, als sie in ihrem Bett dem Zusammenstoß ausweicht.

Im Hafen verlangte Marie, sie sollten sich über den Vorfall beschweren, na gut, sagte Guillaume, er war damals noch so verliebt, dass er mit fast allem einverstanden war. Wir hätten alle ertrinken können, sagte sie in ihrem schlechten Schwedisch, kein Wunder, wenn der blinde Andersson am Ruder steht, versetzte der Besitzer des Bootes ruhig, später wunderte sie sich darüber und sagte, die Åländer seien wohl allzu ruhig. Andersson ist ein alter Kumpel von Papa, also, ich meine den Besitzer Andersson, nicht den Schiffsführer Andersson, Verzeihung, aber heißen *alle* Küstenbewohner Andersson? Das nun doch nicht, es gibt auch einige namens Myhrborgh so wie unsere Familie oder Kultje so wie Mamas Familie, lachte Guillaume, nichts in dieser immer finnischer werdenden Welt ist so wichtig wie die Solidarität unter den Schweden. Was haben die Schweden damit zu tun?, fragte sie, Guillaume spielte verhaltene Selbstbeherrschung und antwortete, indem er jedes Wort extra betonte, *nicht – die – Reichs – schweden, sondern – die – Finnland – schweden*, du musst noch viel über unser Land lernen. Ach, wie recht Guillaume doch hatte, damals.

Es war Sommer, wie so oft in ihren Erinnerungen, obwohl Marie nichts gegen den Winter und schon gar nichts gegen den Herbst hatte. Sie und Guillaume gingen Hand in Hand den Pfad entlang, hinunter zum Strand, und die längsten Gräser kitzelten ihr die nackten Knie. Kannst du die Koffer mit einer Hand tragen, fragte sie mit vorgeblich besorgter Stimme, und Guillaume antwortete mit vorgeblich munterer Stimme, natürlich, *ma chère*, und das erste lebende Wesen, abgesehen von den Moskitos, von denen es viele gab und die man nach Ansicht Guillaumes nicht Moskitos, sondern Mücken nennen musste, war ein Schäferhund, der hinter einer Biegung hervorgeprescht kam, groß und lärmend. Marie drückte sich an ihren Mann, so als suchte sie Schutz, hab keine Angst, sagte Guillaume, Hannibal ist brav und beißt nur Diebe, woher weiß er, ob ich ein Dieb bin, ja, ein kluger Hund bemerkt das, so, mein Junge, springen darfst du nicht, so ist es brav, das ist unser Fritz, wie er leibt und lebt, dachte sie, schwieg jedoch, Guillaume hatte ihn bestimmt gesehen, als er zu Papa kam und um ihre Hand anhielt, es aber vor lauter Nervosität vergessen. Damals wusste sie noch nicht, dass manche Männer ständig nach einer Gelegenheit suchen, den Helden zu spielen.

Hinter den hellgrünen Birken mit den weißen Stämmen duftete das Meer, was sind das da für Stangen, fragte sie, Guillaume lachte und sagte, das sind keine Stangen, sondern Masten, die Sonnenstrahlen spiegelten sich in den Wellen, und sie hielt sich die Hand über die Augen. Auf den glatten Felsen, die von der Eiszeit geschliffen worden waren, wie Guillaume so stolz erzählte, als hätte er sie selbst gemacht, standen kunterbunt durcheinander kleine rote Häuser oder, besser gesagt, Hütten, die Schultern zusammengekrümmt unter steilen Dächern und langen Traufen, die einen weiter oben auf dem Hügel, die anderen weiter unten am Wasser oder direkt im Wasser, Fischernetze an den Wänden, kleine und etwas größere Boote, am Ufer, in Ufernähe und auf dem Meer, Segel, fast ebenso weiß wie die Laken am Waschtag auf dem heimischen Hof in Straßburg, und seltsame Blumen, wie sie sie nur in den Alpen gesehen hatte, bei dem Ausflug im Jahre neunzehnhundertzehn, oder war es elf gewesen? Das muss aber ein reicher Gutshof sein, wenn er so viele Gebäude hat, rief sie aus, dies ist ein Dorf, chère Marie, die gibt es auch im Elsass, sagte Guillaume, allerdings sehen sie anders aus. Aber wo sind all die Menschen?, fragte sie und antwortete selbst, ach ja, natürlich beim Fischen. In diesem Moment erschien in der Tür eines Hauses ein Mann, Guillaumes Vater Onkel Pehr, winkte mit der Hand und kam ihnen entgegen.

Wiegender Schritt, die Hälfte seines Lebens hatte er im Boot verbracht, andersartige Kleider, auf dem Land verlangte Tante Alexandra nicht Schlips und Kragen, ein freundliches Lächeln, zu Hause braucht man nicht nervös zu sein. Die Schwiegermutter wartete im Haus, sie war genauso wie in der Stadt, als sie sich zum ersten Mal begegneten, schwarzes Kleid, straff gegürtet und altmodisch, eine allzu stolze Miene und eine allzu aufrechte Haltung. Bestimmt trug sie ein Korsett – das tue ich auch, aber ich bin doppelt so alt wie sie damals –, mit ihrem Äußeren wollte sie wohl ausdrücken, dass hier nicht irgendeine Fischersfrau, sondern die Tochter vom Gutshof Borgbacka stand, das wusste Marie schon, denn die mächtige Familie Kultje war so ziemlich das Erste gewesen, wovon Guillaume ihr im Bett erzählt hatte, nachdem sie ... Wie bist du als Kind von hier, wo Fuchs und Hase sich Gute Nacht sagen, zur Schule gekommen?, fragte sie, oder gab es hier überhaupt Schulen? Im Winter liefen wir auf Skiern, im Sommer gingen wir zu Fuß oder fuhren mit dem Fahrrad, manchmal mit dem Boot, antwortete Guillaume und wirkte gereizt.

»Was heißt wir?«

»Ich und Gabriel.«

»Was für ein Gabriel?«

»Mein kleiner Bruder.«

»Warum hast du mir nicht von ihm erzählt, und warum habe ich ihn nicht kennengelernt?«

»Ich habe nicht daran gedacht. Anders als ich hatte er keine Geduld, die Schule abzuschließen, sondern ging zur See. Er segelt dort immer noch herum und kommt nur selten nach Finnland.«

Marie versuchte, sich die kleinen Jungen vorzustellen, die durch die Schneewehen stapfen, sich gegen den Wind stemmen oder im Boot schaukeln, aber es gelang ihr nicht. Sie sind tapfer, diese Jungen aus dem Norden, nicht umsonst heißt es in einem Lied, »Vor deiner Truppe fällst du als Held« und »Heldenhafte Jungs des Volkes«.

In Borgbacka verbrachten sie den ersten Sommer, nicht den ganzen, aber drei oder vier Wochen, eine Zeit, die lang genug war, bevor sie beschlossen, vielmehr Guillaume beschloss, dass das Segeln wichtiger sei. Marie sieht vor ihrem inneren Auge eine lange Lindenallee und an deren Ende ein fast ebenso langes Haus, das ist kein Haus, sondern ein Gutshof, sagte Guillaume, das erkennt man daran, dass er gelb und nicht rot ist so wie die Kätnereien. Heutzutage muss man sie Kleinpachthöfe nennen, sagte Tante Alexandras Bruder, der alte Onkel Sebastian, damals war er noch der Gutsherr und nicht sehr alt, vielleicht sechzig oder so. Die erste Reise nach Borgbacka, oder Porpakka, wie die Finnen sagten, zuerst eine Stunde Richtung Turku mit dem Zug, ganz ähnlich dem, den Laurent beinahe verpasst hätte, aber ein anderer Geruch, und dann mit dem Pferdewagen.

Matias und Elmer erwarten uns am Bahnhof, erklärte Guillaume, und sie fragte, warum nicht eine Person ausreiche, wir haben doch nichts außer diesen kleinen Koffern. Matias ist ein Knecht, Elmer das Pferd und der Wagen ganz gewöhnlich, lachte Guillaume, aber wenn wichtige Gäste kommen, dann werden der Inspektor, Brynolf und das Festkarriol geschickt, und sie warten nicht vor dem Bahnhofsgebäude, sondern direkt auf dem Bahnsteig, manchmal kommt der Stationsvorsteher heraus und salutiert. Der Inspektor hat aber einen vornehmen Namen, und wer sind wichtige Gäste?, fragte sie, Guillaume wandte den Blick zum Himmel, seufzte und antwortete, Brynolf sei das beste Pferd des Hauses, ein richtiges Rennpferd, der Inspektor habe keinen anderen Namen als Inspektor, und wichtige Gäste seien zum Beispiel die adligen Verwandten von Ingrid, der Braut seines Vetters Simon, und Börje, weil er nach Ansicht seiner Mutter in seiner Uniform so prachtvoll aussieht, aber nicht Calle und schon gar nicht der Jüngste, Nebel, ich meine Lars-Olof, vier Söhne und kein einziges Mädchen. Damals begeisterte Guillaume sich noch für Pferde und lachte über ihre dummen Fragen. Später begeisterte er sich für Autos und wurde böse, wenn sie so dumm fragte.

Der Weg war staubig und kurvenreich, die Felsen eigenartig klein und schroff, wie Pickel im Gesicht der Landschaft – sollte ich es morgen früh doch wagen, in den Spiegel zu schauen, die Leberflecke sehen schrecklich aus, aber man kann kaum etwas anderes dagegen tun, als sie zu überpudern, eine Operation lohnt nicht, die Narben sehen noch schlimmer aus, hat Doktor Jekyll gesagt – stellenweise briefmarkengroße Felder und Wiesen, Wald, Wald und nochmals Wald, hier und dort Scheunen und Hütten, graue und blassrote, an den Fenstern Kinder, die Nasen an der Scheibe, ernste und traurige Augen, schmutzig, von ärmlichem Aussehen und bedauernswert. Ihnen wollte sie helfen, Arme gibt es auch im Elsass, vor allem auf der deutschen Seite, aber doch nicht *so* arm.

Gleich am selben Tag am Esstisch – trockener Braten, eine dampfende Schüssel *pommes* … Verzeihung, Kartoffeln, braune Klunkersoße, diesen Namen brachte Guillaume ihr sofort bei, nachdem sie in Finnland angekommen waren und dort Nahrungsmittelknappheit herrschte, zu süße Konfitüre, frisch gebackener Fladen, überraschend gut, davon hatte sie noch nie gehört, geschweige denn gekostet, zu salzige Butter und zu wässrige rote Grütze – sprach sie von Hilfe für die Kleinpächter. Alle legten verwundert Messer und Gabel auf den Teller, der alte Onkel Sebastian räusperte sich und sagte, liebe Marie, unsere Pachtbauern sind keine Armen, die gibt es in Finnland nur im Binnenland und in der Grenzregion, wenn jemand in einer Notlage ist, kennen wir unsere Verantwortung und geben ein Darlehen, ich meine, wir helfen. Am Abend, als sie schon im Bett waren, sagte Guillaume, warum schließt du dich nicht der Nähgesellschaft der Damen an, liebe Marie, alles ist für wohltätige Zwecke bestimmt, ich kenne einige davon, nicht direkt, aber über die Ehemänner, ich kann dich empfehlen, wenn du dich nicht traust. Und da, genau in diesem Moment, beschloss sie, auf eigene Faust zu handeln, ohne irgendjemanden um Erlaubnis zu fragen, das ist die Pflicht eines Christen, zumindest eines katholischen, aber sie vergaß die schöne Absicht, denn am nächsten Abend organisierte Simon ein Willkommensfest zu Ehren des seltenen Gastes, er war ein wenig in sie verschossen, obwohl er sich gerade verlobt hatte, kein Wunder, denn damals war sie noch jung und schön, das sieht man auf den alten Fotos, und dunkel, anders als Ingrid, wie *kann* ein Mensch nur so blond sein.

Das Grammofon spielte bis zum Morgen, und sie tanzten Charleston im Backhaus, der Fußboden voll Mehl, eine Mischung von Brotduft und Schweißgeruch, das war gar nicht übel. Die Alten wussten es nicht, aber sehr wohl die Leute, denn ihre Unterkünfte waren auf dieser Seite des Hofes, später kamen die Knechte und Mägde dazu, einmal forderte Sven sie auf, ein wenig ähnelte er Hans, war aber ein viel besserer Tänzer, dazu gehörte nicht viel. Guillaume war eifersüchtig, das erste und letzte Mal, ach, wie wohl ihr das doch tat, nicht Charleston, sondern Polka, in wildem Tempo die Wände entlang, die Wände entlang, die Wände entlang, die Wände – Marie zuckt zusammen, murmelt halblaut, wie lange habe ich gedöst, schaut dorthin, wo die Uhr sein sollte, sieht sie aber nicht, ach ja, das Bett ist umgestellt worden, ich muss darum bitten, dass auch die Uhr woanders hingestellt wird, oder vielleicht ist das nicht nötig, wenn es mir wieder besser geht – vom Ton der Essensglocke um sechs Uhr erwachten sie nicht, weil sie nur zwei Stunden geschlafen hatten, die Magd klopfte an die Tür, knickste und sagte, der Gutsherr lasse ausrichten, dass der Kaffee kalt werde.

»Gehen Sie zurück, und sagen Sie dem Gutsherrn, dass Herr Guillaume und ich gleich kommen.«

»Ich bin nur gekommen, um zu fragen, wann es Frau M. passen würde …«

Warum wirkte die Magd so verwundert und ging plötzlich fort, sie erinnerte an Topelius, alle finnischen Mädchen sehen gleich aus, und als sie am Abend vorschlug, lass uns doch wieder tanzen gehen, sagte Guillaume, das seien Kindereien, wir sind verheiratet, falls du das noch nicht bemerkt haben solltest.

Einmal, aber nur einmal, zwangen Guillaume und Simon sie, auf die Hasenjagd mitzukommen, die Flinte rühre ich nicht an, sagte Marie und mochte oder konnte nicht erklären, warum. Allenthalben hechelten und heulten die Hunde, und Simon sagte, weil du, Marie, kein Gewehr hast, gehst du zu der großen Fichte und postierst dich da, wo der Waldweg zu Andersson von unserem Weg nach links abgeht, ich zeige es dir, wenn wir näher kommen, da stehst du und wartest, und wenn du einen Hasen siehst, dann bläst du in diese Pfeife. Der Wald roch nass und faulig, sie setzte sich auf einen Baumstumpf, ihre Hose, die sie von Ingrid geliehen hatte, wurde nass, meine liebe Marie, auf die Jagd kann man nicht im Rock gehen, und von fern war Hundegebell zu hören, im finnischen Wald schallt es anders als in den Straßen von Straßburg. Nach zwei, oder fast zwei Stunden, huschte ein Tier durchs Gebüsch, sie blies in die Pfeife, und kurz darauf kamen die Männer angerannt und schrien, das war kein Hase, sondern ein Hund, gut, dass es kein Mensch war, jetzt ist die Jagd verdorben, eigentlich war es Guillaume, der das rief, denn damals fürchtete Simon ihn noch. Warum müssen wir jagen, wir haben genug zu essen, und ein Hase schmeckt nicht einmal sonderlich gut, sagte sie. Guillaume wunderte sich und sagte, das gehört dazu, was hat ein Gentleman auf dem Land sonst zu tun, Hase ist eine Delikatesse, wenn man genug Sahne an die Soße tut, das kann man am nächsten Tag auch kalt essen. Da beschloss sie zu beweisen, dass ein gebildeter Mensch auf dem Land auch noch anderes tun kann, als Hasen zu töten oder sich in der Sauna selbst zu martern, beim ersten Mal glaubte sie, man müsse sich auf den Saunaofen setzen, diese Anekdote vergaß Guillaume nie zu erzählen, und Marie gab sie manchmal auch selbst zum Besten, wenn sie einen charmanten Gentleman zum Lachen bringen wollte.

Über Ingrids adelige Herkunft wurde gescherzt, darf ich vorstellen, dies ist die junge Braut Kultje, geborene von und zu Silberschwert, die Schwestertochter von Marschall von Hindenburg, damals stimmte auch Ingrid in das Gelächter ein, obwohl ihr richtiger Name Silfversköld war, garantiert aus reichsschwedischer Familie, aber mit den Jahren wurde die Gutsherrin von Borgbacka hochmütig, verlangte, dass die Leute sie Freiherrin titulierten, und wollte für den Gutshof einen französischen Namen, ihr fiel jedoch kein passender ein, weil Monrepos schon vergeben war. Calle, der ähnlich wie Laurent der Spaßmacher der Familie war, aber dicker, schlug als Namen Monombre vor für den Fall, dass es Ingrid nach ihrem Tod gefallen sollte, ihr Leben als Gespenst fortzusetzen, und Calle wurde lange Zeit weder zu Hochzeiten noch zu Beerdigungen und nicht einmal zu Besuch eingeladen, und aus Rache schickte er Ingrid jahrelang eine Weihnachtskarte mit der Adresse: Gutshof Borgbacka, Borgkacka uliza Nummer eins. Über Ingrids Affektiertheit ärgerte sich auch Guillaume, der sich mit seiner bescheidenen Fischerfamilie brüstete und vergaß, dass seine Mutter Onkel Pehr gezwungen hatte, ihrem Familiennamen jene zwei überflüssigen Buchstaben hinzuzufügen, weil Myhrborgh doch viel besser aussieht als das bloße Myrborg, obwohl es gleich klingt.

Maries Gewissen erwachte wieder, und am nächsten Morgen stand sie vor Guillaume auf und wunderte sich, wie es so früh schon so hell sein konnte, um diese Zeit war es in Straßburg noch dunkel, zog sich an, schlich die Treppe hinunter und blieb jedes Mal stehen, wenn eine Stufe knarrte, viel häufiger als zu Hause in Straßburg. Von der Küche drangen Stimmen herüber, aber in den Räumen der Herrschaft hatte niemand etwas zu suchen, jedenfalls nicht im Sommer, da die Öfen auch dann nicht geheizt wurden, wenn es nötig gewesen wäre, vielleicht war es besser so, damit nicht dasselbe passierte wie einst im vorigen Jahrhundert, als eine Magd angeblich Petroleum in den Ofen schüttete, damit die nassen Scheite anbrannten, und das gelang ihr so gut, dass sie auch sich selbst verbrannte. Was ist Petroleum, fragte sie, Guillaume lachte und sagte, das wurde damals benutzt, als der Großvater die Großmutter nahm, es ist etwas anderes als Benzin, man kann sie am Geruch unterscheiden, vielleicht fehlte der Magd dieser Sinn gänzlich. Manchmal waren Guillaumes Geschichten merkwürdig, und wann hatte eigentlich der Großvater die Großmutter genommen?

Guillaume vergaß, das Nachtgeschirr mit einer Zeitung zu bedecken, oder es war ihm egal, aber Marie wollte es nicht benutzen, damit Guillaume nicht von dem Geplätscher aufwachte, den Männern hat die Natur alles leichter gemacht als den Frauen. Zur Außentoilette ging sie nicht auf dem kürzesten Weg, über die Sandwege und an der Sonnenuhr vorbei, sondern an den Wänden entlang, damit niemand sie sah und auch das Geharkte nicht zertreten wurde, obwohl der Inspektor sie doch bemerkte, weil er angeblich auch sonntags um fünf Uhr aufstand. Achte auf die Brennnesseln, wenn du mit nackten Beinen gehst, es juckt höllisch und heilt wochenlang nicht, wenn man kratzt. Der Sitz war kalt und der Geruch ziemlich übel, aber sicherlich weniger übel als auf der Seite der Männer. Beim ersten Mal fragte sie Guillaume, warum die Außentoilette so viele Löcher haben muss, bei uns zu Hause gab es nur zwei für den Fall, dass jemand krank war, nur bei den Dienern gab es mehrere, weil es viele waren und sie keine Zeit hatten, Schlange zu stehen, sonst würden die Arbeiten liegen bleiben, und alles wurde anders, als sie ein Wasserklosett bekamen. Wieder lachte Guillaume und sagte, dorthin geht man zusammen, das sind die besten Momente des Tages, wenn man nach einer guten Mahlzeit – na, vielleicht sind Frauen anders, aber das sind auch die Finnen, dachte Marie.

Die Sonne stand schon hoch am Himmel, die Vögel sangen oder brüllten, wie Laurent zu sagen pflegte, cher Laurent, aber im Tal verweilte noch der Nebel, der Schritt war leicht, sie hatte Lust, wie ein kleines Mädchen zweimal auf demselben Bein zu hüpfen, aber das schickte sich nicht für eine verheiratete Frau, der Inspektor könnte das zufällig sehen. Der Korb war nicht schwer, obwohl sich unter dem Tuch alles Notwendige befand, Brot, Butter und Schweinespeck, die hatte sie von der Küchenmagd bekommen, nachdem sie ihr vorgelogen hatte, sie wolle einen Ausflug machen, gewissermaßen stimmte das ja auch, für die Kinder Bonbons, die sie der Schale auf dem Wohnzimmertisch entnommen hatte, verschiedenfarbige Pillen, Baldrian und Hustensaft aus der Reiseapotheke, da war so viel Zeug drin, dass Guillaume das nicht bemerken konnte, Röcke und Blusen, die ihr nicht mehr gefielen, etliche Paar fast heiler Strümpfe, die Armen sind daran gewöhnt, sie zu stopfen, Kinderkleider, die sie in einer Ecke des Kleiderschranks im Vorraum der oberen Etage gefunden hatte und die aus der Zeit stammten, als Simon, Börje, Calle und Lars-Olof noch klein waren, die Mottenlöcher bemerkte man kaum, und Pfeifentabak, auch die armen Männer mussten etwas bekommen, den hatte sie im Kontor stehlen müssen, wer würde sie verdächtigen, obwohl sie eine Ausländerin und zu dunkel war, Guillaume nahm es mit seinen Papirossy sehr genau, er hätte das Rauchen rechtzeitig aufgeben sollen.

Sie beschloss, in die erste Hütte zu treten, wo es keinen wütenden Hund, aber viele Kinder gab. Als Erstes kam ihr ein Mann auf einem Karren entgegen, der erschrak und so plötzlich auswich, dass ein Rad in den Graben geriet, kann ich helfen, fragte Marie höflich. Was kann eine schwache und schlecht Schwedisch sprechende Frau in so einer Situation schon tun? Dadurch erschrak der Mann noch mehr, begann zu fluchen und auf das arme Pferd einzudreschen, das rollte mit den Augen, und Schaum troff ihm vom Maul, das hätte Victor gefallen, bis er schließlich den Karren zurück auf den Weg gezerrt bekam, und dann blieb nur das schnell leiser werdende Geklapper des Karrens, eine langsam sich auflösende Staubwolke und die Erinnerung, die offenbar niemals verfliegt – warum bleiben einem alle möglichen kleinen Vorkommnisse im Gedächtnis, aber die wichtigen Dinge vergisst man. Dann tauchten hinter der Wegbiegung zwei Frauen auf, mit Kopftuch, machten einen tiefen Knicks, als sie in die Nähe gekommen waren, heutzutage sagen die Entgegenkommenden nicht Guten Tag, nicht in der Stadt, wo sollte das wohl hinführen, aber auch nicht auf dem Land, aber wie kann sie das wissen, ist sie doch seit vielen Jahren eine Gefangene des Pflegeheims, abgesehen davon, dass sie manchmal mit Topelius auf der Bank bei der der Sonne zugewandten Ziegelwand sitzt, die ihr angenehm den Rücken wärmt.

An der ersten Hütte ging sie vorbei, zu sauber, und es war nur ein einziges Kind zu sehen, und das verschwand hinter dem Schuppen, sobald es Marie erblickte, auf dem Hof der zweiten bellte wütend ein Hund, in die dritte musste sie gehen, weil der anfangs leichte Korb schwer geworden war und das nächste Haus noch weit entfernt sein konnte. Guillaume hatte sie gewarnt, dass Finnland ein dünn besiedeltes Land sei, aber dass es so dünn besiedelt war, das hätte Marie nicht geglaubt. Das Einzige, woran kein Mangel herrschte, war die Armut, von der Farbe waren nur wenige blassrote Spuren zu sehen, das Haus sah aus wie ein Schuppen, und der Schuppen wirkte verlassen, in der Vortreppe waren Löcher, die Tür stand einen Spalt offen, und auf ihr Klopfen und Rufen kam keine Antwort – hallo, hallo, ist hier jemand zu Hause? Und schließlich trat sie ein, sehr vorsichtig, so wie die Polizisten im Fernsehen, als ihre Augen noch gut waren, obwohl es damals noch kein Fernsehen gab, Chaplins *Vagabund* war der einzige Film, den sie gesehen hatte oder eigentlich nicht gesehen hatte, weil sie die ganze Zeit Guillaume anschauen musste, der lauter lachte als jemals davor oder danach, der hinter ihnen sitzende Mann zischte, leise da!, aber das Lachen dauerte fort und fort und …

Marie hält sich mit beiden Händen die Ohren zu und schließt die Augen, hör schon auf, hör schon auf, cher Guillaume, jammert sie, und dann wird es still. Aber was war das für ein Geruch in der Hütte, anders als zu Hause in Straßburg oder in Helsinki oder in Borgbacka oder überhaupt irgendwo, seitdem erkannte sie ihn sofort, im Schuhmachergeschäft des Sockelgeschosses im abfallenden Teil der Högbergsgatan oder im Mädchenzimmer, bei den seltenen Gelegenheiten, wenn sie einmal dorthin musste, nicht alle, aber diejenigen, die sich nicht ordentlich wuschen, das ist schwierig ohne eigenes Badezimmer, und die gemeinsame Toilette war im Keller, und gleichzeitig hörte sie das weiche Patschen unzähliger nackter Füße und sah die erschreckten Gesichter der Kinder, die sich um die Mutter scharten, zwar schlecht, weil es im Haus dunkel war, obwohl draußen die Sonne schien, insgesamt acht, wie sie später zählte. Jetzt kann ich nicht mehr zurück, dachte sie, stellte den Korb auf die Bank und begann die Sachen auszupacken und auf den langen Stubentisch zu legen, die Neugier siegte über die Schüchternheit, und sie kamen und schauten zu, langsam, zuerst die Mutter, dann die Kinder außer den beiden ältesten, die in der Ecke blieben, hier ist dies und hier ist das, zählte sie auf, aber niemand sprach oder dankte, bis die alte Frau, wie eine solche sah sie nämlich aus, im Oberkiefer fehlten mehrere Zähne, obwohl die Jüngsten noch kaum laufen konnten, die Hand ausstreckte und mit überraschend lauter Stimme ein einziges Wort sagte: Geld. Wie bitte?, fragte Marie, und die andere wiederholte: Geld.

Der kleine E.

Marie schließt die Augen und versucht sich zu erinnern, was sie morgens auf der Straße sah, damals, als sie noch gehen konnte, irgendetwas ist inzwischen passiert, das weiß sie noch, aber was? Etwas Wichtigeres, als dass auf dem gegenüberliegenden Trottoir eine alte Tante entlangging und einen lächerlich kleinen und stolzen Hund ausführte, der einen hellbraunen Mantel und eine rote Schleife trug. Guillaume rief schon im Flur, chère Marie, ich habe eine Überraschung für dich, und eine Überraschung war es wirklich, jenes kleine gelbe Wesen, irgendeine finnische Rasse, es hatte schon einen Namen, wie lautete er doch, es hatte etwas mit Japan zu tun – Banzai! –, ihr Gedächtnis ist doch noch nicht ganz hinüber. Bedeutet der Name etwas, fragte sie, und Guillaume erzählte, dass das ein Schlachtruf der Japsen sei, mit dem sie als kleine Jungen die Gendarmen ärgerten und dann um die Ecke flüchteten.

Wer sind die Japsen, und warum musstet ihr um die Ecke flüchten?, fragte sie. Das war damals, als Bobrikoff erschossen worden war, im Fernen Osten war Krieg, und der Russki verlor. Guillaumes Augen glänzten, und sein Haar war ebenso strubbelig wie in jenem Frühling in Straßburg, als die Kirschbäume auf dem Hof des Krankenhauses blühten, sie sich ineinander verliebten und sich heimlich hinter dem Geräteschuppen küssten, und Marie hatte keine Lust zu fragen, wer Bobrikoff war, und auch nicht, was Japse bedeutet, und sie sagte auch nicht, dass sie kleine Hunde eigentlich nicht leiden kann, immer kläffen sie. Zu Hause gab es Unmengen davon zusätzlich zu den großen Hunden, obwohl niemand sie mochte, aber sie gehörten dazu, und sie schalt Guillaume nicht dafür, dass er die Sache nicht mit ihr abgesprochen hatte, sondern sagte ruhig, und was, wenn nun der Kleine Hundehaare in den Hals bekommt, er schnauft und niest schon jetzt. Mein Sohn ist von starker Natur, und in unserer Familie wurden immer Hunde gehalten, sagte Guillaume, so ist es auch in unserer Familie, antwortete Marie und mochte nicht streiten, denn die Geburt war erst zwei Wochen her, alles war gut gegangen, abgesehen davon, dass Guillaume erst viele Stunden danach zu ihr kam, als alles vorbei war, obwohl er versprochen hatte, ihre Hand zu halten, verzeih mir, chère Marie, aber die Operation dauerte länger als sonst, herzlichen Glückwunsch der Frau Doktor, ein gesunder Junge, wenn auch etwas untergewichtig, sagte der Assistenzarzt und hielt das Kind an den Füßen hoch, passen Sie auf, Doktor, das Blut geht in den Kopf. Na gut, wenn du den Hund ausführst, natürlich, natürlich!, rief Guillaume und hielt sein Versprechen nur am ersten Abend.

Mitten in der Nacht erwachte Marie davon, dass aus der Wiege kein Gewimmer und kein Schnaufen mehr zu hören war, der Kleine war blau und nicht rot so wie gewöhnlich, die Taufe war für nächsten Sonntag angesetzt und der Pfarrer bestellt. Guillaume hätte gern einen Wilhelm gehabt, er war überzeugt gewesen, das Kind würde ein Junge sein, mein Kind bekommt keinen deutschen Namen, hatte Marie gesagt und hätte gern Laurent oder Hélène gehabt. Mein Kind bekommt nicht den Namen eines Kaiserlästerers, und warum um alles in der Welt Hélène, sagte Guillaume, und so schlossen sie einen Kompromiss, sahen im Kalender nach, an wessen Namenstag der Kleine geboren war, am achtzehnten März, Moment mal, Edvard, warum nicht, der Name ist sowohl schwedisch als auch französisch, schon damals beschloss Marie, dass für sie der Name Edouard und nicht Edvard lauten würde, die beiden unterscheiden sich weniger als Guillaume und Wilhelm, und der Hausarzt wurde herbeitelefoniert – zum Glück hatte ein Monteur im Blaumann ein paar Tage zuvor an der Wand im Flur ein Telefon installiert –, ein kleiner, schläfriger Mann, runde Brille und eine große schwarze Tasche in der Gestalt eines Dackels.

Ein ungewöhnlich schwerer Allergieanfall, murmelte er, man muss ihn töten, zum Tierarzt, eine Spritze, keine Schmerzen. Wieso töten und warum zum Tierarzt?, fragte Marie entsetzt, beruhigen Sie sich, gute Frau, ich meinte den Hund und nicht das Kind, hier ist ein Zerstäuber, der hilft, sagte der Doktor und steckte den Briefumschlag ein – die Summe genügt, flüsterte Guillaume, der Mann ist ein gewöhnlicher Arzt und kein Chirurg –, nahm seine Tasche und ging. Am nächsten Tag, als Guillaume auf der Arbeit war, kam morgens eine neue Dienerin, hieß sie nun Alli oder wie, und ging am Abend wieder, weil es keine Mädchenkammer gab, setzte den Hund in einen Korb, sodass nur der Kopf über den Rand hinausragte, und jetzt, siebzig Jahre später, dringt Banzais letzter Blick Marie anklagend ins Bewusstsein.

Bist du jetzt zufrieden?, fragte Guillaume, als er nach Hause kam, verärgert darüber, dass es ihm nicht gelungen war, einen Jagdhund zu erstehen. Nein, sagte sie leise, und in der nächsten Nacht wurde der Kleine wieder blau, wo ist der Zerstäuber, tu etwas, Guillaume, du bist doch Arzt, ja, aber nicht Kinderarzt, und der Kleine hörte plötzlich auf zu atmen, bring schnell einen Taschenspiegel, da ist kein Hauch, kein Puls, und der Hausarzt hat sich am Telefon nicht gemeldet, er ist immer unterwegs irgendwohin oder von irgendwoher, und Marie wurde neben der Wiege ohnmächtig.

Eine sehr ergreifende Veranstaltung, erzählte Guillaume später, alle waren da außer Simon, der die Frühjahrsaussaat machen musste, warum fragst du, du warst doch auch dabei, und sie wagte es nicht zu gestehen, dass die Beerdigung zu einem schwarzen Klumpen geworden war, an den sie sich nicht erinnerte und immer noch nicht erinnert. Die Todesursache konnte alles mögliche andere sein als der Hund, verteidigte sich Guillaume, ohne dass jemand ihn getadelt hatte, in Notzeiten sind alle möglichen Krankheiten unterwegs, so ist es wohl, sagte Marie, und keiner von ihnen sprach jemals wieder darüber. *Pauvre* Marie, aber auch *pauvre* Guillaume, denn wenn auch die Frau mehr leidet, so erträgt sie doch auch mehr als der Mann.

Erst vier Jahre später wagten sie einen neuen Versuch, vielmehr Marie wagte ihn, weil Guillaume in diesen Dingen nicht sehr zuverlässig war, damals begann die Erinnerung an das Holzhaus am Bulevardi, an die

Pferde, die Kachelöfen und die senkrechten Rauchsäulen zu verblassen. In der Wohnung an der Skarpskyttegatan gab es Zimmer sowohl für ein Kind als auch für Dienstboten, und als Marie das kleine Fenster im Wohnzimmer sah, sagte sie sofort, die mieten wir, eine bessere finden wir in Helsinki nicht, zuerst wurde Martta eingestellt und später Marja, und alles war leichter als beim vorigen Mal, Guillaume hielt sie bei der Hand, allerdings konnte er es sich nicht verkneifen, dem Geburtsarzt Ratschläge zu erteilen, das Kind war nicht untergewichtig, und niemand hielt es an den Füßen hoch, und sie beschlossen, dem Schicksal zu trotzen und dem Kind denselben Namen zu geben, es schnaufte nicht, und Guillaume schlug nicht vor, einen Hund anzuschaffen, Gott behüte, das hätte gerade noch gefehlt.

Es war ein gewöhnlicher Abend, der kleine Edouard hatte sich beruhigt und war eingeschlafen, Guillaume hatte eilig sein Abendessen verzehrt und hatte wie immer zerstreut gesagt, danke, chère Marie, das hat sehr gut geschmeckt, und war seiner Wege gegangen. Das Klappern und Klirren in der Küche war verstummt, obwohl es nicht mehr störte, nachdem Jonsson aus der Berufsschule endlich einen Jungen geschickt hatte, der an der Tür zum Korridor eine Feder angebracht hatte, weil alle, eigentlich nur Guillaume, vergaßen, sie hinter sich zu schließen.

Marie sieht sich selbst am Frisiertisch sitzen, schräg von hinten und ein wenig von oben, der hellblaue Morgenmantel, erst als sie etwas älter war, wagte sie es, dunkelrot zu tragen, das gelöste Haar, braun und glänzend vom Bürsten, vor dem Fenster, an den Seiten die schwereren blauen Vorhänge und in der Mitte die weißen aus dünnerem Stoff, der das Licht der Gaslampe zerstreute, sodass es dunstig und geheimnisvoll wirkte. An der rechten Wand ein Sofa, Sessel und Tisch, weiß mit goldenen Streifen, der Stoff ein helleres Blau, an der linken Wand das Doppelbett, auf den Bettpfosten vergoldete Kugeln, alles im Gefängnis Sörnäinen auf Bestellung angefertigt, das dauerte lange, kam aber billiger, später hätten sie sich etwas Echtes leisten können, aber auf dem Dachboden war kein Platz, die Sprungfedern sind einwandfrei, sagte Guillaume und sprang auf dem Bettrand herum, die Tagesdecke hat Marja zusammengefaltet und auf den Hocker gelegt, blau, aber ein etwas anderer Ton, die Ecke der Decke aufgeklappt, wie es sich gehört, an der Wand ein Wandbehang, braun und viele Hakenkreuze, ein Geburtstagsgeschenk von den Kultjes auf Borgbacka, bestimmt hat jemand anders ihn gewebt als Ingrid, obwohl die einen Webstuhl besaß, als Marie fünfundzwanzig wurde und den kleinen E. erwartete, wie er anfangs genannt wurde und manchmal aus Versehen auch später, und Edouard wurde böse und sagte, pass auf, Maman, das könnte jemand hören.

Einmal verlangte der kleine E., er war damals in der ersten Klasse und mit seinem Kosenamen noch zufrieden, sie müssten zum Frühlingsfest kommen. Guillaume war verhindert, wieder einmal, eine wichtige Konferenz, bei der er nicht fehlen konnte, eine wichtige Konferenz, auf der man die neuesten medizinischen Informationen bekam, eine wichtige Operation, die niemand anders machen konnte, damals glaubte sie seine Erklärungen noch. Obwohl einmal der Geruch von Kognak ihre Zweifel weckte, denn *pauvre* Guillaume wusste noch nicht, was für eine feine Nase sie hatte, ist es klug zu operieren, wenn man getrunken hat, und ist es überhaupt erlaubt?, fragte sie, Guillaume wurde böse und schrie, ein verantwortungsbewusster Chirurg operiert nicht, wenn er betrunken ist, und was kann ich dafür, wenn die pharmazeutische Fabrik zum Abschluss der Vorführung zum Kaffee etwas serviert, kümmere du dich doch um den Haushalt, und misch dich nicht in meine Angelegenheiten, und Marie sah zu, wie die Staubpartikel beim Wohnzimmerfenster im erstaunlich hellen Sonnenlicht tanzten, und beschloss, Marja daran zu erinnern, dass im Frühjahr viel sorgfältiger geputzt werden muss als im Herbst, ging zur Tür und schloss sie, damit die Diener nichts hörten. Vergeblich, denn die Tür war dünn, und es war nicht das erste und auch nicht das letzte Mal.

So gingen sie zu zweit zur Schule, zunächst hielt der kleine E. sie an der Hand, ließ sie aber los, sobald er seinen ersten Klassenkameraden erblickte. Anfangs wunderte sie sich, warum die Schulgebäude in Helsinki genauso aussahen, obwohl fast alle anderen Dinge anders waren, die dunklen Ziegelwände und die spitz zulaufenden Fenster, bestimmt hatte der Architekt sich das in Straßburg abgeguckt, warum aber gerade dort, die hohen Treppen, die weite Halle und die Garderoben, nicht so schnell, Kinder, sonst rennt ihr die Kleinen um, die Lehrerin ähnelte der in Straßburg, obwohl ihre Haare und ihr Rock kürzer waren, in zwanzig Jahren ändert sich die Mode. Die als Festsaal verkleidete Turnhalle, die beiseitegeschobenen Turngeräte und die Sprossenwände, höher, höher, sonst bekommst du etwas mit dem Gummischuh auf den Hintern, schrie Mademoiselle, die eine tragende Stimme, einen deutschen Familiennamen, einen Schnurrbart, ein Tamburin in der einen Hand und in der anderen einen Stock mit einer weißen Filzkugel daran hatte, die fremde Sprache summte, und fremdartige Musik erschallte.

Edouard hatte gute Noten im Zeugnis, so wie sie selbst sie auch gehabt hatte, die Begabung ist ein Erbe der Mutter und nicht des Vaters. Auf Wilhelms Zeugnis sind lauter Neunen, aber nur, wenn man das Papier falsch herum hält, hatte Guillaumes Klassenkamerad Gunnar geschrien, der schlechte Zähne hatte, die Männer lachten schallend, die Frauen lächelten, und sie begriff nicht, worum es ging. Du gehörst wohl zu der Kategorie von Leuten, die über einen Witz dreimal lachen, einmal, wenn er erzählt wird, zum zweiten Mal, wenn er erklärt wird, und zum dritten Mal, wenn du ihn verstanden hast, kicherte Guillaume am Abend im Schlafzimmer. So war er immer, wenn er zu viel getrunken hatte, immerhin gut, dass du nicht zu denen gehörst, die nur zweimal lachen, nämlich dann, wenn der Witz erzählt wird, und dann, wenn er erklärt wird. Ich verstehe schon Witze, aber nicht immer Schwedisch, zumal dann, wenn der Erzähler dabei laut lacht, sagte sie, aber da hatte Guillaume ihr schon den Rücken zugekehrt und angefangen, schwer zu atmen, so wie immer vor dem Schnarchen.

Marie lernte schnell, dass das Wichtigste für Guillaume die Routine war, dieselben Dinge sollten sich in derselben Reihenfolge und zur selben Zeit wiederholen. Das Abendessen um fünf, im Herbst nach Österbottnien zum Gänseschießen und Mittsommer bei Papa und Mama, das ist ihnen wichtig und auch Edvard – Guillaume sagte nicht der kleine E. –, für den Jungen ist es gut, von klein auf zu lernen, in welcher Umgebung sein Vater aufgewachsen ist, und sich an das Meer zu gewöhnen. Guillaume war von seinen eigenen Worten begeistert, stand vom Stuhl auf und begann, auf und ab zu gehen. Marie nannte das Galoppieren und beanstandete es, und Guillaume erklärte scheinbar geduldig, in unserer Familie ist es immer so gewesen, dass, wenn der Körper sich bewegt, sich auch das Gehirn bewegt und die guten Entscheidungen von selbst zustande kommen. An dieses Gespräch erinnert sie sich immer noch, weil es so, ja, so *typisch* war.

»Ja so. Waren nicht alle deine Vorväter Seeleute?«

»Natürlich, und sag aha und nicht ja so, das ist ungebildet. Sie sind vor vielen hundert Jahren aus Schweden hierhergekommen. Kühne Neusiedler.«

»Ja s- Entschuldigung. Aber du bist keiner.«

»Was bin ich nicht?«

»Kühn vielleicht, aber kein Seemann und kein Neusiedler.«

»Genau deswegen segle ich!«

»Auf einem Segelboot kann man sich keinen Zentimeter bewegen, ohne sich den Kopf am Baum zu stoßen, hinterher versagen einem die Beine, das Gehirn schaukelt im Takt der Wellen, und der Kopf ist ebenso leer wie der Horizont, den man wochenlang anstarren musste.«

»Das kann nur eine Landratte finden, die ihr Leben lang nichts als stehendes Kanalwasser gerochen hat und nicht versteht, dass das Boot und der Mann eins sind.«

»Was bedeutet das?«

»Es bedeutet, dass wenn das Boot schaukelt, auch der Mann schaukelt, und umgekehrt.«

»Ich meinte die Landratte.«

»Das ist das Gegenteil von einem Seebären.«

»Ja so. Aber du bist Arzt, und unser Fußboden schaukelt nicht und meines Wissens auch der im Krankenhaus nicht, aber woher soll ich das wissen, du hast mich ja nie dorthin mitgenommen.«

»Wenn du noch einmal ja so sagst, fange ich an zu schreien. Genau deswegen gehe ich auf und ab, und du kannst mich jederzeit besuchen kommen, aber melde dich vorher an!«

»Ich finde, du schreist schon jetzt. Warum wirst du nicht Schiffsarzt oder ziehst nach San Francisco und wartest auf das nächste Erdbeben?«

Es macht sie immer noch böse, aber sie muss auch lächeln, denn die letzte Bemerkung war ziemlich dumm, kein Wunder, dass Guillaume außer sich geriet.

Bukten, so hieß das Haus von Onkel Pehr oder die Fischerhütte, wie Guillaume es gern ausdrückte, in der geschütztesten Bucht der näheren Umgebung, damals, als jene kühnen Neusiedler an der finnischen Küste anlandeten. Edouard sagte später, für Papa war die bescheidene Herkunft ebenso heldenhaft wie der Adel für Tante Ingrid. Die Männer waren in der Sauna, und der kleine E. hatte mitgedurft, nachdem er den ganzen Tag gequengelt hatte, Tante Alexandra war in der Nachbarschaft, um hausgemachtes Bier zu borgen, der Sommer war heiß, und das eigene war alle.

Marie saß am Fenster und genoss die Einsamkeit, das gleißende Meer war schön, wenn man es durch die kleinen Scheiben betrachtete und nicht vom Segelboot aus, als plötzlich die Tür aufging und ein fremder Mann in die Stube trat. Marie erschrak und fragte, wer sind Sie? Gabriel, antwortete der andere, und du bist Marie, er hatte Ähnlichkeit mit Guillaume, wirkte aber jünger, schwarze Haare, überraschend rote Lippen in dem schwarzen Bart, weiße Zähne, die anderen Männer sind in der Sauna, ich habe keine Lust, auf der Veranda zu sitzen und mein eigenes Bein festzuhalten, so als wollte es flüchten. Und Marie erzählte, wie sie beim ersten Mal Angst gehabt hatte, in die heiße Badestube zu gehen, weil sie befürchtete, auf dem Saunaofen sitzen zu müssen, beide lachten, und Gabriel sagte, komm, Marie, lass uns zu den glatten Felsen meiner Kindheit gehen und uns anschauen, wie die Sonne wie eine in Blut getunkte Käsekugel ins Meer fällt. Und er nahm sie bei der Hand, sollen wir schwimmen gehen, einverstanden, ziehen wir uns die Kleider aus, einverstanden, und Marie dachte, gibt es auf der Welt etwas Schöneres als einen nackten Menschen?

Sie trafen sich immer, wenn Gabriel in Finnland war, also zu selten, das waren die Höhepunkte in Maries Leben, und es reute sie nicht, und es verwunderte sie nicht, obwohl sie mit niemand sonst so schnell vorangekommen war. Einmal, das wird Marie nie vergessen, trafen sie sich im Casino von Hanko, oder war es Tammisaari – Guillaume war auf Reisen, der kleine E. nach Borgbacka ausgeliehen, Ingrid war kinderlos und verwöhnte den Jungen wie ihren eigenen –, weil sie dachten, dort würde niemand sie kennen. Gabriel bestellte, begeistert von dem Gefühl der Freiheit und der Herrlichkeit des Beisammenseins, eine ganze Flasche Champagner, wie schön wusste Gabriel doch die Worte zu setzen, zuerst zierte sie sich, trank dann aber doch fast eine halbe Flasche, weil die Sonne schien und das Meer glitzerte so wie damals, als sie sich zum ersten Mal begegneten, und kicherte, bis der Oberkellner sie bat, das Lokal zu verlassen, und sagte, Kapitän Myhrborgh sei immer willkommen, aber lieber ohne bezahlte Begleitung. Im Hotel tröstete Gabriel sie, in einer kleinen Ortschaft sind die Menschen engstirnig und verstehen nicht, dass man Schwedisch auch mit einem anderen fremden Akzent als die Finnen sprechen kann, und in der Nacht weinte sie sich im Arm ihres Liebsten in den Schlaf.

13. 01. 1989

Beim Umzug finden sich alle möglichen Dinge, deren Existenz ich vergessen habe. Zum Beispiel dieses Tagebuch. Ich las, was ich geschrieben hatte, nachdem ich das Abitur abgelegt hatte. Ein kindischer Text, obwohl auch nette Zeitschilderungen dabei waren. Ob die Verwandten, die sich nach Karelien sehnen, immer noch zusammenkommen und wenn ja, wo? Der weißhaarige Redner ist bestimmt schon tot.

Heute habe ich nicht mehr das Bedürfnis, dieses schmuddelige Heft »Mein liebes Tagebuch« zu nennen. Aber ich könnte es als Notizheft verwenden, als Bericht über »gelebtes Leben«, wie die Religionslehrerin, die den Pfarrherrn bewunderte, es hätte ausdrücken können. Es hat noch genug leere Seiten, und das eine oder andere ist geschehen, seit wir uns das letzte Mal gesehen haben – ist das wirklich schon sechs Jahre her! Ich sehe mich selbst als einen Graukopf, der das Gedächtnis verloren hat und die vergilbten Seiten umwendet, o nein, wie schnell doch die Zeit vergeht.

Für Großmutter und Mutter war es sonnenklar, was ich machen würde. Die autodidaktische Festköchin Marja, die Haushälterin Eeva, die die Hauswirtschaftsschule besucht hatte, und Pirkko, Universitätsabsolventin, Magister der Hauswirtschaftswissenschaften. Eine stattliche Reihe, sie würde den Nachbarn beweisen, dass auch ein unbemanntes weibliches Wesen im Leben zurechtkommt, sagte Mutter, die ihre Verbitterung nicht hatte ablegen können. Was die Ausbildung betraf, war Großmutter derselben Meinung, verteidigte jedoch die Dorfbewohner und sagte, man könne von den Menschen nicht mehr verlangen als das, was der Schöpfer ihnen gegeben hat.

Und ich habe nicht widersprochen. In der Schule hatte ich genügend patriotischen Geschichtsunterricht genossen und war ausreichend mit feministischen Ideen infiziert, um zu begreifen, dass dieser Prozess die

Demokratisierung Finnlands und die Verbesserung der Lage der Frau im 20. Jahrhundert symbolisierte. Ein bombastischer Vergleich, aber man muss sich vor Augen halten, dass wir damals die Nachwirkungen des studentischen Radikalismus vom Ende der sechziger Jahre und des Stalinismus der Siebzigerjahre erlebten.

Der Eintritt in die Universität war dank meines guten Abiturzeugnisses unproblematisch. In den ersten Jahren verbrachte ich mehr Zeit im Studentencafé von Viikki als in den Vorlesungen. Zuletzt hatte ich die ewigen Prahlereien und die chauvinistischen Annäherungsversuche der erwachsenen Söhne von wohlhabenden Landgütern endgültig satt und begann ernsthaft zu studieren. Es gab in unserem Jahrgang auch Mädchen, aber denen ging es mehr um eine gute Partie als um eine wissenschaftliche Karriere. Bald wurde mir klar, dass ich die falsche Laufbahn gewählt hatte. Zwar unter Druck, aber das tröstete mich nicht.

Ich zog von Viikki ins Studentenheim Leppäsuo. Ich verbrachte viel Zeit im Café des Hauptgebäudes der Universität. Feierte dann und wann und nahm ab. Nach Hause fuhr ich Weihnachten und Ostern und faulenzte dort im Sommer viele Wochen lang. Mein altes Zimmer und auch alles andere waren unverändert. Mutter lamentierte, traktierte mich mit Essen und fragte, wie ich mit dem Studium vorankomme und wie es in Helsinki sei. Großmutter lächelte, strich mir über den Kopf und sagte nichts, so wie damals, als ich noch klein war. Ich brachte es nicht fertig zu erzählen, dass ich das Studium abgebrochen hatte, oder, wenn ich ehrlich bin, wie man seinem Tagebuch gegenüber sein sollte, ich wagte es nicht. Ich hatte nicht genug – oder vielleicht überhaupt keine – Zivilcourage.

Dann und wann hatte ich kurzfristige Beziehungen, die eine Nacht, ein paar Tage oder eine Woche dauerten. Ich verliebte mich schnell. Ein Blick in den Spiegel genügte. Die exotische Kombination von schwarzem Haar und blauen Augen garantierte eine beständige Nachfrage. Ein sorgfältiges Make-up und ein Tropfen Selbstvertrauen, und schon verschwand das plumpe und gemobbte Schulmädchen im Dunkel der Vergangenheit.

Ein Landgut hatten die Jungs nicht, wohl aber einen akademischen Hintergrund, aber irgendetwas fehlte immer. Sie selbst fanden sich in-

telligent und humorvoll, meiner Ansicht nach waren sie arrogant und bestenfalls pfiffig. Ich sehnte mich nach Wärme, Zusammengehörigkeit, nach der Fähigkeit, zuzuhören und sich zu unterhalten – alles Eigenschaften, über die nur Romanfiguren verfügen. Damals wurde ich Großkonsumentin der Bibliothek. Wenn ich mir selbst gegenüber boshaft sein wollte, und warum sollte ich das nicht sein, würde ich sagen, dass ich vor dem realen Leben flüchtete.

Ich saß an meinem angestammten Tisch, als jemand mit angenehm tiefer Stimme von oben fragte, ob er sich dazusetzen dürfe, woanders war kein Platz. Ich hob den Blick, und da stand lächelnd der Mann. Ich übertreibe nur wenig, wenn ich sage, dass ich mich auf den ersten Blick verliebte, groß und dunkel, glatt rasiert, aber der bläuliche Bart schimmerte durch die Haut, verblüffend weiße Zähne. Vor lauter Verwirrung antwortete ich nicht, und nachdem er einen Augenblick abgewartet hatte, setzte er sich auf den Stuhl mir gegenüber. Was studierst du?, fragte er. Das Leben, antwortete ich und versuchte, bezaubernd zu sein. Und du? Französisch, sagte er und deutete ein neues Lächeln an.

Ein wirklicher coup de foudre *also. Ich weiß nicht mehr, worüber wir plauderten, aber dann kam es so, dass wir am selben Abend miteinander ins Bett gingen; der Alkohol dürfte seinen Teil dazu beigetragen haben. Joel zog zu mir, und wir lebten wie ein frisch verheiratetes Paar. Wir sprachen über alles nur Erdenkliche, vor allem über die Liebe, aber nicht über das Heiraten; Studenten wissen, dass dies die rascheste Art ist, ein Verhältnis zu beenden.*

Als herauskam, wie jämmerlich es um mein Studium stand, schlug Joel vor, ich solle anfangen, Französisch zu studieren, dann könnten wir zusammen zu den Vorlesungen gehen. Ich war sofort einverstanden. Sein tadelloses, aber allzu kultiviertes Finnisch verriet, dass seine Muttersprache Schwedisch war. Dieses exotische Detail entzückte mich. Zu allem anderen würde ich auch noch die zweite Landessprache lernen.

Obwohl ich vom Nullpunkt beginnen musste, denn Französisch war im Gymnasium meines Landkreises natürlich nicht im Angebot gewesen, interessierte mich das Sprachstudium. Aber das lag nicht nur an der Sprache und nicht einmal an Joel. Der Prof sprach Französisch wie ein Muttersprachler, oder es hörte sich für mich so an. Die meisten Mädchen hielten ihn für einen schäbigen Kerl. Aber auf seine leise Art war er intelligent, ein Intellektueller mit Sinn für Humor. Der echte Charme grauer Schläfen, dachte ich im Stillen. In den einen war ich erotisch, in den anderen geistig verliebt. Beide sah ich täglich oder fast täglich und genoss das Leben. Das ging so etwa drei Jahre lang.

Dann in einem Jahr stellte sich zu Beginn des Herbstsemesters heraus, dass der Prof in Rente gegangen war oder hatte gehen müssen, ohne dass er das bei der letzten Vorlesung im Frühjahr auch nur mit einem Wort angekündigt hätte. Zur selben Zeit wurde ich morgens von Übelkeit geplagt, ich ging zum Arzt, und richtig, ich erwartete ein Kind. Das war der schlimmste Herbst meines Lebens. Warum musste gerade ich zu den wenigen Promille gehören, die trotz Pille schwanger wurden, oder hatte ich doch vergessen, sie zu nehmen? Den Gedanken, es könne sich um einen Fluch handeln, der auf der Familie lastete, verwarf ich als Aberglauben. Und doch beschäftigte er mich, wenn ich abends nicht einschlafen konnte und mit offenen Augen dalag, regungslos, um nicht zu stören.

Anfangs erzählte ich niemandem davon. Aber ein paar Monate später sah ich schon so aus, dass sogar Joel bemerkte, was los war, obwohl er für viele Probleme, die nicht seine eigenen waren, keinen besonderen Scharfblick besaß. Es folgte ein fürchterlicher Streit, der die ganze Nacht andauerte. Joel ging zum Schwedischen über wie immer, wenn er wirklich aufgebracht war. Er empfahl mir eine Abtreibung, ich weigerte mich, und wieder stritten wir. Schließlich versöhnten wir uns. Aus Erfahrung wusste ich, dass es ein uraltes Mittel gibt, das bei Männern wirkt, und ich setzte es ohne Zögern ein.

Zu Weihnachten fuhr ich nach Hause. Schon im Zug überlegte ich mir meine Replik: Wieso verurteilt ihr mich, ich folge der Familientradition, ohne sie würde es weder Mutter noch mich geben. Meine Furcht war umsonst. Nachdem die erste Überraschung verflogen war, wurde mir nur Mitgefühl zuteil. Ach, meine Kleine, sagte Mutter überraschend freundlich. Großmutter sprach noch freundlicher von meinem gesegneten Zustand – sie benutzte für Schwangerschaft niemals eine andere Bezeichnung. Und da lagen wir Unbemannten dann einander in den Armen, dort in der Tür zum Vorraum, mit Tränen in den Augen, neben der gerade hereingeholten Weihnachtstanne, den Duft nach Nadelbaum, Harz und Schnee spüre ich immer noch. Ein wahrhaft starkes Dreigespann, und Verstärkung ist im Anmarsch, sagte ich, das Weinen wurde zu einem Lächeln und dann zu Gelächter.

Ich steckte den Schlüssel ins Schloss und erinnerte mich an unser Gespräch, als wir uns vor Weihnachten auf dem Bahnhof trennten. Lieb von dir, dass du mich gebracht hast, sagte ich. Nimm es gelassen, wir schaffen es gemeinsam, sagte Joel. Ich war jedoch so angespannt, dass ich tschüss rief, noch ehe ich in den Waggon einstieg, zu laut und unnatürlich schrill. Willst du deinen Abschied der ganzen Stadt mitteilen oder nur mir, wäre ein für ihn typischer Kommentar gewesen, spöttisch, aber unter Gelächter.

Da war keinerlei Geräusch. Bestimmt schläft er, dachte ich, spähte hinein und erstarrte auf der Schwelle. Im Zimmer herrschte das Chaos wie in einem zweitklassigen Krimi, kurz bevor die Leiche gefunden wird. Das Herz schlug mir bis zum Halse. Das kann doch nicht wahr sein, dachte ich und stürzte ins Badezimmer. Kein Mann, der neben der Toilette zusammengebrochen wäre, keine sich unter dem Duschvorhang hervorschlängelnde Blutspur. Ich seufzte erleichtert und bemerkte dann, dass Joels sämtliche Sachen und ein Teil von meinen verschwunden waren.

Nur die schäbigsten Möbel, die schlechtesten Bücher und die albernsten Souvenirs waren von dem Vandalismus verschont geblieben – plötzlich wirkte dieser von meinem Geschichtslehrer oft benutzte Terminus nicht mehr lächerlich. Ich öffnete den Kühlschrank. Ein abgestandener Geruch schlug mir entgegen. Ich brach in Tränen aus und warf mich der Länge nach zu Boden.

Der Tag

Chagall

Schauen Sie mal, Madame Marie, ist dieses Bild nicht fantastisch, kein langweiliger Realismus und kein chaotischer Impressionismus, buchstäblich ein Flug der Fantasie, so haben wir Russen das Heimatdorf unserer verlorenen Kindheit in Erinnerung, magisch, wie vom Himmel aus betrachtet. Leiser, meine Dame, leiser, dies ist ein Kunstmuseum, und Madame – den Familiennamen hat sie vergessen, aber wichtiger sind die weiche Stimme, das klingende Lachen, der russische Akzent, der viel reizender ist als der deutsche oder der schwedische oder der finnische – lud Marie hinterher bei Ekberg zu einer Tasse Kakao und Gebäck ein, zu Ehren von Marcel Proust, und sie verstand nicht, warum, denn die Literatur kannte sie damals noch beschämend schlecht, dort waren die Madeleines noch viel besser als bei Fazer.

Findest du keine bessere Gesellschaft als Frau Popoff?, fragte Guillaume, sie ist keine Popoff, für mich sind alle Russen Popoffs, natürlich sind die Bolschewiken schrecklich und die Emigranten bedauernswert, abgesehen davon, dass sie genug Geld haben, zumindest so lange, bis sie ihre letzten Schmuckstücke verkauft haben, wir wissen, Russe bleibt Russe, auch wenn man ihn in Butter brät, ich finde, sie ist gebildet und versteht etwas von Kunst, schließlich ist sie in Sankt Petersburg geboren und hat dort ihre Kindheit verlebt, Verzeihung, chère Marie, eine solche Stadt gibt es nicht mehr, sie heißt jetzt Leningrad, so als hätte sie das nicht gewusst.

Einmal, Jahre später, beschloss sie, mit dem Malen anzufangen, zum Zeitvertreib, weil Guillaume so viel abwesend war und Gabriel so selten zu Besuch kam, aber auch, weil Maman gesagt hatte, zeichnen kannst du, diese Begabung hast du von Tante Mathilde geerbt. Wer ist das?, fragte sie, und Maman rieb sich das Kinn, wie sie es zu tun pflegte, und antwortete, die Tante meiner Maman, du solltest auch etwas über die Pariser Verwandten und nicht nur über die Straßburger Juristen wissen. War Tante Mathilde auch Bäckerin? Maman lachte und sagte, die Männer backen und die Frauen verkaufen, das lernst du, wenn du größer bist. Marie kaufte bei Herman Lindell an der Esplanade eine Staffelei, wie die Künstler sie verwenden, daran kann man auch ein großes Bild befestigen, und Farben, hier haben wir eine Auswahl an Tuben, damit Sie nicht selbst die Farben mischen müssen, und Pinsel, die aus Marderhaar sind ein wenig teurer, aber man kann professionell damit arbeiten, und Leinwände, am besten nimmt man zur Sicherheit mehrere verschieden große, das alles zusammen kostete eine Unsumme, aber sie tröstete sich damit, dass auch Guillaumes Jagdausflüge nicht gerade billig waren. Das Thema hatte sie seit dem Besuch im Ateneum im Kopf, wo mochte die sympathische Emigrantin hingekommen sein, hoffentlich hatte sie genug Schmuck, danach hat sie keine Kunstausstellung mehr besucht, anfangs deswegen, weil es viel anderes gesellschaftliches Leben gab, und später wegen der beängstigend hohen Treppenstufen. Keine Chagall-Kopie, aber denselben geheimnisvollen Geist, denselben Höhenflug der Fantasie, die müsste sie finden.

Der Vormittag verging mit dem Aufstellen der Staffelei und dem Befestigen der Leinwand, dann musste sie einkaufen gehen und der Köchin Anweisungen erteilen, war das nun Sanna oder schon Martta? Aber am Nachmittag konnte sie endlich anfangen. Guillaume rief vom Hausflur her, was stinkt denn hier, in diesem Haushalt wird ohne meine Erlaubnis nicht renoviert, Marie erzählte begeistert, sie habe angefangen zu malen, und erklärte, es handele sich um Terpentin und der Pinsel würde verderben, wenn man ihn nicht sofort reinigte. Bitte denk dir ein weniger stinkendes Hobby aus, sagte Guillaume, ein Wunder, dass er nicht noch wütender wurde, und das Malzubehör wurde auf den Dachboden gebracht, es ist bestimmt beim Umzug abhandengekommen, oder es ist verbrannt, als eine Brandbombe den Dachboden traf.

Weinen hilft, auch wenn es keinen Grund gibt, das hat Marie immer gewusst, und so half es auch jetzt, so sehr, dass sie Hunger verspürt, aber doch nicht so sehr, dass sie es geschafft hätte, sich auf die andere Seite zu drehen und nachzusehen, wie spät es war, wahrscheinlich war schon Essenszeit. Es begann damit, dass sie wenigstens einmal ein Essen veranstalten wollte, bei dem nicht die ewigen Pasteten, gekochten Kartoffeln, Erbsen, Rotwein und rote Grütze serviert wurden und schon gar nicht Wild, Hase erinnerte sie an den Jagdausflug in Borgbacka und an die Jagdhunde, die im Wohnzimmer Fellstücke auf das Parkett erbrachen, an den Gestank der gesengten Haut von Vögeln und an die Federn, die sich noch Wochen später in den Küchenecken fanden, und Gans an das Schrotkorn, mit dem sie sich einen Zahn ausgebissen hatte. Davon abgesehen war die braune *sauce*, nicht *soosi*, wie Guillaume sagte, ganz gut, das musste sie zugeben, besonders als Gelee, einmal hatte auch sie am nächsten Morgen einen Löffel davon gekostet, als Martta im Milchladen war, Marja putzte das Wohnzimmer, und plötzlich war Martta zurückgekommen, sie erschrak, verschluckte sich und bekam einen Hustenanfall. Mein Gott, sagte Martta, was haben Sie denn, ich bin nur gekommen, um die Geldbörse zu holen, die habe ich auf der Kommode vergessen.

Der wahre Grund war, dass Marie zeigen wollte, wie ein französisches Festmahl beschaffen und um wie viel besser es war. Viele Monate lang plante sie heimlich die Speisekarte, zuerst in Gedanken und dann auf dem Papier, auf dem Frisiertisch des Schlafzimmers, dem einzigen Ort, der ihr Eigen war, obwohl man die Tür nicht abschließen konnte. Zuerst plante sie auf Packpapierbögen, die sie im Kachelofen des Zimmers verbrannte, wenn niemand zu Hause war, und zuletzt auf hellblauem Briefpapier, an dessen oberem Rand ihr Name und ihre Adresse standen, das hatte sie sich selbst als Weihnachtsgeschenk bei Stockmann gekauft, es in Geschenkpapier eingewickelt, das mit Fichtenzweigen, Kerzen und goldenen Flammen bedruckt war, und darauf geschrieben: Fröhliche Weihnachten für Marie von Wilhelm, also nicht Guillaume, weil sie vermutete, dass der kleine E. schon lesen konnte und fragen würde, warum Papa zwei

Namen oder eigentlich vier hatte, wenn man »Papa« und »Doktor« hinzuzählte, und sie nicht die Geduld haben würde, ihm das zu erklären.

Marie versucht, sich aufzusetzen, sinkt jedoch zurück und verzieht das Gesicht, so gut ist ihre Verfassung nun doch nicht. Die erste Schwierigkeit war der Wein, natürlich hatten sie Rotwein, sowohl im Schrank des Esszimmers als auch in Reserve unter den Gewichten der Standuhr, zwar französischen, aber von billiger Qualität, oder war es doch algerischer? Er schmeckte nach Tinte, blieb in den Mundwinkeln hängen und verdarb das Lippenrot. Zu Hause in Straßburg wäre das kein Problem gewesen. Maman brauchte nur ein paar Viertel weiter in die bekannte Weinhandlung zu gehen, zu erläutern, wen sie einladen wollte und wie das Menü aussah, und manchmal machte Monsieur Dürer – der behauptete, mit dem berühmten Künstler in direkter absteigender Linie verwandt zu sein, was Laurent so sehr amüsierte, dass er die Geschichte in sein Witzbuch eintrug – selbst einen Vorschlag und mischte sich manchmal sogar in den Speiseplan, nicht jedoch in die Gästeliste ein. Das Gespräch konnte eine ganze Stunde dauern, und das machte keinem von beiden etwas aus, obwohl die Schlange hinter ihnen wuchs, weil niemand etwas zu sagen wagte, denn alle wussten, dass Maman Madame Céline war, die Frau des Inhabers des namhaften Anwaltsbüros Rhincourt oder Rheinhof, je nachdem, ob der in der Schlange Wartende Franzose oder Deutscher war, und als sie vor dem zweiten Krieg im französischen Straßburg einen Besuch machte, wimmelte es auf den deutschen Bahnhöfen von Soldaten und Hakenkreuzfahnen, aber sie schaffte es zurück, kurz bevor es wirklich losging, damals erzählte Laurent, dass der Sohn von Monsieur Dürer seinen Namen hatte französisieren lassen, weil der alte fast genauso klang wie Führer.

In späteren Jahren plante sie abends im Bett so oft eine neue Reise, dass daraus allmählich der Ersatz für ein Schlafmittel wurde, einerseits eine gute Sache, denn Guillaume weigerte sich, ihr ein Rezept auszustellen, weil er der Meinung war, ein gesunder Mensch brauche keine Pillen, um zu schlafen, ein Schlaftrunk und ein Liebesakt seien völlig ausreichend. Was für ein Getränk und mit wem, und was, wenn ich nun nicht ebenso gesund bin wie du, hätte sie gern gefragt, aber da war Guillaume schon eingeschlafen.

An einem verschlafenen Nachmittag, als alle weg waren und von draußen keine anderen Geräusche als das Rattern der Straßenbahn und das Kreischen der Schienen zu hören waren, wenn die Sieben Richtung Chirurgie einbog, erinnerte sie sich an den Kellermeister des Hotels Kämp. Wie alle Kellermeister damals sah er aus wie Adolphe Menjou, schwarzes Haar und Zwirbelbart, höflich und nur ein klein wenig servil, und manchmal, wenn die Gläser allmählich leer wurden und Guillaume und die übrige Gesellschaft es nicht bemerkten, trafen sich ihre Blicke, keiner von beiden hob die Brauen oder bewegte die Augen, aber beide wussten, dass der Kontakt zwischen zwei Ausländern zustande gekommen war. Madame Myhrborgh, natürlich erinnere ich mich, wie viele Flaschen möchten Sie, wir haben einige ausgezeichnete Jahrgänge aus der guten alten Zeit vor dem Krieg, an was für ein Menü hatten Sie gedacht, und an welche Marken? Sie können sie jederzeit in unserem kleinen Eckladen abholen, Sie wissen, hier an der Ecke von Esplanade und Glogatan, in einem Paket, das so aussieht wie jeder andere Lebensmitteleinkauf, der Kontrolleure wegen, wie Sie verstehen, aus alter Gewohnheit, denn damals gab es das Prohibitionsgesetz nicht mehr, auf Ihren Namen, der Verkäufer kennt den Preis, vielen Dank, es ist eine Freude, Sie zu bedienen, ich empfehle mich Ihnen, und all das in flüssigem Französisch.

Die größere Schwierigkeit war das Menü, obwohl der Anfang leicht war. Auf keinen Fall Elsässer Essen, zum einen deshalb, weil *Bratwurst mit Sauerkraut* genau das wäre, was die Gäste erwarten würden und womit die Überraschung hinfällig wäre, zum anderen deshalb, weil das ein deutsches Rezept war, und zum Dritten deshalb, weil es Guillaumes Lieblingsessen war, allerdings auch Papas, der es aus politischen Gründen *saucisson en choucroute* genannt hatte, obwohl Zutaten, Zubereitungsart und das Anrichten vollkommen identisch waren. Stattdessen musste etwas Französisches, Elegantes, vielleicht etwas Pariserisches her.

Nichts ging nach Plan. Ein bekannter Kaufmann der bekannten Firma Seeck, der sonst immer so freundlich war, sagte fast unhöflich, beste Frau M., wir können nicht im Voraus wissen, was für Fleisch wir an dem Tag, wenn Sie geruhen, zum Abendessen zu laden, gerade haben, nicht wahr, ich kann es versuchen, aber beim Großhandel wird die Bestellung falsch aufgeschrieben oder nicht verstanden, weil die alten Meister verschwunden sind und stattdessen Lehrjungen eingestellt wurden, die von der Fleischbranche keine Ahnung haben und kein Schwedisch können, ganz zu schweigen von Russisch, das war vor dem Krieg anders, an allem sind die Revolution und die schrecklichen Bolschewiken schuld. Marie wurde böse und murmelte vor sich hin, dann muss ich wohl in ein besseres Geschäft gehen, auch wenn ich dann die Straßenbahn benutzen muss, aber der Kaufmann hatte ihr schon den Rücken gekehrt und fragte servil die nächste Kundin, was darf es heute sein, bei uns gibt es alles. Auch bei Knief war es nicht besser, dort beklagte man, um Verzeihung bittend, werte Dame, diese Qualität bekommt man nicht, weil jetzt Saison ist, und nicht einmal bei Marschan, dort beschied man sie hochmütig, meine beste Dame, diese Qualität bekommt man jetzt nicht, weil keine Saison ist, und im Fischgeschäft erging es ihr ebenso schlecht, natürlich können wir aus Frankreich alles bestellen außer Austern, weil die unterwegs sterben, Sie wissen wohl nicht, meine Dame, dass man Austern lebend verzehrt, der Winter steht bevor, die Schiffe können im Eis stecken bleiben oder untergehen, und was machen wir dann mit den verdorbenen Produkten? In der Käsehandlung auf dem Markt hieß es, beste Frau, so einen Käse wie Brie gibt es gar nicht, und der kleine E. quengelte, hier stinkt es schrecklich, draußen regnet es, und ich traue mich nicht, allein nach Hause zu gehen. Im Kolonialwarengeschäft machte sie den Fehler, nach Mandarinen zu fragen, und die gab es auch nicht, wohl aber Apfelsinen und Bananen, aber die sind nicht ebenso exotisch, und an der Tür hörte sie, wie ein Verkäufer zum anderen sagte, was ist denn das für eine komische Tante, bestimmt eine Russin, weil sie so dunkel ist und ein eigentümliches Schwedisch spricht. Und sie wollte schon zurückgeben, ich verstehe durchaus Finnisch, obwohl ich es weniger gut beherrsche als Schwedisch, meine Ohren funktionieren einwandfrei, aber es ist besser, den Mund zu halten und die Tür so laut zuzuschlagen, dass die Scheibe kaputtgeht, sie muss nur aufpassen, dass nicht so etwas passiert wie damals, als die dumme Ingrid die Autotür zuknallte und ihr Finger dazwischengeriet, das war bestimmt Absicht, es passierte nach einer Beerdigung, aber wessen Beerdigung, das weiß sie nicht mehr.

Der Festtag rückte näher, und zum ersten Mal in ihrem Leben war Marie so nervös wie später häufiger, zumal damals, als Guillaume … – daran mag sie immer noch nicht denken –, was dann dazu führte, dass ein Arzt herbeigerufen wurde, manchmal auch zwei. Es waren Guillaumes Kollegen, fürsorglich und freundlich, keine Angst, Frau M. ruht sich jetzt mal ordentlich aus und nimmt die Medikamente, dann ist das in ein paar Tagen vorbei, die Anweisungen stehen auf dem Rezept. Die klassische, mit Hysterie vermischte Panikstörung, Freuds geniale Diagnose, typisch für Frauen, die nichts anderes zu tun haben, als die Dienerschaft herumzukommandieren, und es soll auch nur ein Kind da sein, das vorhin durch die Tür spähte, ungewöhnlich große Augen übrigens, sagten sie beim Gehen im Vorraum, weil sie glaubten, sie höre das nicht, und waren im Irrtum, denn schon als Kind hatte sie gelernt, dass es sich immer lohnt, die eigenen Beschwerden zu übertreiben.

Marie nahm ihre Medikamente, spürte, dass sie halfen, und dachte, Ärzte können auch nützlich sein, wenn sie keine Chirurgen sind, und in dem Moment, auf dem Weg von der Toilette zurück ins Schlafzimmer, kam sie auf die Idee, dass die Speisekarte auf Russisch geschrieben werden sollte. Sie bekam so gute Laune wie schon lange nicht mehr, genoss schon im Voraus die Mienen der Gäste und pfiff beim Gehen vor sich hin, bis ihr Martta entgegenkam und sie missbilligend ansah. Jetzt galt es, schnell irgendwo jemanden aufzutreiben, der Wendisch konnte, wie die alten Helsinkier sich ausdrückten, sie wusste, dass es in Finnland noch viele gab, die stolz darauf waren, dass sie kein Russisch gelernt hatten, obwohl sie es sechs Stunden in der Woche hatten, was eigentümlich klang, bis ihr einfiel, dass sie in der Schule ebenso viele Deutschstunden gehabt hatte und die Französischsprachigen sich damit brüsteten, dass sie nichts gelernt hätten. Russisch ist eine interessante Sprache, obwohl die Buchstaben anders sind, aber Deutsch eine langweilige, wegen der Grammatik, komisch, die Verben zunächst zu vergessen und dann ans Ende des Satzes zu stellen, sie hätte es nicht gewagt, den übellaunigen alten Onkel Sebastian zu fragen und schon gar nicht die unfreundliche Tante Alexandra, den freundlichen Onkel Pehr jedoch schon. Aber Guillaume verlangte, dass alle drei eingeladen wurden, und sie wollte das Geheimnis nicht lüften.

Übrig blieb die einzige russische Frau, die sie kannte, Männer gab es mehrere, aber in dieser Angelegenheit hatte man weder Freude noch Nutzen von ihnen, Guillaume nannte sie Frau Popoff und sie Frau Chagall, lustige Augen, ein lachender Mund und weiße Zähne, wo mochte sie geblieben sein, sie war schon seit Jahren nicht mehr im Nähkränzchen gewesen. Sie rief Doris an und fragte beiläufig nach ihr, nachdem sie sie zuerst zum Abendessen eingeladen hatte, die Idee stammte von Guillaume, der wie gewöhnlich mehr von der Frau als sie von dem Mann entzückt war, und sie erzählte, dass ihr früherer Name mit G begann, aber den brauche sie im Telefonbuch gar nicht erst zu suchen, denn der neue Name beginne mit H, ja, du hast richtig gehört, es klingt seltsam, aber jeder finnische Name ist besser als ein russischer.

Marie schlug vor, sie sollten sich bei Nissen oder bei Ekberg treffen, aber Frau H., die finnischen Namen konnte man sich so schwer merken, wollte in das neue Café von Fazer in der Glogatan gehen, aus Neugier, eine Neueröffnung, angeblich wirklich modern, obwohl sicherlich anders als das alte Fazer, in dem noch der alte russische und auch der französische Geist spürbar gewesen war. Marie kam zuerst und beschloss, in die zweite Etage zu gehen, ein junger Mensch stieg die Treppen mühelos hinauf, und hatte sich kaum gesetzt und die Spiegel, die Wiener Kaffeehausstühle und die Marmortische bewundert, als Tatjana – das Duzen begann damit, dass sie erzählte, außer Russin auch Jüdin zu sein, und sie darauf erwiderte, ich auch, also Jüdin, aber nicht Russin, und bereute es sofort –, als Tatjana von der Tür her winkte und ebenso fröhlich lächelte wie früher, ihre Zähne waren gelb geworden, aber auch sie selbst war älter geworden, die Friseurin hatte kürzlich bei ihr die ersten grauen Haare gefunden und vorgeschlagen, sie zu färben, aber das war ihr nun doch nicht recht gewesen, und erst als sie ihren Kaffee getrunken und die Schokoladentorte fast ganz aufgegessen hatten und die andere sich ihre merkwürdige Papirossa angezündet hatte, die aussah wie Klubi 7, aber dicker war, da erst wagte es Marie zu erzählen, dass sie ihren Gästen ein russisches Abendessen bieten wolle, und könntest du vielleicht helfen. Tatjana hatte sofort eine Antwort parat, in einer solchen Situation müsse man ein wenig schummeln, diese Kunst haben wir Russen immer besser beherrscht als die Finnen und zumal als die Schweden, der Geschmack ist wichtig, aber noch wichtiger sind die Namen der Gerichte und der Weine, erzähl mir, was ihr, du und die Köchin, zubereiten wollt, dann sage ich dir, wie das auf Russisch heißt.

Zu Hause beriet sie viele Tage lang mit der Köchin darüber, was man zu kaufen bekommt, was für Speisen man daraus herstellen kann und wie sie zubereitet werden, Martta hörte sich geduldig an, wie eine wirklich feine Fleischbrühe gemacht wird, Marie glaubte, sie habe sich das Rezept selbst ausgedacht, und hatte vergessen, dass sie es schon als Kind von Laurent gehört hatte, der sich nicht die Bohne für das Kochen interessierte, es aber für einen guten Witz hielt. Zuerst kauft man ein Kilo vom besten Rindfleisch, fügt Möhren, Zwiebeln, Sellerie, Lorbeerblätter, Salz und ganze Pfefferkörner hinzu, und dann wird das alles gekocht, je länger, desto besser, zum Schluss wird es abgeseiht, damit niemand aus Versehen ein Pfefferkorn zerbeißt und sich den Mund verbrennt, und man stellt die Brühe beiseite, die kann man dann als Fond für alles Mögliche benutzen, für Suppe oder Sauce oder zum Kochen eines neuen Bratens. Was passiert mit dem alten Braten?, rief Martta entsetzt, und Marie antwortete, den bekommen die Kinder und die Dienstboten, und biss sich auf die Lippe, als Martta böse wurde und sagte, Abfälle esse ich nicht, auch wenn ich in der Kindheit gehungert habe, und es dauerte eine Woche, ehe Martta wieder versöhnt war und die Lippe heilte.

Marie runzelt die Brauen, als sie daran denkt, was für eine schreckliche Enttäuschung die Speisekarte für sie war, wie fürchterlich banal und gewöhnlich sie geworden war, wie entsetzlich weit sie hinter dem feinen Abendessen zurückblieb, von dem sie viele Monate geträumt hatte, erst von einem französischen und dann von einem russischen. Sie erinnert sich an ihre Niedergeschlagenheit, die langen grauen Vormittage, an denen sie morgens nicht aufstehen konnte, sondern im Bett liegen blieb, bis Marja an die Tür klopfte, knickste und sagte, Verzeihung, jetzt müsste ich die Betten machen, später komme ich nicht mehr dazu, weil heute Waschtag ist, oder bis Martta ohne Anklopfen hereingestürmt kam und sagte, Verzeihung, was soll es heute zum Abendessen geben, etwas Leichtes, weil heute Waschtag ist.

Marie schrieb die Speisekarte mit Bleistift, weil sie sich schon dachte, dass es sich nicht lohnte, dafür einen Kopierstift oder gar Guillaumes neuen Füllfederhalter zu benutzen, und ebenso wenig, feineres Briefpapier dafür zu verschwenden. Natürlich verstand sie schon damals, dass das Ergebnis ein Kompromiss sein würde, eine Summe aus finnischen Essgewohnheiten, einer falschen Auswahl, aus Erschöpfung, aus Marttas bodenständiger, praktischer Art und ihrer eigenen schwärmerischen Unbeholfenheit, aber das besserte ihr Befinden nicht. Damals ahnte sie noch nicht, dass sie sich später, in den endlosen Jahren der Einsamkeit und des Fremdheitsgefühls, mit Sehnsucht dieser Zeiten erinnern würde, denn da hatte sie schon gelernt, dass negative Dinge sich ins Positive verkehren, wenn man sie mit der völligen Ereignislosigkeit vergleicht, bei der Depressionen und Tod einem so qualvoll nahe rücken.

Das Ergebnis war so jämmerlich und hässlich, dass sie in Tränen ausbrach. War dies der Lohn endloser Überlegungen, Fantasien und Beratungen? Hatte sie deswegen die besten Geschäfte der Stadt abgeklappert, sich herablassend behandeln lassen und mit Martta streiten müssen? Das neue Café von Fazer war schön, aber wo war die russische Atmosphäre geblieben, jetzt braucht sie wieder Tatjanas Rat, ihre

Schwesterlichkeit und ihr ansteckendes Lachen, und da stand sie auf, ging in den Korridor, prüfte, ob die Küchentür zu war, nahm den Hörer ab, suchte im Telefonbuch die Nummer heraus, kurbelte und sagte, hör mal, chère Tatjana, Marie hier, kannst du vorbeikommen, ich bin wieder in Verlegenheit, nicht wegen der Sprache, sondern wegen der Speisen, und die andere war bereit, heute habe ich keine Zeit, aber morgen. Sie zeigte ihr die Speisekarte, Tatjana lachte, schüttelte den Kopf, setzte sich an den Schreibtisch und sagte, du hast doch nichts dagegen, wenn ich das ein wenig korrigiere, bitte schön, antwortete sie und hatte keine Ahnung, wie lange das dauern würde, sie wurde mit knapper Not fertig, bevor Guillaume nach Hause kam.

Marie dreht sich auf die Seite, nimmt aus der Nachttischschublade die Bibel, daran merkt man, dass Pompadour das Pflegeheim eigentlich für ein Hotel hält, dreht sich auf den Rücken und ruht sich einen Augenblick aus, öffnet das Buch bei Jeremia, zweites Kapitel, liest den Untertitel *Judas Treulosigkeit* und entnimmt einem Umschlag zwei vergilbte Papiere. Vielleicht bemerkt Topelius oder jemand anders das Lesezeichen und berichtet Pompadour, dass sie die Bibel liest, und die erzählt dem Pastor, dass Frau M. religiös sei. Das kann einmal von Nutzen sein, obwohl das schon seit Langem nicht mehr wahr ist oder es noch niemals war.

Abendessen am 4.4.1930 bei Doktor und Frau Wilhelm Myhrborgh	Ushin 19 4/4 30 Chez Docteur Guillaume Myhrborgh et Madame Marie Myhrborgh
SPEISEKARTE	ROSPIS KUSCHANJAM
Rote-Bete-Suppe Piroggen	Supy Bortschtschok so smetanoj Piroshki rasnyje
*	*
Fisch	Zarskije sterljadi parowyje
*	*
Lammbraten Salat	Kotlety is molodowo baraschka salat
*	*
Früchte	Sladkoje Frukty w wine
*	*
Eis	Moroshenoje Parla Newa
*	*
Wodka Bier Weißwein Rotwein Portwein	Wina Crú St. Emilion 1929 Moët et Chandon Brut Imperial 1920 (magnum) Cuinta Amarella Port 1902
*	*
Kognak	Kognak Courvoisier

Zusammen

Diese Speisekarte ist wunderbar, viel feiner als meine, und das liegt nicht am Papier, hab Dank, erzähl mal, was die Texte bedeuten, meine Russischstudien sind nicht sehr weit gediehen, überall auf der Welt sind die Schüler faul, sagte Marie und umarmte Tatjana, den Duft ihres Parfüms hat sie immer noch in der Nase, oder sollte sie sagen, den Geruch, denn er war allzu stark, aber egal, die Russinnen haben einen anderen Geschmack als wir, oder woher soll man das wissen, vielleicht liegt das am Judentum.

Ich weiß, ich weiß, Tatjanas Augen funkelten vor Eifer. Die Sahne, die an die Suppe kommt, habe ich durch Smetana ersetzt, diesen Fisch bekommt man in Finnland nicht, den Hammel habe ich Lamm genannt, das klingt zarter, bei dem Eis bin ich nicht sicher, ob man genau diese Sorte außerhalb von Petersburg bekommt, und auch dort nicht, nachdem … Wodka und Bier habe ich weggelassen, weil sie nicht auf eine wirklich feine, also kaiserliche Speisekarte gehören, die finnischen Männer können sich ein Abendessen ohne sie nicht vorstellen, aber man kann sie trotzdem trinken, und die Namen der Weine habe ich durch repräsentativere ersetzt.

»Aber soll eine Speisekarte nicht …«

»Wir Russen haben schon immer gewusst, dass die Atmosphäre wichtiger ist als die Information, und vorhin hast du selbst gesagt, dass meine Speisekarte viel feiner *wirkt* als deine, ist das nicht die Hauptsache, ich will nicht aufschneiden, ich folge nur der Tradition, was es gibt, bemerken alle spätestens dann, wenn das Essen aufgetragen wird.«

Wenn sie nicht zu betrunken sind, dachte Marie und sagte laut, das ist auch wieder wahr. Dennoch spürte sie, wie sie sich ärgerte, zuerst nur ein wenig, vermied es jedoch sorgfältig, das zu zeigen, bedankte sich für die Mühe und erwartete, dass Tatjana ging, sie umarmten sich, nach russischer Sitte ordentlich und lange, und sie sagte, ich danke dir nochmals, wir sprechen uns. Tatjana verweilte noch, als wartete sie auf etwas, ging schließlich ohne ein Wort, und die Tür fiel krachend ins Schloss.

Marie dreht sich auf die andere Seite, wenn sie zu lange auf dem Rücken liegt, läuft ihr der Schleim in den Hals, und sie wird in der Nacht vom Husten wach, die Stellung der Beine müssen Sie oft wechseln, um keinen Blutpfropf zu bekommen, sagte Doktor Jekyll bei seinem letzten Besuch, der schon lange her ist, im hohen Alter ist ein Krampf noch schmerzhafter als in jungen Jahren, und es ist schwer, ihn wieder loszuwerden, wenn man nicht die Kraft hat, eine Gegenspannung zu erzeugen. Ob es wohl eine einzige Sache gibt, die sie in ihrem langen Leben mehr bereut hat? Na, das ist übertrieben. Erst später, als alles vorbei war, ging ihr auf, dass sie Tatjana als Gegenleistung und als Zeichen einer beginnenden Freundschaft natürlich zum Abendessen hätte einladen müssen. Aber was hätte sie denn machen sollen? Die Vorstellung, wie Tatjana unter Guillaumes Verwandten saß, war unmöglich, zunächst einmal, neben welchen denn? Und dann hätte sie als Sündenbock die tadelnden Blicke wegen der russischsprachigen Speisekarte aushalten müssen, denn kaum jemand hätte gewagt, etwas laut zu sagen, und sie hätte nicht zu bekennen gewagt, dass sie die wahre Schuldige war, und gegen Ende des Abends hätte Guillaume sich neben Tatjana gesetzt, auf ihre Weise war sie eine schöne Frau und im Unterschied zu vielen anderen mager geblieben, und was hätte das für Folgen gehabt, wenn ein Glas über den Durst und Guillaumes Aufmerksamkeiten – wenn er wollte, konnte er wirklich charmant sein – die von Russland ererbte Spontaneität die in Finnland erlernte Kontrolle überwunden hätten und die jüdische Herkunft offenbar geworden wäre. Das wagt Marie sich gar nicht vorzustellen, obwohl seitdem sieben Jahrzehnte vergangen sind und niemand mehr am Leben ist außer ihr selbst, allerdings nur zur Hälfte und hoffentlich nicht mehr lange.

Vom Wohnzimmer aus konnte man nicht in den Vorraum sehen, aber an den Stimmen und den Gerüchen erkannte Marie genau, wer dort eintraf und in welcher Reihenfolge. Marja öffnete die Haustür, obwohl sie das zunächst nicht gewollt hatte, und sagte, was mache ich, wenn mich jemand etwas auf Schwedisch fragt und ich nicht antworten kann, kein Wunder, denn damals war sie noch schrecklich jung. Aber Marie sagte tröstend, du musst nur knicksen und schön lächeln, aber Marja glaubte das nicht, bis sie lauter wurde, allerdings nur ein wenig, wie es sich für einen kultivierten Menschen gehört. Der kleine E. quengelte und wollte im Vorraum mit dabei sein, du bist nur im Weg, sagte sie, später darfst du einen Diener machen und Guten Abend sagen, aber Marja sagte, komm nur, weil sie dem Kind nichts abschlagen konnte und wollte, nicht in dieser Sache und auch in keiner anderen.

An der Art des Klingelns kann man erraten, wer da kommt. Unsicher und leise, ein Finne, zwei Möglichkeiten, entweder Doris und Tauno, die es nicht gewohnt waren, mit Herrschaften Umgang zu haben, oder Alli, die es nicht gewohnt ist, mit ihrem Mann Umgang zu haben, boshaft gesagt, aber wahr, denn alle wussten, dass Börje, seit er aktiver Offizier geworden war, seine Frau herumkommandierte wie einen Rekruten, bei Tisch bat er nicht, könntest du mir bitte die Soße reichen, oder lass doch bitte die Soße herumgehen, wie der charmante Onkel Pehr es formulierte, sondern schlug mit der linken Faust zweimal auf den Tisch und zeigte mit dem rechten Zeigefinger auf die Schüssel.

Dem Vetter blieb keine andere Wahl als die Armee, nachdem der alte Onkel Sebastian vorab die Erbfolge verraten hatte, vielleicht war er betrunken oder sonst wie wütend gewesen, es vergeht einem das Lachen, wenn der Gutshof an den Bruder fällt, er hätte es sich denken müssen, denn Ingrid ist von Adel und viel repräsentativer als Alli, damals konnte sie noch kein Schwedisch, und ordentlich kann sie es immer noch nicht, von einem Streifen Wald kann man nicht leben, auch wenn es ein paar Hundert Hektar sind, sagte Guillaume, nachdem er sich davon überzeugt hatte, dass ihn niemand hörte, und sie dachte, sei vorsichtig, der kleine E. ist zur Hälfte Franzose, wir haben schärfere Sinne und einen besseren Intellekt, als du glaubst.

»Na, wie alt ist der kleine Mann denn jetzt?«

Marie wusste, dass der kleine E. statt einer Antwort die rechte Hand mit gespreizten Fingern zu heben pflegte, und ganz recht, kurz darauf ertönte ein Gelächter, du hast so gegrüßt wie der komische Deutsche mit dem Schnurrbart, wie hieß er doch noch, wer hat dir das beigebracht, doch nicht etwa Onkel Börje, den Onkel Pehr nicht ausstehen konnte, und der kleine E. hatte eine weiche Stimme, ähnlich wie Gabriel, aber anders als Guillaume, der mehr nach seiner Mutter kam, aber natürlich kam Börje zuerst und sprach sofort von Politik.

»Adolf Hitlers historische Aufgabe ist es, die Ungerechtigkeiten des Versailler Vertrags zu korrigieren und die nationale Ehre Deutschlands wiederherzustellen.«

Ist Börjes Anzug eine Uniform oder ein Jagdgewand, jedenfalls Schnürstiefel, das Schnüren der Senkel dauert bestimmt eine halbe Stunde, wer hat doch behauptet, Männer seien nicht eitel, dachte Marie, bis sie die Sporen klirren hörte, lächerlich, der Mann ist bei der Artillerie, bei der Kavallerie wurde er nicht genommen, wenn man sein ganzes Leben lang mit Pferden zu tun hat, wird man ebenso dumm wie sie, zischte Guillaume, der sich damals gerade sein erstes Automobil gekauft hatte.

»Meinetwegen, aber dafür braucht man nicht die Gesten eines Clowns und im Übrigen auch keinen Schnurrbart.«

»Das sind nicht die Gesten eines Clowns, sondern persönliche Attraktivität. Ohne die gewinnt man nicht die Unterstützung des Volkes. Ich weise nur darauf hin, dass auch ich einen Schnurrbart habe, allerdings einen anderen als der Führer.«

»Ach, das habe ich gar nicht bemerkt. Denk an meine Worte, dass …«

»Nun beruhigt euch mal, Jungs, wenn man zu Gast ist, streitet man nicht über Politik. Tritt dir den Schnee von den Stiefeln auf der Treppe ab, Börje, sonst verdirbt das Parkett.«

Tante Alexandra war außer alltäglich und langweilig auch noch parteiisch und bösartig. Hatte sie selbst, Marie, denn vorausgesehen, welche Schrecklichkeiten Hitler begehen würde? Vielleicht, aber nicht wegen des Grußes oder wegen des Schnurrbarts, sondern deshalb, weil wir Straßburger von alters her wissen, was es für Folgen hat, wenn die Deutschen an die Macht kommen.

»Kommt herein, wir gehen in den Speisesaal hinüber, sobald Lars-Olof da ist, hoffentlich ist ihm nichts passiert.«

»Wir wissen schon, was bei Nebel passiert ist.«

Marie erschrickt bei dem brüllenden Gelächter, dreht sich mühsam auf die andere Seite und versucht sich zu erinnern, ob sie Frühstück oder Lunch – wie Topelius möchte, dass sie sagt – gegessen hat, obwohl das ja nun völlig egal ist, da der richtige Name doch *déjeuner* ist. Vergebens, denn eine Antwort findet sich weder in ihrem Kopf noch im Magen.

Abergläubisch war ich weder damals noch jetzt, seufzt Marie, aber damals erwies sich die Dreizehn als Unglückszahl, mit der Planung der Sitzordnung vergingen viele Tage und mehrere schlaflose Nächte. Sie war nicht zufrieden damit, denn es gab einen Mann mehr als Frauen, auf der einen Seite mussten fünf und auf der anderen sechs Personen sitzen, am liebsten abwechselnd, bunte Reihe, wie die Deutschen es nennen, Ehepartner darf man nicht nebeneinandersetzen, die Ordnung nach Alter ist nicht dieselbe wie die Rangordnung, sind die Adligen nicht nur nach ihrer eigenen Ansicht, sondern auch nach der der anderen respektabler? Man muss berücksichtigen, wer mit wem zerstritten ist, und doch ist unmöglich vorauszusehen, wer sich im Laufe des Abends mit wem zerstreiten wird.

Marie schließt die Augen und sieht in Gedanken den Tisch, von oben betrachtet, sodass alle zu sehen sind, deutlich voneinander unterschieden, anfangs ist er schön gedeckt und sauber, Gabeln, Messer, Gläser und die tütenförmig gefalteten Servietten liegen an ihrem Platz, wie es chère Maman sie gelehrt hatte, und sie sieht sich selbst mit einer modischen Frisur vor der Hilfsanrichte. Auf der rechten Seite des Tischs, vor der Hauptanrichte, zuerst der alte Onkel Sebastian, Schnurrbart, jedoch ein ganz anderer als der von Hitler, der würdigste Gast oder zumindest der älteste, dann Emma, graues Haar, warum färbt sie es nicht? Sie gibt sich heldenhaft, damit niemand das Holzbein und den Unfall vergisst, als Nächste Börje und Nebel zu beiden Seiten von Doris, hoffentlich mäßigt die fremde Frau die Angeberei des Ersteren und das Trinken des Letzteren, und zuletzt Alli, mit der Guillaume Finnisch sprechen könnte, was er nach eigener Meinung besser beherrschte als die Finnen selbst. Zumal er als stellvertretender Gemeindearzt irgendwo im Osten, in Viitalampi oder Rautasaari oder so, gewesen war, wo die Kinder an Durchfall starben, weil die dummen Eltern sie mit Blaubeersuppe fütterten, lachte Guillaume, und sie wagte nicht zu sagen, dass in Straßburg die Erwachsenen das für eine Delikatesse hielten, allerdings nur, wenn sie keinen Durchfall hatten, im Herbst, wenn Saison war, und das ganze Jahr über, seitdem Maman sich für das Einmachen begeisterte.

Auf der linken Seite des Tischs, vor der offenen Falttür, man muss sich vorstellen, dass man durch das kleine Wohnzimmerfenster bis zum Meer sehen konnte, wenn man ordentlich den Hals reckte, zuerst Onkel Pehr, mit ihm würde es nett sein zu plaudern, so weit die Pflichten der Gastgeberin es erlaubten, dann Ingrid, die sich bestimmt ärgert, weil sie nicht auf Allis Platz neben Guillaume gesetzt worden war, Tauno und Simon würden sich schon vertragen, von Geld reden und über den Zusammenbruch der Börse, die niedrigen Mieten und die schlechte Ernte lamentieren, und zuletzt Tante Alexandra. Mit seiner Mutter wechselt Guillaume, wenn es nicht unbedingt nötig ist, kein einziges Wort, das geschieht der griesgrämigen Frau recht.

Wer würde die Speisekarte als Erster bemerken? Den Bor... – in welcher Reihenfolge standen die Konsonanten doch noch –, die Suppe aßen die Frauen schweigend und aufmerksam, denn sie wussten, wie schwer sich Flecke von Roter Bete entfernen lassen, aber die Männer schlürften sie ohne einen Gedanken an den Geschmack oder an das Tischtuch. Beug dich über den Teller, und mach keine Flecke, cher Laurent, schlürfen darf man, aber nicht so laut wie die Deutschen, sondern kultiviert, in dieser Beziehung waren Guillaumes Cousins und Tauno nicht sehr kultiviert, Guillaume hatte, noch bevor sie heirateten, von Marie gelernt, ordentlich, also französisch, zu essen, Onkel Pehr war noch in alter Zeit erzogen worden, und sowohl die Geräusche als auch der Nachschlag von der Suppe verschwanden so wirkungsvoll im Schnurrbart des alten Onkels Sebastian, dass man seine Worte erraten musste, was nicht schwierig war, denn er sagte immer dasselbe.

Jetzt liegt sie nicht gut, sollte sie Hilfe herbeiklingeln, das vielleicht doch nicht, es ist wichtig, dass man selbst so viel tut, wie man nur kann, denkt Marie und erinnert sich, dass Tante Emma einen Blick auf die Speisekarte warf, bevor Marja Suppe und Piroggen auftrug, es kamen schrecklich viele Krümel, die sich leicht wegfegen ließen. Zum Glück sind die Fettflecke farblos und nur gegen das Licht zu erkennen, und Tante Emma hob die Augenbrauen, schwieg aber, bis Tante Alexandra sich zu ihrem Sohn beugte und hinter vorgehaltener Hand etwas flüsterte, was so selten vorkam, dass sie es sofort bemerkte, Guillaume jedoch nicht, bis ihre Schwiegermutter ihn am Ärmel zupfte und mit heiserer, aber lauter Stimme wiederholte, sieh dir mal die Speisekarte an, Wilhelm, alle hörten es und wunderten sich, außer Guillaume, der schrie, verdammt, das ist ja die Sprache der Russkis, was hast du dir dabei gedacht, Marie, und sie bereute es, vielleicht war dies keine gute Art zu protestieren, obwohl sie die Sache wochenlang geplant hatte, und sie hätte im Erdboden versinken mögen, aber es war zu spät.

Guillaumes dunkelroter Nacken, sein stierer Blick und sein Gemurmel über die Sprache der Russkis waren bedrohlich, jetzt musste sie sich rasch etwas einfallen lassen. Sie lief ins Kinderzimmer, dort war der kleine E. nicht, fand sich jedoch schließlich in der Küche unter Marjas Schürze, komm und sag den Gästen Guten Tag, vielleicht könntest du uns ein Stück aus dem Heft von Hymander vorspielen, zum Beispiel dieses: tii-tadii-tadiitadiitadii, Fröhlicher Landmann oder wie das heißt, zuerst zierte sich der kleine E., willigte aber ein, als sie ihn dafür lobte, wie fleißig und gelehrig er gewesen war, durch ein Lob brachte Marie die Männer dazu, noch viel eigentümlichere Dinge zu tun, als Klavier zu spielen.

Bleib hier neben Mamans Stuhl stehen und warte, und als sie aus der Hilfsanrichte weitere Servietten holte, fasste Doris sie am Ärmel und fragte, wann es so weit sei. Was meinen Sie?, fragte Marie, weil sie sich noch nicht mit ihr duzte, in Frankreich und in Deutschland siezen sich die Leute, auch wenn sie sich seit Jahrzehnten kennen, für solche Dinge haben die Hebammen einen scharfen Blick, antwortete Doris, ein seltsamer Beruf, sie sieht überhaupt nicht aus wie eine Hebamme, aber woher soll man das wissen, eine Uniform ist etwas anderes als ein Abendkleid, allerdings kein sehr gelungenes … Plötzlich verstand Marie, was es mit dem Erbrechen auf sich hatte, sie hatte geglaubt, Martta habe alte Milch verwendet, und Marie sank zu Boden, nach Frauenart vorsichtig, um nicht mit dem Kopf aufzuschlagen, und erwachte nicht eher, als bis sie Guillaume rufen hörte, Marja solle schnell laufen und aus dem Arzneischrank im Schlafzimmer Riechsalz holen, oder sollte man doch einen Arzt rufen, und es kam Guillaume gar nicht in den Sinn, dass er selbst Arzt war.

Marie sah über sich einen Kreis von Gesichtern, komisch, wie die Zahlen auf dem Zifferblatt einer Uhr, einige erschreckt, andere besorgt, wieder andere verwundert oder verächtlich, manche neugierig, andere gleichgültig. Helft mir auf den Stuhl, sagte sie, jetzt spielt der kleine E. euch etwas auf dem Klavier vor, ein sehr musikalisches Kind, lieber Guillaume, geh ihn holen, aber sei nicht so streng, und dann können wir das Abendessen fortsetzen, so als sei nichts geschehen. Wie sehr sie sich doch irrte, denn in den folgenden Stunden geschah mehr als zuvor in Wochen und später in Jahren.

Ich selbst, sagte der kleine E., als Guillaume ihn auf den Klavierstuhl heben wollte, wenn man viel von zu Hause fort ist, bemerkt man nicht, wie schnell die Kinder wachsen und neue Dinge lernen, und begann zu spielen, die Gäste schwiegen höflich, abgesehen von Lars-Olof, der sich gerade in Nebel verwandelte und Doris etwas ins Ohr flüsterte, die verlegen wirkte, aber trotzdem hinter der Serviette lachte, bis Tante Alexandra so laut schsch, schsch zischte, dass das viel mehr störte. In diesem Moment beendete der kleine E. sein

Spiel, schlug den Deckel zu, rannte weg und rief dabei: verrückte Maman, verrückter Papa, verrückte Erwachsene und beruhigte sich erst, als man ihn zwang, eine halbe Pille zu schlucken, weil Guillaume gesagt hatte, mehr darf man einem Kind nicht geben, und dann schlief er auf Marjas Schoß ein. Das Fieber dauerte viele Wochen lang, nachts fantasierte er alles mögliche wirre Zeug von einem lieben Brennholzmann, fleißigen Schornsteinfegern, dem furchterregenden Krankenhaus, einem dummen Kleinen, einem großen Kissen, einem heißen Feuer, von der braven Lilli und dem bösen Onkel Börje, das erzählte Marja, die einen leichten Schlaf hatte, anders als Martta, die schlecht hörte. Marie wusste von nichts, weil das Schlafzimmer weit vom Kinderzimmer entfernt lag. Während Marja den kleinen E. im Kinderzimmer tröstete, tröstete Marie sich selbst im Badezimmer, zwei ganze Pillen, weil sie sich doppelt so erwachsen fühlte als zuvor, aber auch doppelt so dumm.

Was für eine Schande, dass sie es nicht bemerkt hatte, bestimmt haben Martta und Doris bemerkt, dass sie es nicht bemerkt hatte, und vielleicht auch Guillaume, warum hat niemand etwas gesagt, das Schlimmste war, dass auch der kleine E. es verstand, natürlich hatte er deswegen beim Klavierspielen den Anfall bekommen. Marja hatte die Rote-Bete-Suppe serviert, Marie hört in Gedanken, wie Martta kommandiert, die Suppe darf um Gottes willen nicht kalt werden, dann steigt das Fett an die Oberfläche und legt sich an den Gaumen. Frau Ingrid als Adlige weiß sehr wohl, wie gutes Essen zu sein hat, sie bekommt die Gelegenheit, Frau Marie zu sagen, eure Martta ist aber alt geworden, und als sie hereinkam, verstummten alle außer Börje, der ihr den Rücken zuwandte und Doris zuflüsterte, die Kinder unserer Familie haben sich nicht so schlecht benommen, auch wenn sie Klavier spielten, nichts für ungut, aber er kommt bestimmt nach seiner Mutter.

Meistens scherte Guillaume sich nicht um Börjes Reden, weil er ihn für einen etwas schlichten Kapitulanten hielt, doch war er wegen der Speisekarte so aufgebracht, bestimmt hatte er schon einen oder zwei Schnäpse intus, sodass er sich nicht beherrschen konnte. Zum

Glück hatte er nicht angefangen, finnlandschwedische *glunt*-Lieder zu singen. Ich bin an allem schuld, dachte Marie zunächst, aber als man sie beschuldigte, den Abend verdorben zu haben, verteidigte sie sich, allerdings erst zu späterer Stunde. Jedes Individuum sei für seine Taten verantwortlich, damals, als die Biologielehrerin, die mit der Religionslehrerin im Streit lag, das sagte, hielt sie sie für blöd und ahnte nicht, als wie brauchbar sich dieser Satz Jahrzehnte später erweisen sollte. Ebenso gut war Börje schuld, der versuchte, Doris zu beeindrucken, oder Guillaume. Und wenn sie sich ordentlich anstrengt, erinnert sich Marie an das Gespräch, denn es war nicht das erste, hoffentlich aber das letzte Mal, dass sie sich die Ereignisse jenes schrecklichen Abends in Erinnerung rief.

»Mein lieber Börje, das Klavierspiel kannst du finden, wie du willst, bei euch wird ja wohl nicht musiziert, sondern nur der Mund voll genommen, aber meine Frau wirst du nicht als hysterisch bezeichnen und auch nicht meinen Sohn.«

»Du kannst nicht leugnen, dass sich das Kind, sagen wir mal, eigentümlich verhalten hat, wenn hysterisch dir nicht recht ist, und auch nicht die Tatsache, dass in der Familie Kultje so etwas nie durchgegangen wäre, ihr könnt gern meinen Vater fragen.«

»Fragen wir ihn doch, er ist dort neben Marie eingenickt, hallo, alter Onkel Sebastian, hallo, anscheinend hört er nicht.«

»Zum Glück liegt das Hörrohr auf dem Tisch, sodass er sich deine Schmähungen nicht anhören muss. Als Offizier und Gentleman kann ich es nicht zulassen …«

»Ein Kapitän ist kein Offizier, und ein Gentleman bist du niemals gewesen, ich weiß noch, wie unsere Sauna den ganzen Sommer nicht benutzt werden konnte und die Steine ausgewechselt werden mussten, weil du auf den Ofen gepinkelt hattest …«

»Wieso ausgerechnet ich, wieso nicht ebenso gut Simon!«

Simon schluckte ein Stück Brot zu schnell hinunter, und sein Gesicht lief dunkelrot an, das Baguette war ausgezeichnet, innen weich, die Kruste knusprig und genügend Salz, sicherlich Tatjanas Verdienst, Martta machte sich niemals die Mühe, weiter als bis zum nächsten Milchladen zu gehen, und Marja hatte keine Zeit.

»So etwas hätte ich niemals getan!«

»Nein, weil du dich nicht traust.«

Börje wirkte triumphierend, wieso eigentlich, das verstand Marie nicht, und einen Augenblick lang war sie mit Guillaume einig, der Mann ist wirklich dumm.

»Das Gute daran war, dass wir einen Vorwand hatten, euch nach Hause zu schicken, Mama jammerte, dass man doch meinen sollte, ein reicher Gutsherr könne es sich eher leisten, die eigenen Kinder zu betreuen, als ein armer Fischer, sie fressen einem ja die Haare vom Kopf.«

»Das habe ich nie gesagt!«

Gut, Guillaume! Tante Alexandra dazu zu bringen, dass sie den Mund auftut, ist eine beachtliche Leistung. Natürlich log die Schwiegermutter, dass sich die Balken bogen, ein lustiger Ausdruck, zum ersten Mal hörte Marie ihn, als sie mit Gabriel im Café war, ein trostloses Lokal, sicherlich irgendwo am Stadtrand, wo niemand sie kannte, und am Nachbartisch erzählte ein Mann von seinem Chef, was angeblich dasselbe ist wie der Vorgesetzte, mit so lauter Stimme, dass sie das mit anhören mussten, obwohl die Geschichte langweilig war, weil sie keinen Höhepunkt hatte, fand Gabriel, aber insofern gut, als man dabei Finnisch lernt, fand Marie.

Aber Börje hörte nicht auf, vielleicht lernt man bei der Armee, hartnäckig zu sein.

»Jungen sind Jungen, wie unser Sergeant sagte, ich war erst zehn Jahre alt, aber ich meinerseits habe nicht vergessen, wie du mit fünfzehn der Tochter des Inspektors im Kuhstall nachgejagt bist.«

»Das hast du natürlich nicht, weil es dich immer noch ärgert, dass ich der bessere Läufer war und du schon nach der ersten halben Runde beim Herzhäuschen stehen bleiben und verschnaufen musstest.«

Mir hat er niemals nachgejagt, dachte Marie, vielleicht lag das daran, dass ich zu fügsam war, wie die Mädchen es in dem Alter sind, weil sie fürchten, dass sie sonst nicht unter die Haube kommen, nach Ansicht von Maman war das ein schreckliches Schicksal, aber sie hatte nicht geahnt, dass ihre Tochter trotzdem jahrzehntelang würde allein leben müssen. Edouard kam selten zu Besuch, ihre Freundinnen starben eine nach der anderen, und musste Guillaume denn nun wieder ungehörige Reden führen?

»So, so, ein besserer Läufer, unser Plumpsklo war nicht im Kuhstall, sondern am anderen Ende des Backhauses, wähle deine Worte, Mann, dies wäre etwas für ein Duell, wenn nicht irgendein Blödmann auf die Idee gekommen wäre, Duelle zu verbieten, in der guten alten Zeit hätte ich dir den Fehdehandschuh ins Gesicht geschleudert, jetzt tue ich das mit dem Degen des Wortes …«

»Ach, wirklich? Mit dem Degen des Wortes? Ich wusste gar nicht, dass du lesen und schreiben kannst«, schrie Guillaume und sprang so plötzlich auf, dass der Teller umkippte und die Rote-Bete-Suppe sich über das Tischtuch ergoss, o Graus, warum hatte Tatjana eine farbige Suppe aussuchen müssen, es gibt auch farblose wie zum Beispiel Blumenkohlsuppe. Ob der Fleck wohl bei der Wäsche herausgeht, noch schlimmer als Rotwein, wenn man nicht gleich Salz darauf streut, es ist sinnlos, daran zu sparen, weil es heute fast nichts kostet, anders als damals in meiner Kindheit, sagte Maman, und das Bügeln war furchtbar mühsam, Marja hat keine Zeit, sie ist ungeübt, das Eisen ist zu heiß oder zu kalt, auf dem Herd ist kein Platz, wenn Martta kocht und schlechter Laune ist, zum Glück hat Guillaume Bier getrunken, das ist wenigstens nicht rot, sondern gelb wie – o Graus, das kommt davon, wenn man die vulgären Reden der Männer mit anhören muss.

Die Männer blieben sitzen, aber die Frauen stürzten zu Guillaume, außer Doris, die fürchtete, sich in Gesellschaft der Herrschaften falsch zu benehmen, und Alli, die fürchtete, aus Versehen Finnisch zu sprechen, und Tante Emma, die nicht mit konnte, weil sie ihren Stock unter den Tisch hatte fallen lassen, letztlich war es also nur Ingrid, die Guillaumes Hemdbrust mit ihrer Serviette abtupfte und plapperte, oje, hat die heiße Suppe dich schlimm verbrüht. Seit Guillaume im Backhaus von Borgbacka allzu oft mit Ingrid getanzt hatte, das erste und das letzte Mal, dass sie so etwas wie

Eifersucht empfand, lächerlich, hatte Marie gewusst, dass Ingrid in ihren Ehemann verschossen war, nicht ernsthaft, aber doch mehr als in ihren eigenen Ehemann, kein Wunder, denn auch Simon war ein Dummkopf, allerdings auf andere Art als Börje. Tante Alexandra schrie hysterisch, bringt Salz, bringt schnell Salz, seltsam, wie ähnlich die Menschen einander sein können, obwohl der eine aus Straßburg stammt, was immerhin eine große Stadt ist, und der andere aus Inkoo, was ein kleines Dorf ist, und Marie sagte ruhig, Salz ist hier nicht erforderlich, Marja, hol bitte aus der unteren Schublade der Kommode im Korridor ein oder zwei große Handtücher, damit die Suppe nicht auf den Teppich laufen kann, der kleine E. war da schon eingeschlafen, aber keine neuen, sondern welche von denen mit ausgefransten Rändern, und genau in diesem Moment rief Tante Emma mit lauter Stimme, dies ist eine Strafe Gottes, das kommt davon, wenn in der Familie Irrgläubige aufgenommen werden, und Marie fragte, was Tante Emma eigentlich meine.

»Ich bin lahm, aber nicht blind, seht euch diese Speisekarte an, die voller ebensolcher Krakel ist wie die Russenkirche, ist das nicht ein Zeichen dafür, dass Marie zu diesen Leuten gehört, das habe ich immer vermutet, Haare und Augen sind zu dunkel, ich habe nur bisher nicht gewagt, das laut zu sagen.«

Auch Maman bediente sich manchmal ihrer Kopfschmerzen und Ohnmachten, Emma forderte immer die Aufmerksamkeit der anderen ein, obwohl sie bescheiden und demütig auftrat, spielte sie doch die Märtyrerin. Das kann nicht nur an der Speisekarte und an ihr liegen, der Unfall war etwas Schreckliches, man sollte aber meinen, dass sie sich daran gewöhnt hat, auch die Kriegsinvaliden mussten sich daran gewöhnen, sagte Guillaume, er geschah schon, als sie zwölf war. Und ist nicht immer auch eigene Schuld dabei? Was rennt sie auch über die Straße, ohne sich umzusehen, war es ein Wagen der Linie 3 gewesen, wohl kaum einer der Linie 1, oder die 7, denn was hätte Emma in Sörnäinen zu suchen gehabt, vielleicht macht das Alter einen böse, aber damals war Emma kaum sechzig, was nichts ist, wenn man bedenkt, wie alt Marie heute ist, vielleicht die Einsamkeit, die nichts ist, wenn man bedenkt, welche Erfahrungen Marie später gemacht hat, vielleicht das Fehlen eines Mannes, in *dieser* Hinsicht unterschied sich ihrer beider Leben wirklich, obwohl sie es nicht wissen konnte, dennoch ist es schwer vorstellbar, dass irgendein Mann, wo stellt man solange das Holzbein hin, ist es die ganze Zeit am Stumpf befestigt oder irgendwo angelehnt … Hör auf, Marie, hör sofort auf …

»Entschuldige bitte, liebe Tante Emma, die Orthodoxen verwenden solche Buchstaben, ich bin römisch-katholisch, obwohl ich dessen nicht mehr sicher bin, unsere Buchstaben sind dieselben wie bei euch Lutheranern, das spielt für den Glauben keine Rolle, sondern …«

Meistens war Nebel zu diesem Zeitpunkt des Festes schon so betrunken, dass er an dem Gespräch nicht teilnehmen wollte oder konnte, aber jetzt stand er auf, langsam und unsicher, stellte sich hinter seinen Stuhl und ergriff mit beiden Händen die Lehne.

»Lie-Liebe Ta-Tante E-Emma, wenn di-dir das Ho-Holzbein so schrecklich wehtut, nimm eine Pi-Pille oder zwei, aus ei-eigener Erfahrung weiß ich, dass das hilft, zwar nur für ku-kurze Zeit und gegen Kopfschmerzen, aber immerhin. E-Ende, so muss man bei der Armee zum A-Abschluss eines Gesprächs sagen, der Sergeant drohte mit A-Arrest und verbot mir, den Hörer jemals wieder anzurühren, nachdem ich einmal geantwortet hatte, A-Achtung, General Mannerheim am A-Apparat. Verzeihung.«

Dann kehrte Nebel auf die Vorderseite des Stuhls zurück, langsam und unsicher, sank auf den Sitz, füllte sein Schnapsglas, seine Hände zitterten, und er verschüttete die Hälfte auf das Tischtuch, das ist schon egal, auch das ist farblos und geht auf jeden Fall in die Wäsche, er leerte den Rest, indem er den Kopf in den Nacken warf so wie der Offizier des Zaren in seiner weißen Uniform in jenem Film, nachdem er zuerst auf seinem Schimmel die Treppe hinaufgeritten war, und rülpste, zum Glück warf er jedoch nicht das Glas über die Schulter, das hätte auf der Tapete einen Fleck oder am Samowar eine Beule hinterlassen können, alle schwiegen, vor Verwunderung oder weil sie mit der Beseitigung der Spuren des Bor – wie gingen die Buchstaben doch gleich –, der Rote-Bete-Suppe beschäftigt waren. Nebel war der letzte Mensch, von dem sie Unterstützung erwartet hätte.

»Lass mich los, Ingrid, und geh an deinen Platz!«, schrie Guillaume, »ich hasse Frauen, die Theater machen, hier siehst du, Marie, wohin es führt, wenn du auf eigene Faust ein Abendessen planst, du hättest mich fragen sollen, wie solche Dinge auf skandinavische Art elegant erledigt werden, anstatt die Ratschläge irgendeiner merkwürdigen Tatjana zu befolgen, entschuldige bitte, aber auch die Emigranten sind im Grunde Russkis, wenn auch nicht so schrecklich wie die Bolschewiken, kein Wunder, dass so viele Juden darunter sind, wahrscheinlich auch deine Freundin, Marx und Engels …«

Hieß der Architekt, der die Domkirche geplant hatte, nicht genauso, beide sind Deutsche, vielleicht sind sie verwandt, das nun vielleicht doch nicht, Deutsche dieses Namens gibt es bestimmt unendlich viele. So lange hatte Guillaume noch nie gesprochen, er wirkte erregt, das lag sicherlich an etwas anderem als daran, dass das Tischtuch verdorben war, ob sie von ihrem eigenen Judentum erzählen sollte, aber nicht nach alldem hier …

»… oder Trotzki, und es ist ziemlich seltsam, dass deine Verwandten die Russen bewundern und die Deutschen hassen, und nenn mich nicht Guillaume, sondern Wilhelm, aber nicht Kaiser Wilhelm, zum Teufel, wie dein Bruder Laurent, das ist ein ebenso schlechter Witz wie sein eigenes Leben, nicht dass ich etwas gegen den Kaiser und seine Truppen hätte, ohne sie wäre die Niederschlagung des Aufruhrs viel schwieriger oder unmöglich gewesen, die Niederlage im Krieg und der Schandfrieden von Versailles waren nicht seine Schuld, sondern die Ursache war, dass die Feinde mehr Geld hatten, das sie von den jüdischen Wucherern geliehen hatten, den Wilhelm habe ich in der Taufe bekommen und zusätzlich den Herman, nicht wahr, Mama und Papa.«

Zunächst waren alle still, und Marie dachte, das war es also, worum es in ihrer Ehe ging, während sie geglaubt hatte und auch ein wenig stolz darauf gewesen war, dass die Liebe über die politischen Meinungsverschiedenheiten siegt. Natürlich wurden die Deutschen verspottet, und manche hassten sie, aber die Kinder hielten Papa für ein wenig lächerlich und anstrengend, weil sie die Geschichten viele Male gehört hatten und er keine eigene Meinung hatte. Bernadette war dumm, Hélène sprach von anderen Dingen, Hans und sie schwiegen und küssten sich, Maman hatte keine Zeit, denn wer sonst hätte sich um den Haushalt gekümmert und die deutschen Dienstboten befehligt, die brav, aber langsam waren, Laurent beklagte sich, wie altmodisch Papa sei, und ahnte nicht, dass sich demnächst im Krieg alle gegenseitig totschlagen würden, und auch nicht, dass er selbst später die Franzosen, die Elsässer und auch die Deutschen als Geizkragen beschimpfen würde, die nur auf das Preisschild schauten und nicht verstanden, welcher Unterschied zwischen einem Qualitätskamm und einem gewöhnlichen Kamm bestand.

Dann redeten plötzlich alle auf einmal, und niemand außer Marie hörte, wie Onkel Pehr mit gewöhnlicher Stimme sagte, wir haben auch andere Namen erwogen, zum Beispiel Alexander zu Ehren des Kaisers, aber was hätte das für Folgen gehabt, da es in der Familie schon eine Person mit fast demselben Namen gab, Leo habe ich verworfen, weil der Titel des Buches Krieg oder Frieden und nicht Krieg und Frieden hätte heißen müssen, Frithiof taugte nicht, weil die Norweger vergebens nach Selbstständigkeit strebten, was ist an den Schweden auszusetzen, sie sprechen ein nahezu anständiges Schwedisch und nuscheln nicht so wie die Dänen, ein Seemann muss alle möglichen Sprachen verstehen. Tante Alexandras Mund bewegte sich wohl, aber es war nichts zu hören, und schließlich siegte Börje in dem Wettschreien, weil er noch erregter war als die anderen, er glaubt, er sei eine Art Väinämöinen, sagte Guillaume später, Marie fragte, wer war das noch mal, und niemand antwortete.

»Natürlich sind die Deutschen Germanen, von derselben ruhmreichen Rasse wie wir, aber über eines habe ich mich immer gewundert, auch dir gegenüber, nicht wahr, Alli, warum ist Wilhelm genau in dem Augenblick ins Ausland gefahren, als die rote Gefahr das Vaterland bedrohte, und hätte es außerdem nicht eine ordentliche deutsche Stadt sein können und nicht irgendein Straßburg? Jetzt unterdrücken dort die Franzosen die Deutschen, aber nicht lange, hat unser Oberst gesagt, und hätte sich eine Braut nicht ebenso gut hier gefunden, dann hätten wir nicht …«

»Jetzt reicht es, Börje, mich wirst du nicht der Fahnenflucht beschuldigen und obendrein meine Frau beleidigen …«

»Das Wort Fahnenflucht habe ich nicht in den Mund genommen, obwohl viele sich ein bisschen gewundert haben, wo Wilhelm war, als die weißen Truppen Kommandeure brauchten. Ich war leider zu jung, aber du hättest mit den Jägern nach Deutschland gehen können, um gegen die Russkis zu kämpfen, und nicht, um auf Brautschau zu gehen, und du selbst hast sie gerade wegen der Speisekarte beschimpft, völlig zu Recht, wenn du mich fragst, und ihren Bruder Lorenz hast du einen Faulpelz genannt …«

»Laurent und nicht Lorenz, hör doch auf das, was ich sage, ich wollte ja zu den Jägern gehen, Mama hätte eingewilligt, aber Papa fand, ich sei zu schwach, keineswegs geistig, sondern körperlich, versteht dein kleines Offiziershirn nicht, dass ein Gentleman die Seinen beschimpfen darf, wenn es dafür einen Grund gibt, dass aber ein Außenstehender wie du dieses Recht nicht hat, auch dann nicht, wenn er einen Grund dafür hätte, und werden euch in der Armee keine anderen Manieren beigebracht, als die Hacken zusammenzuknallen und sich mit steifem Nacken zu verbeugen, das Sporengeklingel war wahrscheinlich auch bei dir der einzige Grund, zur Kavallerie zu gehen …«

»Hüte deine Zunge, Mann, du hättest dein Versäumnis wiedergutmachen können, oder sollte ich sagen, deine ausgesprochene Feigheit, indem du dich dem Stammesfeldzug nach Aunus angeschlossen hättest, wie ich es getan habe, weil du damals schon in Finnland warst.«

Wo ist Aunus? Von einem solchen Ort hatte Marie noch nie gehört, und was ist ein Stammesfeldzug? Vielleicht ist das dort, wo Guillaume immer zum Gänseschießen hinfährt, bestimmt knallen dort die Büchsen, aber eine Jagd kann man nun doch nicht Krieg nennen, obwohl sie ebenso töricht ist, die Vögel tun einem leid und noch mehr die Menschen, und was hat das mit den Stämmen zu tun? Die Stammesverwandten kommen, die Stammesverwandten kommen, schrie die Jungmagd von Borgbacka mit schriller Kinderstimme, und Ingrid sagte ruhig, Inspektor, jagen Sie sie bitte fort, oder führen Sie sie auf den Küchenhof, die Zigeuner dürfen nicht zum Haupteingang und dabei die Sandwege zertrampeln, wenn wir gerade Gäste erwarten, wenn man zu den Untergebenen mit lauter Stimme spricht, gehorchen sie nicht, erklärte der alte Onkel Sebastian bei Tisch, als Marie noch jung war und sich fragte, was die Küchenhilfe denken mochte. Und Guillaume flüsterte ihr ins Ohr, Pirjatta spreche nur Finnisch, und selbst wenn sie Schwedisch könnte, dann wäre das völlig egal, zum Teufel, Tzigane oder Zigeuner, bestimmt ist Aunus in Ungarn …

»Ich bin der Meinung, die Sache war gut, aber das Mittel schlecht, letztlich brachte die Operation nur Nachteile, die Menschen zu retten war viel wichtiger.«

»Ich weiß, ich weiß, ein Messer in den Bauch, egal, um welches Leiden es sich handelt …«

»Marie!«

»Ja?«

»Wäre es nicht Zeit, zum nächsten Gang überzugehen, bevor Börje an seinen eigenen Worten erstickt, könntest du erzählen, was es ist, ich glaube, niemand von uns kann Russisch lesen …«

»Verzeihung, einen Augenblick, was war das noch, ich muss Tatjana fragen, aber sie ist nicht …«

»Ich verstehe so viel Russisch, dass ich als Dolmetscher fungieren kann.«

Onkel Pehr lachte niemals laut und schallend so wie Guillaume und seine Kollegen, aber seinen funkelnden Augen sah Marie an, dass er sich in die Unterhaltung einmischte, um sie zu verteidigen, cher Oncle Pehr, er ähnelt Gabriel, der wahrscheinlich gerade Kap Hoorn umsegelt, hoffentlich kann er das Schiff im Sturm steuern, sodass es nicht an den Felsen zerschellt, das war so schrecklich, als der Schiffsführer in den Schären blind war. Marie streckte die Hand nach der Klingel aus und sagte halblaut, es sei Zeit für Marja, die Suppenteller abzuräumen, bevor sie die neuen Teller auf den Tisch stellt, aber herrje, zuerst muss das Tischtuch gewechselt werden, Guillaume fuchtelte mit der Hand, zum Glück traf er nichts und niemanden, und rief, wozu der Aufwand, wir stellen eine Schüssel auf den Fleck, bald weiß niemand mehr, was geschehen ist, natürlich wollte er es vergessen, weil er selbst der Schuldige war.

Guillaume, Guillaume, ich glaube, es kommt jetzt, bestell rasch das Taxi, durch die dunkle Stadt, das machte ihr Angst, obwohl dasselbe schon zweimal passiert war, alles geht gut, Frau Myhrborgh. Warum sagen die Ärzte immer, alles geht gut, wenn alles nicht gut geht, der Doktor selbst wird kommen, sobald sein Dienst zu Ende geht, erst viele Tage lang Schmerzen und Blut, entschuldigen Sie dieses Durcheinander, Fräulein, ist jetzt Tag oder Nacht, dann noch stärkere Schmerzen und noch mehr Blut, und als sie erwachte, sah sie viele teilnahmsvolle Gesichter, wir haben alles getan, konnten aber das Mädchen nicht retten, einen Namen hat es nicht bekommen, Marie hatte darüber nachgedacht, ein Mädchen hätte Helena heißen können nach Hélène, ach, wie schön hätten sie es miteinander haben können, ein Junge Lauri nach Laurent, Victor wäre nicht möglich gewesen, weil man in Finnland einen Jungen nicht so nennen kann, vielleicht Hans, nein, doch nicht. Sie sind noch jung, im besten Gebäralter, Sie haben das Leben noch vor sich, nur Mut, und Guillaume kam nicht eher, als bis das Zimmer leer war, sein Dienst war länger gewesen als gewöhnlich, danke für die Blumen, obwohl sie schlecht riechen, verständlich, dass die Krankenhauskapelle klein ist, aber warum muss sie so düster sein, keine Fenster, durch die man hinaussehen könnte, dorthin, wo es Leben und Hoffnung gibt, kein Altarbild, das man betrachten könnte, wenn einem die Zeit lang wird, zum Glück sprach der Pastor nur kurz, auf Finnisch, obwohl Guillaume behauptete, er habe ausdrücklich darum gebeten, die Segnung solle auf Schwedisch erfolgen, man sollte doch meinen, dass man damals leicht einen sprachkundigen Pastor hätte finden können, warum hat man nicht mich gefragt, obwohl ich, wie soll ich sagen, die Hauptperson der Tragödie war.

Die nackten Betonwände hallten scheußlich, nicht schön wie

die Ziegelwände des großen Münsters, dort war das Wichtigste die Atmosphäre, und es spielte keine Rolle, dass sie nicht verstand, was der *prètre* predigte, obwohl sie in der Schule viele Jahre Latein gelernt hatte. Sie hätte, anders als Guillaume, gern Russisch gelernt, aber Mathematik machte Spaß, und als sie endlich aus dem Krankenhaus nach Hause kam und sie dem kleinen E. im Wohnzimmer am Schachtisch – in Papas Kontor stand ein ganz ähnlicher Tisch, und als sie Guillaume fragte, ob das nicht ein seltsamer Zufall sei, antwortete er, nein, überhaupt nicht, viele schaffen sich Tisch und Schachfiguren nur an, um intelligent zu wirken – erzählten, das Baby sei so schwach gewesen, dass der himmlische Vater es für das Beste hielt, es zu sich zu rufen, ließ der kleine E. sich schweigend vom Stuhl fallen und ging fort, ohne zu weinen, wie Marie es erwartet hatte, sondern mit einem Lächeln. Das habe ich nicht bemerkt, sagte Guillaume am Abend, Marie brach in Tränen aus, warf sich Guillaume in die Arme und weinte ihm das Nachthemd nass. Hoffentlich kommt Topelius nicht ohne Anklopfen herein und fragt, was haben Sie denn, Frau M., anfangs wurde es aus ganz anderen Gründen nass, und sie wunderte sich, so ein Hemd tragen bei uns die kleinen Jungen, aber später verstand sie, dass man keine Zeit für das Ausziehen der Pyjamahosen und dann wieder für das Anziehen zu verschwenden brauchte, aber warum der Saum mit einem roten Band eingefasst war, das versteht sie immer noch nicht.

Laurent

»Jetzt ist es zu spät, Maman wird sterben, bevor ich dorthin komme.«

Rainiers Telegramm – warum nicht Laurents? – war so kurz, wie ein Telegramm sein soll, damit es nicht zu viel kostet, Rainier hat eine Stelle in Papas altem Anwaltsbüro, der Name ist derselbe, nur jetzt auf Französisch, an den Namen des neuen Eigentümers erinnert Marie sich nicht, aber der Lohn ist wahrscheinlich schlecht. *Maman schwer erkrankt stopp komm sofort stopp Rainier stopp.*

»Warum solltest du nicht fahren können, Edouard ist mit dem Schüleraustausch in Berlin, er kommt nächste Woche zurück, Martta und Marja kümmern sich um den Haushalt, und ich komme zum Abendessen nach Hause, zumindest manchmal, in der Klinik ist mehr zu tun als sonst, morgen früh gehe ich und kaufe dir eine Fahrkarte für die *Ariadne*, von Stettin kommst du mit dem Zug nach Straßburg, vielleicht nicht direkt, aber mit ein- oder höchstens zweimal Umsteigen, der Grenzübertritt nach Frankreich geht leicht wie ein Kinderspiel jetzt, da wir Frieden haben.«

»Aber ich muss durch Deutschland fahren, und man weiß nicht, was die Nazis sich einfallen lassen.«

»Das sind keine Nazis, gegen die Sozialisten habe ich immer etwas gehabt, aber die Nationalsozialisten sind etwas anderes, das habe ich dir schon oft erklärt.

In Deutschland stehen die Finnen hoch im Kurs, ich habe zu Gabriel gesagt, bei den wenigen Malen, wenn wir uns sehen, dass es nützlich ist, Hitler nützlich zu sein, haha, das kann sich später auszahlen, und wenn du zu den französischen Zöllnern etwas auf Französisch sagst, dann fragen sie nicht einmal nach deinem Pass, besonders wenn du mit etwas Straßburger Färbung sprichst, in drei Tagen bist du am Ziel, und dann ist Maman noch am Leben, Unkraut vergeht nicht, haha, entschuldige.«

Erst Jahre später verstand sie, warum Guillaume so fürsorglich war und begeistert von der Reise seiner Frau, aber damals war sie nur gerührt, sie gab Marja Anweisungen für das Packen und schlief so unruhig, dass Guillaume auf das Sofa im Wohnzimmer schlafen gehen wollte, sie musste mitten in der Nacht Bettwäsche aus dem Korridorschrank holen und vorsichtig sein, damit Marja nicht aufwachte, Martta war schon fast taub, und später wurde daraus eine Gewohnheit, das Sofa wurde gegen eine Bettcouch eingetauscht, zum Glück nicht gegen eine nach schwedischem Modell, in der man ersticken konnte, wenn man sich plötzlich umdrehte, vielleicht wäre das besser gewesen, und bisweilen vergaß sie für Stunden, dass Maman todkrank im Spital lag. Chère Maman.

Von der Schiffsreise ist Marie, abgesehen von dem salzigen Duft des Meeres, nur ein einziges Detail im Gedächtnis geblieben. Das Wetter war schön, und sie stand auf dem Oberdeck und bewunderte die offene See, als ein anderes weißes Schiff über den Horizont kletterte. Was ist das?, fragte sie den Zahlmeister. Das ist ein Schiff, Züge verkehren auf dieser Route nur selten, antwortete er, lachte und sagte Verzeihung, Madame, ein hübscher junger Mann, seine Uniform erinnerte sie an die Operette, war aber irgendwie eleganter als bei den Finnen und zumal bei den deutschen Soldaten, obwohl das Képi der Franzosen ihr gefiel, weil es so unsoldatisch war, sie hatte nichts gegen einen Scherz und hätte es immer noch nicht, das konnte der Beginn eines kleinen Flirts sein, der entweder alle möglichen angenehmen oder alle möglichen unangenehmen Folgen haben konnte.

Wie Gabriel gekleidet war, als er, ohne anzuklopfen, bei Onkel Pehr aus der Diele in die Stube trat, das hatte sie vergessen, aber nicht die lachenden Augen und nicht die weiche Stimme, alles so ganz anders als bei Guillaume. Die Brüder gleichen einander wie ein Ei dem anderen, sagte Tante Alexandra, die im Unrecht war, sobald sie den Mund öffnete, und im Recht nur dann, wenn sie nicht sprach, also fast immer. Im Recht nur dann, wenn sie nicht sprach, gut gesagt … Wo war ich doch gerade, ach ja, auf dem Oberdeck der *Ariadne*, das da drüben ist die *Arcturus* auf der Rückfahrt nach Helsinki, und zugleich fiel ihr ein, *mon Dieu*, war das nicht genau der Tag und dasselbe Schiff, mit dem Edouard von seinem Schüleraustausch heimkehren sollte? Können Reisende an ein anderes Schiff Telegramme schicken, fragte sie, eigentlich nicht, aber für Sie, Madame, lässt sich das einrichten, schreiben Sie Ihre Nachricht auf einen Zettel, dann bringe ich ihn zum Bordfunker, antwortete der Zahlmeister, lächelte, salutierte und verschwand auf der Treppe, und sie sah ihn nicht wieder, obwohl sie versuchte, ihn zu finden, um ihm zu danken – und auch sonst.

Die Schiffe fuhren schrecklich nahe aneinander vorbei. Marie suchte mit dem Blick Edouard, um ihm zuwinken zu können, wie sie es in dem Telegramm vorgeschlagen hatte, ihr rechter Arm erbebt, und die Lippen bewegen sich, Edouard, Edouard, ich bin hier, Maman, dort ist er, große Schirmmütze, ach nein, doch nicht, Edouard hat einen längeren Hals, und der dort, schade, dass sie nicht weiß, was für Kleider der Junge anhat, hoffentlich genügend, der Seewind ist auch im Sommer kalt, schrecklich viele Menschen, die Schiffe neigen sich einander zu wie zur Begrüßung, hoffentlich sind sie nicht ebenso schaukelig wie das Kanu, in das Guillaume sie zwang, nachdem er gesagt hatte, dass die Frau eines Seemanns paddeln können müsse, und alle beugten sich über die Reling, gut, dass niemand ins Wasser fiel und das Schiff nicht kenterte, ob sie um des Gleichgewichts willen auf die andere Seite gehen sollte, die Leute winkten mit ihren weißen Tüchern, und überraschend schnell glitten sie wieder auseinander, und als sie später Edouard fragte, hast du mein Telegramm bekommen oder nicht, warst du auf dem Oberdeck und hast gewinkt oder nicht, und hast du mich gesehen oder nicht?, brummelte er nur etwas, in der Pubertät sind die Jungen unmöglich, und warum nicht auch später, zumindest Guillaume, vielleicht ist das erblich.

In den deutschen Eisenbahnwaggons roch es anders, der Reiseproviant enthielt mehr Knoblauch als der finnische, aber weniger als der französische, damals, als sie zum ersten Mal nach Paris fuhr, vor über zwanzig Jahren, und nicht ahnte, dass bald Krieg sein würde. Jetzt gab es mehr Soldaten, neuartige Uniformen, bei den einen gewöhnliche grüne und bei den anderen furchterregende schwarze, an den Kragenspiegeln Blitzzeichen, die Bahnsteige voller Menschen, sie schwenkten kleine Hakenkreuzfähnchen, haben sie nichts anderes zu tun, als Fahnen zu schwenken, und wieder ahnte sie nicht, dass bald Krieg sein würde.

Auf dem Bahnhof in Berlin dachte sie an Edouard und ob es von hier wohl ein weiter Weg bis zu der Gastfamilie war, an Gabriel und ein Weilchen daran, wie Guillaume einmal behauptet hatte, die Finnen hätten das Hakenkreuz der Flugzeuge von den Deutschen übernommen, und Gabriel sagte, im Gegenteil, Gallen-Kallela hat es schon im letzten Jahrhundert als Schmuckelement auf dem Rahmen seines Aino-Gemäldes verwendet, übrigens in demselben Jahr, als Hitler geboren wurde, vielleicht wäre es an der Zeit, dass du mal etwas anderes liest als die Schriften eines Sven Hedin oder wie der nun hieß. Dann stritten die Brüder bei dem einzigen Besuch Gabriels in der Skarpskyttegatan darüber, ob die Faschisten und die Nazis im Recht oder im Unrecht waren, und sie holte aus der Kommode im Korridor den Friedenslöffel, in dessen Stiel »Hitler, Mussolini, Daladier und Chamberlain, München 1938« eingraviert war, zeigte ihn und sagte, streitet nicht, Jungs, jetzt ist die Zeit der Versöhnung, sie hörten nicht auf sie, und sie ging ins Schlafzimmer, um abzuwarten, und schlief ein.

Wachen Sie auf, Madame, zeigen Sie Ihren Pass, rief jemand, zuerst auf Deutsch und dann auf Französisch, Marie erschrak, wo bin ich, was soll ich mit dem Pass machen, wer ruft da, ist es der Doktor, jedenfalls nicht Edouard, er hat eine viel kultiviertere Stimme, in fünf Minuten laufen wir in Straßburg ein, zuerst auf Deutsch und dann auf Französisch. Rainier hatte versprochen, sie abzuholen, aber wo war er, das Gedränge war fürchterlich, oder vielleicht hatte sich der Bruder verändert, er war schon über vierzig, möglicherweise war sein Bauch gewachsen, und er konnte nicht mehr so gut sehen, Marie dagegen war schlank geblieben und brauchte zum Lesen keine

Brille, wenn sie den Arm weit genug ausstreckte. Bringen Sie das Gepäck zu einer Droschke, sagte sie auf Deutsch, denn natürlich waren die Träger Deutsche, aber der Mann ließ die Koffer zu Boden fallen und schrie auf Französisch, Madame kann ihre Koffer selbst tragen, und hier in Straßburg haben wir keine Droschken, sondern Taxis.

Da stand sie nun allein, das Gepäck auf dem Trottoir, warf zuerst einen Blick auf das Straßenschild, ja, l'Impasse du Brave Soldat Nummer 27, der deutsche Text ist überschmiert, dann zum Himmel und sah die Regenwolken, die sich mit hohem Tempo von Westen her näherten. Nach mehrfachem Klingeln, früher war da anstelle der Klingel ein Türklopfer in Form eines Elchkopfs, Laurent hielt das für unpassend, und erst jetzt verstand sie, warum, öffnete sich die Tür einen Spaltbreit, und eine misstrauische fremde Frau starrte sie feindselig an. Madame Céline, sagte Marie, ich meine, ich will zu Madame Céline, obwohl sie sicherlich im Bett liegt, ich bin ihre Tochter und gerade aus Finnland gekommen, ich verspreche, nur kurz zu bleiben, das wird ja wohl möglich sein ... Dies ist jetzt unser Haus, unterbrach sie die Frau, die etwas von einem Raben hatte, obwohl sie dicker und ihr Haar nicht ebenso schwarz war, bestimmt nicht gefärbt, weil das damals nicht üblich war, an der Tür stand ganz deutlich Montenant, oder war es Montainon, auf jeden Fall nicht Céline, können Sie nicht lesen, hier wohnen anständige Franzosen und keine Germanen, und die Tür wurde zugeknallt, noch ehe Marie hatte sagen können, dass Céline kein deutscher Name sei, sondern ein französischer, und dass die Finnen keine Germanen seien, abgesehen von den schwedischsprachigen, aber auch keine Mongolen, und fragen, wo Maman jetzt wohne, ob sie im Krankenhaus sei und wie es um ihr Befinden stehe.

Marie wandte sich ab, und die ersten schweren Regentropfen fielen auf den Asphalt wie Bomben. Marie, bist du es, ich hätte dich fast nicht erkannt, ich bin es, Rainier, er war tatsächlich dick geworden, und die Haare waren ihm fast alle ausgefallen, er ähnelte Papa, obwohl er irgendwie schlaffer und dümmer war, steig ins Taxi, damit du nicht nass wirst, das Warten kostet fast ebenso viel wie das Fahren, wir fahren zu uns, ich nehme das Gepäck, ich habe am Bahnhof auf dich gewartet, aber zu spät bemerkt, dass es der falsche Bahnsteig war – Papa wäre nicht auf den falschen Bahnsteig gegangen, weil er immer einen Kutscher schickte, und auch wenn er selbst gegangen wäre, ein unmöglicher Gedanke, dann bestimmt auf den richtigen Bahnsteig –, ich habe aber geahnt, dass du hierherkommen würdest, weil ich vergessen hatte zu erwähnen, dass das Haus schon vor Mamans Tod verkauft worden ist, es war zu groß und die Instandhaltung zu teuer.

Ich bin nicht hysterisch, rief Marie, aber warum hat mir niemand gesagt, dass Maman gestorben ist, ich kann auch zu Fuß gehen, wann ist das passiert, und hatte sie Schmerzen, zum Glück konnte sie heimgehen, bevor die Deutschen wiederkamen, sonst hätte es ihr ebenso ergehen können wie seinerzeit Papa, er hatte sein ganzes Leben lang davon geträumt, dass *wir* das zurückbekommen würden, was *sie* unrechtmäßigerweise okkupiert hatten. Als es dann tatsächlich geschah, bekam er einen Schlaganfall, nicht so sehr wegen des Machtwechsels, denn den hatte er schon einmal erlebt, allerdings in sehr jungen Jahren, sondern deshalb, weil die Inflation die Ersparnisse auffraß, er hielt sich nur mit Mühe und Not über Wasser, und als Erbe hinterließ er kaum mehr als das Haus, um ihn brauchte man sich nicht zu sorgen, aber um Rainier und Laurent umso mehr, zum Glück ist Henri nicht verheiratet. Papa lebte noch fünf Jahre im Rollstuhl und starb, noch bevor er von Edouards Geburt hätte erfahren können, der allerdings nicht sein erstes Enkelkind war, Laurent hatte damals schon zwei und wahrscheinlich auch Rainier, Marie hatte ihren Vater niemals besuchen können, zuerst war das Geld zu knapp, und dann sagte Guillaume, es ist nicht gut für dich, wenn du schwanger auf Reisen gehst, das Meer kann stürmisch sein, und selbst die deutschen Züge vibrieren, wenn auch weniger als die hiesigen.

Marie liegt reglos auf dem Rücken, die Augen geschlossen, und versucht sich zu erinnern, wo und in was für einem Haus Rainier wohnte und in was für einer Wohnung. Kein Fachwerkhaus, irgendwo in den deutschen Häusern am Rande der Stadt, weil die billiger waren, in der Gegend, wo Hans und sie sich herumgetrieben hatten, und Rainier hatte nicht annähernd so viel Geld wie seinerzeit Papa, obwohl er Jurist war, er legte aber niemals die Ärmelschoner ab, sondern musste sein Leben lang die Arbeit eines Schreibers verrichten. Sie erinnert sich nicht daran, wie es dort aussah, wohl aber an den Geruch, vielmehr an den Gestank, denn vom Esszimmer gelangte man nur durch das Badezimmer in die Küche. Sie war gezwungen, es zu benutzen, weil sie nicht gewagt hatte, auf die Zugtoilette zu gehen, und sich auch genierte, nachdem Laurent ihr erklärt hatte, dass alles auf die Schienen falle, am Bahnhof hatte sie es vergessen und später keine Gelegenheit gehabt, das Klosett war schmutzig braun, sicherlich noch von den Deutschen her, und das letzte Mal vor vielen Jahren geputzt worden, damals, als Margot noch nicht so dick war und noch Klavier oder später Papas Erbflügel spielen konnte, aber jetzt war davon keine Spur mehr vorhanden, verkauft, wie sie vermutete, bestimmt noch bevor die Kinder aus dem Nest geflogen waren, so drückte sich immer die dumme Ingrid aus. Marie sieht vor ihrem inneren Auge, wie drei – oder waren es vier? – Dickerchen im Matrosenanzug, in Hosen mit Bügelfalte, mit Fliege und sauber gescheitelt zum Fenster hinausfliegen, und fängt so an zu lachen, dass ihr der Schleim in den falschen Hals gerät und sie einen fürchterlichen Hustenanfall bekommt, sodass sie schon denkt, soll dies das Ende sein? An der Tür zum Speisezimmer klopfte es, und Rainiers Stimme fragte, bist du noch am Leben und dauert es noch lange, ich müsste in die Küche und Kaffee kochen, sicherlich möchtest du auch einen, ich könnte auch den Umweg über die Straße und die Küchentreppe machen, aber das dauert lange und was sollen die Nachbarn denken. Der arme Junge, er muss allein den ganzen Haushalt versorgen, einen Diener kann er sich nicht leisten, kein Wunder, dass das Klosett nicht geputzt ist.

Wie geht es Laurent, wann gehen wir ihn besuchen?, fragte Marie, als sie Kaffee getrunken hatten, er schmeckte schlecht, vielleicht war der Geruch des Badezimmers daran hängen geblieben, oder Rainier konnte keinen Kaffee kochen, und der Kuchen war trocken, aber beide sahen zur Decke hinauf und murmelten, wer weiß, ob es ihnen passt, sie wohnen ziemlich weit weg, und Bérthe ist in schlechter Verfassung. Wieder wurde Marie böse, schon als Kind hatte sie sich daran gewöhnt, Rainier zu beschimpfen, weil der nicht widersprach, und sagte, ihr habt doch wohl ein Telefon, wir rufen sie an und fragen, ob wir kommen können, ich meine natürlich, ob ich kommen kann, ich habe nicht vor, bis zur Beerdigung zu warten, und fahre nicht zurück nach Finnland, ohne mit Laurent gesprochen zu haben, und warum nicht auch mit Bérthe, obwohl ich sie nicht kenne, wie geht es übrigens Ada, wie lautet ihre Nummer, sie werden ja wohl ein Telefon haben.

Ada hatte Laurent verlassen und die Kinder mitgenommen, obwohl sie damals keine Kinder mehr waren, und war in letzter Minute vor der Machtergreifung nach Deutschland gezogen, seitdem hörten sie nichts mehr von ihr, der Direktor musste Laurent erreichen können, einmal war er zwei Wochen lang verschollen, sicherlich hatte er mit seinen alten Freunden Karten gespielt, man muss zugeben, dass er nicht mehr Alkohol trinkt als jeder andere anständige Straßburger, es bedeutet den Rausschmiss, wenn sich so etwas wiederholt, und wer sorgt dann für den Lebensunterhalt, denn zwischen den Saisons gibt es kaum irgendwelche Einkünfte, zumal jetzt, da sowohl Papa als auch Maman gestorben sind. Wir jedenfalls können das nicht leisten, Laurent muss Kontakt zum Großhandel und zu den Geschäften halten, er schafft es auch dann nicht, überall zu sein, wenn er in so guter Verfassung ist, dass er das Fahrrad benutzen kann, das er in der letzten Gymnasialklasse von Papa zu Weihnachten bekommen hat, vielleicht erinnerst du dich daran, es ist wirklich schwer, damit bergauf zu fahren, auch wenn man nichts anderes verkauft als Kämme, sagte Rainier unnötig arrogant, denn mit dem Lohn eines Schreibers ist kein Staat zu machen, und außerdem ist Laurent viel charmanter, das ist nun doch wichtiger als alles, was mit der Arbeit zu tun hat, aber ist es das wirklich? Was habe denn ich in meinem Leben zustande gebracht, überhaupt nichts, dachte Marie, suchte die Nummer aus dem Telefonbuch heraus, wandte sich um und kurbelte.

Wo sind die Taschentücher? Topelius hatte versprochen, sie auf den Nachttisch zu legen, aber ich finde sie nicht, ach da, o nein, jetzt sind sie heruntergefallen, murmelt Marie und wischt sich die Tränen ab, mit der rechten Hand, weil sie sich angewöhnt hat, den Hörer in der linken zu halten, anders als Guillaume. Ist das nicht unpraktisch, wenn man sich etwas notieren muss, fragte sie einmal, ich habe ein gutes Gedächtnis, ich brauche mich nicht hinzusetzen und aufzuschreiben und auszurechnen, was es kosten wird, lachte Guillaume, der finnlandschwedische Humor ist manchmal eigentümlich, der alte Onkel Sebastian behauptete, dass er den Finnen vollkommen fehlt, in jungen Jahren blitzten Guillaumes weiße Zähne schön in dem schwarzen Bart, vielleicht war das einer der Gründe, warum sie sich in ihn verliebt hatte, aber später wurden sie gelb oder schwarz wie so viele andere Dinge in ihrem gemeinsamen Leben. Das Fenster wird dunkel, und die ersten Regentropfen klatschen gegen die Scheibe, ist der Winter endlich zu Ende? Hat der Frühling angefangen? Welchen Monat haben wir, vielleicht April, allerdings fiel am Vorabend des ersten Mais Schneeregen, und sie musste weinen, nicht wegen des Wetters, sondern deshalb, weil niemand da war, mit dem sie darüber hätte klagen können, ist das nicht schrecklich, Schneeregen am Vorabend des ersten Mais …

Hallo, *chauffeur*, wohin bringen Sie mich, hier gibt es nichts als das alte Bauernhaus dort, fragte sie ängstlich, doch, hier sind wir richtig, zwar alte deutsche Gegend, aber ein Taxifahrer muss alle Adressen kennen, solange die Fahrt nicht über die Grenze geht, erwiderte der Mann, ohne den Kopf zu drehen. An seinen Stiernacken, den schmutzigen Rand am Kragen und die Uniformmütze erinnert Marie sich noch heute, er ließ sie mit dem Koffer im Regen stehen, hoffentlich werden die Mitbringsel nicht nass, mal sehen, ob ihnen das Brot von der Schärenküste schmeckt, ich möchte es annehmen, denn es ist so süß wie der Elsässer Wein. Laurent kann nicht in so einem Haus wohnen, es ist zwar größer, aber in fast ebenso erbärmlichem Zustand wie die Kätnerei von Borgbacka, in die sie die Lebensmittel und Bonbons gebracht hatte, viele schmutzige Kinder, und niemand hat gedankt, nur Geld wäre willkommen gewesen, oje, wie kindisch sie doch damals war, und da öffnete sich die Tür, auf der Treppe stand ein unbekannter Mann, willkommen in meiner niedrigen Hütte, und erst an der von Lachen gefärbten Stimme erkannte sie Laurent, magerer und gebeugter als früher, Haare hatte er nur noch an den Schläfen, und sie waren grau, war sein Adamsapfel immer so groß gewesen und auf und ab gehüpft?

Woran liegt es, dass keiner der Brüder Erfolg gehabt hatte, am wenigsten Henri. Papa hatte doch in der Stadt sogar unter den Deutschen eine bedeutende Position eingenommen, aber er war im Grunde nicht so gescheit wie Laurent, obwohl sie solche Dinge als Kind nicht bemerkt hatte, weil Papa immer eine Autorität war. Sollte in Laurent das Judentum durchgebrochen sein? Manche von ihnen waren ja Genies, so wie Einstein oder Freud, zumindest nach Ansicht des Therapeuten, dessen Namen, nicht jedoch dessen Verhalten sie vergessen hat, aber keineswegs alle, Henriks jüdische Kleiderhändler von der Esplanade waren ihr zuwider, in diesem Punkt war sie sich mit Guillaume einig, immer standen sie an der Tür und lockten die Leute hinein, aber sie kaufte bei ihnen, damals, als Guillaume noch knapp bei Kasse war, wenn kein Bekannter es sah. Und Laurent sagte, einen Pfennig für deine Gedanken, chère Marie, unnötigerweise, denn der Bruder hatte ihre Gedanken schon immer lesen können wie ein offenes Buch.

»Das Haus ist in etwas schlechtem Zustand, im Winter kalt, aber im Sommer entsprechend heiß, doch die Miete ist niedrig, die Kämme lassen sich nicht verkaufen, weil die Leute in immer jüngeren Jahren kahl werden, haha, und es ist genug Platz hier«, in diesem Moment war von drinnen ein Freudenschrei zu hören, geschafft, endlich hab ich's geschafft! Marie erschrak und fragte, wer ist das, das ist nur Bérthe, um die brauchst du dich nicht zu kümmern, sie versucht von morgens bis abends »Napoleons Grab« zu legen und behauptet, es zum ersten Mal in ihrem Leben fertig bekommen zu haben, obwohl das jeden Tag passiert, wenn auch durch Mogeln, aber das spielt keine Rolle, Hauptsache, sie ist glücklich, lass uns hier in die Küche gehen, da können wir in Ruhe reden, ich koch uns Tee oder Kaffee, oder möchtest du ein Glas Pflaumenschnaps, wir sehen uns ja so selten, grinste Laurent und nahm ihren Arm. Marie erbebte und erbebt. Cher Laurent.

Sie hätte gern etwas genauer gefragt, wie es Laurent ging, wagte es aber nicht, weil sein Aussehen, das Verhalten seiner Frau und der Zustand des Hauses verrieten, dass die Zeiten schlecht waren. Laurent erzählte von sich aus von seinem Leben, nicht gleich, aber nachdem er zwei Gläser geleert hatte, Marie lehnte ein zweites ab, der Monolog dauerte viel länger als das Leeren der Gläser, und sie wagte nicht, etwas zu sagen, damit es ihr nicht so erging wie dem ehemaligen Handlungsreisenden, von dem Laurent selbst seinerzeit erzählt hatte, damals, als er sich noch einbildete, er würde seinen Abschluss als Jurist machen und ebenso großen Erfolg oder noch größeren haben als Papa, und nicht ahnte, dass er selbst ein Handlungsreisender werden würde, wenn auch gegen seinen Willen, einen Bericht darf man auf keinen Fall unterbrechen, sonst fängt der Mann von vorn an wie eine Grammofonplatte, was damals eine Neuheit war, und Papa sagte, so ein Ding werden wir uns niemals anschaffen, sie musste zu Hélène gehen, um die Operetten von Lehár und Kálmán zu hören, die sie immer für dasselbe gehalten hatte wie Musicals, bis Gabriel, der viele Male in Amerika gewesen war, sagte, es gebe da noch andere Unterschiede als nur die Sprache. Sie glaubte es, und das Kratzen störte sie nicht, weil es nichts Besseres gab, Hélène hatte die Platten bestimmt von einem ihrer Verehrer bekommen, die immer schön und wohlhabend waren, sich aber niemals zeigten, vielleicht existierten sie gar nicht, vielleicht hatte Hélène sie gestohlen … Nein, nein, ein schrecklicher Gedanke, so etwas konnte ihre beste Freundin nicht tun, obwohl die Mutter ärmer war, als sie sich das vorgestellt hatte.

Marie weiß noch genau, was Laurent sagte, weil sie seine Worte unzählige Male in Gedanken wiederholt hat, während der langen, einsamen Jahre, morgens, wenn sie am Küchentisch Kaffee trank, abends, wenn sie nicht einschlafen konnte, und manchmal auch am Tage, wenn sie nervös war, sie halfen ihr, sich selbst zu verstehen, jedenfalls bildete sie sich das ein. Laurents Augen glänzten und standen noch mehr vor als früher, zwischendurch erhob sich der Bruder, ging auf und ab wie Guillaume, und er wäre sich sicherlich durch die Haare gefahren, wenn er welche gehabt hätte.

»Du warst schon dort fern im Norden verschwunden, zum Glück, sage ich jetzt, obwohl ich damals dagegen war, dass du Kaiser Wilhelm heiratest, entschuldige, es ist schwer, von einem alten Spottnamen zu lassen, wenn man ihn einmal erfunden hat, und du musst doch auch zugeben, dass der Mann ziemlich wild aussah, irgendwie wikingermäßig und *germanisch*, wenn du verstehst, was ich meine, auch von seinem Gebaren her, er hielt die Gabel in der rechten Hand, steckte mindestens einmal das Messer in den Mund, stell dir bloß mal vor, was passieren würde, wenn man im Speisewagen isst und der Zug plötzlich bremst, oder vielleicht gibt es in Finnland keine Speisewagen, und als ihr vor dem Priester niederknietet, sahen alle, dass die Schuhsohle des Kaisers ein Loch hatte, nur gut, dass ihr nicht im großen Münster heiraten konntet, weil so wenig Gäste da waren,und auch sonst, weil der Kaiser ein Protestant oder sogar gottlos ist, wenn es leer ist, hallt es so, dass man die Predigt nicht versteht, was allerdings egal ist, denn alle wissen im Voraus, was die Priester sagen, und der Kaiser konnte viel besser Deutsch als Französisch, natürlich kann ich auch Deutsch, aber viel schlechter als Französisch, aber wer weiß, vielleicht hat er sich verändert so wie wir alle in den über zwanzig Jahren.«

Laurents Blick wirkte zerstreut.

»Wo war ich doch stehen geblieben, ach ja, du weißt nicht, wie brennend wir darauf warteten, dass Kaiser Wilhelm den Krieg verlor, ich meine, der *richtige* Kaiser Wilhelm, und dass es einen Machtwechsel gäbe, fast fünfzig Jahre lang haben wir davon geträumt, ich selbst natürlich nicht so lange, aber Papas Generation, zwar nur die richtigen, also die französischen Straßburger, die falschen, also die deutschen Straßburger, hatten Angst. Jeden Abend saßen wir im Bistro, tranken Bier und stellten uns vor, wie sich alles verändert, auf der Straße, in den Schulen und bei den Behörden braucht man nicht mehr Deutsch zu sprechen, vor uns liegt eine glänzende Zukunft, und dann, als der Krieg zu Ende ging und die französischen

Truppen in die Stadt einmarschierten, schwenkten wir französische Fähnchen, und manche Mädchen, zum Beispiel deine Freundin, wie hieß sie doch noch, ach ja, Hélène, liefen zu den Soldaten und küssten sie, und die Offiziere mischten sich nicht ein, obwohl die Reihen durcheinandergerieten, das hätten die Deutschen niemals erlaubt, für sie sind Zucht und Ordnung das Wichtigste, egal, ob der Name des Führers Wilhelm lautet oder Adolf.«

An dieser Stelle unterbrach Laurent seinen Redefluss, das weiß Marie noch mit Sicherheit, weil sein letztes Wort »Adolf« gewesen war, derselbe Name wie der von dem boshaften Metzgereigehilfen, von dem sie seinerzeit dachte, nomen est omen, ging zum Fenster und starrte hinaus. Gegen das graue Licht wirkte die lange, gebeugte Gestalt ebenso finster wie der Bestattungsunternehmer, den sie – nicht jetzt, nicht schon wieder – fragte, ist das alles, was du erzählen wolltest, Laurent drehte sich um und antwortete, keineswegs, das war erst der Anfang, und Marie hätte schwören können, dass die Augen ihres Bruders außer vom Pflaumenschnaps auch von Tränen glänzten, und sie war sich nicht sicher, ob sie vom Weinen oder vom Lachen kamen, ob sie das elende Schicksal bedauern oder die mutige Haltung respektieren sollte. Egal, in beiden Fällen *brave* Laurent.

»Du wirst dich wohl nicht mehr an das erinnern, was ich dir vor langer Zeit, in der Eisenbahn, von unserer Familie erzählt habe, damals, als du aus jenem unglücklichen Internat geflüchtet warst, unmittelbar bevor der Krieg ausbrach und ich dich aus England abholte?«

»Meinst du die Geschichte, dass wir angeblich Juden sind? Doch, das weiß ich noch, ebenso wie die Tatsache, dass du in dem deutschen Bahnhofsrestaurant einen oder zwei gehoben hattest, ich hatte im Zug gewartet und hatte Angst.«

»Daran erinnere ich mich nicht, und das Wort angeblich ist hier fehl am Platz, vielmehr handelt es sich um die reinste Wahrheit, zumindest zu einem Viertel. Mamans Mutter, die starb, bevor du geboren wurdest, war Halbjüdin und hieß Rhincourt, wie du weißt, weil Straßburg damals eine französische Stadt war, aber Mamans älterer Bruder zog nach Deutschland und führte den Namen Rheinhof, Onkel Egon war Militärpfarrer in der deutschen Armee und hielt die Predigt …«

»Ich weiß, ich weiß, ich habe dir nicht geglaubt, ach, wie kindisch ich doch damals war, aber stimmt das wirklich?«

»Ja, es stimmt, Papa hat niemals von Egon gesprochen und erlaubte auch Maman nicht, von ihm zu sprechen, er erzählte mir von ihm unmittelbar vor seinem Tod und sagte, die Sache habe ihn immer bedrückt, es war eine Erleichterung für ihn, mit mir darüber zu sprechen, nicht so sehr wegen des Judentums als wegen des Deutschtums, zum Glück starb er vor den Nazis und Hitler.«

Laurent nahm die Flasche in die Hand und sah seine Schwester fragend an. Du hast wahrscheinlich genug, aber ich nicht, wenn ihr mein Glas füllt, dann will ich erzählen, dieses Lied wurde nach dem Krieg immer im Radio gespielt, das waren glückliche Zeiten, es gab wieder Lebensmittel, und Marie ahnte nicht, wie nahe die Katastrophe war, der Mensch ist blind. Das Leben wäre leicht, wenn man alles im Voraus wüsste, das war der einzige Satz, den unser auf Deutsch schweigender Kutscher Konrad auf Französisch schweigen konnte, behauptete Laurent, gut, dass er wenigstens mit Pferden umgehen konnte, was aber, als die Autos kamen?, die Kutschen wurden zerstört oder ins Museum gestellt außer in England, wo die Königin immer noch in einer goldenen Karosse gefahren wird, schade, dass Edouard ihr erst dann einen Farbfernseher kaufte, als sie schon so schlecht sah, dass sie die Farben nicht mehr erkennen konnte, und sie, weil Edouard so begeistert war, nicht sagen mochte, dass sie die Verzierungen auch im Schwarz-Weiß-Fernseher erkannt hätte. Marie lächelt.

»Das war überhaupt nicht komisch, so glaubte ich anfangs auch, vernachlässigte die alten Freunde, gab das Kartenspielen auf und meldete mich in der Universität an, schön, dass ich das auf Französisch tun konnte, ich sah mich schon auf Papas Platz im Kontor sitzen, der Chef darf nicht gestört werden, er hat eine wichtige Besprechung, würde ich Frau Silber anherrschen, als Rache dafür, dass sie mich herumkommandierte, wenn ich als Kind und später als Praktikant zu Papa kam, blöde Wunschträume, aber dann brach alles zusammen. Der neue Rektor bat mich in sein Zimmer, zuerst dachte ich, ich würde eine Ehrenurkunde dafür bekommen, dass in der Geschichte der Universität niemand anders so lange studiert hatte wie ich, ohne fertig zu werden, haha, aber dann drehten die etwas abseitsstehenden Schnurrbartmänner ihre Homburger in den Händen und blickten misstrauisch drein, sie erklärten mir, sie seien Polizisten in Zivil und wollten mich verhören, ich sagte, bitte schön, aber sie sagten, nicht hier, und der Rektor widersprach nicht, sondern nickte, und ich wurde nicht auf eine gewöhnliche Polizeiwache geführt, das war für mich ein bekannter Ort, nachdem ich – aber lassen wir das –, sondern in ein Haus, an dessen Tür es kein Schild gab. Was wirft man mir vor, fragte ich, und der neue Vernehmungsbeamte, besser gekleidet, aber mit boshafterem Blick, antwortete, Kollaboration mit dem Feind, wir haben die Sache untersucht, unter ihren Mitspielern waren viele Deutsche und wahrscheinlich auch Spione, denn man nannte Sie Lorenz, ja, der Kellner hat es bezeugt, und Ihre Mutter ist keineswegs eine geborene Rhincourt, sondern Rheinhof, und was das Schlimmste ist, Ihr Onkel Egon war Militärpfarrer in der deutschen Armee – und hielt bei der Siegerparade der Deutschen in Paris die Predigt, setzte ich seinen Satz fort –, und der Mann war so perplex, dass er das Verhör beendete.«

»Das geschah ihm recht!«

»Glaubst du, dass mir das was nützte? Am nächsten Morgen beschuldigte er mich, Jude zu sein, und ich fragte, was daran Schlimmes sei, und er erwiderte, nichts, abgesehen davon, dass die Juden unzuverlässige Wucherer seien und dem verrückten Kaiser den Feldzug finanzierten, darauf merkte ich an, dass die Zinsen für diese Operation wohl niemals eingehen würden, und wieder war der Mann so überrascht, dass er das Verhör abbrach.«

»Du bist aber von dort weggekommen.«

»Ja, aber weißt du, warum? Am dritten Morgen, ich war schon in schlechter Verfassung, in der Zelle zog es, mein Fieber stieg, ich hatte Nasenbluten, und mir war schwindlig, wirkte derselbe Mann plötzlich überhaupt nicht mehr wie ein Vernehmungsbeamter, lächelte, reichte mir die Hand, sagte *ça va*, und ich log, *ça va bien*, und er fragte, ob ich etwas über den Schriftsteller Louis-Ferdinand Céline wisse, der ist wohl mit Ihnen verwandt. Ich überlegte einen Augenblick und antwortete dann zustimmend, sicherheitshalber lässig. Die Verwandtschaft mit einem so glänzenden Vertreter unserer Rasse, genialen Schriftsteller, tiefen Denker und eingefleischten Antisemiten räumt bei uns jeden Verdacht aus, rief der Mann aus, Sie sind frei und können gehen.«

»Von dem höre ich zum ersten Mal, obwohl ich die französischen Klassiker gelesen habe. In meiner Jugend war Romain Rolland mein Favorit, weil er den Nobelpreis bekommen hat, und deswegen war er auch Mamans Favorit, und auch neuere Bücher, ich hatte genug Zeit, nachdem ich ...«

»Die Kumpels im Bistro hänselten mich und gaben mir eines seiner Bücher. Ich habe am Anfang, in der Mitte und am Ende darin gelesen, wie Papa es mich gelehrt hat, wenn man alles von Anfang bis Ende liest, kommt man nicht dazu, etwas Nützliches zu tun, erst später habe ich verstanden, wie recht er hatte, nicht nur in dieser Sache, sondern auch in vielen anderen Dingen, ich bin nicht der beste Freund der Juden, aber dies ging zu weit, dachte ich und fragte Maman, warum hast du nicht erzählt, dass wir so seltsame Verwandte haben. Maman lächelte und sagte, der wahre Name des Mannes ist Destouches, nicht die Spur einer Verwandtschaft. Ich habe seine Bücher nicht gelesen, aber Papa schätzte sie, damals verstand ich nicht, warum, aber jetzt weiß ich es, für die Franzosen war seine Firma Rhincourt, aber für die Deutschen Rheinhof, für die Juden war er ein Halbjude, aber für die Antisemiten ein Bewunderer Wagners, für die Geschäftsleute war er ein Kapitalist, aber für die Professoren ein Humanist, und so weiter. Ein erfolgreicher Rechtsanwalt sucht sich seine Kunden nicht aus, sagte er zu mir, als ich Praktikant wurde, ich glaubte, er meinte die Reichen und die Armen, und ich irrte mich wie in so vielen anderen Dingen – hat Grand-Père dir davon erzählt, wie die Deutschen zum ersten Mal nach Straßburg kamen und was daraus folgte?«

»Frag lieber, wann er mal nicht davon geredet hat, na ja, anfangs vielleicht ein bisschen von dem Puppenhaus, ich saß bei Grand-Père auf dem Schoß, und Henri spielte mit dem Pferdespiel, der Stuhl polterte jedes Mal, wenn er die Seiten wechselte, und Grand-Père rief, bleib auf deinem Platz, Henri, die kleine Marie wird nervös, was nicht stimmte, denn nicht ich wurde nervös, sondern Grand-Père, den Anfang kann ich immer noch auswendig.«

»Was hat er erzählt?«

»Meinst du Henri?«

»Nein, Grand-Père. Willst du nicht doch ein Gläschen, das beruhigt.«

»Nein, danke, es geht schon. Hört zu, Kinder, so begann Grand-Père immer, hört genau zu, was ich euch von der großen Katastrophe erzähle, merkt es euch gut, und erzählt es euern eigenen Kindern und Kindeskindern, denn so setzt sich die Tradition fort, und auch die kommenden Generationen können auf ihr Franzosentum stolz sein ...«

»Ich habe es Adas und meinen Kindern nicht erzählt, aber Grand-Père hat natürlich auch von anderen Dingen gesprochen, im Ernstfall bringt so ein patriotisches Gemurmel nur Nachteile, ich meine etwas Konkretes.«

»Er interessierte sich für die Uniformen der Deutschen und behauptete, er habe einem Toten den Federbuschhelm als Kriegsbeute abgenommen, obwohl ich ihm das nicht glaubte, oder ist er vielleicht auf dem Dachboden geblieben, als Grand-Père starb und das Haus verkauft wurde? Mehr als von den Leichen der Menschen sprach er von den Kadavern der Pferde und den zerstörten Wagen, die Straßburger fielen ehrenhaft für ihre Heimatstadt und das Elsass, die Deutschen haben ihr Schicksal verdient, aber die unschuldigen Tiere tun einem leid, denkt nur einmal, Kinder, wie viel Arbeit von kunstfertigen Tischlern, Silberschmieden und Sattlern verloren ging, so sagte er, und wir begriffen nicht, was er meinte.«

»Das erklärt die Begeisterung für das Pferdespiel, ich habe mich immer gewundert, was dem alten Mann daran lag. War das alles?«

»Keineswegs, aber zu dem Zeitpunkt wurde ich dann meist schläfrig.«

»Vor seinem Schlaganfall sprach ich einmal mit Papa über diese Zeiten, die Erinnerungsbilder eines zehnjährigen Jungen, oder sollte ich sagen, die Schreckensbilder, es waren verschiedene, Schießen und Explosionen, brennende Häuser, die Schreie der Verwundeten, zerschmetterte Körper, Eingeweide und Organe, abgerissene Beine und Köpfe, in den Straßengräben floss nicht Wasser, sondern Blut – aber was hast du denn jetzt?«

»Nichts mehr davon, lieber Laurent, mehr halte ich nicht aus.«

»Würde ein Schluck dir nicht doch guttun?«

»Danke, aber nur einen halben.«

»Der Krieg ging zu Ende, aber damit begannen die Schwierigkeiten erst richtig, sagte Papa und wandte sich ab, damit ich die Tränen nicht sah, wir saßen im Wohnzimmer am Schachtisch, draußen war es dunkel, die Straßenlaternen waren gelöscht, denn der nächste Krieg war im Gang, lebendige Soldaten gingen fort, tote Soldaten kehrten zurück, und verwundete Soldaten wurden gepflegt, nicht alle waren Deutsche, darunter waren auch unsrige, du weißt es, denn du hast im Krankenhaus gearbeitet, er war noch am Leben, als der Krieg zu Ende ging, konnte sich aber nicht mehr darüber freuen, *pauvre* Papa, auch ich muss weinen …«

»Mach dir nichts daraus, aber von welchen Schwierigkeiten sprichst du, damals war Frieden, ist das nicht die Hauptsache?«

»Papa wurde kurz nach dem ersten Einmarsch der Deutschen siebzehn Jahre, damals hätte er noch wegziehen können, um dem Wehrdienst in der deutschen Armee zu entgehen, auch Papa fand, dass das ein unmöglicher Gedanke war, viele wählten Nancy, andere Paris, wieder andere Algerien, einige wurden reiche Grundbesitzer, kein Wunder, das ganze Jahr über Sommer und fast kostenlose Arbeitskräfte, und einige gingen zur Fremdenlegion. Grand-Mère und Grand-Père waren der Meinung, dass man den Sohn nicht allein in die Welt schicken konnte, er hätte die Firma aufgeben und die ganze Familie mit ihm zusammen aus Straßburg wegziehen müssen, und so wäre es wirklich gegangen, auch du wärst als Französin geboren worden und aufgewachsen und hättest einen Franzosen geheiratet – entschuldige bitte. Keiner von uns hat geahnt, dass ein paar Jahre später die Germanen wiederkommen und die Hakenkreuzfahne auf dem Turm des Münsters hissen würden und dass obendrein der schreckliche Kerl mit dem Schnurrbart es wagen würde, allen möglichen Mist von uraltem deutschem Boden zu verzapfen.« Das hatte Marie einmal zu Guillaume gesagt, als sie schlechte Laune hatte, weil Gabriel nicht anrief, obgleich er es versprochen hatte, und Guillaume wurde böse und sagte, über die Waffenbrüder darf man nicht schlecht sprechen.

»Das ist unnütze Spekulation, auch wenn es in Algerien wärmer gewesen wäre, aber warum sind sie nicht gegangen?«

»Grand-Père war weit vorausschauend, er änderte den Namen der Firma von Rhincourt in Rheinhof und knüpfte gute Beziehungen zu den Deutschen, er schaffte es, für Papa die Freistellung vom Wehrdienst zu erwirken, und dasselbe tat Papa eine Generation später, als er mich zum Dolmetscher machte, sonst wäre ich tot und im Schlamm der Schützengräben von Verdun begraben wie so viele meiner gleichaltrigen Kameraden, vielleicht wäre das besser gewesen, aber hier sitzen wir nun.«

»*Pauvre* Laurent.«

»*Pauvre* Marie.«

»*Pauvre* Papa.«

»*Pauvre* Maman.«

»*Pauvre* Grand-Père.«

»Gibt es auf der Welt jemanden, der *nicht pauvre* wäre«, rief Laurent aus, sie erinnerten sich an die sorglose Zeit ihrer Kindheit vor dreißig Jahren, an ihr gegenseitiges Einvernehmen und ihren ureigenen Sinn für Humor, und brachen in Gelächter aus. Marie spürte, wie die Küche, vorhin noch so kalt und unwirtlich, warm und gemütlich wurde, der Duft der Scheite und die Wärme des Holzherdes versetzten sie für einen Moment in die Wohnung ihrer Jugend am Bulevardi und wieder zurück, aber Laurents Lachen erstarb, kaum dass es begonnen hatte.

»Gerade als ich mir vorgestellt hatte, dass sich neue Türen öffnen würden, wurden auch die alten verschlossen. Die Freunde von früher verschwanden, Papa lebte schon in seiner eigenen Welt, Maman lächelte oder weinte, an Rainier und Henri hatte ich keine Freude, geschweige denn, dass sie mir irgendwie von Nutzen gewesen wären. Wenn Papa uns nicht weiterhin unterstützt hätte, zum Glück hatte er der Bank einen Dauerauftrag erteilt, als alles noch gut war, wären wir verhungert. Natürlich habe ich mich aufgeregt und konnte mir nicht vorstellen, dass ich bis an mein Lebensende Kämme verkaufen würde, und dann regte auch Ada sich auf und sagte, früher waren wir so deutsch, und jetzt sind wir so französisch, mit einem Wendehals will ich nicht verheiratet sein und schon gar nicht mit einem mittellosen Wendehals, schrie sie und zog mit den Kindern nach Deutschland zu ihrem Vater, den man aus der Armee gefeuert hatte, obwohl er General gewesen war, vielleicht gerade deswegen, sagte ich, das Rentengeld passte nicht in eine Einkaufstasche, reichte aber nur für ein paar Tage, seitdem habe ich sie alle nicht mehr gesehen, wer weiß, ob sie noch am Leben sind, oder sie sind Nazis geworden und verdienen besser als ich, was allerdings keine Kunst ist.«

»*Pauvre* Laurent.«

»Nun fang nicht wieder davon an, das war kein Spiel, zum Teufel …«

Da erschrak Marie wirklich, denn früher hatte ihr Bruder niemals geflucht, zumindest nicht dann, wenn sie in Hörweite war, außer manchmal, wenn Konrad die Pferde nicht ordentlich betreut hatte oder wenn der Holzmann die falschen Scheite gebracht hatte, solche, die spritzten, sie selbst mochte sie zwar, sonst allerdings niemand, und es wurde einem immer die ewig gleiche Geschichte von der Magd erzählt, die einen Funken an ihre Kleider bekam und verbrannte.

»Das war der letzte Tropfen, ich bekam einen Anfall, stürzte zu Boden und kriegte keine Luft, wer weiß, wie es mir ergangen wäre, wenn Renate nicht den Krankenwagen gerufen hätte …«

»Entschuldige, aber wer ist Renate?«

»Unsere Magd, für so etwas haben wir heute nicht mehr das Geld, sie wollte nicht nach Deutschland ziehen, obwohl sie Deutsche war, übrigens ein richtig tüchtiges Mädchen, danach habe ich nichts mehr von ihr gehört – unterbrich mich doch nicht dauernd!«

»Verzeihung. Hier, ich habe dir etwas mitgebracht, gut, dass ich daran gedacht habe.«

»Danke, das Brot hat ja eine seltsame Farbe, solches esst ihr Wikinger also, kein Wunder, dass … Ja, das war der erste Automobilkrankenwagen, der alte, von Pferden gezogene wäre sicherlich sowohl schneller als auch eleganter gewesen, aber schließlich kam er ans Ziel, ich musste mindestens eine Woche im Krankenhaus bleiben, Bérthe war Krankenschwester, und zwar eine gute, und so kam es, dass wir heirateten, sobald die Scheidungspapiere in Ordnung waren, das dauerte nicht lange, der französische Richter sprach Ada schuldig, weil sie Deutsche war, nach Deutschland geflüchtet war und die Kinder gestohlen hatte, und jetzt muss die *pauvre* Bérthe mich und die Armut seit bald zwanzig Jahren ertragen …«

Wieder eine neue *pauvre*, und plötzlich flutete ihr das Weinen in die Kehle, Marie schlang Laurent beide Arme um den Hals, küsste den Bruder mitten auf den Mund, lange und leidenschaftlich. Was tust du, bist du verrückt geworden, schrie Laurent, die Augen quollen ihm noch mehr aus dem Kopf, Speichel rann ihm aus den Mundwinkeln, und in demselben Moment sackte der große Mann zu Boden. Zum Glück war der aus Holz und nicht aus Stein, nicht so gerade wie eine Kiefer, sondern schlaff wie die Gliederpuppe, nachdem man auf die Bodenplatte gedrückt und das Gummiband die Spannung verloren hatte, die hatte sie Guillaume zu Weihnachten geschenkt, aber er verstand die Anspielung nicht. Hilfe, wo ist das Telefon und wie lautet die Notrufnummer, schrie Marie hysterisch, und da ging die Tür auf, eine unbekannte Frau mit rundem Gesicht, pummelig und hochrot, trat ein und fragte ruhig, was ist hier los, blickte auf Laurent und sagte, schon wieder, wir müssen den Krankenwagen bestellen.

»Wer sind Sie, und was machen Sie hier?«

»Bérthe, guten Tag, zufällig bin ich mit diesem Schuft dort verheiratet, wir sind uns wohl noch nicht begegnet.«

»Aber ich habe gehört …«

»… dass ich nichts anderes tue, als Patiencen zu legen, das stimmt, aber nur dann, wenn es nichts Wichtigeres zu tun gibt.«

19.3.1996

Komm nach Hause, du brauchst nichts anderes zu tun, als zu essen und zu liegen, sagte Mutter und verstand nicht, dass ich diese beiden Dinge am meisten verabscheute. Ich stellte mir vor, was für eine Gerüchteküche und was für bösartigen Klatsch meine Schwangerschaft verursachen würde, und weigerte mich. Mutter behauptete steif und fest, dass in diesem Haushalt schon schlimmere Situationen bewältigt worden seien, aber Großmutter stellte sich auf meine Seite. Lass das Mädel in Ruhe, sagte sie leise, und Mutter hörte auf.

Mein Bauch wuchs, aber es hätte mich durchaus nicht überfordert, mich in die Universität zu begeben. Der Weg war nicht weit, die Tage wurden länger, die Menschen auf der Straße waren leichter gekleidet und wirkten fröhlich. Das deprimierte mich. Mir wurde klar, warum der Frühling die Zeit der Selbstmorde ist. Ich wollte Joel nicht begegnen und nicht ohne Prof studieren.

Immer häufiger blieb ich zu Hause, wenn man die kaum möblierte und nachlässig geputzte Einzimmerwohnung überhaupt als Zuhause bezeichnen konnte. Zuletzt waren das Einkaufen und die immer häufigeren Besuche beim Sozialamt, als das Geld alle war und mein Stolz es nicht zuließ, Mutter um Hilfe zu bitten, für mich die einzigen Gründe, unter Menschen zu gehen. Es mag pathetisch klingen, aber das war wirklich die schwerste Zeit meines Lebens.

Zum Zeitvertreib dachte ich über den Namen des Kindes nach. Der Termin lag bedrohlich nahe an Joels Namenstag. Das brachte mich völlig irrational dazu, mir ein Mädchen zu wünschen, obwohl ich für einen Jungen jeden anderen Namen hätte wählen können. Die Geburt war nicht schwer, und ein Arzt wurde nicht gebraucht. Ein Einsermädchen, sagte die Hebamme und hob das Kind an den Füßen hoch. Vielleicht irre ich mich, aber ich meinte in ihren Augen einen Hauch von Mitleid zu entdecken: armes Mädchen, kein Vater in Sicht und nicht einmal Blumen.

An das Gespräch erinnere ich mich noch ganz genau.

»Wer hat heute Namenstag?«

»Einen Moment.«

Die Krankenschwester ging zum Wandkalender am Türpfosten.

»Anscheinend Aliisa.«

»Und der Wievielte ist heute?«

»Der vierzehnte Juli, wir sind wohl noch benommen, nicht wahr?«

Knapp vorbei ist auch daneben, würde Großmutter sagen, Joel hatte gestern Namenstag, aber ist heute nicht der französische Nationalfeiertag? Ja genau, er lebe hoch, die höheren Mächte haben mich doch nicht ganz verlassen, dachte ich bei mir.

»So ist es recht, schön, dass wir schon lächeln können. Ich muss gehen, die nächste Mama wartet.«

Drei Tage später wurden wir aus dem Krankenhaus vertrieben.

»Die Warteschlange ist lang, hier sind die Pflegeanweisungen, geh zur Mütterberatung, wenn dir etwas unklar ist, ein Taxi zu bestellen kostet zwei Mark.«

Die folgenden sechs Monate war ich Aliisas Gefangene. Alles roch nach Milch und Windeln. Mutter rief, wie ich fand viel zu oft, ihrer Ansicht nach zu selten an und fragte, wie es mir gehe. Unsere Kommunikation stockte. Ich hatte keine Zeit, die Zeitung zu lesen oder über den tieferen Sinn des Lebens nachzudenken, aber auch wenn ich die Muße gehabt hätte, fehlte es mir doch an Kraft. Wenn mich jemand gefragt hätte, wie es um Joel, den Prof und die Universität stand, hätte ich verwirrt gefragt, wer ist das? Und wieso Universität?

Anfangs dachte ich nicht an meine Erfahrungen mit dem Krankenhaus. Aber allmählich begann ich mich zu ärgern. Für das Personal war eine Geburt Routine, aber für die Mutter ein großes Ereignis. Für mich auch ein einmaliges, denn ich hatte fest beschlossen, dass dies das letzte Mal sein sollte. Ich fragte mich, ob niemand im Institut den künftigen Hebammen und Krankenschwestern erzählt, dass Freundlichkeit und Herzlichkeit ein Teil des beruflichen Könnens sind. Wissen sie nicht, dass Sinn für Humor zu den Aufnahmebedingungen gehören sollte?

Ich dachte, um wie vieles besser ich diese Aufgabe erfüllen würde. Ich sah mich in einer Tracht, die ebenso wie Häubchen, Strümpfe und Knopfschuhe weiß war, durch die Gänge schweben, ist alles in Ordnung, natürlich, ich helfe Ihnen, danke Schwester, bis ich von dieser Vorstellung nicht mehr loskam. Daraus wurde eine idée fixe, *wie die Franzosen sagen. Zum Glück bemerkte ich rechtzeitig, dass Selbstgespräche das Anzeichen für einen beginnenden Irrsinn sind.*

Die Rückkehr an die Universität erschien mir immer unmöglicher. Eines schönen Tages, der in Wirklichkeit überhaupt nicht schön war, beschloss ich ganz für mich allein, den Beruf der Krankenschwester zu erlernen, sobald Aliisa in die Tagesstätte würde gehen können. Und siehe da, der Tag wurde sofort schöner.

Aliisa wuchs zusehends und hörte auf zu weinen. In der Schule fand ich neue Freunde, die fünf Jahre jünger waren als ich, aber auf erfrischende Art anders, praktischer und unkomplizierter als die naseweisen und zynischen Studenten an der Universität. Mit meinem Status als Alleinerziehende stiegen die Beihilfen. Vergnügungen, Cafés und Freunde fraßen nicht mehr meinen Seelenfrieden und auch nicht mehr mein Geld auf. Die Sonne begann auf den Reisighaufen zu scheinen, wie Großmutter zu sagen pflegte.

Allmählich verschärfte sich die allgemeine wirtschaftliche Lage. An dem Kind hatte ich meine Freude, aber es kostete auch Geld. Die Preise stiegen, der Abschluss verzögerte sich, und die Sowjetunion brach zusammen. Ich musste Geld verdienen. Es ist schwierig, finanziell über die Runden zu kommen, wenn man keine Stelle hat, hätte Joel wahrscheinlich gesagt. Damals hätte ich lachen müssen, aber jetzt nicht mehr. Manchmal vermisste ich ihn, trotz allem.

Die einzige Alternative war ein Lebensmodell, bei dem Aliisa zu Großmutter und Mutter zog, wir die Ohren vor den Nachreden der Nachbarn verschlossen und ich im Krankenhaus oder in einem Pflegeheim eine Nachtarbeitsstelle mit doppeltem Lohn annahm.

Mein Fantasiebild wandelte sich. Ich sah mich hinter dem Glasfenster des Büros sitzen. Das Notlicht schimmert am Ende des Korridors, der Lichtkegel der Tischlampe fällt auf das offene Lehrbuch. Manchmal unterbricht das gedämpfte Surren der Klingel die Stille, können Sie nicht schlafen, ich habe Zeit, bei Ihnen zu bleiben, danke, Schwester, dass Sie auf mein Klingeln gleich gekommen sind.

Zur Sicherheit bewarb ich mich auch in dem schwedischsprachigen Altenheim, allerdings auf Finnisch. Ich war sicher, dass ich die Stelle nicht bekommen würde, aber die Einladung zum Vorstellungsgespräch kam postwendend. In dem Gespräch habe ich mich überraschend gut geschlagen. Offenbar hatte ich von Joel nicht nur Schimpfwörter und Flüche gelernt. Meine guten Noten in den Sprachen und mein Französischstudium, das ich allerdings nicht abgeschlossen hatte, entschieden die Sache. Ich bin sicher, dass unsere internationale Kundschaft Ihre Sprachkenntnisse schätzen wird, willkommen in unserem bescheidenen Pflegeheim, sagte die Leiterin und wirkte überhaupt nicht bescheiden.

Die Realität erwies sich als härter. Zwar zahlte man mir den doppelten Lohn, aber da die Eingangsstufe niedrig und die Steuer hoch war, reichte der Endbetrag nur knapp zum Leben. Ich wunderte mich nicht mehr, warum man mich gewählt hatte. Ich war die einzige Alternative, da die Schwedischsprachigen sich nicht bewerben mögen und die Finnischsprachigen nicht genommen werden. Nachts konnte ich mich nicht auf das Lernen konzentrieren, die Klingel klang nicht gedämpft, sondern piepte fordernd, was ist denn jetzt schon wieder, keine weiteren Schlafmittel, die Schwester muss sofort kommen, wenn geklingelt wird, oder ich beschwere mich bei der Leiterin. Tagsüber schlief ich zu lange.

Im Urlaub fuhr ich nach Hause so wie früher. Großmutter wurde fünfundsiebzig, Mutter fünfzig und ich fünfundzwanzig. Die Geburtstagsfeiern waren schön. Wir erinnerten uns an die Vergangenheit, Mutter und ich beschimpften die Nachbarn, und Großmutter lächelte. Aber als Aliisa fünf wurde und mich »Tante« nannte, fing ich an, Pillen gegen Depression zu nehmen.

Der Nachmittag

Henri

In den Geruch von alten Menschen mischt sich eine Portion Kaffeeduft. Maries Nasenlöcher werden weit, die Augen öffnen sich, und sie sieht auch ohne Brille, wie eine weiße Wolke mit schwarzen Streifen wie bei einem Tigerkuchen sich zwischen Tür und Schwelle hereinschlängelt. Kann man Geruch sehen? Sicher nicht, meinen Guillaume und Edouard, kein Muckefuck, also Friedenszeit, wie spät mag es sein, gleich steckt Marja den Kopf durch die Türspalte und fragt, wo möchten Sie Ihren Nachmittagskaffee nehmen? Sie spricht ein anderes Finnisch als Martta, die Kaffe sagt, oder Guillaume, der sorgfältig Kaffé sagen würde, oder Ingrid, die, wie Guillaume es gern ausdrückte, einen Dolmetscher braucht – am großen Tisch im Esszimmer, am Sofatisch im Aufenthaltsraum oder am Fenstertisch im Schlafzimmer?

Marja fragt ganz unnötigerweise, denn Marie hat schon wer weiß wie oft gesagt, dass sie nicht im Esszimmer sein möchte, wenn dort niemand sonst ist, im Wohnzimmer möchte sie nur im Winter sein, das ist zwar dunkel, aber die Bücherregale machen es gemütlich, der Schreibtisch stört, er ist fast immer leer und allzu sauber, sie hat Guillaume kein einziges Mal daran arbeiten sehen, weil die Sekretärin des Krankenhauses alles für ihn geschrieben hat, kein Wunder, dass die Handschrift der Ärzte so unleserlich ist – anders als in Straßburg Papa, der seine Memoiren über die Zeit des Glücks vor Ankunft der Deutschen schrieb, die niemals fertig wurden – obwohl das Ticken der Standuhr doch beruhigend wirkte. Und im Schlafzimmer nur, wenn die Sonne schien, die blauen Seitengardinen und die weißen Stores waren wie die finnische Fahne, schöne Farben, wenn auch nicht ganz so schön wie die der Trikolore, besonders dann, wenn ein finnischer Feiertag war, der Snellman-, der Lönnrot- oder der Topelius-Tag. Welcher Topelius ist der Richtige, der aus dem Pflegeheim, den sie jeden Tag trifft, oder der aus dem Lesebuch, den sie niemals trifft, nachdem Guillaume sie gezwungen hat, das Buch *Unser Land* zu lesen, sie über den Anfang nicht hinauskam und ihm vorlog, es bis zum Schluss gelesen zu haben. Edouard hatte schulfrei, die Fahnen flatterten im Wind, nur die Fahne des Hauses gegenüber nicht, die hatte sich um die Stange gewickelt, und der Hausmeister tat nichts dagegen, sie wird nie die Reihe der Hakenkreuzfahnen vor dem Parlament vergessen. Haben die Deutschen Finnland erobert?, fragte sie, natürlich nicht, im Stadion findet ein Länderkampf statt, sagte Edouard, manchmal war er ebenso hochmütig wie sein Vater. Ein neues Klopfen ist nicht zu hören, vielleicht haben sie mich vergessen, da alle anderen in den Speisesaal im Erdgeschoss gehen, oder vielleicht wagt die Mongolin nicht hereinzukommen, anders als Edith Piaf.

Die Haustür kracht, zweimal wird dröhnend getrampelt, es hat keinen Sinn mehr, die Schuhe abzutreten, jetzt ist Frühling, die Bombardements, die hohen Schneewälle und die Minus-vierzig-Fröste gehören endlich der Vergangenheit an, im Haus waren es nur dreizehn Grad, und sie und Edouard fuhren wieder einmal nach Borgbacka. Gab es auf dem großen Gutshof im Winter für einen halbwüchsigen Jungen nichts Vernünftigeres zu tun, als die Thermometer abzulesen, zuerst musste man die Eisblumen vom Fenster abkratzen, schööön war die Schneeblume am Feeenster, sang Martta, wenn sie glaubte, niemand sei zu Hause, von solchen Kunstwerken der Natur wissen die Straßburger nichts. Edouard verschiebt den roten Wollfaden auf der Karte, je nachdem, was der Ansager im Radio verkündet, eine angenehme Stimme, kein Wunder, denn er soll ein Graf sein, bestimmt mit uns verwandt, sagte Ingrid, und ihr fiel für Edouard keine bessere Beschäftigung ein, weil die Jungen aus der Stadt nicht melken können, und machte Andeutungen, dass Tante Alexandra und Onkel Pehr auch einen Teil der Verantwortung übernehmen könnten, obwohl sie weniger Platz haben als in Borgbacka, aber bei ihnen sind auch weniger Menschen, und außerdem gibt es dort weniger Frostgrade als hier im Binnenland.

Guillaume kam nur einmal zu Besuch, sagte kaum Guten Tag und gab ihr keinen Wangenkuss, weil das in Finnland nicht üblich ist, und sie dachte, er könnte es trotzdem tun, bevor er sich mit Simon im Kontor einschloss. Das ganze Haus hörte durch die Tür, wie schändlich die Friedensbedingungen seien und was Hitler im Sinn gehabt haben mochte, als er sich darauf einließ, mit Stalin einen Vertrag zu schließen, das war sicherlich das letzte Mal gewesen, dass die Vettern derselben Meinung waren, und sie dachte, ein Gutes hat die Sache, nämlich dass die jungen Männer einander nicht mehr umbringen, auch die Russen tun einem leid, aber so etwas laut zu sagen schickte sich nicht.

Genau an dem Tag, als der Krieg zu Ende ging, war sie zufällig in der Stadt, damals bekam man in den Geschäften noch alles, und niemand ahnte, dass ein gutes Jahr später die Regale gähnend leer sein würden. Die Fahnen wehten auf halbmast, und in den Fenstern sah man Trauerbänder, das Telefon klingelte, zuerst war nur ein Schluchzen zu hören, und es dauerte ein Weilchen, ehe sie verstand, dass es Doris aus dem Nachbarhaus war, darf ich mal rüberkommen, liebe Marie, ich halte es nicht aus, allein zu sein, das Viborg meiner Kindheit ist verloren, und sie beruhigte sich nicht, ehe sie ein Glas Tee bekommen hatte, und als das nichts half, ein Glas von Guillaumes Kognak, der separat von den anderen Getränken im Fensterschrank des Speisezimmers aufbewahrt wurde, den man abschließen konnte, wenn auch der Schlüssel verloren gegangen war, Marie hatte zwar schon von hysterischen Frauen reden hören, sie jedoch nicht selbst erlebt, aber Marja war ebenso schwärmerisch wie sonst und weinte nur wenig, besonders dann, wenn Edouard in der Stadt war und nicht in Borgbacka, obwohl ihre Eltern und Geschwister, bestimmt waren in der Familie so wie bei allen Landbewohnern entsetzlich viele Kinder, alles verloren hatten und evakuiert werden mussten, ein seltsames Wort, bis Edouard ihr erklärte, dass das die Abwandlung eines schwedischen oder eigentlich eines deutschen Wortes war. Und Martta, die ebenso energisch war, aus Ostbottnien stammte und nichts verloren hatte, die sagte, es ist schlimm, dass Finnland den Krieg verloren hat, aber Viborg und das Alte Finnland haben auch früher schon zu Russland gehört, ich muss gehen und das Abendessen vorbereiten, Madame muss ordentlich essen, bevor sie nach Borgbacka zurückfährt. Später erklärte ihr Edouard, was das Alte Finnland bedeutet, durchaus nicht das Gegenteil von *Neues Finnland*.

Im Bus überlegte Marie – damals gab es noch keine Holzvergaser, am Berg brauchten die Männer nicht zu schieben, und die Fahrt dauerte nicht so schrecklich lange –, welche Haltung Ingrid wohl zum Verlust von Karelien einnahm, bestimmt wird sie nicht hysterisch, weil sich das für eine Adlige nicht schickt, sie war wirklich ruhig und sagte nur, so ist der Krieg, aber als sich später herausstellte, dass auch von Borgbacka Land an die Karelier abgetreten werden musste – oder war das damals, als Porkkala verloren ging? –, bekam sie einen noch schlimmeren hysterischen Anfall als Doris und schrie, kreischte eigentlich, wir wollen hier keine Halbrussen haben!, und schloss sich für viele Tage im Schlafzimmer ein. Sie brauchte sich nicht zu zeigen, weil das Wasserklosett gerade fertig geworden war, und konnte in Ruhe ihren eigenen Kognak trinken, obwohl sie doch behauptet, Abstinenzlerin zu sein, sagte Calle.

Der Brief war kurz. Liebe Marie, ich habe schlechte Nachrichten, unser lieber Henri ist, menschlich gesehen, allzu früh im Alter von achtunddreißig Jahren von der Zeit in die Ewigkeit eingegangen – ein nicht annähernd so früher Tod, wie ihn die unzähligen jungen Männer, die an der Front gefallen sind, erlitten haben, in Frankreich, Deutschland, Russland und Finnland, zum Glück war Edouard damals noch zu jung –, aber der Herr weiß wohl, welches die rechte Zeit ist, die Trauerfeier ist in einer Woche, aber nicht im Münster, denn dort werden nur die auf natürliche Weise Entschlafenen eingesegnet. Keine direkte Mitteilung darüber, dass der Bruder durch eigene Hand gestorben war, wie damals der Selbstmord umschrieben wurde. Sie wird in einer kleinen Kapelle stattfinden, du kannst sicherlich nicht kommen, weil du dort am Ende der Welt wohnst.

Später hörte sie, dass Laurent den armen Henri in der Wäschekammer, an einer Wäscheleine hängend, gefunden hatte, oder war es die Wäscheleine im Badezimmer, sehr unüberlegt, denn ebenso gut hätte als Erster einer der Dienstboten zur Stelle kommen können, dann hätte der Skandal sich sofort in der ganzen Stadt verbreitet und nicht erst zwei Wochen später, aber so war Henri schon als Kind, zum Glück war Maman zuerst gestorben. Aber kein Wort darüber, was Henri zu einer so verzweifelten Tat getrieben hatte, allerdings hatte der arme Junge die Tür des Kühlschranks offen gelassen und war aus der Bank gefeuert worden, aber trotzdem, was ist das für ein Unsinn, es war kein Kühlschrank, sondern der Kassenschrank, wird sie schon ebenso dement wie die Rollator-… Nein, nein, den Vorfall muss sie vergessen, sonst wird sie verrückt, dann kommen die weißen Mäntel und bringen sie nach Lapinlahti, ob sie überhaupt Schwedisch können und ob Edouard sie an einem so schrecklichen Ort besuchen mag, obwohl der Park schön ist, wenn man ihn vom alten Friedhof her über die Mauer betrachtet.

Am Abend sagte Guillaume, eigentlich konsumieren die Franzosen viel mehr Alkohol, denn sie trinken jeden Tag, der finnische Arbeiter aber nur samstags nach der Sauna und die gebildeten Finnen wie wir nur bei festlichen Anlässen, abgesehen von Nebel und den heimlichen Trinkern wie zum Beispiel unser Hausverwalter, eigentlich müsste man ihn entlassen, aber daraus wird nichts, weil die anderen Wohnungsbesitzer, eigentlich deren Frauen, damit nicht einverstanden sind. Woher weißt du das?, fragte sie. Alle wissen, dass der Verwalter nicht nur ein Trinker, sondern auch ein Schürzenjäger ist, begann Guillaume, und sie unterbrach ihn und sagte, das habe ich nicht gemeint, sondern wie viel die Franzosen trinken. Die Statistiken sagen die Wahrheit, vier Liter Rotwein am Tag, brüllte Guillaume und schien zu triumphieren. Du und deine Statistik, so viel kann niemand trinken, ohne zu sterben, sagte sie und drehte ihm den Rücken zu, obwohl sie sehr wohl wusste, was Guillaume wollte, das sah sie ihm an den Augen an.

Irgendetwas bedrückte Marie, etwas ganz anderes als die Frage, wie viel die Franzosen *anno dazumal* tranken, wie Grand-Père immer sagte, wenn er an die Zeit vor dem Schandfrieden von Francfort dachte und niemand zuhören wollte, eigentümlich gesagt, denn ist nicht der Krieg schändlicher als der Frieden? Das ist schrecklich lange her, dachte die kleine Marie damals, aber seitdem sind, Moment mal, schon fast hundertdreißig Jahre vergangen. Als sie ein Kind war, klangen diese Worte allerliebst, obwohl sie deutsch waren, vielmehr eine Mischung aus Latein und Deutsch, es ärgerte sie, wenn Guillaume und seine dämlichen Cousins sich an ihre Jugend erinnerten, aber was hat denn das damit zu tun – jetzt weiß ich es wieder, rief Marie aus und hätte ihr Gesicht mit den Händen bedeckt, wenn sie die Kraft dazu gehabt hätte.

Wie naiv war sie doch gewesen, als sie geglaubt hatte, dass der Grund für Henris Tat die Tatsache gewesen war, dass er die Tür des Tresors hatte offen stehen lassen, wegen so etwas begeht man nicht Selbstmord, nicht in der Familie Rhincourt, was die Familie Céline betraf, war sie sich nicht ebenso sicher. Was wusste sie zum Beispiel über den Schriftsteller, von dem Laurent im Zug gesprochen hatte, als sie aus England zurückkehrten, oder war es später gewesen, als sie ihn in dem ehemaligen Haus der Deutschen besuchte, nicht ein Buch, sondern ein Brief, den Henris Freund Pierre ihr nach dem Krieg schickte und in dem er erzählte, dass Henri den Gedanken, in die deutsche Armee zu geraten, nicht ertragen konnte. Zwar war er nur als Schreiber vorgesehen, weil er zu alt war, aber auch die mussten Uniform tragen, Blitze am Kragen und eine Uniformmütze, und den Vorgesetzten den Hitlergruß entbieten, darüber führten die Männer endlose Gespräche im Café, bestimmt in dem, über das Maman sich so geärgert hatte, weil es sich fast an das Münster anlehnte, sowohl aus patriotischen Gründen als auch wegen der strengen Disziplin, sodass er keinen anderen Ausweg sah, als sich das Leben zu nehmen. An den letzten Satz erinnert Marie sich noch heute, er war schön und lautete etwa folgendermaßen, *in Henri vereinten sich heldenhaft kompromissloser Patriotismus und ein sensibles Gewissen, möge sein Beispiel alle Franzosen verpflichten, mit diesen Worten sende ich Ihnen, verehrte Madame Myhrborgh* – der Name war richtig geschrieben –, *einen respektvollen Gruß und erlaube mir, mich Ihnen zu empfehlen, immer Ihr ergebenster Diener, Pierre.* Heute kann und mag niemand mehr ein so schönes Französisch schreiben. Marie kann sich nicht entsinnen, von Guillaume Briefe bekommen zu haben, oder zumindest erinnert sie sich nicht an deren Inhalt, weil er nach seinen eigenen Worten kein Mann der Feder, sondern ein Mann des Messers war, und auch Gabriel schrieb nicht, weil er keine Beweisstücke hinterlassen wollte, und sie war derselben Meinung, nachdem sie sich vorgestellt hatte, was Edouard denken würde, falls er die Briefe nach ihrem Tod in dem chinesischen Kästchen finden und seine schöne Erinnerung an die Mutter zerstört sein würde.

An dem Getrampel erkannte sie, dass der Ankömmling Guillaume war und nicht Edouard. Stimmbruch hatte der Junge schon gehabt, aber er trampelte nicht, hatte von seiner Mutter Manieren gelernt, oder er fürchtete, sein Vater könnte zu Hause sein und aus dem Wohnzimmer rufen, man darf nicht trampeln, junger Mann! All das ist normal, aber nicht das, was danach passierte, an das Gespräch erinnert Marie sich, als wäre es gestern gewesen, allerdings ist ihr vom gestrigen Tag nichts in Erinnerung geblieben, weil er genau so war wie alle anderen Tage. Sie hörte, wie Guillaume den Aktenkoffer auf die Truhe im Vorraum stellte, immer auf dieselbe Stelle, die Farbe war schon fast ganz abgeschabt, sie muss Jonsson bitten, sie auszubessern, ein so schönes Dunkelrot und so zarte Blumen brachte nicht jeder Maler zustande, er hängte den Mantel an die Garderobe und öffnete zuerst die Tür des Wohnzimmers und dann die des Schlafzimmers.

»Wo bist du, Marie?«

Guillaumes Stimme war ihr angenehmer als sein Geruch, besonders dann, wenn sie normal und nicht rau klang wie nach Festlichkeiten oder schrill wie dann, wenn er aufgebracht war.

»Hier.«

Marie schob das Tischtuch dorthin zurück, wo es hingehörte, also auf das zweithöchste Bord der Hilfsanrichte, das war leicht zu merken, weil dort auch Maman die Tischdecken aufbewahrt hatte, obwohl die Anrichte aus dunklerem Holz und auch sonst in vielem anders war, und streckte den Rücken, es gab erste Anzeichen von Schmerz, obwohl sie erst etwas über vierzig Jahre alt war.

»Alle Menschen sind aus ihrer Sicht immer hier, aber wo?«

»Im Esszimmer natürlich.«

»Im Esszimmer zu sein ist keineswegs natürlich, ebenso gut könntest du im Wohnzimmer oder in der Küche oder in Edvards Zimmer sein.«

»Die Tischtücher werden nicht im Wohnzimmer aufbewahrt, und …«

Sie hatten beide einen schlechten Tag, meistens galt das nur für Guillaume, der Krawattenknoten war nicht ganz hochgezogen, und das eine Schuhband war so lose, dass er darüber hätte stolpern können. Und wenn es nun tatsächlich so gekommen wäre und Guillaume totenbleich und mit einer Maske auf dem Gesicht im Krankenwagen liegen würde, dann würde sie mit der rechten Hand die Tropfflasche halten und die linke dem Patienten auf die heiße Stirn legen wie die beste Krankenschwester, dann hätte der Oberarzt sich selbst um sein Ankleiden kümmern müssen, sie konnte nicht ins Krankenhaus gehen, um das zu prüfen, ein lächerlicher Gedanke, was hätten die anderen Ärzte und Schwestern gesagt, vielleicht bedeckte der Arztkittel alles außer den Schuhbändern, falls er nicht Holzschuhe trug, denn Lederschuhe gab es damals nicht.

»Ist Edvard zu Hause?«

Guillaume sprach den Namen seines Sohnes niemals so aus, wie es sich gehörte, ob das bei den schwedischen Finnen so üblich war oder eine Demonstration, das hat Marie niemals erfahren.

»Nein, er ist bestimmt noch in der Schule.«

»Gut, dann können wir ein wenig über seine Zukunft sprechen.«

Marie erschrak und griff sich an den Hals, hat der Junge eine schreckliche Krankheit, zumindest hat er nicht die Bluterkrankheit so wie der arme Prinz von Russland, weil er sonst schon ausgeblutet wäre damals, als er mit einem scharfen Küchenmesser spielte, sich eine schlimme Wunde zuzog und nirgendwo ein Pflaster zu finden war, aber Knochenkrebs oder Tuberkulose, er hat in letzter Zeit müde ausgesehen. Was konnte ein Gespräch über Edouards Zukunft sonst sein, klar wie Kloßbrühe, wie Martta zu sagen pflegte, in drei Jahren Abitur, dann Medizinstudium und Arzt, wenn man Guillaume fragte, und wen sollte man sonst fragen, nicht sie und auch nicht Edouard selbst, obwohl er der Klassenbeste war, jedenfalls beinahe.

»Gehen wir ins Wohnzimmer.«

Marie ahnte, dass das Gespräch nicht auf dem Sofa oder in den Sesseln stattfinden würde, obwohl sie erst kürzlich neu bezogen worden waren, eine schöne tiefbraune Farbe mit einem Stich ins Violette, damals hatte man noch die Auswahl, der Stoff war ein wenig rau, aber nicht zu sehr, sondern am Metalltisch in den Ledersesseln, sicherlich fand Guillaume, dass das Schachbrett dem Ort eine so maskuline Note gab, dass alle wichtigen Familienangelegenheiten dort besprochen werden mussten. Zum Beispiel damals, als… – nein, nein, daran will sie nicht denken –, aber die Weihnachtsgeschenke wurden immer auf der anderen Seite des Zimmers beim Sofa verteilt, weil das weniger wichtige Frauensachen waren, vielleicht auch deswegen, weil man dort besser sah, wenn die Weihnachtsgeschenke geworfen wurden, sodass sie über das Parkett rutschten so wie zu Hause in Straßburg, anfangs machte das Guillaume, obgleich er sich darüber beschwerte, dass wir solche eigentümlichen deutschen Sitten nicht kannten, die Stube von Bukten war klein und der Fußboden uneben, er prahlte immer damit, aus wie bescheidenen Verhältnissen er stammte, und Marie sagte Verzeihung, aber wir waren Franzosen und keine Deutschen. Edouard hatte Mitleid mit seinem Vater, Marie überredete Martta, ihn zu vertreten, und so warf sie Guillaumes Marzipanschwein, jedes Jahr dasselbe Geschenk, zu schnell und in die falsche Richtung, sodass es gegen das Stuhlbein prallte und entzweisprang, und Edouard hatte noch mehr Mitleid mit seinem Vater.

Unnötigerweise, denn bedauernswert konnte man Guillaume nicht finden, außer vielleicht einmal, war das nun beim letzten Weihnachtsfest im Frieden? Ja. Alle anderen schienen es zu wissen, nur *pauvre*

Marie wusste es nicht, sollte sie direkt fragen, nein, nein, das taten nur die ungebildeten Finnen, und über die Folgen kann man in der Zeitung lesen, für Gewalttätigkeit hat sie kein Verständnis, *deren* konnte man Guillaume nun doch nicht beschuldigen, und gerade da, mitten bei den Weihnachtsvorbereitungen, als sie am Esszimmertisch stand und auf Stricknadeln aufgespießte Marzipankugeln in heiße Schokoladensauce tauchte, es ist wichtig, dass Edouard auch andere Traditionen kennenlernt, kam sie auf eine kultivierte Methode des Protests, aber wo sollte sie einen Weihnachtsmann hernehmen, das ist hier die Frage, damals begeisterte sie sich für Shakespeare, und im selben Moment klingelte das Telefon auf dem Gang, ich bin es, Calle, ich wollte nur fröhliche Weihnachten wünschen, wir haben ja lange nicht miteinander gesprochen. Wo die Not am größten, da ist die Hilfe am nächsten, sagte Martta und hatte wohl recht damit, es klingelte an der Tür, und Guillaume sagte, es ist doch seltsam, dass die Bettler einen nicht mal am Heiligabend in Ruhe lassen, sie mögen oder können das Schild an der Haustür nicht lesen, auf dem steht: Hilft über die Kirche, und auch Marie selbst hätte Calle nicht erkannt, er war immer ein unheimlich guter Schauspieler gewesen und konnte seine Stimme verstellen, für den kleinen Edvard habe ich viele Päckchen, aber für den kleinen Guillaume habe ich keine Geschenke, weil er nicht ebenso brav war. Wer war denn das, und was meinte er?, fragte Guillaume später. Marie aber lächelte geheimnisvoll so wie seinerzeit Hélène und wollte nicht mit der Sprache heraus.

»Hier gibt es nichts zu lachen. Setz dich.«

Dieses »Setz dich« war nicht Guillaumes Art, es klang nach Louises adligen Eltern. Marie erinnerte sich, dass sie an etwas anderes denken sollte, an etwas Wichtigeres, wenn sie zerstreut wirkte, nicht so häufig wie jetzt, Guillaume sagte, atme tief durch, Marie, schließ die Augen und konzentrier dich. Marie atmet zu tief durch, bekommt einen Hustenanfall und wischt sich mit einem Zipfel des Bettbezugs die Tränen ab, in jüngeren Jahren wäre das nicht möglich gewesen, weil sie damals Wimperntusche verwendete, das betont das Seelenvolle Ihrer Augen, Frau Myhrborgh, wer hatte das doch gesagt, jedenfalls nicht Gabriel, denn sie siezten sich nur am Anfang ein paar Sätze lang, Liebe auf den ersten Blick, ach, was für ein banaler Satz, eigentlich unnötigerweise, denn ihre Wimpern waren von Natur aus dunkler als die der Finnen, von denen man nicht wusste, ob sie überhaupt Augenbrauen und Wimpern haben. Pompadour färbt sie, weil sie den Pastor beeindrucken will, alle Pflegerinnen und heute auch die Schulmädchen, aber nicht der Engel, und weder Marja noch Martta brauchten zu wissen, wann sie abends weinte, und zu spekulieren, warum, obgleich sie verstanden, dass niemand anders als Guillaume der Grund war, Edouard war lieb, und Gabriel hatten sie nicht kennengelernt. Marie lehnt sich zurück, bis sie im Nacken das weiche Kissen spürt, schließt die Augen, vergisst, sich zu konzentrieren, und schläft ein, wenn man das Dösen eines alten Menschen als Schlafen bezeichnen kann.

Marie weiß nicht, wie lange sie geschlummert hat, vielleicht eine Stunde, vielleicht zehn Minuten, vielleicht nur einige Sekunden. Sie saß im Wohnzimmer am Schachtisch, roch den Duft des abgewetzten Leders und hörte Guillaumes vertraute Stimme, ich habe mir Gedanken über Edvards Zukunft gemacht, es ist nämlich so, dass man in Finnland keine Chancen mehr hat, wenn man das Finnische nicht vollkommen beherrscht, sicherlich ist der Magister aus der Brobergska Schule, der meinem Lehrer von vor vierzig Jahren ähnelt – er hatte einen steifen Kragen und fünf schwarze Anzüge mit zu langen Ärmeln, weil der Schneider falsch Maß genommen hatte –, wohl kompetent, aber nur in der Theorie, die praktische Sprachbeherrschung ist eine Sache für sich, das habe ich im Krankenhaus gemerkt, der größte Teil des untergeordneten Personals versteht Schwedisch, aber kann es nicht sprechen oder wagt es nicht. Als junger Mensch bildete ich mir ein, ich könne Finnisch, obwohl ich es erst gelernt habe, weil einige Kollegen keine Lust oder nicht den Willen haben, Schwedisch zu sprechen, weil sie fürchten, dass ich sie auslache, was ich niemals tue, sie haben eine finnische Schule besucht, und in der Universität kann man heutzutage ausschließlich auf Finnisch studieren. Jetzt ist meine Sprachkenntnis vollkommen, das erleichtert die Kommunikation mit den Krankenschwestern, ich meine, dass …

Es war das zweite Mal, dass Marie Guillaume erröten sah, zwar nur ein wenig, aber doch, kein Wunder, denn die meisten Frauen im Krankenhaus waren finnischsprachig, eine der Pflegerinnen hatte Marie kurz von Weitem gesehen, sie war groß und blond. Auch schwedische und deutsche Frauen können groß und blond sein, zum Beispiel die Gehilfin im Fleischgeschäft von Kupsus, was willst du eigentlich sagen?, fragte Marie. Meistens wagte sie es nicht, aber jetzt fühlte sie sich stark, und Guillaume räusperte sich erneut und sagte, eigentlich nur so viel, dass Edvard meines Erachtens eine finnische Schule besuchen sollte, jetzt, wo das Gymnasium beginnt, und Marie antwortete, ist denn seine jetzige Schule nicht finnisch? Guillaume wurde zum dritten Mal rot, nicht deshalb, weil er verlegen war, sondern vor Ärger, und brüllte, treib keine Haarspalterei, ich meine natürlich eine finnischsprachige Schule.

»Ist das eine gute Idee? Edouard ist der Klassenbeste, er wäre es ohne die Sportnote, unsere Familie war noch nie sportlich, aber dass er eine Sechs hat, das geht zu weit. Edouard ist so bescheiden und hat vermutlich nicht erzählt, dass er im Tennis ganz gut ist.«

»Tennis gehört nicht zu den Schulfächern, wie du sehr wohl weißt, nicht einmal in Straßburg, und auch wir sind eigentlich nicht sportlich, wenn man die Fischerei nicht dazurechnet.«

»Aber ist Gabriel nicht doch …«

Jetzt war es an Marie zu erröten. Rasch wandte sie den Kopf ab und hoffte, dass Guillaume es nicht bemerkte.

»Was weißt du von Gabriels sportlichen Aktivitäten, ihr habt euch doch nur ein einziges Mal gesehen, damals als wir uns gestritten haben, ich weiß nicht mehr, weswegen.«

»Nichts, aber Onkel Pehr hat davon erzählt.«

Guillaume sah auf die Uhr und runzelte die Stirn.

»Verflixt, schon so spät, ich muss gehen, die Sitzung im Krankenhaus beginnt in einer Viertelstunde, aber die Sache ist jetzt klar, ich kann die Rektoren beider Schulen anrufen.«

»Sollten wir nicht zuerst mit Edouard darüber sprechen, und ich habe noch nicht …«

»Es ist besser, wenn ich anrufe, dein Schwedisch ist nicht übel, aber an deinem Akzent hört man, dass du keine Einheimische bist, und wenn der andere Rektor nicht Schwedisch sprechen will, kann die ganze Geschichte, auf Finnisch gesagt, in die Hose gehen, haha, eine lustige Redewendung, ich habe sie gerade von dem neuen Assistenzarzt gehört – na ja, du verstehst sowieso nicht, wie komisch sie klingt.«

»Was glaubst du eigentlich, welche andere Sprache als Finnisch ich alle Tage mit Martta und Marja spreche?«

»Ja, ja, aber ich meinte *kultiviertes* Finnisch und nicht irgendeinen ländlichen Dialekt …«

Ist *in die Hose gehen* kultiviertes Finnisch, und wie kultiviertes Schwedisch hat man wohl in deiner armen Fischersfamilie gesprochen, dachte Marie, beschloss aber im letzten Moment, still zu sein, wegen Onkel Pehr.

»Und natürlich wird Edvard darüber informiert, aber erst, nachdem ich, ich meine, wir einen Beschluss gefasst haben.«

»Ich finde, das ist die falsche Reihenfolge, wenn Edouard sich in der neuen Schule nicht wohlfühlt, leidet er darunter mehr als wir.«

»Wie bist du denn auf solche Prinzipien gekommen? Du müsstest doch aus deiner eigenen Familie wissen, dass die Kinder als böse und unwissend geboren werden und erst durch kluge und strenge Erziehung allmählich ordentliche Staatsbürger aus ihnen werden, nicht aus allen, aber aus Edvard.«

Damit meinte er Laurent, dachte sie.

»Ja, ja, aber die Zeiten haben sich geändert …«

Marie weiß genau, woher ihre eigenen Gedanken stammen, keineswegs von Guillaume, sondern aus den langen Gesprächen mit Gabriel, nachdem sie zuerst – Vorsicht, Marie, Vorsicht, jetzt heißt es schweigen und die Gedanken im Zaum halten.

»Ich habe nicht die Zeit, mich über alle möglichen Selbstverständlichkeiten auszulassen, die Sache ist beschlossen, aber ich habe nichts dagegen, wenn du unbedingt diejenige sein willst, die Edvard darüber informiert.«

Da hat nicht viel gefehlt, murmelt Marie und dreht sich auf die andere Seite. Was mag die Uhr sein? Edelstahl oder sogar Gold, antwortet eine lachende Männerstimme aus der Vergangenheit, aber wessen Stimme ist das? Entweder Laurents oder Gabriels, andere Spaßvögel fallen ihr so schnell nicht ein außer Calle, also, wie spät ist es, früher wusste sie das fast auf die Minute genau, auch ohne hinzusehen, aber jetzt nicht mehr, jetzt prüft sie zuerst, ob sie Hunger hat, sie richtet den Gedanken an ihren Magen, keine Reaktion, das Frühstück, Verzeihung, der Lunch kann also noch nicht lange her sein, oder sie hat den Appetit verloren, Zeichen des nahenden Todes, sagte Laurent, und erzählte, dass Maman in der letzten Zeit nicht mehr hatte essen wollen. *Pauvre* Maman, man musste sie gewaltsam füttern, hoffentlich nicht so, wie es früher gemacht wurde, mit der einen Hand wurde die Nase festgehalten und mit der anderen Suppe in den Mund geschoben ohne Rücksicht darauf, dass sie in den falschen Hals geraten und das Kind ersticken kann, nicht bei uns, aber in weniger gebildeten Familien, behauptete Hélène, um ihr Angst zu machen.

Marie wartete, bis alle gegangen waren, Guillaume ins Krankenhaus, Edouard in die Schule, Martta zum Einkaufen, Marja mit ihrer Erlaubnis zum Bahnhof, um ihre Tante abzuholen, sie kam von irgendwo schrecklich weit her, um sich Helsinki anzusehen, angeblich wagt sie es nicht, allein durch die Stadt zu gehen, oder vielleicht ist der Ankömmling ihr Bräutigam, was wird sie dann tun, wenn das Mädchen heiratet, zuverlässige Hausgehilfinnen zu finden war schon damals schwierig, sie stahlen Schmuck und Geld, so wurde im Nähkränzchen berichtet, oder verlegten sie so wie Papa, der Geldscheine als Lesezeichen verwendete und sie im Buch vergaß. Maries Herz schlug schneller, als die Standuhr im Wohnzimmer tickte, nicht im Takt wie sonst, wie kann doch der Mensch außer Atem kommen, ohne etwas getan zu haben.

Sie sah nach der Außentemperatur und entschied sich, was sie anziehen würde, etwas Warmes und Graues, damit sich später niemand daran erinnerte, kleine graue Maus wurde sie jahrelang genannt, nachdem sie einmal dummerweise gesagt hatte, ich jedenfalls liebe Laurent, und wir werden heiraten, wenn ich erwachsen bin, alle lachten und ahnten nicht, dass es zur Hälfte wahr war, aber aus dem Vorraum konnte sie nicht einfach ins Treppenhaus gehen, zuerst musste sie das Ohr gegen das Glas der Wohnungstür drücken und sich davon überzeugen, dass von dort nicht die schweren Schritte und das Keuchen der Frau aus dem Obergeschoss zu hören waren. Nach ihrer Beleibtheit und ihrem Pelz zu urteilen, kaufte sie auf dem Schwarzmarkt ein, das hätte Marie auch getan, aber ihr Stolz ließ es nicht zu, auf Borgbacka danach zu fragen, und sonst kannte sie niemanden, den sie hätte fragen können, leider, denn das reine Gewissen und die moralische Überlegenheit genügten nicht, den Hunger fernzuhalten. Was ging es irgendjemanden an, wohin sie ging, generell nicht und schon gar nicht heute.

Damals war sie schon daran gewöhnt, an der Ecke der Högbergsgatan nach links und nicht in Richtung Krankenhaus zu gehen, so wie früher, um nicht bergauf gehen zu müssen, wenn sie mit der vollen Tasche zurückkam. Vor Edouards alter Schule blieb Marie stehen und überlegte, ob sie direkt geradeaus die Högbergsgatan entlanggehen sollte, die stieg steil an, aber deshalb traf man dort seltener Bekannte, oder sollte sie die Georgsgatan wählen, wie gewöhnlich, wenn man in die Innenstadt geht, und in ihrem Innersten wusste sie, dass das, was sie vorhatte, falsch war, aber noch falscher war, dass das Stipendium für den besten Schüler an den blonden Jungen gegangen war, ein typisch finnisches Dickerchen, würde Guillaume in seiner unerzogenen Art sagen, er sah anders aus als Edouard, der nach seinem Vater kam, erinnerte aber auch an Henri, als der in demselben Alter war, dunkle, große und ein wenig verwunderte Augen, Edouard musste sich mit der Ehrenurkunde für den zweitbesten Schüler begnügen, wirkte aber zufrieden, der Rektor erwähnte bei der Abschlussfeier beider Namen, die Jungen kamen, um sich zu verbeugen, aber von der Rede verstand sie nichts anderes, als dass sie humorlos war, denn niemand lachte oder lächelte auch nur, die Finnen waren noch ernster als die Finnlandschweden und zumal Gabriel. Guillaume hatte nicht kommen mögen, hoffentlich war das keine Ausrede.

Sie wickelte sich fester in die Decke, das Ventil war mit Klebeband verschlossen worden, aber vielleicht sollte man das Fenster mit Papier verkleben, sie muss Topelius bitten, das mit Pompadour zu besprechen, so war es jeden Herbst in der Skarpskyttegatan gemacht worden, der kalte Wind lässt fünf Grad Frost wie fünfzehn Grad Frost erscheinen, behauptete Edouard, aber bewirkt der Durchzug, dass die Raumtemperatur von zwanzig Grad sich wie fünfzehn Grad anfühlt, fragt Marie, dreht sich um, lässt das Kissen zu Boden fallen, sagt halblaut *merde* und ist selbst erstaunt. Schimpfwörter sind hässlich, und manchmal tadelte sie Guillaume dafür, der wurde böse und sagte, mecker hier nicht herum, Marie, das ist die Art, wie männliche Männer kommunizieren, die Befehle eines Offiziers, eines Kapitäns zur See und eines Oberarztes kommen ohne Kraftausdrücke nicht an, die Menschen sahen sie befremdet an und schienen zu fragen, wer ist diese Ausländerin, die den Hut in der Hand hält und vor sich hin brabbelt, sie musste weitergehen oder zumindest von der Haustür zurücktreten, Offiziere kamen und gingen, sie waren sehr höflich, baten um Verzeihung und salutierten, wunderte sich Marie, bis ihr einfiel, Edouard hatte erzählt, dass das Haus eine Art Stab war, sagte halblaut *naturellement*, und ein vorübergehender Soldat sagte nicht Verzeihung, sondern *pardon*, viele Ehrenzeichen und ein angenehmes Äußeres, so lang und blond, dass man ihn für einen Nazioffizier hätte halten können, die liefen damals in der Stadt herum, aber ohne Federbuschhelm, von denen es in Straßburg wimmelte, damals, als der Krieg mitten in den Sommerferien begann, vielleicht hat er die Akademie Saint-Cyr besucht, viele heldenhafte Jäger haben dort studiert, oder war die ganze Sache nur eine Prahlerei von Börje?

Wie ist es in der neuen Schule, hatte Marie am Tag zuvor beim Abendessen gefragt, prima, antwortete Edouard eifrig, wieso, fragte sie, na, dort gibt es eine Dachterrasse, auf die nur die Schüler der obersten Klasse dürfen, und zuerst ärgerte es sie, dass der Junge nicht auf den Sprachwechsel einging und Guillaume zu triumphieren schien, aber gerade als Marja die Nachspeise gebracht hatte, fiel ihr eine Methode ein, bei der sie nicht erwischt wurde, und da stand sie nun, vor dem Stab, bereit, ihren Weg fortzusetzen, nur der Übung halber, denn die

Zeit war noch nicht reif, derselbe Weg, den Edouard jeden Morgen nahm, zuerst geradeaus die Georgsgatan entlang, die Bäume des alten Kirchparks beruhigten sie, und die alten Grabsteine machten sie nervös, am Hotel Torni vorbei und durch den Busbahnhof hindurch, bei der Bäckerei duftete es so gut, dass sie Lust bekam, einen Abstecher in das Café im Glaspalast zu machen, bis ihr einfiel, wie schlecht der Ersatzkaffee und das Ersatzgebäck schmeckten, und am Ziel angekommen, ging sie am Haupteingang der Schule, dem Torbogen und dem Park vorbei wie jede andere beliebige Familienmutter aus Töölö. Erst unten beim Museum wagte sie, sich umzudrehen und zurückzublicken, da war es, das Gebäude in seiner ganzen Stattlichkeit, es wirkte modern, weil es nicht aus Ziegeln war, die großen Fenster der Aula, darüber die Terrasse. Hinter dem Geländer waren, wenn man genau hinschaute, einige Jungen mit Hut und Mädchen mit Kopftüchern zu sehen, hoffentlich hielten sie genügend Abstand.

Im Herbst hatten sie an der Esplanade für Edouard einen Borsalino gekauft, nachdem er sich darüber beklagt hatte, dass die anderen Jungen schon im Frühjahr einen bekommen hätten. Marie rekapitulierte in Gedanken ihren Plan, sie muss abwarten, bis Edouard zum Beispiel wegen Bauchschmerzen zu Hause blieb, sie weiß noch den Namen des Medikaments, das Hélène ihr gegeben hatte, bestimmt bekommt man das auch in Finnland, es ist völlig ungefährlich, es geht vorbei, sobald man sich ein- oder zweimal übergeben hat, Hauptsache, man wirkt nicht nervös, man muss nur kurz vor Beginn der Pause entschlossen hineingehen und die Treppe zur Terrasse hinaufsteigen, und wenn jemand fragt, was möchten Sie, meine Dame, ruhig erwidern, kennen Sie mich nicht, ich bin die Vertretung der Französischlehrerin, dann brauchte sie nur den blonden finnischen Jungen zu finden und geduldig abzuwarten, bis er ans Geländer trat …

Auf dem Heimweg kam Marie gerade an die Ecke der Lilla Robertsgatan, als eine Stichflamme sie blendete und eine Explosion sie zu Boden warf, bevor sie ohnmächtig wurde, sah sie noch abgetrennte Gliedmaßen und den Kopf eines jungen Mädchens, goldblonde Locken wie Shirley Temple und eine erstaunte Miene, was ist das, fragte sie, nachdem sie erwacht war, sind die Deutschen in Helsinki eingefallen so wie in Straßburg, damals, als Grand-Père noch jung war und die Straßen voll von Leichen, Pferdekadavern und zerstörten Wagen. Bleiben Sie nur ganz ruhig liegen, Ihre Verletzungen scheinen nicht schwer zu sein, ist das Doktor Jekyll, ist dies nicht der Krankenwagen, und wieder verwandelte sich die Welt in einen schwarzen Klumpen.

Hier ist es zu warm, habe ich Fieber, denkt Marie, schiebt die Decke weiter nach unten und starrt ihre Hände an. Die blauen Adern sind geschwollen, und wenn sie nun platzen und das rote Blut sich langsam auf der weißen Bettwäsche ausbreitet, oder wird das Blut blasser, wenn der Tod sich nähert, ist es ursprünglich blau so wie bei Ingrid, oder verwandelt es sich in Urin, wenn die Stunde geschlagen hat. Der arme Henri hatte nicht bedacht, was für einen schrecklichen Schock derjenige bekommt, der ihn im Badezimmer findet, es hätte ebenso gut das Hausmädchen sein können, das die Handtücher wechseln wollte, hat er den Gürtel seiner eigenen Hosen verwendet, nicht den von Papas Bademantel, denn der war schon vor zwanzig Jahren gestorben, nein, sondern eine Wäscheleine, so schrieb Laurent, schrecklich, wie sehr ihr Gedächtnis nachgelassen hat.

Gabriel

Den ganzen Sommer und den Herbst über hatte Marie überlegt, wie sie es am besten anstellen könnte, Gabriel zu treffen, war die Möglichkeiten durchgegangen, sobald sie Zeit für sich hatte und nicht zu überlegen brauchte, was sie Martta antworten sollte, wenn diese an die Tür klopfte und fragte, was die Herrschaften heute zum Abendessen wünschten und wo die Zutaten eingekauft werden sollten, das Vorratslager ist fast leer, musste Martta sagen, obwohl sie *skafferi*, Speisekammer, meinte, weil sie ein so schwieriges Wort nicht aussprechen konnte und es auch nicht wagte, nachdem sie einmal stattdessen *kahveeri* gesagt und Marie geglaubt hatte, die andere habe gefragt, ob es jetzt Zeit für den Nachmittagskaffee sei, obwohl es erst zwei Uhr war, und Martta schmollte viele Tage lang, in der alten Wohnung war die Speisekammer kein Einbauschrank gewesen so wie in der neuen, sondern fast genauso groß wie die Mädchenkammer, Zugang nur vom Treppenhaus her, aber in der Küchenwand neben dem Herd gab es immerhin eine Luke, durch die man hineinschauen konnte, damit man nicht etwas einkaufen ging, was gar nicht alle war, so geschah es in jenem Sommer häufig, zumal wenn Guillaume versprochen hatte, einen ganzen Schinken und ein Kilo Butter von einer Dienstreise aufs Land mitzubringen. Die armen Leute fragten den Doktor, ob Durchfall mit Blaubeersuppe kuriert werden könne, und Guillaume behauptete, er habe gesagt, warum nicht, das ist ein ausgezeichnetes Mittel, wenn Sie die Leiden ihres Kindes schnell beenden wollen, Marie bemerkte beiläufig, sie habe den Witz schon gehört, aber Guillaume tat, als hörte er es nicht, und fuhr fort, die Elenden haben die Antwort nicht verstanden, sondern boten als Bezahlung alle möglichen Lebensmittel an, zum Glück jedoch keine Blaubeersuppe, erzählte aber, dass er das Paket auf dem Tisch des *kortteeri*, der Unterkunft, vergessen habe, oder war das irgendwo anders gewesen, und Marie mochte nicht fragen, was *kortteeri* bedeutet.

Edouard war in Borgbacka, auf Martta und Marja konnte man sich verlassen, und so nutzte sie die Gelegenheit und schrieb an Gabriel, bewahrte er ihre Briefe in einem eigenen chinesischen Kästchen auf, wohl kaum, das pflegen Männer nicht zu tun, ruf mich an, wo wir uns treffen, aber wenn jemand anders antwortet, verstell deine Stimme, versuche amtlich zu wirken und bitte Frau Myhrborgh ans Telefon. Im Schlafzimmerschrank stand, hinter alten Abendkleidern versteckt, ein kleiner, fertig gepackter Koffer, Skihosen, ein Wollpullover und Skistiefel so, wie damals alle sie hatten, eine gute Methode, keine Aufmerksamkeit zu erregen, und Gabriel verabscheute formelle Kleider, ein Lippenstift, ein Nachthemd, das sie niemals zu Hause trug, und ein Parfüm, das sie immer zu Hause benutzte, damit bei Guillaume keine Zweifel aufkamen. Die Korridortür ließ sie einen Spalt offen, damit sie den Hörer rechtzeitig abheben konnte, und im Spiegel des Toilettentischs sah sie die roten Flecke auf ihren Wangen wie bei dem Schulmädchen, damals, wenn sie ein Treffen mit Hans oder Victor erwartete, oder warum nicht auch mit Guillaume, bevor sie heirateten, und als Gabriel dann endlich anrief, trafen sie sich zunächst in der Bahnhofshalle und beschlossen erst dort, ob sie in Helsinki bleiben oder irgendwo anders hinfahren wollten, jedes Mal in einen anderen Ort, damit der Portier sich nicht an sie erinnerte.

Niemals wird Marie das Mal vergessen, als Gabriel vom Schiff aus anrief und sagte, ich kann keine Sekunde länger warten, spring auf der Stelle in den Zug, und komm mich im Hafen abholen, du brauchst deine Stimme nicht mehr zu verstellen, antwortete Marie, und sie brachen gleichzeitig in Gelächter aus, die Fahrt von Helsinki nach Hanko dauerte eine Ewigkeit, der Mann ihr gegenüber begann schon in Fredriksberg, von dem fettigen Papier Schweineschinken und Salzgurken zu essen, die so übel rochen, dass sie auf die Toilette gehen und sich übergeben musste, oder ob das an der Anspannung lag, Gewissensbisse verspürte sie erst viel später, als alles zu spät war.

Der Augenblick der Abrechnung naht, denkt Marie und umklammert die Ränder des Betts, aber die Berührung des kühlen Metalls hindert die Hände nicht daran, haltlos zu zittern.

Gabriel behauptete, ein Freidenker zu sein, wusste aber das ein und andere über die Bibel, vielleicht war der Volksschullehrer griesgrämig wie zu jener Zeit alle Volksschullehrer in Finnland, er schlug die Kinder mit dem Stock auf die Finger, wenn sie die Bibelsprüche nicht auswendig konnten, immerhin nicht die ganze SCHRIFT, das muss man wohl großschreiben, ob wohl die Pastoren selbst sie von Anfang bis Ende gelesen haben? Edouard war der Meinung, dass die Franzosen klüger seien als die Finnen, weil sie so gescheit gewesen wären, Staat und Kirche zu trennen, sicherlich ist es so, räumte sie ein und dachte bei sich, dass das nicht der einzige Grund sei.

Später saß Marie erschöpft auf dem Bettrand und glaubte, Gabriel sei im Badezimmer, aber der hatte aus seiner Manteltasche die Pelzhandschuhe geholt, schlich sich von hinten an, legte Marie die Hände auf die Augen und sagte in priesterlichem Singsang, die Stimme sei die von Jakob, aber die Hände müssten die von Esau sein, das ist hier die Frage, und sie vereinten sich von Neuem, obwohl das vorige Mal erst fünf Minuten her war. Dazu wäre Guillaume niemals imstande gewesen, oder vielleicht wollten beide es nicht, sie bekamen Durst, Gabriel füllte die Zahnputzbecher aus Plastik, das Leitungswasser schmeckte schlechter als das in Helsinki, weißt du noch, wie wir im Geschäft die unzerbrechlichen Trinkgläser kauften, wir warfen sie wieder und wieder auf den Fußboden, und sie gingen nicht kaputt, sondern sprangen hoch wie Gummibälle, sie lachten Tränen und hätten es noch einmal gemacht, aber sie konnten nicht, weil sie sich einbildeten, zu alt zu sein.

In jungen Jahren war Gabriel sicherlich noch stattlicher gewesen, er war es auch später, aber auf andere Art, während des ersten Krieges diente er in der Handelsflotte, noch unter russischer Fahne oder schon unter finnischer, die Jahreszahlen gehen einem so leicht durcheinander, ebenso ehrenhaft wie in den Schützengräben und gefährlich, weil die deutschen Torpedos hätten treffen können. Gabriel hätte zuerst die anderen in die Rettungsboote gehen lassen und wäre heldenhaft zusammen mit dem Kapitän auf der Kommandobrücke stehen geblieben, bis der Bug sich aufgerichtet hätte und das Schiff in der Tiefe ver… – ach, war es das, was Guillaume als Irrereden bezeichnete, es war Herbst, denn im Esszimmer brannte die Lampe, obwohl es schon nach acht war, Martta hatte den Frühstückstisch für zwei Personen gedeckt, für sie Ersatzkaffee und graue Kekse, die Guillaume niemals als Betonkekse zu bezeichnen vergaß, für Edouard ein Glas Milch, ein Stück Knäckebrot mit Butter auf der Seite mit den Löchern – hat Martta wieder ihre eigenen Lebensmittelkarten hergegeben? – und im *Hufvudstadsbladet* war eine große Schlagzeile. Marie schließt die Augen und sieht sie immer noch, ENGLAND HAT FINNLAND DEN KRIEG ERKLÄRT, und darunter RIGHT OR WRONG MY COUNTRY und erschrak so, dass sie laut ausrief, o nein! Martta schaute durch die Tür und fragte, was fehlt Ihnen, wenn der Ersatzkaffee schlecht ist, dann ist das nicht meine Schuld, und der Muckefuck ist noch schlechter, und bald darauf erkrankte Edouard an der Mangelkrankheit und fantasierte im Fieber, hoffentlich ist das keine Krankheit auf den Tod, sagte Martta. Marja pflegte den Patienten Tag und Nacht, und Edouard genas erst im nächsten Sommer in Borgbacka, Ingrid nahm den Jungen auf Bitten von Guillaume auf, vergaß aber nie, daran zu erinnern, wer dem jungen Edvard das Leben gerettet hatte.

Wieder einmal muss Marie an jenen Wintermorgen denken. Sie stand an dem vertrauten Kai des vertrauten Hafens, der kalte Wind und die Trennung ließen ihre Augen feucht werden, und die Eisschollen polterten gegen die schwarzen Flanken des Schiffs, Gabriel winkte mit der Hand, und Marie ahnte, dass dies seine letzte Abfahrt war, und sie kam niemals dazu – oder wollte es vielleicht auch nicht –, ihm von ihrem gemeinsamen Kind zu erzählen, das starb, noch bevor es geboren wurde, wie kannst du da so sicher sein? Guillaume hatte sich mir zwei Jahre lang nicht genähert, wie kann es sein, dass er nichts bemerkte, obwohl er Arzt ist? Er hatte sicherlich Wichtigeres zu bedenken, lieber Gabriel, das Kind wäre die Erfüllung unserer Liebe gewesen, liebe Marie, und das Schiff verwandelte sich in einen Punkt und verschwand dort, wo Eis und Himmel sich vereinten.

Es war das Jahr der Tode, nicht nur Henris, der unschuldigen Soldaten, sondern – warum schwindelt es mir – gewissermaßen auch Marjas und Marttas, denn plötzlich gingen sie fort. Sie kommen sehr gut auch ohne uns zurecht, Frau Doktor, der Doktor ist fast immer weg, bald wird der junge Herr zum Wehrdienst einberufen, und die Frau des Hausmeisters kann putzen kommen, beim Abschied war Marja blass und verweint, und Marttas Mund war noch fester als sonst zu einem Strich zusammengepresst. Denn so ist es, *partir est comme mourir un peu*, wie *Mademoiselle,* die Französischlehrerin, sagte, sie kicherten und verstanden nicht, wie sehr sie recht hatte, wie eitel sie waren, wie eitel die Menschen sind, wie eitel …

Allein

Von ihrer jüdischen Herkunft erzählte Marie teilweise aus Angst und teilweise deshalb, weil das trotz allem eine von Laurent erdachte Geschichte sein konnte, niemandem und verteidigte sich damit, dass sie ja nur zu einem Viertel Jüdin war. Aus dem Vorzimmer drangen der zornige Ton der Türglocke und heftiges Klopfen zu ihr herein, sie erwachte, zündete die Lampe an und bemerkte, dass es drei Uhr war, wer konnte das mitten in der Nacht sein? Guillaume war auf Dienstreise und Edouard an der Front, warum schreibt der Junge nicht öfter, die Verdunkelungsvorhänge hatte sie am Abend sorgfältig herabgelassen, obwohl es darauf gar nicht ankam, wenn das Licht nicht brannte, und jemand rief von der Treppe her mit barscher Stimme, machen Sie sofort auf, hier ist die Polizei. Sie warf den Bademantel über und fand nirgends ihre Pantoffeln, ging barfuß und mit gekrümmten Zehen in den Vorraum und dachte, warum denn die Polizei, der Hausmeister könnte besser heizen, auch wenn Krieg ist, zu Hause in Straßburg war es manchmal ziemlich kühl, wenn die Deutschen den Kokspreis anhoben, Papa wurde nervös und strengte sich an, noch mehr zu sparen als gewöhnlich, und Maman sagte, für das Heizen muss Geld da sein, die Kinder können sich den Tod holen, dann stritten sie, und sie ging in ihr Zimmer.

Marie öffnete die Tür eine Spaltbreit, jedoch nicht die Kette, wie Guillaume es sie gelehrt hatte, und sah zwei dunkle Gestalten, eigentlich sah sie sie nicht, weil die Männer das Licht im Rücken hatten, die Borsalinos in die Stirn gedrückt, ebensolche, wie Edouard einen hatte, die Kragen aufgestellt. Wir sind von der Valpo, lassen Sie uns herein, sagte der Größere mit barscher Stimme, ich kaufe nichts, antwortete sie und dachte, von so einer Firma habe ich noch nie gehört, also von der Staatspolizei, sagte der Kleinere mit schriller Stimme und zeigte durch den Türspalt eine Karte, aber sie schaffte es nicht, sie zu lesen, es war zu dunkel, und die Brille lag auf dem Nachttisch, die erste übrigens, aber nicht die letzte, Gott bewahre.

Das waren die drei schrecklichsten Tage ihres Lebens – na, vielleicht doch nicht. In der Zelle war es kälter als zu Hause, die Schuhe durfte sie anbehalten, aber ohne Schnürsenkel, und als der Wachmann die Tür verschlossen hatte, unheimlich viele große Schlüssel, und könnte man das Schloss nicht ölen, oder war das Kreischen eine Methode, den armen Gefangenen Angst zu machen, eine Frau, die auf der rechten Pritsche lag, die Hände hinter dem Kopf, sagte willkommen, Genossin, und sie antwortete danke, danke und wunderte sich, warum die andere sie Genossin nannte, obwohl sie sich mit Sicherheit noch nie begegnet waren.

Von Zeit zu Zeit holte der Wachmann sie ins Vernehmungszimmer, und wieder fragte ein Beamter nach ihren persönlichen Daten, sind Sie sicher, dass Sie kein jüdisches Blut haben, und sie log, ich habe keines, dafür aber französisches und vielleicht auch deutsches, wir haben mächtig andere Informationen, und die Stimmung wurde nicht dadurch besser, dass Marie den Vernehmungsbeamten Konstabler nannte, denn nur die ungebildeten Leute vom Land benutzten ein Wort wie mächtig, und das Gesicht war nicht zu sehen, weil das Licht wieder von hinten kam und viel heller war als das in der Skarpskyttegatan, das so schwach war, dass man kaum das Schlüsselloch fand, zumal im Winter, wenn einem die Augen von Frost und Wind tränten, und der Hausmeister hatte keine Lust, es auszutauschen, obwohl sie ihn viele Male darauf aufmerksam gemacht hatte.

Vielleicht wäre es besser, den Hausmeister auszuwechseln als das Treppenhauslicht, hatte sie zu dem Verwalter gesagt, aber der lachte und sagte, Sie haben einen erfrischenden Humor, Frau M., und von da an verstanden sie sich so prächtig, dass sie ihm später das Du anbot, und Tauno und Doris wurden zum Abendessen eingeladen, die Einzigen, die keine Verwandten waren. Guillaume wollte zwar nicht recht und behauptete, Tauno habe einmal von Herrn Nieminen aus dem Treppenhaus B die Miete zweimal eingefordert, obwohl er selbst vergessen hatte, um eine Quittung zu bitten, wahrscheinlich absichtlich, änderte aber seine Meinung, nachdem er Doris kennengelernt hatte … Moment mal, aber war nicht der Verwalter eine ganz andere Person, seine Frau kenne ich nicht, Tauno war der Besitzer des Nachbarhauses, Doris Hebamme, und seit dem Abendessen sind fünfzehn Jahre vergangen, ist dies ein Anzeichen für Gedächtnisverlust, worüber die dummen Ärzte heute ihre Witze gerissen haben, oder war es gestern, dass sie glaubten, ich höre und verstehe nichts, an meinem Verstand ist nichts auszusetzen, denkt Marie, schließt die Augen, konzentriert sich und kehrt zur Valpo der Kriegszeit zurück.

Beim letzten Mal sagte derselbe, aber höflichere Wachmann, Frau M. solle es ihm nicht verübeln, auch wenn es erst sechs Uhr ist, ich führe nur den Befehl aus, und diesmal trug der Vernehmungsbeamte Uniform, eine blaue, die anders war als die von Guillaume, weniger goldene Streifen und mehr Orden, jetzt war das Licht gewöhnlich, und sie sah auch das Gesicht, der Mann wirkte ziemlich gebildet, er begrüßte sie mit Guten Morgen und einem Händedruck, der gleichzeitig kalt und schweißig war wie bei fast allen finnischen Männern, das liegt bestimmt am Klima, er stellte sich vor und sagte, wir hatten Kontakt mit Doktor Myhrborgh, der bekanntermaßen ein Freund Deutschlands ist, sein Ruf ist unbefleckt und deshalb auch Ihrer, es handelt sich um ein Missverständnis, er bat jedoch nicht um Verzeihung. Polizisten bitten niemals um Verzeihung, hatte Laurent gesagt und recht gehabt.

Nach dem Krieg, als die Macht gewechselt hatte, las sie im *Hufvudstadsbladet*, dass derselbe Mann, damals wusste sie seinen Namen noch, aber jetzt nicht mehr, wegen Hochverrats zu einer Zuchthausstrafe verurteilt worden war, hoffentlich beging er Selbstmord in der Zelle, nichts ist süßer als die Rache, und als sie am Frühstückstisch als große Neuigkeit davon berichtete, hob Guillaume nicht einmal den Blick von der Zeitung und sagte, eine harte Strafe für einen Offizier, dessen einziger Fehler es war, einen Befehl befolgt zu haben, und fügte einen Moment später hinzu, dass die Zeitung *Uusi Suomi* die Sache nicht erwähne, ob sie überhaupt stimme, und erst da kam ihr der Gedanke, dass die Polizisten sich vielleicht gar nicht an Guillaume gewandt hatten und er die Episode die ganze Zeit für eine hysterische Einbildung der armen Marie gehalten hatte.

Das Telefon klingelte, warum geht die neue Gehilfin nicht ran, Marja hätte das längst getan, habe ich die Ehre, mit Frau Doktor Myhrborgh zu sprechen, damals war man in Finnland noch ebenso höflich wie in Straßburg, hier spricht Doktor Soundso, der Name war ihr damals nicht bekannt, und jetzt erinnert sie sich nicht daran, ich fürchte, ich habe schlechte Nachrichten, können Sie sofort hierher ins Krankenhaus kommen, was ist passiert? Vielleicht ist es besser, ich erzähle es Ihnen erst, wenn Sie hier sind, der Taxistand war leer, aber in zehn Minuten war Marie da, halb im Laufschritt die Högbergsgatan hinunter, pass auf, Marie, dass du nicht ausrutschst, die Bäume im Park wunderten sich, wohin die Fremde eilte, in Richtung auf das vereiste Ufer, der Doktor erwartete sie an der Eingangstür, ein allzu fester Händedruck, die Hand schmerzte sie noch am nächsten Tag, gehen wir in mein Arbeitszimmer, setzen Sie sich bitte, Frau Doktor, das klang genau so unheilverkündend wie beim Verhör der Valpo, nur war keine blendende Lampe da.

Es ist meine traurige Pflicht, Ihnen mitzuteilen, dass Oberarzt Myhrborgh, ich meine also Ihr Mann, um zwölf Uhr vierundfünfzig Ortszeit an einem plötzlichen Herzanfall verstorben ist, seine eigentümliche Redeweise hatte er wahrscheinlich bei der Armee gelernt, wir haben unser Bestes getan, aber die Wiederbelebung blieb erfolglos, obwohl unsere Sachkenntnis und unsere Geräte der letzte Schrei sind, ich meine, modern. Kann ich ihn sehen, ist das in Finnland üblich, leider ist Ihr Mann nicht fertig, ich meine, dass, äähm, plötzlich wirkte der arme Junge wie frisch examiniert und ebenso jung wie Edouard, er sprang vom Stuhl auf, öffnete die Tür zum Korridor und rief, Asser, komm doch bitte mal, und kurz darauf trat ein anderer Arzt ein, etwas älter, etwas kleiner und etwas dicker, Sommersprossen und roter Bürstenschnitt, und fragte, was los sei, erzähl du, ich kann nicht, warum nicht, es hat keinen Sinn, um den heißen Brei herumzureden, Doktor Myhrborgh starb an einem Herzanfall auf der Liege im Behandlungszimmer bei einem Geschlechtsakt, offenbar war der Orgasmus zu viel für ihn, das Risiko steigt mit zunehmendem Alter, so etwas ist auch früher schon passiert, als Französin erinnern Sie sich vielleicht daran, dass einer Ihrer Präsidenten, oder war es der Ministerpräsident? Und als Marie in die Vorhalle begleitet wurde, warten Sie hier in aller Ruhe auf der Bank, stürmte eine große blonde Frau vorbei, das Gesicht geschwollen, ein Taschentuch in der Faust, weiße Strümpfe und Schuhe, der Rock zerknittert, riss die Ausgangstür auf und sprang in genau das Taxi, das das freundliche Fräulein am Empfang für sie bestellt hatte, und was dann geschah, davon weiß Marie nichts mehr.

Wilhelm Herman Myhrborgh, du bist Staub und sollst zu Staub werden, die Kirche war so voll, dass die Hilfspflegerinnen in den Gängen standen, unbekannte Menschen verbeugten sich und murmelten: Herzliches Beileid, Frau Doktor, ein Wurm, ein Wanderer auf der Welt, die finnischen Kirchenlieder sind grauenhaft, ich muss das Gesangbuch geöffnet in der Hand halten, die Lippen bewegen und zum Dank mit dem Kopf nicken, was ist der Sinn einer Trauerfeier, nicht, an leeres Zeug zu denken, sondern sich zu sehnen, sich still an die besten Seiten des Verstorbenen zu erinnern, vergeblich, denn Trauer verspürte Marie nicht, obwohl sie sich so darum bemühte, dass ihr die Augen nass wurden, oder werden sie nur deshalb veranstaltet, weil es so üblich ist, Edouard hat alles mit dem Bestattungsinstitut vereinbart und die Rechnung bezahlt, der Sarg sah teuer aus, gefältelter weißer Seidenstoff, ihr bescheidener Blumenstrauß, blau, weiß und rot, ein letzter Gruß für dich, Guillaume, deine Lebensgefährtin Marie, ja, so muss man sagen, allerdings so leise, dass niemand es hört, und wieder wurden die Augen feucht, aber vielleicht doch nicht wegen Guillaume, sondern wegen der Atmosphäre. Edouard legte einen noch bescheideneren Strauß nieder, mit trockenen Augen, denn in Finnland weinen die Männer nicht, und sie lassen auch die Jungen nicht weinen, beide Sträuße verschwanden unter den prachtvollen Kränzen der Kollegen, Oberarzt Myhrborgh ist, menschlich gesehen, allzu früh aus unserer Mitte gegangen, auch er, obwohl doch fünfundfünfzig Jahre mehr ist als Henri damals war, dennoch ist sein Beitrag zur Chirurgie unseres Landes unersetzlich, der stellvertretende Oberarzt hofft, Guillaumes Stelle zu bekommen, ist es der Arzt dort, der, nein, oder ist er es doch, die jungen Männer sehen alle so gleich aus.

Nachdem sowohl Guillaume als auch Gabriel gestorben waren, musste der Kampf gegen die Einsamkeit und Fremdheit jeden Tag aufs Neue gewonnen werden. Ohne Edouard wäre sie wahrscheinlich zusammengebrochen und Henris Beispiel gefolgt, nicht im Badezimmer, sondern nach Art der Frauen, ein Glas Schlaftabletten, von denen es im Arzneimittelschrank noch welche gab als Erinnerung an die Zeiten, da ein Anruf von Guillaume bei der Apotheke genügte, ein Glas Wasser und ins Bett, die Hände auf der Brust gefaltet, die Augen fallen ihr von allein zu, die Kräfte schwinden aus den Gliedern – wach auf, Marie, wach auf, wenn wir am Tag schlafen, können wir nachts nicht einschlafen, nicht wahr? Denk an etwas anderes, und da kam sie auf die Idee, wie sie Edouard dazu bringen konnte, wenigstens einmal pro Woche zu kommen, die Glastür über dem Zifferblatt befand sich so hoch oben, früher hab ich es gewagt, auf den Schemel zu steigen, aber jetzt habe ich Angst, dass ich runterfalle, und die Gewichte sind schwer. Alles Vorwände, aber natürlich, petite Maman, ich komme da gut ran, und in den Messinghülsen ist Blei, fast ebenso schwer wie Gold, vor Guillaumes Tod war sie für Edouard chère Maman oder einfach Maman, aber in einer Notlage sind alle Mittel erlaubt, sagte Hélène damals, als sie sich weigerte, die Lösungen der Mathematikarbeit zu zeigen, ganz einfach, du lässt den Bleistift fallen, und während – und von da an kam Edouard jeden Sonntag gegen Mittag, drückte auf die Klingel, bevor er die Tür mit seinem Schlüssel öffnete, und rief aus dem Vorraum, bist du bereit, Maman, der Herr kann jederzeit hereinkommen, nicht immer, aber dann, wenn er gerade guter Laune war, dann erinnerte er eher an Gabriel als an Guillaume, nein, das ist nicht möglich, wir haben uns doch erst kennengelernt, als Edouard schon da war, wenn auch noch nicht sehr lange.

Allmählich bemerkte Marie, dass nicht die Liebe das Wichtigste war, weil es davon so wenig gab, sondern die Routine, weil es davon so viel gab, immer zur selben Zeit aufstehen, Morgenmantel und Pantoffeln, die Morgentoilette im Badezimmer, die Temperatur am Thermometer beim großen Fenster des Wohnzimmers. Edouard nannte es Stube, denn der Esstisch stand in demselben Zimmer, und so weiter, nach demselben Schema dieselben Dinge in derselben Reihenfolge, jahraus, jahrein. Aber nicht alle Verrichtungen waren gleichwertig, denn ein Höhepunkt war es, die grünen Pflanzen und Blumen zu gießen, ihnen gab sie Namen, nicht die Namen ihrer Lieben, denn die waren zu real, der Efeu war Louise, der Liebling der englischen Kriminalschriftsteller, wie steht es zurzeit um dein Liebesleben? Der Ficus war Oncle Gaston, teigartige Blätter, hast du in letzter Zeit Nordmänner gesehen? Der Kaktus war Ingrid, trocken und stachlig, du bekommst erst nächste Woche etwas zu trinken, wenn überhaupt, die Yuccapalme war Tante Emma, ein Holzbein, bist du mir immer noch böse wegen der Speisekarte in Russkisprache? Der Farn war Nebel, immer durstig, keinen Tropfen mehr, der Cissus war Bernadette, versuch doch wenigstens einmal, du selbst zu sein, bis sie der Sache überdrüssig wurde, weil niemand antwortete, die Kanne rutschte ihr aus der Hand, das Wasser muss ich sofort wegwischen, sonst wölbt sich das Parkett, wo ist der Lappen, wo ist die Schüssel, die Knie halten das nicht aus …

Ich muss mich anders hinlegen, damit ich keine wund gelegenen Stellen bekomme wie der alte Onkel Sebastian, bevor er von seinen Leiden erlöst wurde. Das hat Guillaume erzählt, obwohl er selbst sagte, dass ein Arzt der Schweigepflicht unterliegt. Im Fernsehen meinte eine dumm aussehende blonde Frau, die *patience* sei eine gute Therapie für alte Menschen, und Marie glaubte, damit sei Geduld gemeint und nicht das Kartenspiel, das ihr immer zuwider gewesen war, obwohl sie in der Schublade der Nähmaschine zwei Packen Karten gehabt hatte, ein Weihnachtsgeschenk von Edouard, danke für das schöne Geschenk, sagte sie, woraufhin er annahm, das Kartenspiel sei ihre Leidenschaft, und sich keine Sorgen mehr darüber machte, womit die alte Maman sich die Zeit vertrieb.

Apropos Kartenspiel, ob Bérthe wohl noch lebt? Es wäre schön gewesen, sie besser kennenzulernen, aber jetzt dürfte es zu spät sein, sie kann ihr nicht einmal schreiben, weil sie die Adresse nicht weiß. Damals hat sie aber trotzdem ein Telegramm geschickt, der Schock war fürchterlich, er zeigte sich als langes, leises Weinen und nicht als Ohnmachtsanfall wie früher, ob wohl auch die Gefühle verblassen, wenn man alt wird? *Ihr Bruder Lorenz Rheinhof verstarb gestern Abend um 21.38 Uhr Ortszeit im früheren Militärkrankenhaus von Straßburg stopp Obduktion ausgeführt stopp angeborener Herzfehler stopp Herzliches Beileid stopp Bérthe Langenhagen*, an den Familiennamen erinnert sie sich, weil er, wie soll man sagen, so schamlos deutsch ist, ich habe keinen Bruder dieses Namens, dachte Marie den Bruchteil einer Sekunde, aber vielleicht war es klug, es so zu machen wie seinerzeit Papa, man kann nie wissen, wann der Dritte Weltkrieg ausbricht und die Deutschen wiederkommen. Oder sollte Bérthe ihn gezwungen haben, das frühere deutsche Militärkrankenhaus, das kann ihre ehemalige Schule sein, Hans liegt inmitten der Verwundeten, der Geruch nach Lysol und Chloroform verursacht ihr Brechreiz, könnte man nicht das Fenster öffnen, nein, jetzt ist Winter, und die Pflanzen erfrieren, sie wollte das Gesicht sehen, und Guillaume war nicht bereit, den blutigen Verband zu öffnen. Marie hatte den letzten ihrer Lieben verloren, und irgendwo in der Ferne erklang *Stille Nacht, heilige Nacht,* obwohl Weihnachten schon viele Monate her war.

Der Morgenkaffee in der Küche, von dort konnte Marie zusehen, wie die Sonne aufging und das Dach des gegenüberliegenden Hauses in Brand steckte, wenn es nicht bewölkt oder Winter oder einfach dunkel war, waren es Regentropfen oder Schneeflocken was sie dort im Licht der Lampe sah, fielen sie gerade oder schräg, auf das Abendessen begann sie schon um vier Uhr zu warten, was wird sich wohl heute in dem Silberpapier finden? Lieber Huhn, Reis und Zitronensauce als Eisbein *à la choucroute*, allerdings nach Straßburger Art, aber nach deutscher Straßburger Art. Edouard hatte mit dem Universitätsrestaurant vereinbart, dass jemand aus der Küche das Essen auf dem Heimweg vorbeibringt, bestimmt nicht umsonst, danke, cher Edouard, mal eine dicke Frau, mal eine junge Praktikantin, seltener ein gestresster Mann, anfangs wollte sie Kaffee und Weizenzopf anbieten, das mögen die Finnen gern, kommen Sie doch einen Augenblick herein, gab es aber auf, als nie jemand einwilligte, die Leute haben Besseres zu tun, als einer uralten Frau, die ein eigentümliches Schwedisch oder ein noch eigentümlicheres Finnisch spricht, Gesellschaft zu leisten.

Bitte vergiss nicht, die Zeiger fünf Minuten vorzustellen, natürlich, Maman, natürlich, am Sonntag hatte Edouard Zeit, war bereit, über die aktuelle politische Lage zu referieren, die Wahlergebnisse, den Druck seitens der Sowjetunion, den Kalten Krieg, und gerade, als sie sich daran gewöhnt hatte, dass der Präsident nicht wechselt, sein Name lautet Kekkonen und nicht Gekkonen, chère Maman, begannen sie zu wechseln, schwierige finnische Namen. Die Mauer ist gefallen!, rief Edouard einmal, obwohl die Wohnungstür noch offen stand, und für einen Augenblick nahm Marie irrtümlich an, es handele sich um jene Mauer, die die bösen Geister der Albträume wieder und wieder dort errichteten, wo die Steigung der Georgsgatan begann und sie daran hinderte, ihren Weg fortzusetzen, oder um diejenige Mauer, die sie wieder und wieder bei der Eingangstür des Krankenhauses zum Stehen brachte, aber natürlich ging es um die Berliner Mauer, Edouards Augen glänzten, die Zeit der Freiheit ist angebrochen, mal sehen, was die Amerikaner jetzt machen, die beiden Deutschlands werden sich wiedervereinen. Ist das nicht gefährlich? Jetzt können sie wieder einen Krieg beginnen, so wie schon zweimal zuvor, eigentlich dreimal, wenn man Grand-Pères Krieg mitrechnet, nein, nein, jetzt ist die Situation anders, Europa hat sich vereint und die NATO, Europa hat sich vereint und, Europa ist – du schläfst doch wohl nicht, Maman? Ich bin nur einen Augenblick eingenickt, erzähl nur weiter, es ist wirklich interessant.

Warum erzählte Edouard nicht von sich? Es war peinlich, als Ingrid am Heiligabend anrief und fragte, wie es Edouard gehe, sie fühlte sich verpflichtet, weil die anderen tot waren, sie glaubt weiterhin, adliger Herkunft zu sein, sie weiß es nicht oder tut so, als wüsste sie es nicht, obwohl alle anderen wussten, dass Calle einmal vor lauter Wut sich darangemacht hatte, Ingrids Herkunft zu erforschen, und feststellte, dass sich in keinem Kalender eine Familie Silfversköld fand, weder in einem schwedischen, wie Ingrid geprahlt hatte, noch in einem finnischen und nicht einmal in einem baltischen, wer hat ihr doch davon erzählt? Ein tristes Hotelzimmer, wohlige Mattigkeit, also Gabriel.

Woher weißt du das?, fragte sie, und Gabriel antwortete mit einem unwiderstehlich jungenhaften Lächeln, ich saß zufällig als ein kleiner Vogel an einem Tisch im Sea Horse und wartete darauf, dass Guillaume endlich wegging und ich dich anrufen könnte, als Calle und Nebel Streit bekamen und eine Wette abschlossen. Mich haben sie nicht erkannt, wir hatten uns zuletzt als Kinder gesehen, der Bart des Seebären und die Schiffermütze sind eine gute Maske, Nebel verlor und musste von seinem wenigen Geld eine Runde für die ganze Gesellschaft ausgeben, das geschah dem Taugenichts recht, und wie Calle wurde auch Nebel nicht mehr nach Borgbacka eingeladen. Ihre adlige Herkunft war Ingrids ureigene Erfindung gewesen und ein Mittel, sich vorteilhaft zu verheiraten, bestimmt aufgrund der Tatsache, dass ihre Nase gerader war als die der Anderssons.

»O nein, noch ein Andersson, warum hast du mir das nicht erzählt?«

»Auf See kommen einem solche Dinge unwesentlich vor, natürlich wusste Nebel, dass es eine Lüge war, aber auch er profitierte davon, ich meine, von dem Adel und nicht von der Nase, die, wie du weißt, keineswegs gerade ist, aber er konnte mit dem Geheimnis nicht umgehen, sondern begann zu trinken. Ingrids wirkliche Eltern waren Volksschullehrer, im Unterschied zu dem blinden Andersson nannte man sie die Kerzen-Anderssons, sie wohnten ein paar Dutzend Kilometer entfernt an der Küste Richtung Turku, einmal haben meine Kumpels und ich bei ihnen eine Sause gemacht, ich erinnere mich gut an die kleine Ingrid, aber zum Glück erinnert sie sich nicht an mich, Nebel war noch ein Baby und brüllte im Schlafzimmer, freundliche und angenehme Menschen, manchmal haben auch solche Leute weniger freundliche und weniger angenehme Kinder, und Guillaume wusste es nicht, ganz zu schweigen von Simon, der Ingrid kaum geheiratet hätte, wenn er es gewusst hätte.«

Ob die Nase gerade ist, bleibt ein Rätsel und darf es auch bleiben, dachte Marie, Ingrid hasst sie, und sie treffen sich nicht mehr, das Familienfoto könnte in dem chinesischen Kästchen sein, aber es lohnt die Mühe nicht.

Zuletzt beschloss Marie, das war in dem Jahr, als sie zu Dreikönig zwanzig Grad minus hatten, was bis weit in den Februar hinein andauerte, morgen frage ich, bevor der Monolog beginnt – pfui, das war nicht schön gesagt –, aber die Mutter hat ein Recht, von ihrem Sohn mehr zu wissen als das, was man aus dem Aussehen und der Kleidung schließen kann, zumal da das Erstgenannte sich langsam und das Letztgenannte überhaupt nicht ändert.

»Wie geht es dir, Edouard?«

»Wieso, natürlich geht es mir gut.«

Der Junge zog kurz eine Grimasse, das weiß Marie noch nach Jahrzehnten, habe ich etwas falsch gemacht, schien sie zu fragen, genau so eine wie damals, als sie und Guillaume am Nachmittag einmal etwas früher nach Hause kamen als gewöhnlich, das Klavierspiel war bis auf die Treppe zu hören, ich dachte, Edvard hat mit der Klavierstunde schon vor zwei Jahren aufgehört, sagte Guillaume, öffnete die Tür, und in demselben Augenblick, als sie zukrachte, endete das Spiel mitten in einem Triller. Was ist das für ein Lärm, komm mal her, Edvard, wo hast du denn das gelernt, Jazz und einfach so ohne Noten, bei uns wird kein Negergedudel gespielt, merk dir das, jawohl, Papa, und am nächsten Tag fragte Marie, hatte das Stück von gestern einen Namen, Alexanders und noch etwas, was sie nicht verstand, sagte Edouard, spiel das noch einmal, bat Marie, und sie lachten und spürten, dass sie zusammengehörten.

»Du lädst mich nie zu dir nach Hause ein.«

»Das ist kein Zuhause, nur so eine Bude, ich habe keine Zeit zu putzen, ich halte mich viel mehr im Arbeitszimmer in der Universität auf …«

Warum passiert es nie, dass Edouard am Sonntagmorgen anruft und sagt, chère Maman, wenn du nun heute zu mir kämst, dann könnte ich morgen bei dir vorbeikommen und die Uhr aufziehen, mach dir keine Sorgen, sie bleibt nicht stehen, einmal Aufziehen hält acht Tage vor, und selbst wenn sie stehen bliebe, ist es doch Aberglaube anzunehmen, dass du deswegen sterben würdest, dann würde sie mit der merkwürdig riechenden Straßenbahn fahren, die zu Beginn der Fahrt Tante Emma über das Bein fahren würde, in einen Stadtteil mit fremdartigem Geruch, in dem Marie noch nie gewesen war. Bestimmt ist es hier, ja, L'Impasse du Brave Soldat numero 27, das würde noch schwach zu sehen sein, obwohl jemand das Schild beschmiert hatte, ein elegantes Treppenhaus, an der Decke ein blaues Fresko von Chagall, der kultivierte Duft einer Zigarre, ein Fahrstuhl im Stil der Neuen Sachlichkeit, er würde glänzen wie ein Spiegel, sitzt der Hut auch wirklich gut, und sie würde gar nicht dazu kommen, an der Tür zu klingeln, und da würde Edouard schon die Tür öffnen, willkommen, chère Maman, in meiner niedrigen Hütte, schwacher Duft nach Rauch, der Kamin im Wohnzimmer würde eine gemütliche Wärme verbreiten und das Holz knacken, oje, Conrad hat wieder Fichtenscheite von der deutschen Seite gebracht, die weißen Rindenstücke von den Uferbirken im Hof von Bukten würden leichter brennen, pass auf, dass die brennenden Holzscheite nicht aufs Parkett fallen. Kein Problem, Maman, der Fußboden ist aus Stein wie zu Hause in Straßburg, nicht in allen Zimmern, aber im Vestibül, gehen wir in mein Kontor, der Kaffee vom Schwarzmarkt würde duften, ein viel größerer Schreibtisch, als Guillaume ihn hatte, und viel mehr Papiere, es würde dunkel werden, und das Lampenlicht würde durch die grüne Glocke scheinen, an allen Wänden Bücherregale bis unter die Decke. Ist der Bewohner ein Finne so wie der Engel, dann darf man in der Pause Schwedisch sprechen, ein Finnlandschwede so wie Gabriel, dann darf man in der Pause Finnisch sprechen, ein Franzose so wie Victor, dann darf in der Pause kein Deutsch gesprochen werden, ein Deutscher so wie Hans, dann darf in der Pause kein Französisch oder Elsässisch gesprochen werden – *alsacienne*, chère Maman, *alsacienne*, du warst doch wohl nicht zu lange mit Papa verheiratet – so wie Hélène, dann durfte in der Pause alles gesprochen werden, oder ein Jude so wie Laurent, dann war in der Pause keine von beiden Sprachen erlaubt. Beim Fenster der kühle Schachtisch und drei warme Ledersessel, der Duft eines fremden Parfüms, drei Tassen, Edouard, Marie und …

»Edouard.«

»Ja, petite Maman?«

»Ich weiß, dass ich auch dies nicht fragen sollte, aber ich frage trotzdem.«

»Bitte schön.«

»Hast du eine Freundin oder Freundinnen?«

»Ich fühle mich allein sehr wohl.«

Die Lippen pressen sich zusammen, keine Gamaschen, kein Haferbrei, nicht auf den Schoß zu Onkel Börje, keine Pelzmütze, kein Apothekenkakao, nicht zur Klavierstunde, nicht zum Barbier, nicht allein, nicht mit Sakke, nicht nach Borgbacka, nicht Arzt werden, aber mit Lilli, mit Marja. Marie wickelt den Schal fester um sich, Gabriel hat ihn ihr mitgebracht, obwohl sie den Neugierigen gesagt hat, dass sie ihn selbst in dem neuen Geschäft Ecke Södra Esplanaden und Högbergsgatan gekauft hat, sie darf nicht vergessen, das Preisschild zu entfernen, die Summe kann Pfund bezeichnen, Dollar oder – welche Währung wird in Indien benutzt, besser Kröten im Beutel als einen Frosch im Hals, behauptete Calle, manchmal waren seine Witze ziemlich drastisch – keine alltägliche Baumwolle, sondern echte Seide, im Winter warm und im Sommer kühl, daran erkennt man sie.

»Warum erzählst du nicht auch von dir?«

Marie bemüht sich, nicht vorwurfsvoll zu klingen, aber es gelingt ihr nicht.

»Chère Maman …«

Bestimmt ist er verärgert, denn das *petite* hat er weggelassen.

»Ein Professor muss an sein Institut denken. Ich muss viele Male im Jahr nach Paris, um auf dem Laufenden zu bleiben, und auch in anderen Ländern an wichtigen Seminaren teilnehmen. Ich habe nichts Besonderes zu erzählen. Ich bin ein ganz gewöhnlicher Mensch.«

Sollte der Junge doch ein etwas schlechtes Gewissen haben? Und was bedeutete ein gewöhnlicher Mensch, so einer wie Gabriel, so einer wie Laurent, so einer wie Marie? Es ist unmöglich, dass ihr Sohn keine intimen Beziehungen hat, zum anderen oder zum eigenen Geschlecht, und es ist fast ebenso unmöglich, dass Guillaumes Sohn keine intimen Beziehungen zum anderen Geschlecht hat, natürlich gibt es auch Menschen, die ihr Leben allein leben müssen, zum Beispiel die Invaliden wie Tante Emma, aber nicht einmal Bernadette, obwohl sie hässlich war, und schon gar nicht Edouard, der so charmant ist, dass, wenn er nicht ihr Sohn wäre ... Aber ist sie nicht selbst jahrzehntelang allein gewesen, ja, ja, aber erst in fortgeschrittenem Alter, warum wollte Edouard ihr nicht von seinem wirklichen Leben erzählen, obwohl er bestimmt wusste, wie wichtig es für sie gewesen wäre, oder können Söhne nicht begreifen, dass auch Mütter gewöhnliche Menschen sein können?

»Außerdem meine ich, dass Taten wichtiger sind als Worte, ich komme doch jeden Sonntag, um die Uhr aufzuziehen, das ist nur ein Beispiel, aber ...«

Seltsam, die Franzosen denken genau umgekehrt, dass nämlich Worte wichtiger sind als Taten, vielleicht kommt Edouard doch mehr nach seinem Vater, dachte Marie, erhob sich vom Schaukelstuhl und taumelte. Edouard starrte aus dem Fenster, er eilte nicht herbei, um ihr zu helfen, und bemerkte die Tränen seiner Mutter nicht.

»Von irgendwo zieht es kalt herein, ich sehe mal nach, ob das Fenster im Schlafzimmer offen geblieben ist.«

So endete das Gespräch, und sie hatte nicht das Gefühl von Zusammengehörigkeit.

Die Tage vergingen, Woche um Woche, die Monate folgten einander, und die Jahre verschwanden in der Vergangenheit, so wie es in der himmlischen Ordnung festgelegt ist. Marie wusste genau, was ihr sonst noch von jenen unendlichen Zeiten der Einsamkeit im

Gedächtnis geblieben war, wagte aber nicht, es sich selbst einzugestehen, weil es nichts war, woran ein alter Mensch sich erinnern und es seinen Enkelkindern erzählen sollte, wie zauberhaft sie doch hätten sein können, wenn Edouard … Der Hauswart klingelte an der Tür, drehte verlegen den Hut in der Hand und sagte, morgen beginnt die Rohrsanierung im Haus, da darf man das Klo nicht benutzen, offenbar meinte er die Toilette, Marie holte aus dem Keller einen Nachttopf, das Emaille war gesprungen und vergilbt, sie benutzte ihn viele Tage lang, ich darf nicht vergessen, ihn mit der Zeitung zu bedecken, wie Guillaume es in Borgbacka machte, bis er voll war, und sie wusste sich keinen anderen Rat, als Edouard um Hilfe zu bitten. Es dauerte viele Stunden, bis er kam und nach dem Hauswart klingelte, der sagte, ach ja, die Sanierung war schon vorgestern abgeschlossen, aber ich habe vergessen, es Frau M. zu sagen, und Marie hatte sich geschämt wie niemals zuvor.

Vom Gang her waren Stimmen zu hören, cher Edouard ist immer so aufmerksam, er klopft immer an, obwohl er weiß, dass die Tür nicht verschlossen ist, dachte Marie und strich sich über das Haar. Aber nein, keine Spur von Edouard, sondern Doktor Jekyll mit Pompadour und Topelius im Gefolge, warum sehen sie so besorgt aus, hat sie etwas falsch gemacht, vergessen, die Toilette zu spülen, oder im Schlaf Unschickliches gesprochen, liebe Frau M., sagte der Doktor und räusperte sich, es ist so, dass wir, äh, etwas schlechte … Marie wurde fürchterlich böse, mehr als jemals in ihrem Leben, und schrie, haben Sie nichts Besseres zu tun, als einen alten Menschen mit Ihren Lügen zu erschrecken, gehen Sie fort! Und dann wurde sie wieder ohnmächtig, erwachte erst am Abend und erinnerte sich nicht, warum, und sie erinnert sich immer noch nicht, obwohl sie es viele Male versucht hat, immer dann, wenn sie das Gefühl hat, dass sie nicht mehr kann.

Der Engel

Ich bin es nur, sagt die andere leise und berührt sie. Wer ist diese unbekannte Frau? Marie erschrickt und zieht die Hand weg.

»Doch, du erinnerst dich an mich. Mit diesem Knopf hier stellen wir das Kopfende mal etwas höher, dann sehen wir uns besser. Und die Beine, möchtest du, dass ich auch sie anhebe, dann kann das Blut besser zirkulieren?«

Welcher Knopf, denkt Marie noch, als beide Enden des Betts sich heben. Sie umklammert mit den Händen die Bettränder, und ein Erinnerungsbild steigt in ihr auf – das Boot schaukelt, Hilfe, ich ertrinke, Achtung Felsen, der blinde Andersson …

»Keine Angst, dies ist kein Boot, nur ein ganz gewöhnliches Krankenhausbett. Ich wollte nur mal vorbeischauen, weil …«

Marie blinzelt.

»Ach, das ist ja der Engel! Ich hätte dich fast nicht erkannt, weil du etwas anderes anhast.«

»Es genügt, wenn du mich Pirkko nennst.«

In diesem Moment wird die Kleidung der Frau zu der blauen Uniform der Pflegerin, die frei herabfallenden Haare sammeln sich zu einem Pferdeschwanz, und der Blick wird ernst. Das Tageslicht erlischt, die Nachttischlampe geht an, das Bett gleitet an seinen alten Platz und kehrt in seine waagerechte Position zurück. Marie bewegt sich um Monate in der Zeit zurück, oder sollte es schon Jahre her sein, und beginnt zu sprechen, leise, heftig, abgerissen, ohne Pausen.

»Sie sind so lieb, Fräulein, weil Sie sich das Gerede eines alten Menschen anhören, Sie dürfen mich gern duzen, ich heiße Marie und weiß nicht, wer ich bin, keine Finnin und keine Finnlandschwedin und keine Straßburgerin und keine Französin, Schwedisch lernt man in achtzig Jahren ganz gut und auch ein bisschen Finnisch, Sie haben, Verzeihung, du hast ganz richtig gehört, achtzig Jahre, obwohl Guillaume sagte, man werde den Akzent niemals los. Guillaume war mein Mann, Arzt oder eigentlich Chirurg, was angeblich zwei völlig verschiedene Dinge sind, er ist nicht an die finnische Universität zugelassen worden, weil er der Sohn eines Fischers war, wie er selbst behauptete, obwohl das bestimmt einen anderen Grund hatte, er musste nach Straßburg, damals war Krieg, und das wurde mein Schicksal, er starb zu früh, so wie die Ärzte immer, und nannte sich selbst Wilhelm, aber eine Französin kann einen solchen Namen nicht benutzen, das ist ebenso unmöglich, wie wenn ein Jude sein Kind Adolf nennen würde, auch wir haben zwar einen Tropfen jüdischen Bluts in uns, das sieht man mir nicht an, aber Laurent hatte Locken und eine leicht gebogene Nase, im Leben gibt es wirklich nur drei wichtige Dinge, klug gesagt, Geburt und Liebe und Tod. Guillaume war bei keiner einzigen Geburt dabei, das war damals nicht üblich, jetzt ist nur Edouard übrig, mein Sohn, ein Professor und Gentleman, vielleicht hast du ihn auf dem Korridor gesehen, obwohl er natürlich nicht in der Nacht hierherkommt und neuerdings auch am Tage nur selten, eine gute Haltung für sein Alter, ein feines Profil, das er von den Célines geerbt hat und nicht von den Myhrborghs, brauner Anzug und Schuhe aus Ziegenleder, unerhört vielbeschäftigt, obwohl er schon in Pension ist …« Darf ich Pirkko um einen kleinen Gefallen bitten?«

Warum sollte ich es nicht dürfen, mit dem Recht eines älteren Menschen? Aber warum habe ich sie wieder nicht geduzt, die dritte Person erinnert an die Bediensteten in alter Zeit, und Pirkko ist keine Dienerin, zumindest nicht so wie Sanni, Hilkka, Kerttu und die anderen, Marja und Martta waren etwas anderes.

»Natürlich, Marie, wenn es nicht allzu lange dauert. Ich muss meine Tochter vom Kindergarten abholen.«

Die Tochter vom Kindergarten abholen? Ist Pirkko doch eine Hausgehilfin, oder sollte sie ein eigenes Kind haben? Und wenn ja, was mag dann der Ehemann für einer sein, oder hat sie gar keinen? Heutzutage passiert so etwas auch in besseren Familien. Am besten, ich bin still, damit sie nicht gekränkt ist und anfängt zu weinen, wie die Frau, den Namen habe ich vergessen, die ich einmal fragte, wie viele Kinder gibt es in Ihrer Familie, und nicht wusste, dass es nur ein einziges war, und auch das war im Jahr zuvor gestorben, wie hätte ich das ahnen können, obwohl damals der Typhus weitverbreitet war. Damals hatten alle Leute drei oder vier Kinder, abgesehen natürlich von mir, ich hatte nur eines, aber doch nicht sieben oder acht so wie in alter Zeit, abgesehen von meiner Familie, wo es vier gab.

»Hier irgendwo, ich weiß nicht, wo, weil alles so durcheinandergeht, müsste ein Kästchen sein, so groß wie ein Schuhkarton, aber feiner, ein chinesisches, mit silbernen Vögeln auf dem Deckel, den Schlüssel habe ich um den Hals – *mon Dieu*, da ist er gar nicht, Hilfe, jemand hat ihn gestohlen!«

»Keine Sorge. Das Kästchen ist hier, und der Schlüssel steckt im Schloss.«

»Ach ja, den habe ich dort sicherlich vergessen, als – na, es geht etwas schwer auf, wenn man nicht weiß wie, zuerst muss man drehen und …«

»Es ist auf. Und voller Briefe. Möchtest du, dass ich sie dir bringe?«

»Auf keinen Fall, es sind viel zu viele, sie fallen nur auf den Fußboden. Könnten – könntest du aus dem Kästchen die Briefe meines Sohnes Edouard heraussuchen, das sind nicht sehr viele, man erkennt sie daran, dass als Adresse immer Madame Marie Myhrborgh darauf steht, also nicht Mademoiselle oder Fröken oder Fräulein oder Fru oder Frau oder Rouva oder gar nichts, so schrieb er auch als kleines Kind, als die Handschrift noch kindlich war.«

Pirkko hat eine so ruhige Stimme, überhaupt nicht schneidend wie die von Guillaume, wenn er böse war.

»Wenn es dich nervt, kann ich später wiederkommen, obwohl …«

»Nein, nein, ich meine, ja, ja, Verzeihung, lies doch bitte, ich bin wohl ein bisschen eingenickt, versuch doch einen Brief zu finden mit einem Stempel aus der Kriegszeit, also keine Feldpost, sondern gewöhnliche, Edouard war damals erst sechzehn, man sieht es am Briefumschlag, billiges Papier aus der Kriegszeit, die Umschläge rissen leicht ein, auch wenn man sie noch so vorsichtig öffnete.«

Chère Maman!

Wie geht es dir? Mir geht es gut. Hier ist nichts Besonderes passiert. Ich musste mit Onkel Simon zur Heuernte gehen. Er sah seltsam aus in seinem weißen Sommeranzug, weil alle Männer gewöhnlich Uniform tragen so wie Papa. Onkel Simon hat kein Heu auf die Heureiter gestapelt, sondern stand am Feldrand und zeigte mit dem Spazierstock, was getan werden sollte.

Tante Ingrid hat gesagt, dass Landwirte gebraucht werden, weil die Soldaten und die Städter Lebensmittel benötigen, und deswegen ist Onkel Simon nicht in der Armee. Vielleicht ist er auch zu alt, obwohl ja auch Papa in der Armee ist, aber er ist ja Arzt und kein Bauer und bestimmt jünger als Onkel Simon.

Guillaume war ebenso alt wie Simon, aber viel dünner.

Wir wurden mit dem Heuwagen hinaus und auch zurück zum Gutshof gefahren. Darauf kann man nicht sitzen, man muss aufrecht stehen bleiben, obwohl da nichts ist, woran man sich festhalten könnte. Mir hat das nichts ausgemacht. Der Inspektor wunderte sich, der Junge hat aber ein gutes Gefühl für Balance, und ich sagte, dass ich in der Straßenbahn geübt habe. Niemand verstand, was ich meinte, wahrscheinlich haben sie eine Straßenbahn noch nicht einmal gesehen, außer der einen evakuierten Tante, die ganz nett ist und nicht so schrecklich alt und aus Viborg stammt. Ich habe immer geglaubt, die gibt es nur in Helsinki und natürlich in Straßburg, obwohl ich sie ja nicht selbst gesehen habe, aber du hast davon erzählt. Welche Farbe hatten sie übrigens in Viborg?

Woher hätte ich das wissen sollen, damals waren die Fotos schwarzweiß. Andere herumkommandieren, das konnte Simon, Guillaumes Cousin, gut, bestimmt hat Ingrid ihm das beigebracht, seine Frau, von adliger Herkunft, obwohl man das in Borgbacka auch vorher schon konnte, das ist der Gutshof der Verwandten meines Mannes, die Finnen nannten es Porpakka. Als Edouard jung war, erzählte er, was er dachte, aber jetzt nicht mehr.

Fast alle Arbeiter sind Frauen, abgesehen vom Inspektor und den anderen, sehr alten Männern natürlich. In der Kaffeepause erzählte der Inspektor, dass sie auf dem Gut einen ganz neuen Traktor haben. Den kann man nicht benutzen, weil es keinen Brennstoff gibt. Ich habe die Erlaubnis bekommen, ihn mir anzusehen, bin aber noch nicht dazu gekommen.

Dann habe ich einen Niesanfall bekommen. Onkel Simon sagte, ach, ihr Städter, und schickte mich zur Waldarbeit. Dort war außer mir niemand. Ich habe nur einen Raummeter Scheite geschafft, obwohl ich fast den ganzen Tag fleißig gearbeitet habe, aber ich habe kein einziges Mal geniest.

Ach, wie hatte sie doch damals ganz unnötigerweise befürchtet, dass der Junge es nicht schaffen würde.

Matias der Zweite und Elmer der Dritte holten mich vom Bahnhof ab. Ich wunderte mich über ihre eigenartigen Namen. Der eine Knecht erzählte, dass man ihnen immer dieselben Namen gibt, damit man sie sich besser merken kann. Sven ist so alt wie ich, ganz nett, aber ein bisschen komisch, weil er dir von seinem Vater Grüße schickt, obwohl ihr euch niemals begegnet seid.

Ich sagte nichts, dachte aber, wenn das erste Pferd Gustav geheißen hätte, dann wäre der Name dieses Pferds Gustav der Dritte, was ziemlich peinlich gewesen wäre, weil das ein König war und kein Pferd.

Nach einem Kilometer begann ich zu niesen, und die Augen schwollen mir an. Erst da fiel mir ein, dass der Arzt, den Papa kannte, nach den Tests gesagt hatte, dass ich auf Pferde noch allergischer reagiere als auf Heu und Katzen.

Noch schlimmer wurde es an der Front, das erzählte Edouard allerdings erst hinterher, aber später verging das ganz, heute atmet er überhaupt nicht mehr so geräuschvoll durch die Nase.

Das Essen hier ist gut. Die Hausangestellten backen jeden Tag Brot. Am ersten Tag sagte Tante Ingrid, leider haben wir nur solche Notzeitbutter. Das bedeutet, dass die gewöhnliche Butter Stücke von hart gekochten

Eiern enthält. Ich finde, das schmeckt noch besser als reine Butter. Knäckebrot wird hier überhaupt nicht gegessen. Aber wenn es gegessen würde, dann dürfte man die Eibutter bestimmt in aller Ruhe auf die Seite mit den Löchern und nicht nur auf die glatte Seite streichen so wie zu Hause.

Mich ärgert immer noch, dass Ingrid uns kein einziges Mal, ohne dass wir den vollen Schwarzmarktpreis bezahlen mussten, ein Stück Butter gegeben hat, nicht einmal Notzeitbutter, ganz zu schweigen von Schinkenspeck, und das war eine Menge Geld. Guillaume schimpfte Ingrid einen alten Geizkragen, obwohl sie damals gar nicht alt war, vielleicht noch nicht einmal fünfzig, und sagte, in unserer Familie wird nicht vom Schwarzmarkt gekauft, das ist unpatriotisch, und ich dachte, du hast gut reden, beim Militär gibt es bestimmt viel besseres Essen als bei uns, aber das mochte ich dann doch nicht sagen.

Tante Ingrid lässt ausrichten, dass ich etliche Kilo zugenommen habe, und Grüße auch von Onkel Simon, obwohl er sie nicht selbst geschickt hat, sondern Tante Ingrid. Ist Papa auf Heimaturlaub gewesen? Grüß ihn von mir …

»Natürlich habe ich Guillaume geliebt, das gehört dazu, wenn man heiratet, aber er war nicht der Einzige, wer am wichtigsten war, das kann ich nicht sagen, vielleicht ja doch Laurent oder Hélène, jedenfalls nicht Hans oder das englische Mädchen oder Victor, es ist leichter, Mädchen zu lieben als Jungen, ganz zu schweigen von Männern, jetzt sind sie alle tot, anfangs besuchte ich einmal im Monat Guillaumes Grab und brachte Blumen hin, der alte Friedhof ist so schön, besonders im Herbst, wenn die Bäume so bunt werden wie im Jardin du Luxembourg, dann einmal im Jahr und dann nie mehr. An Altersschwäche zu sterben ist natürlich, du hast noch ein langes Leben vor dir, aber ich nur hinter mir, das Schlimmste sind die Kriege, die Unglücksfälle, die Hinrichtungen und Selbstmorde, aber ein schlechtes Gewissen habe ich nie gehabt, anders als fast alle Finnen, denn sie sind Protestanten, du jedoch nicht, weil du so ausgeglichen wirkst, und Papas Schlaganfall natürlich. Ich beklage mich nicht, mein Leben war gut, eine große Wohnung und schöne Dinge, natürlich nicht annähernd so groß wie unser Haus, hätte ich vielleicht doch einen Beruf erlernen sollen? Aber welchen, vielleicht einen künstlerischen, dafür hätte ich angeblich Neigungen gehabt, aber auf keinen Fall Pianistin, Musiklehrer sind ekelhaft, und nicht Malerin, Terpentin stinkt übel …

»Sind dort Briefe, die Edouard von der Front geschrieben hat, ein grünlicher Umschlag, keine Briefmarke, und es steht Feldpost oder so etwas darauf?«

»Moment mal, ja, aber nur einer.«

Edouard schrieb so selten, das versteht man ja, im Schützengraben ist es schwierig, falls es regnet, wird das Papier nass, und die Schrift des Kopierstifts verläuft, und was dann, wenn der Feind angreift, die Patronen knallen und die Kugeln pfeifen, der Leutnant verwundet wird und sich ans Herz greift, dann muss Edouard den halb fertigen Brief in den Schlamm werfen und die Führung übernehmen, hier lang, Soldaten, hier lang, und plötzlich springt ein Mann mit Helm über den Rand und greift mit gesenktem Bajonett an, Edouard fasst seines, und da stehen sie gegeneinander, fletschen die Zähne und starren sich an, wer wird der Erste sein, töte mich nicht, ich bin es, Edouard, töte mich nicht, ich bin es, Hans …

»Engel, wo bist du, du darfst mich nicht allein lassen!«

31. 12. 1999

Seltsam zu denken, dass morgen ein neues Jahr, ein neues Jahrhundert, ein neues Jahrtausend beginnt. In den Zahlen liegt ein schicksalsschwerer Zauber. Vielleicht hat er mich veranlasst, zum Stift zu greifen, das erste Mal seit drei Jahren. Oder vielleicht ist der eigentliche Grund der, dass ich keine Lust habe zu feiern. Aliisa hat gefragt, zu was für einer Bumsfete ich am Abend gehen will, zum Glück begnügt sich die Zehnjährige noch damit, zu Hause zu sein. Zu gar keiner, habe ich gesagt, und benutze nicht dieses schreckliche Wort, das klingt wirklich unschön, und Aliisa lächelte zufrieden. Oder sollte das auch ein Vorwand gewesen sein, denn so tief bin ich noch nicht gesunken, dass ich mein Champagnerglas gegen mein eigenes Spiegelbild oder gegen den sprechenden Kopf des Bürgermeisters erheben würde.

Im darauffolgenden Herbst, also im Jahre 1996, wurde Aliisa eingeschult. Mutter hätte das Mädchen gern bei sich behalten. Die Schule in unserer Gemeinde kann es ohne Weiteres mit den Helsinkier Schulen aufnehmen, erklärte sie eifrig, die Lehrerin hat mehr Zeit als früher, jetzt, wo es weniger Schüler gibt. Wenn alle weggehen, wie du es vorschlägst, kann man die Schule auch schließen, das hat der Kaufmann gesagt, er sitzt im Gemeinderat … zwischendurch legte ich den Hörer auf den Tisch, und die Erklärungen endeten erst, als ich dazwischenrufen konnte, das sei keine weiterführende Schule, sondern nur eine Grundschule. Ich habe mich durchgesetzt.

Anfangs hatte Aliisa abends Angst, allein zu bleiben, gewöhnte sich aber bald daran. Wenn ich auf der Arbeit angekommen war, rief ich an und wünschte ihr eine gute Nacht. Morgens war ich zu Hause, bevor sie aufwachte. Aber ich war auch allein. Die anderen Pflegerinnen traf ich nur an der Tür zum Büro, die Arbeitsanweisungen liegen auf dem Tisch, und die Pillen sind im Schrank, mach's gut und schlaf schön. Immer derselbe Witz, dachte ich, und antwortete nicht. Bestimmt hatte ich den Ruf, unfreundlich zu sein.

Die Patienten oder die »Kunden«, wie die Oberschwester zu sagen befahl, oder die pflegebedürftigen Menschen, wie ich sagen wollte, sah ich nur dann, wenn sie Hilfe brauchten. Die meisten schliefen nachts friedlich, manche auf natürliche Weise, die meisten mehr oder weniger berauscht.

Natürlich gab es ab und zu Todesfälle sozusagen außerhalb der Dienstzeit. Dann rief ich den Krankenwagen und einen Arzt. Ich hielt die Tür auf, wenn die Männer die Bahre in den Fahrstuhl schoben. Manchmal blieb das Laken an der Scherengittertür hängen, das Gesicht des Verstorbenen wurde sichtbar, und ich schaute woandershin. Dann ging ich ins Büro und schrieb den Bericht in den Computer. Am nächsten Tag war schon ein neuer Bewohner in dem Zimmer.

Dies ist sicherlich das einzige Pflegeheim auf der Welt, das vier Etagen hat. Ursprünglich war es ein normales mehrstöckiges Haus, und so sieht es auch aus, von außen, aber nicht von innen. Wahrscheinlich hat eine finnlandschwedische Tante das Haus unter der Bedingung, dass dort ein Altenheim eingerichtet wird, der Stiftung vermacht. Das Büro ist im Erdgeschoss. Vom verglasten Schalter aus hat man die Eingangstür im Blick. Wenn ein Betrunkener hereinwill, muss ich nur auf einen Knopf unter der Tischplatte drücken, dann ist in wenigen Minuten die Polizei da. Zum Glück ist so etwas während meines Dienstes nicht vorgekommen.

Die Zimmer im Erdgeschoss sind klein. Die Vorhänge müssen immer geschlossen sein, weil man sonst von der Straße hereinsehen kann. Die Bewohner sind entweder finnisch- oder russischsprachig. Ganz oben sind die größten Zimmer. Dorthin kommen nur die schwedischsprachigen Adligen, die Professorengattinnen und sonstigen feinen Leute. Und die Verwandten der Leiterin, des Doktors oder des Pastors.

Ich finde, das ist eine undemokratische Ordnung, das habe ich einmal zu der Oberschwester gesagt, als ich mich wegen einer ganz anderen Sache ärgerte. Es geht nicht um den Titel, sondern darum, dass die gebildeten Menschen das Personal weniger stören, antwortete sie und schaffte es, gleichzeitig arrogant und ziemlich aufrichtig auszusehen.

Zweimal pro Nacht machte ich eine Runde durch alle Stockwerke. Die Anweisungen waren klar. 1. Horche an der Tür. 2. Wenn du das Atmen hörst, geh weiter. 3. Wenn du das Atmen nicht hörst, schau in das Zimmer und vergewissere dich, das der Kunde am Leben ist. Wenn er lebt, mache mit Punkt 4 weiter. 4. Wenn der Kunde wach ist, wünsche ihm eine gute Nacht, schließe die Tür und entferne dich schnell.

Einmal war ich gerade dabei, es so zu machen, wie Punkt 4 es vorschreibt. Meine Hand lag schon auf der Klinke, als ich hinter mir eine schwache Stimme hörte: Liebes Fräulein, lassen Sie mich nicht allein. Normalerweise wäre ich weitergegangen, als hätte ich nichts gehört. Jetzt aber blieb ich wie angewurzelt stehen, denn die Stimme sprach nicht Schwedisch, nicht Finnisch, nicht Russisch und auch nicht Englisch, sondern Französisch.

Ich ging zurück zu dem Bett. Die Frau wirkte uralt – im Computer konnte ich dann sehen, dass sie genauso alt ist wie dieses Jahrhundert – und müde, aber trotzdem irgendwie sympathisch. Sie erinnert ein wenig an Mutter, dachte ich. Die Psychologen behaupten, dass Mädchen sich von Männern angezogen fühlen, die ihrem Vater ähneln, aber vielleicht taugt in meinem Fall die Mutter als Ersatz. Ich zog einen Stuhl näher heran, setzte mich und behauptete, ich hätte Zeit, mir anzuhören, was sie auf dem Herzen hat. Erst hinterher bemerkte ich, dass ich auf Französisch geantwortet hatte, ebenso automatisch wie seinerzeit im Seminar des Profs. Die Greisin lebte sichtlich auf, sie wollte sitzen, und ich richtete die Rückenlehne auf.

Da hockten wir dann bis in die frühen Morgenstunden wie zwei Krähen, die eine alt und die andere jung. Sie sprach, und ich brauchte kaum etwas zu sagen, zum Glück, denn meine Sprachkenntnisse waren durch den Mangel an Übung ziemlich eingerostet. Was sie erzählte, war so interessant, dass ich beschloss, die Regeln und meine Verpflichtungen den anderen Kunden gegenüber zu vergessen. Auch ein wenig Mitleid war dabei. Gehört es nicht auch zu den Aufgaben der Nachtschwester zu trösten? So wollte ich mich verteidigen, falls ich erwischt werden sollte, aber diese Furcht erwies sich als unnötig.

Von da an schaute ich ab und zu bei Marie vorbei. Sie war dankbar für alles, dafür, dass sie ihre Muttersprache sprechen und aus ihrem Leben erzählen durfte, dafür, dass ich zuhören konnte, auf Französisch antwor-

tete und manchmal etwas fragte, dafür, dass ich ihre alten Briefe laut vorlas. Und vor allem dafür, dass sie nicht allein zu sein brauchte. Sie fragte nach meinem Vornamen, vergaß ihn wieder und begann, mich Engel zu nennen. Das machte mich verlegen, aber gleichzeitig interessierte ich mich immer mehr für den Verlauf ihres Lebens. Ich bekam direkten Kontakt zu Ereignissen, die schon fast hundert Jahre zurücklagen.

Davon inspiriert, lieh ich mir in der Bibliothek Bücher über Straßburg, den Ersten Weltkrieg, den finnischen Bürgerkrieg, den Winter- und den Fortsetzungskrieg aus. Ich las, ja, manchmal verschlang ich die Bücher geradezu während der Nachtschicht, und es fiel mir überhaupt nicht mehr schwer, wach zu bleiben. Ich versetzte mich so stark in die Schilderungen, dass ich manchmal laut auflachte und mir manchmal die Tränen kamen. Dann musste ich das Buch sinken lassen, mit leeren Augen in den dunklen Korridor starren und meine Gedanken sammeln.

Ich fragte Großmutter und Mutter, wie es in ihrer Jugend gewesen sei. Großmutter beklagte ihr schlechtes Gedächtnis, und auch Mutter hatte nichts anderes zu sagen, als »Wer sich an Vergangenes erinnert, dem gehört ein Dorn ins Auge«. Aliisa nörgelte – Verzeihung, das ist das falsche Wort –, fragte, warum ich so zerstreut sei und mich überhaupt nicht für ihre Angelegenheiten und Sorgen interessierte. Ich hatte ein schlechtes Gewissen, aber das änderte nichts.

Wieder einmal ging ich Richtung Altenheim, vielmehr Pflegeheim, wie ich sagen sollte, die Straßen waren leer, und der Frost wurde strenger. Als ich am Ostrobottnia-Haus vorbeikam, öffnete sich die Haustür, Lärm drang heraus, und eine Frau trat vor mich hin. Betrunken, dachte ich und versuchte, ihr auszuweichen.

»Erkennst du mich nicht?«

»Nein.«

»Wir haben mal zusammen Französisch studiert.«

»Ach ja, aber dein Name fällt mir nicht ein.«

Ein Weilchen hörte ich mir ihren Bericht über wunderbare Kinder, den weniger wunderbaren Vater und die Ehescheidung an. Von mir erzählte ich nichts, sondern sah auf die Uhr, entschuldige, in fünf Minuten beginnt meine Nachtschicht. Ich war schon weitergegangen, als sie mir etwas nachrief.

»Was?«

»Nichts Wichtiges, aber hast du mitbekommen, dass unser Prof gestorben ist?«

Ich blieb wie angewurzelt stehen.

»Was hast du denn jetzt?«

»Nichts – entschuldige –, wann ist das passiert?«

»Es ist schon einige Zeit her. Mich hat das zwar nicht weiter berührt, in dem Alter sollte der Mensch schon sterben. Aber du warst wohl ein bisschen in ihn verliebt.«

Vor ein paar Jahren wurde Großmutter neunzig. Damals war sie noch in guter Verfassung – ich meine, für ihr Alter, sagte Mutter –, aber ein Fest wollte sie trotzdem nicht veranstalten. Natürlich haben wir sie besucht, Aliisa verschwand im ersten Stock in meinem alten Zimmer, und da saßen wir Unbemannten wieder, Mutter und ich am Stubentisch, Großmutter im Schaukelstuhl wie die alte Herrin von Niskavuori, wir hechelten den Dorfklatsch, die Verstorbenen, die Neugeborenen und die frischgebackenen Abiturienten durch.

Zwei Monate später rief Mutter an und sagte, kommt schnell her, Großmutter liegt im Sterben. Die Fahrt mit dem Zug erschien mir länger als jemals zuvor. Geh gleich ins Schlafzimmer, sie hat gesagt, sie bleibt nur am Leben, um dich zu sehen, sagte Mutter mit leichter Gereiztheit in der Stimme und machte die Tür hinter sich zu, eine Spur zu laut.

In den typischen Duft von Großmutters Zimmer, der mir seit der Kindheit vertraut war, mischten sich falsche Gerüche. Die Mädchen im Heim nannten es die Gerüche des Heimgangs. Warum sagten sie nicht geradeheraus, dass die dumpfe Kombination von Medikamenten, Windeln und abgestandener Luft den Tod ankündigte? Sie nennen den Bären Meister Petz, den Löwen Leu und den Hund den besten Freund des Menschen. Für Landbewohner typische romantische Umschreibungen, dachte ich verächtlich, bis mir bewusst wurde, dass ich selbst genau dort geboren und aufgewachsen war.

Großmutter flüsterte etwas. Ich zog mir einen Stuhl neben das Bett und beugte mich zu ihr.

»Hol die Bibel, unterste Kommodenschublade, unter den Tischdecken.«

»Hier ist nichts«, sagte ich schon, als meine Finger auf den weichen Lederdeckel trafen.

»Zwischen den Seiten achtundsiebzig und neunundsiebzig liegt ein Foto.«

Es war klein und rissig. Eine junge Frau und ein noch jüngerer Mann, fast noch ein Junge, waren trotzdem genau zu erkennen.

»Wer ist das?«

»Herr Edvard und ich.«

»Welcher Edvard und warum Herr?«

»Ich habe dir wohl nicht erzählt, dass ich über zehn Jahre lang als Hausmädchen in der Familie Myhrborgh war, bis …«

Das Blut schoss mir in den Kopf, ich fühlte, gleich würde ich ohnmächtig werden, und ließ das Bild in den Schoß sinken. Marie sprach oft von Marja. Natürlich wusste ich, dass das auch Großmutters Vorname war, aber … Ich sah mir das Foto noch einmal an. Trotz der fraulichen Stirnhaube der einen und trotz der jungenhaften Stiefelhose des anderen, beide rührend altmodisch, meinte ich in beiden etwas Bekanntes zu erkennen, oder sollte das nur eine Halluzination gewesen sein, die von der überraschenden Information ausgelöst worden war?

»Wer hat das Foto gemacht?«

»Martta mit der neuen deutschen Kamera von Herrn Edvard. Ich kann nicht mehr sprechen. Nimm das Buch und das Bild mit, aber zeig sie nicht deiner Mutter.«

Am Abend bemerkte ich, dass auf Seite 79 der Bibel das Kapitel 20 Vers 1 des zweiten Buchs Mose beginnt, Überschrift: Die zehn Gebote … Ein merkwürdiger Zufall, dachte ich und schlug die ersten Seiten auf. Links stand ein Vermerk FIM 2131,– und rechts der Text à Edouard, 10. 11. 1942, Maman.

Wir waren erst zwei Tage wieder in Helsinki, als das Telefon klingelte. Großmutter ist gestorben, sagte Mutter. Sie möge ruhen in Frieden, sagte ich, noch ehe ich irgendetwas denken konnte. Nach langem Schweigen war im Telefon ein metallisches Geräusch zu hören.

Der Abend

Der silberne Löffel

Es ärgert sie immer noch, dass der Niedergang mit einer so dummen Sache begann, jahrelang hatte sie die Zimmerpflanzen gleich nach dem Morgenkaffee gegossen, jedoch erst wenn sie mit dem Finger geprüft hatte, ob die Erde trocken war, es ist wichtig, dass die Pflanzen *genügend* Wasser bekommen, aber noch wichtiger ist, dass sie nicht *zu viel* Wasser bekommen, sagte Maman, dann schien die Morgensonne hinter den Satinvorhängen des Wohnzimmers, in der Nase spürte sie die zuverlässigen Düfte und Gerüche von frisch gebackenem Brot, Kaffee, Parfüm, Tabak und Dung, die Tür, die aus der Küche zum Hof führte, stand offen, weil Sommer war, dann waren die Pflanzen groß, Palmen und Ficus, solche kann heute niemand mehr halten, weil die Zimmer so niedrig sind, und ihr Kopf reichte gerade eben an den Troddelgürtel von Mamans Morgenrock heran.

Früher war nichts passiert, aber jetzt schwoll die Hand binnen weniger Minuten unförmig an, sie erschrak, rief Edouard an und sagte, komm schnell, ich sterbe an einer Vergiftung, meistens berief Edouard sich auf seine Verpflichtungen und blieb mehrere Tage oder zumindest um Stunden aus, aber diesmal wurde der Schlüssel so schnell ins Schloss gesteckt, dass sie kaum dazu kam, sich anständig anzukleiden. Das sieht nach einer Allergie aus, sagte Edouard, auch mir schwellen manchmal die Augen an, nicht mehr so häufig wie während des Krieges am Syväri, und sie sagte, das sei kein Syväri, sondern der Swir, man muss die Flüsse bei ihrem richtigen Namen nennen, zum Beispiel heißt der Rhin Rhin und nicht Rhein, und Edouard antwortete, der Truppenteil sei finnisch gewesen und seine Sprache sei an ihm hängen geblieben. Aber lass uns trotzdem zum

Arzt gehen, damit du etwas Beruhigendes bekommst, davon wird das hier nicht besser, seufzte sie und hatte recht, aber was hilft das noch.

Das Krankenhaus, ein freundlicher Oberarzt, seinerzeit ein Untergebener von Guillaume, höfliche junge Schwestern, kühl-grüne Wände und ein eigenes Zimmer, Telefon und Radio, die sie nicht bedienen konnte, aber sie gaben ihr ein Gefühl von Sicherheit. Edouard besuchte sie fast jeden Tag und bat um Verzeihung, weil er ihr keine Blumen mitbrachte, die hätten ja die Allergie verschlimmern können, trotzdem ging die Schwellung nicht zurück, es juckte und machte sie müde.

Und dann jener Morgen, den sie nicht vergessen wird, obwohl seitdem so viel Zeit vergangen ist … Jedenfalls viele Jahre, die Heilung schreitet nicht so schnell voran, wie wir gehofft haben, sagte der Oberarzt mit einer ebensolchen Patientenstimme wie Doktor Jekyll, aber hier können wir nichts mehr tun, Sie verstehen, die Akutpatienten, lange Schlangen und so weiter, und wenn Sie allein leben, ist das Risiko zu groß, auch Ihr Alter ist allmählich – wie alt sind Sie doch gleich? Ist es sinnvoll, die Wahrheit zu bagatellisieren oder zu übertreiben oder auszusprechen? Über neunzig, flüsterte sie schließlich und hoffte, der Arzt würde sich verhören und nicht fragen, wie viel über neunzig. Wir haben mit Ihrem Sohn vereinbart, dass wir eine Dauerpflegestelle für Sie besorgen, es gibt viele Möglichkeiten, in unserem Land haben wir ein hoch entwickeltes Netzwerk von Pflegeheimen, im Grunde eines der besten der Welt, es gibt keinen Grund zur Sorge, psychosomatische Symptome, aber auch Ihre physische Verfassung ist nicht … war vom Korridor her zu vernehmen, kurz bevor die Tür sich schloss, warum war der sonst so herzliche Oberarzt plötzlich so fremd geworden?

Sterben alle Ärzte zu jung an einem plötzlichen Herzanfall, dachte Marie damals, da wusste sie es noch nicht, vielleicht ist dieser Doktor eine Ausnahme, wird uralt und selbst bettlägerig, und sie schleicht sich in Krankenschwesterntracht hinein, weiße Strümpfe und Schuhe, ein Tuch um den Kopf und eine Maske vor dem Mund, sodass nur die vor Hass funkelnden braunen Augen zu sehen sind, geht zielstrebig zu der Maschine, zieht die Stecker heraus, und die Augen des Patienten weiten sich vor Entsetzen ebenso wie in dem Film, den sie sich im Fernsehen angeschaut hat, aber nur eine halbe Stunde lang, dann konnte sie es nicht mehr aushalten.

Edouard holte sie jeden Tag mit dem Auto von dem provisorischen Pflegeheim ab, sie sahen sich Dauerpflegeheime an, und er stellte sie ihr so begeistert vor wie ein Wohnungsmakler, damals als Guillaume … Sie möchte sich nicht an das Vergangene erinnern, Edouard hatte recht, als er sagte, chère Maman, versuche, hier und jetzt zu leben, hör und sieh dir die Nachrichten an, bilde dir deine eigene Meinung, das hält einen frisch, *oui, oui*, sagte sie, und meinte *non, non*.

Marie lehnte die Heime ab, ohne aus dem Auto auszusteigen, mitten im Wald, zu weit von der Stadt entfernt, das Haus sieht nicht aus wie ein Haus, sondern wie ein Pfannkuchen, eines hatte Wände von hässlicher Farbe, ein anderes stank nach Krankenhaus, in einem dritten wohnten die falschen Leute, im vierten wirkte die Madame Leiterin unzuverlässig, das fünfte erschien möglich, aber Edouard verwarf es, nachdem er den Preis gehört hatte, anfangs waren diese Fahrten anstrengend, aber nach ein paar Tagen begann sie die Situation zu genießen, endlich einmal hörte Edouard ihr zu und unterbrach sie nicht, und sie fühlte sich als Königin so wie früher einmal, als Guillaume und sie jung waren, einen großen Gesellschaftskreis hatten und alle die schöne Frau des Doktors bewunderten, na ja, nicht alle, aber die charmanten Herren, die zu scherzen verstanden und einen geistvollen kleinen Flirt schätzten, wie die Franzosen ihn so gut beherrschen, die Schweden ein wenig und die Finnen überhaupt nicht.

Dies ist nicht das Richtige, der Berg ist zu hoch und die Umgebung finster, aber Edouard erklärte, dass ein Kollege von der Universität, dessen Mutter vor zwei Jahren hier gestorben war, diese Einrichtung gelobt habe, und zwang sie, aus dem Auto auszusteigen. Das sieht ja wie ein gewöhnliches Mehrfamilienhaus aus, genau das ist das Beste daran, wart nur ab, du wirst schon sehen, der Anfang war nicht vielversprechend, die Leiterin, damals noch nicht Madame de Pompadour, war gleichzeitig schmeichlerisch und hochmütig, sie kannte den Typ, genau so eine wie … Wir haben keine Patienten, sondern Kunden, bei uns finden Sie keine Wohnung, sondern ein Zuhause, was bedeutete das, eine Kundin ist sie im Geschäft, und ihr Zuhause ist in der Skarpskyttegatan zurückgeblieben, außerdem haben wir diesen gemütlichen Speisesaal im Erdgeschoss, sind diese rot karierten Tischtücher nicht ansprechend, und die moderne Küche, Gefriertruhe und Mikrowelle und alles, guten Tag, Leena, unsere Leena sorgt dafür, dass das Essen vielseitig und nahrhaft ist, dies ist unsere neue Kundin Frau M. Hier im Speisesaal halten wir auch die Gottesdienste ab, wenn unser lieber Pastor Zeit hat, zu uns zu kommen, was bedauerlich selten der Fall ist, weil er so viele andere Verpflichtungen hat, und die anderen festlichen Veranstaltungen wie Geburts- und Namenstage, wir singen gemeinsam und sehen fern, wenn dort eine sehenswerte Sendung kommt, und trotzdem waren die Gesichter der Entgegenkommenden ebenso leer wie in den anderen Häusern und die Zimmer nicht größer, der Gedanke an vier Stockwerke machte ihr Angst, und würde sie mit dem Fahrstuhl zurechtkommen, der anders war als der in der Skarpskyttegatan.

Was war es, das sie umstimmte, vielleicht der Umstand, dass ihr an der Haustür der Duft von Kaffee und frischem Weizengebäck entgegenwallte, die Erinnerung an den angenehmen ersten Eindruck schwächte den Alte-Leute-Geruch ab, der in den oberen Etagen hing. Erst viel später schärfte sich ihr Geruchssinn, sodass sie die Odeurs von Bohnerwachs, Medikamenten, Windeln und Urin unterschied, ach, wie leicht wäre doch das Leben, wenn Augen und Ohren ebenso gut funktionieren würden wie die Nase. Vielleicht war es die Tatsache, dass Pompadour sich damit brüstete, wie viele Nationalitäten im Haus vertreten waren, Finnen und Schweden, aber auch Deutsche und Franzosen, zwei alte englische Ladys, Schwestern natürlich, denn sie wohnen zusammen, und eine Russin, haben Sie übrigens bemerkt, dass in unserem Speisesaal an der Wand die Wimpel aller Länder hängen, aus denen unsere Kunden stammen, jetzt ist auch ein russischer dabei, aber nicht Hammer und Sichel, zum Glück sind die schrecklichen Kommunisten nicht mehr an der Macht, wie überrascht sie wohl sein würden, wenn Marie mit ihnen ein Gespräch in ihrer eigenen Sprache eröffnen würde, außer auf Russisch, obwohl Grand-Père immer sagte, *Krieg und Frieden* müsse man unbedingt in der Originalsprache lesen, aber dann begann der richtige Krieg, und der richtige Frieden ging zu Ende, und sie hatte noch nicht mehr gelernt als die Buchstaben, und die hatte sie auch schon vergessen. Oder vielleicht war es die Tatsache, dass Pompadour ihr ein Zimmer in der obersten Etage versprach, die ist für die allergebildetsten Kunden reserviert, weil man dort die beste Aussicht hat, und niemand begriff, wie entsetzlich es war, dass sie zu einer wildfremden Frau in dasselbe Zimmer gesteckt wurde, und es half nichts, dass man ihr das Bett am Fenster gab, Sie werden sich schon vertragen, denn Sie sind beide Professorengattinnen, ein Gespräch konnte sie nicht beginnen, weil sie nicht wusste, welche Anredeform *comme il faut* gewesen wäre – Frau Professor sagten nur die Dienstboten, in der dritten Person sprach man nur die Dienstboten an, das Siezen ist nur im Französischen natürlich, und fremde Menschen zu duzen schickt sich nicht. In der Nacht fand sie keinen Schlaf, weil die andere im Schlaf redete, seufzte, schnarchte und sich herumwälzte, Edouard war so lieb und kaufte in der Apotheke Ohrenstöpsel für sie, aber die wagte sie am Tag nicht zu benutzen, und in der Nacht halfen sie nicht.

Eine Woche später gab man ihr plötzlich ein eigenes Zimmer, Edouard lächelte zufrieden und erzählte, er habe im Büro gesagt, meine Mutter ist es nicht gewohnt, das Zimmer mit jemand anders als ihrem Ehemann zu teilen, und auch mit ihm nicht immer, dachte Marie im Stillen, dieses Argument zieht immer, sagte Edouard stolz, es konnte sich auch um eine Pflegestrategie handeln, wenn man erst das Zimmer mit jemandem teilen musste, erscheint einem danach ein eigenes Zimmer als viel besser, manchmal waren Edouards Gedanken sehr kompliziert. Die Hand heilte in wenigen Tagen, aber nicht ganz, sie stellte sich vor, sie ginge in den Speisesaal, und ihre Tischnachbarin würde fragen, was ist denn mit Ihrer Hand, dass sie so schlimm aussieht, einmal spähte sie durch die Tür, als die anderen aßen, die eine traf den Mund nicht, und das Essen kleckerte ihr auf die Kleider und auf den Tisch, eine andere wartete mit offenem Mund darauf, gefüttert zu werden, obwohl die Pflegerin noch nicht da war, sie sah genauso aus wie das frisch geschlüpfte Vogeljunge, das sie im Garten gefunden hatten und von dem Laurent sagte, das werden wir töten, und sie sagte, nein, nein, und Laurent siegte, weil er größer war, sie hoffte, Edouard würde ihr zu Hilfe eilen und mit Pompadour ausmachen, dass man ihr die Mahlzeiten ins Zimmer bringt, so wie es dann auch geschah, in dreißig Jahren gewöhnt man sich daran, allein zu sein, allein zu essen und zu sprechen.

Dort saß sie wie eine alte Elster auf dem Ast einer Pappel und wartete auf einen Silberlöffel, das half nur einen Augenblick lang, und sie hockte auf keinem Ast, sondern auf ihrem Stuhl, den Stuhl hatte sie mit Edouard zusammen im Kaufhaus Stockmann ausgesucht, der Bezug war aus weißem Satin und die Holzteile schwarz lackiertes glänzendes Holz, berühmte dänische Qualitätsarbeit, Edouard bezahlte alles, solche Gentlemen, denen Geld nicht alles bedeutet, sind selten, wo mochte das Foto von Edouard und ihr hingekommen sein, das nach dem Krieg gemacht worden war und von dem Guillaumes Verwandte sagten, ihrer beider Profile seien wie aus einem Guss, keine Spur von Wilhelms Kartoffelnase, wer mag der wirkliche Vater sein, wenn mal nicht der Hausmeister, der eine gerade Nase hat, obwohl er ungebildet ist.

Vielleicht hat er das schallende Lachen von Guillaume geerbt, antwortete sie anzüglich, schade, dass Edouard die Gottesgabe seines Aussehens nicht durch seine Kleidung zu betonen verstand, er trug immer denselben braunen Anzug und Schaftstiefel, nur im Sommer ließ er die Weste weg und trug Halbschuhe, und es nützte nicht viel, dass beide aus Ziegenleder waren, trotzdem war der Junge erfolgreich gewesen, wie auf den silbernen Löffel wartete sie darauf, dass Edouard sie anrief oder dass sie selbst es wagen würde, Edouard anzurufen, das war leicht mit dem neuen Gerät, wenn man die Eins drückte, wurde das Gespräch auf die Privatnummer geleitet, wenn man die Zwei drückte, ging das Gespräch zu seiner Dienststelle, und wenn man die Drei drückte, ging das Gespräch ins Büro im Haus, erklärte Edouard ihr den Gebrauch abwechselnd auf Schwedisch und auf Französisch und wurde schließlich nervös. In Wirklichkeit hatte sie die Sache sofort verstanden, denn ihr Kopf funktionierte einwandfrei, wenn auch die Augen und die Ohren schwächer geworden waren, aber sie wollte ihn nicht unterbrechen, weil sie es genoss, ihren Sohn zu betrachten, die vertrauten Gesten und Mienen, den eifrigen Redestrom, also all das, worin sie sich selbst und ihre Verwandten wiedererkannte, nicht jedoch Guillaume und dessen Verwandte, die außer in betrunkenem Zustand wortkarg waren.

Alle Mittel waren erlaubt, wenn es darum ging zu erreichen, dass Edouard eine ganze Stunde statt der üblichen fünfzehn Minuten bei ihr verweilte oder dass Edouard *über was auch immer* sprach, sie wusste freilich, dass sie ihn zur besten Arbeitszeit nicht stören durfte, aber nichts hinderte sie daran, so zu tun, als wüsste sie nicht, wann die beste Arbeitszeit des emeritierten Professors war, besonders dann, wenn Edouard Geburtstag hatte, eine Replik hatte sie sich zurechtgelegt, danke, dass du geboren worden bist, würde sie sagen und in Gedanken hören, wie Edouard eifrig antwortete, hab selber Dank, chère Maman, so dachte sie jedes Jahr und vergaß, dass Edouard nicht so antwortete, er brummelte nur etwas, ein Geschenk hatte sie sich schon vor Wochen überlegt, ein Außenthermometer, aber nicht irgendeines, sondern eines mit Maximum- und Minimum-Anzeige, ein Modell, das man umdrehen konnte, sie stellte sich vor, wie Edouard erwacht, vom Bett aufsteht, sich reckt, seinen roten Bademantel anzieht, den sie ihm vorletztes Jahr zu Weihnachten geschenkt hat, seine Füße in die Pantoffeln steckt, die sie ihm letztes Jahr zu Weihnachten geschenkt hat, zum Fenster trippelt, nachsieht, was das Thermometer anzeigt, das Gerät herum- und wieder zurückdreht und einen liebevollen Gedanken an seine alte Maman sendet. Marie wusste, dass die in einem kleinen Lädchen in der Lilla Robertsgatan gegenüber von der Polizei verkauft wurden, sie schaffte es nicht mehr, dorthin zu gehen, aber mit seinem Auto wäre Edouard im Nu dorthin gefahren.

Ja, ich habe es gut hier, antwortete sie den wenigen, die sich die Mühe machten, nach ihrem Befinden zu fragen, was hätte sie auch anderes sagen können, niemand hätte sich ihre Berichte über die langen Tage anhören mögen, an denen sie genug hatte vom Radio oder vom Spiel Glenn Goulds oder den Hörbüchern der Blindenbibliothek oder von der Shakespeare-Lektüre im Licht der Vergrößerungsglaslampe, die Edouard aus der Blindenbibliothek ausgeliehen hatte, obwohl sie sich dagegen gewehrt hatte. Der charmante Augenarzt, der ihr Englisch, die Shakespeare-Zitate und ihr gutes Gedächtnis bewundert hatte, war schon lange tot, die Augen fanden nicht den Schalter für den richtigen Sender und ertrugen das flimmernde Fernsehbild nicht. Was hätte es gebracht, wenn sie sich beklagt hätte, dass nicht alle ihr lieb gewordenen Gegenstände in ein so kleines Zimmer passten und dass ihre Ruhe dahin war, dann hätten Ingrid oder Emma Grund gehabt, sie zu bemitleiden, wie schrecklich, so alt zu werden, dass man nicht mehr in seiner eigenen Wohnung leben kann. Sie musste Edouard unbedingt versichern, dass sie es hier sehr gut hatte, denn sonst hätte er denken können, dass sie ihm für seine Mühe nicht ganz außerordentlich dankbar war.

Der Tag, an dem Edouard zur Tür hereinschauen und fröhlich rufen würde, mach dich fertig, chère Maman, heute machen wir eine Spazierfahrt, kommt niemals mehr, damals war sie widerspenstig, aber jetzt wäre sie begeistert, hat aber nicht mehr die Kraft, Edouard hatte gerade eine neue Kutsche – Verzeihung, ein Auto – gekauft, und sie fuhren, um sich die Hütte von Aleksej Stenvall anzusehen, es wird auch für dich Zeit zu lernen, dass der Mann der finnische Nationalschriftsteller ist sein Vorname ist Aleksis und nicht Aleksej, sein Familienname Kivi und nicht Stenvall, tadelte Edouard, und sie antwortete, das ist schon recht, aber auf Russisch sagt man Aleksej, hat Finnland nicht damals zu Russland gehört, und Stenvall kann man sich leichter merken. Edouard seufzte und sagte, ach, chère Maman, damals war sie noch jung, kaum neunzig, nachdem sie die Hütte von außen gesehen hatte, sagte Marie, geh du allein, denn du bist Professor, ich warte im Auto. Aber da wurde Edouard böse und sagte, ich kenne den Ort schon, und zwang sie mitzukommen.

Wie kann jemand so bescheiden wohnen, man sollte meinen, da

wird nichts aus dem Schreiben, auch die französischen Schriftsteller waren nicht alle reich, aber sie hatten doch ordentliche Wohnungen in Paris, und wenn nicht, dann konnten sie ins Café gehen und dort schreiben, aber hier gab es keine Cafés, und es gibt sie immer noch nicht, wer, wenn nicht ich, sollte wohl wissen, wie die französischen Schriftsteller wohnten, sagte Edouard, und Kivi brauchte nicht im Haus zu sitzen, er machte Winterausflüge auf Skiern, genoss die finnischen Sommerabende und schöpfte aus der Natur die Inspiration für seine großartigen Werke. Und Marie antwortete, ich habe gerade in dem Prospekt gelesen, den ich von der Touristenführerin in Nationaltracht dort bekommen habe – ein sympathisches junges Mädchen, denn sie sprach mir zuliebe Schwedisch, wenn auch schlecht, als sie bemerkte, dass mein Finnisch noch schlechter ist –, dass Aleksej hier nur die letzte Zeit seines Lebens wohnte und von seinem Bruder betreut wurde, also lange nachdem er seine Bücher geschrieben hatte, so leise, dass Edouard es nicht hörte oder nicht zuhörte, aber trotzdem sagte er wieder, ach, du nun wieder, Maman.

Auf der Heimfahrt lösten sich die Wolken auf, und die Blätter der Bäume leuchteten fast ebenso bunt wie vor langer Zeit im Park von Versailles, damals, als Victor … Wenn sie einen gewöhnlichen Franzosen geheiratet hätte, wären sicherlich mehr Kinder geboren worden als bei den gebildeten Finnen üblich, obwohl Guillaumes Vater nicht gebildet war, sondern ein gewöhnlicher Fischer, aber sehr sympathisch, wie schön könnte die finnische Natur doch sein ohne die finster brausenden Wälder, die Mücken kommen, können wir nicht schon fahren?

Zwei Städte

Die Haustür kracht, Marie wirft einen Blick auf die Tür zum Gang, zum Glück ist sie zu, Martta oder Marja brauchen nicht alles zu wissen, warum muss sie immer nachgeben, warum hätte Guillaume sich nicht manchmal, wie sollte sie sagen, anpassen können, ein lächerliches Wort, zum Beispiel seinerzeit, als Marie zu erobern für Guillaume die wichtigste Sache der Welt war, als er noch blind – verzeih, Maman dort im Himmel – in die Richtung lief, die sein erregtes Organ anzeigte, der italienische Schriftsteller Alberto Moravia schrieb ein ganzes Buch darüber, wie dumm die Männer in diesem Zustand sind, die in Jahrtausenden erworbene Bildung und Kultur sind im Nu vergessen, und sie kehren auf das Niveau des Höhlenmenschen zurück. Gabriel hat es ihr zu Weihnachten geschenkt, er war so scharfsichtig, ohne Widmung natürlich, und es war schwierig, ein Versteck dafür zu finden. Marie selbst hätte es eher als den ersten Rausch der Liebe bezeichnet, der einige Jahre dauert und dann Routine wird, abgesehen von ihrem und Gabriels ureigenem Verhältnis, das dauerte und dauerte, auch wenn sie sich so selten sahen, und als Marie klagte, dass Guillaume immer seinen Willen durchsetze, aber sie niemals, und Gabriel sagte, warum benutzt du nicht das uralte Mittel der Frauen, den Kopf zurückwarf und sein ganz spezielles Lachen erschallen ließ, lieber Gabriel, ich habe es versucht, aber es wirkt nicht mehr, antwortete Marie, und das Weinen kam so plötzlich, dass sie stehen bleiben, die Handschuhe ausziehen, das Taschentuch aus der Handtasche nehmen und sich die Augen trocknen musste, bevor sie zuerst nach links und dann nach rechts schauen konnte, um nicht von den Pferden umgerannt zu werden oder unter die schrecklichen Autos zu geraten, die Fahrer sehen niemanden an außer einander, kein Wunder, weil bestimmt die meisten von ihnen Deutsche sind. Oder unter die Straßenbahn zu kommen wie Tante Emma, und sie ist nicht mehr arm, nachdem sie mich wegen der Speisekarte angeschrien hat, bevor sie es wagt, auf die Seite der Straße zurückzugehen, wo sich die Kirche, die Eisbahn und die große finnische Schule befinden, warum war sie Guillaume als Grundschule für Edouard nicht gut genug gewesen, sie lag so schön nahe, dass er in der Mittagspause hätte nach Hause kommen können, das Schulessen ist heutzutage so fürchterlich schlecht, der reinste Spelzenbrei, wie Edouard sagte, und sie mochte nicht immer fragen, was das bedeutet, und Knackwürste nur einmal pro Woche …

»Marie.«

Sollte der Engel schon da sein, obwohl die Abendschicht noch gar nicht begonnen haben dürfte, die Stimme klingt bekannt, aber …

»Marie.«

Was könnte jemand von ihr wollen, jetzt würde sie gerne das Abendessen einnehmen, obwohl die Hand so zittert, dass die Gabel auf den Fußboden fallen kann, jemand geht ins Badezimmer, um sie abzuwaschen, und trocknet sie mit demselben Handtuch ab wie … Oje, aus Versehen, wenn es Topelius ist, schrecklich, absichtlich, falls es das Monster ist, noch schrecklicher, vielleicht ist es Jekyll, er hat ihr gestern, oder war es letzte Woche, mit einer Spritze gedroht, am allerschrecklichsten, wie mag es sich angefühlt haben damals, als die Kurpfuscher die Operationen noch ohne andere Betäubung machten als mit einer Flasche Schnaps, der Mageninhalt steigt den Hals hinauf, ein fürchterlicher Geschmack, was haben sie mir zu essen gegeben, bestimmt irgendein Gift, gib mir eine etwas größere Dosis, das bemerkt niemand, dann wird das Zimmer für eine Jüngere frei, die Mundmuskeln versagen ihr, der Geruch ist noch grässlicher, na, aber Frau M., was machen Sie denn, wir haben die Bettwäsche gerade gewechselt, und jetzt muss sie schon wieder in die Wäsche gegeben werden.

»Marie.«

Marie schluckt den üblen Geschmack und öffnet die Augen, niemand soll meinen Namen unnütz nennen, sagte Laurent, wenn er gerade die Manie hatte, und hier ist niemand sonst als jene alte Frau, weniger gebeugt als sie, weniger grau als sie, ein altmodischer Mantel und eine verschlissene Pelzboa, es kann nicht wahr sein oder doch, sie blieben an der Stelle stehen, wo sie sich in diesem Moment gerade befanden, als hätten sie am Morgen telefonisch vereinbart, sich genau dort und genau zu dieser Zeit zu treffen, gerade damals, als sie sich daran gewöhnt hatte, dass sie es nicht gewohnt war, allein zu sein.

»Marie.«

»Tatjana.«

Marie begab sich über dreißig Jahre zurück in die Vergangenheit und Tatjana über dreißig Jahre vorwärts, sie küssten sich, erst schüchtern, dann auf beide Wangen, so wie französische und russische Frauen, aber nicht die finnischen, sie verdarben sich gegenseitig ihr Make-up, und die Leute drehten sich nach ihnen um, Tatjana, *ma chère*, du warst eine Orchidee, die einzige Blume unter meinen Zimmerpflanzen, wir blühten so lange, wie wir einander mit Lachen nährten und mit Tränen tränkten, Edouard hat mir das Leben gerettet, aber du hast mir die Seele gerettet.

Sie verabredeten, dass Tatjana sie immer mittwochs besuchen sollte, früher war die Woche bis zum nächsten Besuch von Edouard ihr hoffnungslos lang erschienen, manchmal rief er am Samstag oder am Sonntagmorgen an, wenn das Kaffeegebäck schon gekauft war und sie entweder schlafen gehen wollte oder gerade erwacht war, es tut mir leid, petite Maman, aber diesmal schaffe ich es nicht, kannst du die Uhr selbst aufziehen, wenn nicht, dann lass die Gewichte auf den Boden fallen, dann hören das Tacken und die Schläge auf, aber darum brauchst du dich nicht zu kümmern, ich bringe alles in Ordnung, wenn ich komme, und in diesem Moment hatte Marie ihm schon alles verziehen. Edouard war immer so aufmerksam, auch dann, wenn er meinte, er bringe schlechte Nachrichten, alle Myhrborghs und Kultjes starben irgendwann dahin, aber Marie trauerte nicht um sie, außer um Gabriel, vielleicht lebt er immer noch, er ist immerhin zwei Jahre jünger und vital, ja, vital ist das richtige Wort, in einem Altenheim für Seeleute irgendwo auf der anderen Seite des Erdballs, auf einem Hügel in einer halbdunklen Gasse, die Laterne über der Tür schaukelt leise im Wind, aber er ist bestimmt so müde, dass er nicht mehr die Kraft hat, Kontakt zu ihr aufzunehmen, und als Guillaume umkam, ja, umkommen ist das richtige Wort, da rief sie sofort Edouard an, und er wirkte nicht sehr traurig, sagte nur, es tut mir leid, *petite* Maman. Was aber wäre geschehen, wenn Edouard erfahren hätte, auf welche Weise Guillaume umgekommen war, das wagt Marie immer noch nicht zu denken, oder wäre es jetzt an der Zeit, ihm das zu erzählen? Die Küchentür war offen geblieben, und sie hörte, wie *petit* E. Martta fragte, weißt du, wie viele Erdteile es gibt, und Martta antwortete, fünf oder sechs, und *petit* E. schrie begeistert, nein, nur drei, Europa, Asien und Borgbacka, Gott sei allen *petits* gnädig.

Das Fenster bedeckt sich mit Regentropfen, und das Licht der Straßenlaternen zerspringt in tausend Scherben, wird es in diesem Jahr gar nicht schneien, früher zeigte das matte Schurren der Schaufel die Ankunft des Winters an, man brauchte sich nicht aufzurichten und auf den Bettrand zu setzen, mit den Zehen nach den Pantoffeln zu angeln und sich zu wundern, wo am Abend zuvor der Morgenmantel hingekommen sein mochte, man brauchte nicht im Halbschlaf zum Fenster zu wandern, den Vorhang ein wenig beiseitezuziehen und die vom Schnee schweren Äste des Hofbaums zu bestaunen, man brauchte nicht über das Schneegestöber zu lamentieren, den Hausmeister zu bedauern und auf die Stille zu horchen, es genügte, die Decke höher zu ziehen, sich auf die andere Seite zu drehen, die Augen zu schließen und wieder einzuschlafen.

Mon Dieu, Tatjana wartet an der Haustür, ich muss ihr einen eigenen Schlüssel geben, sie wiegt dort schon die Hüfte und trällert: Ich steh' im Regen und warte auf dich, tatsächlich sieht sie Zara Leander ein bisschen ähnlich, entschuldige, dass ich mich verspätet habe, sagte Marie, und sie umarmten und küssten einander, mit dir ist es immer so lustig. Mit Edouard saß sie am großen Esstisch, aber Tatjana fühlte sich wohler in der Küche, gleichsam geschützt vor der bösen Welt, sie plauderten über allerlei Unwesentliches, fragten einander, warum ein Friseur, dessen Geschäft am anderen Ende der Stadt lag, besser war als einer, dessen Salon um die Ecke lag, sie bemerkten, dass sie sich näher waren, wenn sie den gleichen Friseur besuchten, und sie lachten, bis sie sich am Kaffee verschluckten. Tatjana klopfte ihr auf den Rücken und sagte, chère Marie, versuch doch bitte, dir eine würdigere Art des Sterbens auszudenken.

Das Spiel begann damit, dass sie Radio hörten, Edouard hatte es gegen Maries Willen gekauft, aber bald wurde es ihr bester Gesellschafter, liebe Hörer, als Nächstes hören wir Melodien aus alter Zeit, als Erstes war die *Csárdásfürstin* dran, sie hörten sich den Anfang an und stritten dann darüber, wie man Kálmán schreibt, auf welchem a ein Apostroph steht, ob auf beiden oder auf keinem, als Nächstes kommt dann wohl Die lustige Witwe, sagte Marie, oder »Kann denn Liebe Sünde sein?«, sagte Tatjana, oder »Je ne regrette rien«, sagte Marie, oder »Nur nicht aus Liebe weinen«, sagte Tatjana, wieder lachten sie mit Tränen in den Augen und kochten neuen Kaffee, ich muss daran denken, morgen Gasmünzen zu kaufen, und in diesem Moment erklang ein Tango, hör zu, Marie, das ist doch unwiderstehlich, die Harmony Sisters, rief Tatjana aus, stand auf, knickste und sagte, darf ich bitten – wie klein das Menschenherz doch ist …

Lass das, Tatjana, ich bin zu alt, und das bist du wohl auch, ich habe noch nie mit einer Frau getanzt, log Marie, getanzt habe ich zuletzt wahrscheinlich irgendwann in den Dreißigerjahren mit Gab… mit einem Mann – die Lichter im Casino strahlen, das Saxophon heult, keinen Tango, sondern amerikanischen Jazz, der Champagner kreist im Kopf, und die Menschen stoßen gegeneinander, der Schweiß stinkt nicht, sondern duftet, eine Frau wie eine Puppe singt mit heiserer Stimme, Gabriel summt ihr ins Ohr, *millions of people go by, but they all disappear from view, because I only have eyes for you* – sei du der Mann, gehen wir ins Wohnzimmer, da ist mehr Platz, wir rollen den Teppich beiseite, Tatjanas Augen glänzten, nein, du, Hélènes Arm umfasst sie fest, entspann dich, Marie, lass das, Louise, lass das, ich will nicht, Mrs Monster kann jeden Moment hereinkommen –, es birgt in sich so große Träume –, pass auf, ich fall gleich um –, die Welt von Liebe und von Hass –, mir wird schwindlig – glückliche Liebe –, mach du allein weiter –, edle Gedanken und ein trüber Sinn –, alles dreht sich – Feuer und Kälte der Gefühle …

»Kein Wunder, dass Ihnen kalt ist, die Decke ist heruntergefallen, sehen Sie, jetzt können Sie in aller Ruhe weiterschlafen.«

»Ich will nicht schlafen, ich will schreiben …«

»Ich hole Stift und Papier, dann diktieren Sie, und ich schreibe, aber meine Schicht geht in fünf Minuten zu Ende, an wen möchten Sie schreiben?«

»Nein, nein, keine Briefe, die sind gefährlich, jemand kann sie lesen, man muss sie in kleine Stücke reißen und wegwerfen.«

»Natürlich, in kleine Stücke, seien Sie ganz ruhig, Frau M., ich bin gleich wieder da.«

Die Tür klappt zu, ohne Geklirr, endlich sind die Scheiben neu gekittet worden, wer ist gegangen, Guillaume oder Edouard, jedenfalls nicht Martta und auch nicht Marja, sie benutzen immer die Küchentreppe wie Rainier oder Tatjana, man dürfte nicht so einfach fortgehen, ohne sich zu verabschieden, jetzt hätte sie Zeit, über ihre lange Wanderung einen ganzen Roman zu schreiben, falls Gabriel García Márquez – wie schrecklich, wieso habe ich den Vornamen nicht schon früher bemerkt – es nicht schon vor mir getan hätte, ich könnte dem Buch den Titel »Hundert Jahre Einsamkeit« geben, bestimmt habe ich ihn zuerst erfunden, aber so etwas konnte man nicht beweisen und nicht einmal dem richtigen Gabriel erzählen, Marie hat das Buch nicht zu Ende gelesen, aber ihr Leben hat wirklich hundert Jahre gedauert, während der falsche Gabriel jünger sein dürfte als mein Sohn. Ich muss Edouard bitten, dass er im Lexikon nachschlägt, wenn er nicht bald kommt, gerät die Sache in Vergessenheit, keine Brille mehr, keine Kraft mehr, kein Stift mehr, kein Papier mehr, keine Notizzettel mehr, kein Kühlschrank mehr, an dessen Tür man mit einem Magneten allerlei Nettes befestigen kann, Tatjana hat ein unglaubliches Talent, sich billige Weihnachtsgeschenke auszudenken, manchmal steckte sie heimlich einen Geldschein oder zwei in die Tasche ihres Mantels, selbst auf die Gefahr hin, dass sie sich später Klagen über ihr schlechtes Gedächtnis anhören muss, jeden Monat erscheint dieselbe Summe auf ihrem Bankkonto.

Marie saß auf dem Sofa im Wohnzimmer, eigentlich lag sie, Tatjana tanzte allein, obwohl aus dem Radio keine Musik mehr kam, sondern die Nachrichten, sie schwebte, keuchte und sang, sang, keuchte und schwebte – ach, wie viel Schmerzen trag ich doch im Herzen –, und am nächsten Mittwoch wussten beide, dass nichts mehr war wie früher, komm, Tatjana, sagte sie, legen wir uns aufs Bett, und kreuzen wir die Hände über der Brust, du liegst auf Guillaumes Seite und ich auf meiner, für wen und für was brauchst du das Doppelbett jetzt, da Guillaume tot ist, fragte Ingrid, als sie zum ersten und zum letzten Mal hier zu Besuch war, ja, so, erzähl du, ich höre zu, was ist deine schönste Erinnerung, keine Antwort, ist sie ohnmächtig geworden? Kein Wunder nach einer solchen Anstrengung, oder … Der Atem ist zu hören, und der Brustkorb hebt und senkt sich, sagte Doktor Jekyll.

»Erschrick nicht, Marie, ich lebe, auch wenn meine Tänze getanzt sind.«

Und so sprach Tatjana.

»In Sankt Petersburg bin ich geboren, und in Sankt Petersburg habe ich meine schönsten Erinnerungen begraben, Leningrad will ich nicht sehen, obwohl die russischen Schwestern und Brüder in Helsinki mich dorthin locken wollten, komm mit, Tatjana, das Haus eurer Familie in der Kropótkin-Straße haben die Bolschewiken nur ein bisschen verschandelt, im Sommer habe ich mir die Häuser von Katajanokka angesehen, sie sind ganz ähnlich wie die in Petrograd, wenn auch weniger verziert, und habe geweint, der Herbst war sonnig, ich war gerade sechs geworden, die Zweige der großen Bäume leuchteten in den Farben des Regenbogens, und die Vorhut der Omas fegte im Aleksándrowski Park die betauten Sandwege, als Pápa am Sonntagmorgen zum Himmel schaute, jetzt ist der richtige Tag, nach

Terijoki in die Pilze zu fahren, und Máma wurde nervös, oje, warum hast du das nicht gestern gesagt, aber eine Stunde später brachen wir doch auf, vorneweg Pápa, der schönste und stattlichste Mann der Welt, im weißen Sommeranzug, den Strohhut leicht schräg auf dem Kopf, mit der einen Hand hielt ich Pápas Hand fest, und in der anderen trug ich meinen ureigenen Proviantkorb, hinter uns ging Máma, und als Letzte kam die Jungmagd, Slushánka Málenkaja, sie stammte irgendwoher aus Finnland, sie gefiel Pápa besser als Máma, und trug einen großen Proviantkorb, zuerst die Kronvérkskaja nach rechts und dann gleich links, die Úliza Míra entlang. Weiter als bis zur Awstríjskaja durften die Kinder nicht allein gehen, jetzt überqueren wir die Straße, sei vorsichtig, mein Täubchen, sei vorsichtig, auf dem Kamenoóstrowski verkehren schrecklich viele Wagen und Automobile, obwohl Sonntag ist, auf der Samponjewski-Brücke blieb Pápa stehen, wies mit dem Stock in die Ferne und sagte, schau mal, Slushánka Málenkaja, dort fließt die ewige Newa, der schönste Fluss der Welt, gehen wir schnell, sagte Máma, der Wind ist so entsetzlich kalt, und wieder gingen wir ziemlich lange, der Finljándski Woksál war schon zu sehen, der Zug fuhr ab, und ich schlief ein …

Marie, du schläfst doch wohl nicht etwa?«

»Nein, nein, ich hatte nur die Augen zu.«

»Als ich aufwachte, aßen wir von dem Proviant, ach, wie gut schmeckten doch die Piroggen und der Apfelsaft, trink nicht zu viel Bier, Viktor, sagte Máma und runzelte die Brauen, trink nicht zu viel Kaffee, Natascha, sagte Pápa und lachte, und gleich nach einem schmalen Fluss und einer kurzen Brücke waren wir da, von der Station und den Häusern weiß ich nur noch, dass sie aus Holz und nicht aus Stein waren, aber an den Wald erinnere ich mich, die weißen Stämme der Birken leuchteten in der Sonne, der Wind brauste irgendwo oben, und die Füße versanken im Moos, der Duft war berauschend wie Mámas Parfüm, aber anders und viel besser, Verzeihung, Máma, Pápa ging voraus und zeigte mit dem Stock, da, da und ach, auch die Kleinen dort, das sind die Besten, Máma und die Slushánka pflückten sie, Pápa saß auf einem Baumstumpf, und ich fragte, ist dies das Märchenland, ja, mein allerliebstes Täubchen, antwortete

Pápa, und als wir nach Hause kamen, rief Máma: Viktor, habe ich dir nicht gesagt, du musst aufpassen, wo du dich hinsetzt, dein Hosenboden ist voller Blaubeerflecke, der weiße Sommeranzug ist verdorben.«

»Das war eine schöne Geschichte.«

»Danke.«

»Die Russen sind wunderbar. Du bist wunderbar.«

»Ich habe nur die Wahrheit erzählt.«

»Hieß dein Vater tatsächlich Viktor?«

»Ja, und so heißt er immer noch, wieso?«

»Meinst du damit, dass er noch lebt?«

»Ja, wenn man das Leben eines Neunzigjährigen als Leben bezeichnen kann.«

Man kann es nicht, wenn man mich fragt.

»Bestimmt in einem russischen Altenheim.«

»Ja, so kann man mein Zuhause nennen.«

»Ihr wohnt zusammen?«

»Die Russen wollen zusammenwohnen, und wir haben immer zusammengewohnt, zuerst wir drei, und nachdem Máma gestorben war, entweder an Pneumonie oder deshalb, weil sie nicht mehr Kinder bekommen konnte, oder einfach sonst an Schwermut, wir beide, außerdem die Slushánka, obwohl sie ziemlich bald heiratete, und danach begann Pápa zusammenzuschrumpfen und sich in eine Rosine zu verwandeln, wie man in unserer Familie zu sagen pflegt.«

Wovon mögen die Armen gelebt haben?

»Zuerst verkauften wir das Silber und dann Mámas Erbschmuck, und als der alle war, habe ich den Leuten geholfen, russische Feste zu arrangieren, die sie trotz allem feiern wollten, wie du dich erinnern wirst.«

Sie war keinen Augenblick lang auf die Idee gekommen, dass sie Tatjana hätte bezahlen müssen, deswegen war sie also böse gewesen und nicht, weil man sie nicht eingeladen hatte, o wie schrecklich, die Klagen über ihr schlechtes Gedächtnis waren eine Anspielung darauf, wie dumm sie doch war.

»Mach dir keine Sorgen, ich komme zurecht. Jetzt bist du dran mit Erzählen.«

Und so sprach Marie.

»Auch wir haben Ausflüge gemacht, nicht nach Terijoki und nicht zum Pilzesammeln oder -pflücken, wie du sagst, sondern in die ländliche Umgebung von Straßburg, Maman und das Küchenpersonal planten die Proviantkörbe tagelang im Voraus und packten sie zusammen, bei uns wurde nichts spontan gemacht, ich hüpfte auf einem Bein und wünschte mir schönes Wetter, Laurent veranstaltete zum Wetter eine Wette, bei der man mit dem Einsatz des Taschengelds einer Woche zehn Taschengelder gewinnen konnte, er überredete auch die gutgläubigen Stubenmädchen dazu, und der einzige Gewinner war Laurent selbst, auch wir zogen am Morgen los, so früh, dass die Karrenräder im taunassen Rasen des Hofs eine Spur hinterließen. Papa ließ auf der höchsten Stelle des Hügels halten, deutete mit dem Stock in die Ferne und sagte, schau mal, *petite* Marie, eine so schöne Aussicht wie im Elsass gibt es nirgends sonst auf der Welt, aber war sie nun schöner als in Finnland, mehr Getreidefelder und Flussmäander und weniger Wälder und Seen, aber das konnte Papa nicht wissen, Konrad zündete sich die Krummpfeife an und brummte, jemand müsse auf den Wagen aufpassen und Gerhard Gesellschaft leisten, das war unser bestes Pferd, die anderen gingen hinunter zum Ufer des großen Flusses, die Sonne brannte herab, in der Luft lag der Duft des Sommers, die Schmetterlinge tanzten wild, und die Bienen summten, stachen aber nie so wie die Mücken in Finnland. Papa ging schwimmen, wenn die jüngeren Dienstmädchen mitkamen, alle bespritzten einander mit Wasser und lachten außer Papa, und niemand benutzte einen Badeanzug, obwohl mir das erst auffiel, als Hélène mir die Unterschiede zwischen Männern und Frauen erklärt und ich verstanden hatte, warum Papas und Laurents – ähäm – maskuline Körperteile unterschiedlich aussahen, unterschiedlich groß waren und in unterschiedliche Richtungen ragten im Vergleich zu denen von Rainier und Henri, Verzeihung, Tatjana, Maman schaute woandershin, sie machte sich niemals auch nur die

Füße nass und achtete darauf, dass das weiße Tuch an einer ebenen und trockenen Stelle ausgebreitet wurde, und ich wurde schläfrig … Tatjana, du schläfst doch wohl nicht?«

»Nein, nein, ich hatte nur die Augen zu.«

»Die älteren Dienstmädchen legten Teller, Messer, Gabeln hin, richteten Hähnchen und Kartoffeln schön an und warfen sie nicht hierhin und dorthin, Papa hätte lieber Bratwurst und Sauerkohl mit einem Schnaps gehabt, aber Maman sagte, das ist ein Abendessen, warum sagst du Sauerkohl und nicht *choucroute*, in solchen Dingen setzte sie ihren Willen durch, und nach dem Essen sagte Papa, jetzt läuft jemand und bringt Konrad die Reste, und ich rief als Erste noch vor Rainier, ich, ich, weil das ein Ehrenauftrag war, Konrad dankte und zog den Hut, obwohl er ebenso enttäuscht war wie Papa, weil er auch keinen Schnaps bekam, Maman mit einem gewaltigen Sonnenhut und im langen Rock, damit die Sonne sie nicht verbrannte, saß da, die Beine anmutig zur Seite, Papa mit Strohhut und offenem Hemdkragen als Zeichen dafür, dass jetzt Ferien waren, stützte sich auf den Ellbogen und schmunzelte, Laurent, mit einem neueren Strohhut und ohne Krawatte, lag auf dem Rücken und rauchte eine Zigarette, wofür er kürzlich von Papa die Erlaubnis bekommen hatte, obwohl er das schon seit Jahren heimlich getan und nicht begriffen hatte, dass jedermann das roch außer Papa, weil der Pfeife rauchte und an Festtagen eine Zigarre. Rainier, mit Schirmmütze und fleckigen Hosen, die nackten Knie verschorft, rannte unruhig hin und her, Henri im sauberen Sonntagsanzug saß an seinem Platz, die Arme um die Knie geschlungen, aber nicht im Matrosenanzug, weil man ihm den nur an großen Festtagen aufzwang wie Weihnachten, das von allen gefeiert wurde und wo alle Schinken aßen, oder am französischen Nationalfeiertag, am vierzehnten Juli, der wurde heimlich begangen, und man aß dann Gänseleber mit gelbem Weingelee, das die Erwachsenen liebten, oder mit Rotweingelee, das meiner Meinung nach besser schmeckte.«

»Das war eine schöne Geschichte.«

»Danke.«

»Der Schluss war lustig.«

»Auch ich habe nur die Wahrheit erzählt.«

»Die Finnen sind es gewohnt, allein zu leben.«

»Auch ich habe das gelernt, notgedrungen. Für meinen Lebensunterhalt brauche ich nicht zu sorgen.«

»Ich habe nichts gesagt.«

Du hast nichts gesagt, aber ich habe dir an der Nasenspitze angesehen, was du dachtest, wollte Marie schon sagen, zuerst war es Guillaumes Lohn, dann Guillaumes Rente, Edouard sagte, sie sei ziemlich klein, weil das Krankenhaus privat ist, und legte jeden Monat noch etwas darauf, der brave Edouard, von wem sonst sollte das Geld kommen?

»Gut, dass das Geld reicht.«

»Ich habe gesagt, dass ich für meinen Lebensunterhalt nicht zu sorgen brauche, ich habe nicht gesagt, dass das Geld reicht.«

»Verzeihung.«

Ich wage nicht einmal mehr zu denken, Tatjana errät ja doch alles, Viktor, war der Name wieder ein Vorzeichen, jedenfalls nicht für die Einladung zum Abendessen, weil das kein Sieg war, sondern eine Niederlage und Schande, aber vielleicht für ihre künftige Freundschaft, die so geartet ist, dass es davon nur ein Schritt bis zur Liebe ist, oder die so geartet ist, dass es davon nur ein Schritt bis zur Leidenschaft ist.

»Marie, du schläfst doch wohl nicht.«

»Nein, nein, ich habe nur die Augen geschlossen. Erschrick nicht, Tatjana, ich lebe, auch wenn meine Tänze getanzt sind.«

Der Briefkastendeckel klapperte, die Zeitungen waren am Morgen gekommen und die Post am Tag, was kann das sein? Marie ließ Tatjanas Hand los, ich kann gehen, nein, nein, ich gehe, und da lag er auf der schwarzen Fußmatte, die braune hatte sie weggetan, weil da Willkommen draufstand, obwohl zum Beispiel Ingrid überhaupt nicht willkommen war, ein weißer Briefumschlag von unschuldigem Aussehen, ein Liebesbrief, oder?, fragte Tatjana und lachte, ich muss aus der obersten Kommodenschublade das Papiermesser holen, Guillaume hatte es ihr zum zehnten Hochzeitstag geschenkt, danach hat er dann keine Geschenke mehr gekauft, außer zu Weihnachten, und das auch nur, damit der kleine E. sich nicht wunderte, Silber, am

Ende stand quer *Für Marie von Wilhelm* 19 21/5 27, ein ziemlich teures Geschenk, wenn es seine Absicht war, dagegen zu protestieren, dass im Ehering Guillaume stand und nicht Wilhelm, der Name auf dem Brief ist mit schwankenden Großbuchstaben geschrieben, die h's fehlen, na, daran ist sie gewöhnt, keine Briefmarke, merkwürdig. Tatjana stützte sich auf den Ellbogen, was ist das? Erzähl es mir, und Marie öffnete den Umschlag, entfaltete das Papier, wurde bleich, setzte sich auf den Bettrand und reichte es Tatjana ohne ein Wort, lies selbst.

Unser Haus ist ein anständiges Haus. Vielleicht ist der Sonntagsgast ein Verwandter obwohl er ganz anders aussieht. Aber der Mittwochsgast ist nun doch zu viel. In Finnland kann man mit einem Mann zusammen sein wenn man verheiratet ist aber mit einer Frau nun doch nicht. Wie kann ein so alter Mensch die Stirn haben. Euch ausländische Huren kennen wir. Geht dorthin zurück von wo ihr gekommen seid. Die Polizei bekommt eine Anzeige wenn das nicht sofort aufhört.

Hofft jemand mit scharfen Augen.

Die Menschen sind schrecklich, sagte Marie. Das ist wahr, sagte Tatjana, aber nicht alle.

Wo bin ich, wo bist du, keine Antwort, ein zerknitterter Brief auf dem Bettvorleger, den muss ich in kleine Stücke reißen, damit niemand ihn lesen kann, die Haustür krachte zu, sie wartete eine Woche, ich muss ihr Zeit geben, sich von dem Schock zu erholen, aber Tatjana erschien nicht, niemand nahm den Hörer ab, wenn sie anrief, zwei Wochen vergingen und drei, sie wagte es nicht, Edouard davon zu erzählen, gut, danke der Nachfrage, so wie es alten Leuten geht, bis Marie die Zeitung öffnete und mit den Todesnachrichten begann wie sonntags immer, was ist das, ein orthodoxes Kreuz, unsere lieben Gemeindemitglieder Viktor und Tatjana Haaralahti, geb. Garbejlew, sind von uns gegangen – Friede ihrer Asche – die russische Gemeinde Helsinki – die Trauerfeier findet in der Kirche der Heiligen Dreifaltigkeit statt, was hierdurch als Einladung angezeigt wird – dasselbe noch einmal in kyrillischen Buchstaben sowie ein Gedicht, sicherlich von Puschkin, als Tatjana und sie zusammen die Speisekarte machten, konnte sie noch eines, was ist passiert, doch hoffentlich nicht wegen dieses abscheulichen Briefs, ach Tatjana, gerade als …

»Was ist denn, Frau M., Sie brauchen doch nicht zu weinen, gleich wird das Abendessen gebracht, sobald die Mädchen die Kunden im Speisesaal abgefertigt haben.«

»Das ist nicht der Grund …«

Wieder knallte die Tür, war es Topelius oder der Rabe, wahrscheinlich nicht, weil der Rabe die Oberschwester ist, vielleicht die Mongolin, wohl kaum Edith Piaf, jedenfalls nicht das Monster, weil sie freundlich ist.

Den ganzen Morgen suchte sie ihren Trauerschleier, ohne den kann sie nicht gehen, was sollen die anderen denken? Zum Glück fand er sich schließlich da, wo er auch sein sollte, kann sie nicht mehr sehen, oder ist das die Demenz? Zu einer Beerdigung muss man frühzeitig gehen, eine stimmungsvolle kleine Kirche, aber hat sie sich die Zeit falsch gemerkt, hier ist niemand, ach, da kommt ja der Pope, prachtvoller schwarzer Bart und eine Mütze wie ein Koch, abgesehen davon, dass sie schwarz ist, sie muss ihn fragen, aber wie spricht man Orthodoxe an, jedenfalls nicht mit Pastor.

»Verzeihung, Vater, ich bin Frau Doktor Myhrborgh, ich bin zur Trauerfeier von Tatjana und ihrem Vater Viktor gekommen, den Familiennamen weiß ich nicht mehr, ist dies der richtige Ort und die richtige Zeit?«

»Seien Sie unbesorgt, Schwester Marie, ja, dies ist der richtige Ort und die richtige Zeit. Vor dem Antlitz des Höchsten brauchen wir keinen Familiennamen, nicht wahr.«

»Ein seltsamer Zufall, beide gleichzeitig, wissen Sie Bescheid, ich meine, auf welche Weise, doch wohl nicht durch die eigene Hand?«

»Die Wege des Herrn sind unerforschlich.«

»Der Saal ist fast leer, wo sind all die Menschen?«

»Die Freunde unserer lieben Toten haben sich auf die andere Seite der von Gott geschaffenen Grenze begeben, aber unser sind hier einige Getreue, ich bin Vater Grigori, und dort sind Schwester Anna und Schwester Jelisawéta, Schwester Marie ist zu unserer bescheidenen Trauerfeier willkommen, Sie können gerne auf die Seite der Angehörigen gehen.«

»Eigentlich bin ich aber gar keine Angehörige, sondern …«

»Das hat keine Bedeutung, Schwester Marie, gehen Sie nur mutig nach vorn.«

Die Zeremonie war anders als die katholische und besonders die lutherische, ein Hilfspope erschien in einer Seitentür und schwenkte ein Weihrauchfass, die Kerzen flackerten, der Hauptpope wanderte um den Altar herum, und von seiner Rede verstand sie kein Wort, es klang nach Russisch, wonach denn sonst, der Duft war berauschend …

Die Geburtstagsfeier

Was ist los, was ist das für ein Radau? Ist sie wach, oder ist dies ein Traum? Auch eine Zehnjährige darf ein eigenes Zimmer und ihre Ruhe haben, es ist nicht ihre Schuld, dass nicht alle Familien sich dieses Vergnügen leisten können, wer hat das doch gesagt, na, es fällt mir nicht ein, zum Beispiel nicht Hélènes Mutter, wer mochte ihr Vater sein, vielleicht wohnte er zu Hause, aber trank zu viel oder war einfach sonst nicht respektabel, woher soll sie das wissen, aber sie vermutet es, weil Hélène sie niemals zu sich nach Hause mitgenommen hat, sondern immer zu Marie kommen wollte. Oder wenn Maman sagte, ihr dürft nicht laut lachen, Mädchen, Papa ist zu Hause, und man darf ihn nicht stören, geht draußen spielen, die frische Luft ist gut für die Haut eines jungen Menschen, dann mussten sie hinausgehen, egal, wie das Wetter war. Hélène saß lieber im Café, nicht bei dem Wasserfall, weil das Rauschen sie störte, Marie fand, es wäre romantisch gewesen, beide hatten kein Geld, aber manchmal bezahlte irgendein Kavalier von Hélène die Rechnung, ein Junge aus den oberen Klassen oder sogar ein Student, und sie durfte aus Gnade mitkommen.

Laurent klopft niemals an, was könnte Rainier wollen, ganz zu schweigen von Papa, und Henri ist – nein, nein, an ihn darf sie nicht denken –, Marja kann es jedenfalls nicht sein, weil sie gerade hier war und gefragt hat, wo heute der Kaffee serviert werden soll, einmal hat sie eine Weihnachtskarte geschickt, Fröhliche Weihnachten und ein glückliches neues Jahr für Frau Myhrborgh und Herrn Edvard, auf der anderen Seite eine ländliche Schneelandschaft und ein rotes Häuschen, aus dessen Schornstein Rauch aufstieg, aber nicht senkrecht so wie am Bulevardi, Unterschrift nur Marja und kein Wort davon, wer der Mann ist, bestimmt ein Taugenichts, und ob er das Kind überhaupt anerkannt hat. Oder sollte Guillaumes Diagnose doch falsch gewesen sein, weil er Chirurg war und nicht Gynäkologe, seine unbestreitbare Sachkenntnis auf diesem Gebiet hat er sozusagen außerhalb des Studiums erworben, stellte Nebel fest, Verzeihung, Lars-Olof, als sie sich zufällig auf der Steigung des Erottaja trafen, Nebel war damals schon in den Aufgang B der Nummer fünf in den Hinterhof gezogen, wo die Mieten billiger waren, und wirkte tatsächlich einmal fast nüchtern, aber sein eines Auge schaute in die falsche Richtung wie bei dem Minister mit dem schwierigen Namen, das kommt davon, wenn man zu viel trinkt, sagte Guillaume. Und es kann auch nicht Martta sein, die da klopft, weil sie gerade hier gewesen ist und gefragt hat, was es heute zum Abendessen geben soll, sie macht sich mit glühenden Wangen am Backofen der Stube zu schaffen, es ist so einer, der ein Viertel der Häuschen auf Seurasaari einnimmt, aber von der Backstube auf Borgbacka nur eine Ecke, und sie plappert, geht weg, Kinder, und stört mich nicht, nicht die eigenen, sondern die des Bruders, denn Karten schickt Martta nicht, Marie meint, weil sie kein Anliegen hat, Guillaume meint, weil sie nicht schreiben kann.

Und auf keinen Fall ist es Pompadour, die sich niemals die Mühe macht, selbst zu kommen, sondern ihre Nachrichten von jemandem überbringen lässt, aber jetzt ist nicht die Zeit des Abendessens, oder doch? Und wenn es nun Doktor Jekyll ist, die Ergebnisse der Blutprobe sind da, und man hat eine Krankheit bei ihr gefunden, zum Beispiel Krebs oder Hirnhautentzündung, den Tod fürchtet Marie nicht, aber das Leiden, im Fernsehen gab es einmal ein Gespräch, damals, als sie noch etwas sehen und hören konnte, eine Geruchsfernsehsendung könnte sie immer noch verfolgen, aijai, es sticht in der Leiste, wenn sie lacht, sollte man die alten Menschen in Ruhe sterben lassen, ohne Schläuche und Spritzen, wenn es keine Hoffnung mehr gibt, obwohl – wer weiß, die Ärzte haben sich auch früher schon geirrt, zum Beispiel – *mon Dieu*, wenn die Rollatorfrau gar nicht tot ist? Hexen haben sieben Leben, behauptete das deutsche Kindermädchen, ob das wohl Renate war, nein, nein, so hieß Laurents Hausgehilfin, und es dauerte mindestens hundert Stunden, bis sie einschlief, Maman erzählte es Papa, der furchtbar böse wurde und sagte, das kommt davon, wenn man den Kindern Grimms Märchen vorliest, was, wenn sie sich wieder in der Tür irrt, die Augen leer sind und sie auf mich fällt, dann wird sie sie bei der Gurgel packen und so lange zudrücken, bis das Röcheln aufhört, und wenn es ihre letzte Tat auf dieser Erde sein sollte. Man darf nicht pessimistisch sein, es kann auch Edouard sein, er ist trotz seiner vielen Verpflichtungen hierhergefahren, nur damit Marie ihrem einzigen Sohn zum Geburtstag gratulieren kann und nicht diesen schrecklichen Telefonapparat zu benutzen braucht, vielleicht würde er sich sogar umarmen lassen, komm nur herein, Edouard, die Stimme versagt Marie vor Rührung.

Die Tür geht auf, aber es ist nichts zu sehen, und plötzlich ist aus dem Korridor Gesang zu hören, *Häpi böörsdey tu juu, häpi böörsdey tu juu, häpi böörsdey madam Mürpor, häpi böörsdey tu juu*, so laut, dass Marie es gut hört, obwohl die Tür geschlossen ist, sie erkennt die Worte und auch die Melodie, der Gesang ist nicht ganz sauber, aber daran ist sie gewöhnt, zuerst erschrickt sie so, dass ihr das Herz für einen Augenblick stehen bleibt, und gleichzeitig schiebt sich ins Zimmer ein bis zu den Rändern vollgepackter Servierwagen, Gott sei Dank nicht die Rollatorfrau, passt auf, dass das Sahnekännchen nicht herunterfällt, vom Teppich geht so ein Fleck schwer ab, in der Mitte eine große Torte und Kerzen, dann die sonnig lächelnde Topelius und hinter ihr alle anderen außer Pompadour und dem Pastor, sie haben etwas Besseres zu tun, zum Glück ist das Monster nicht mitgekommen, und sie ist fast schlimmer enttäuscht als jemals in ihrem langen Leben, und wieder bleibt ihr das Herz für einen Augenblick stehen, wo bist du, Edouard, ist dies ein Scherz, komm heraus dort aus dem Dunkeln.

Der Professor kommt bestimmt noch, Frau Myhrborgh, Sie brauchen nicht nervös zu werden, da ist doch jemand, der ihren Namen richtig aussprechen kann, anders als die neue Putzfrau, sie sang lauter als irgendjemand sonst, ob sie überhaupt Schwedisch kann, auf jeden Fall aber nicht Englisch, und plötzlich wirkt Topelius überhaupt nicht mehr sympathisch, ihr Lächeln erinnert mehr an eine Grimasse, denkt Marie und versucht zu rufen, ein schrecklicher Irrtum, jetzt ist nicht mein Geburtstag, sondern der von Edouard, ich meine meinen Sohn, aber sie bringt nur ein heiseres Flüstern heraus, und niemand hört zu, sollen wir den Tisch am Fenster stehen lassen oder neben das Bett ziehen, Hand hoch, wenn jemand Tee möchte, so eine prachtvolle Torte, wo hat Leena denn zu dieser Jahreszeit die Erdbeeren aufgetrieben, helft ihr beide Frau Myhrborgh, sich aufzusetzen, nicht so, sondern fasst sie vorsichtig unter die Arme und beide Kissen hinter den Rücken. Das Haar ist so schön nach dem gestrigen Bad und dem Friseur, furchtbar jung und anfangs sympathisch, aber jetzt nicht mehr, nachdem sie gesagt hat, Ihr Haar ist aber dünn geworden, mal sehen, ob man noch einmal eine Dauerwelle machen kann, zehn große Kerzen entsprechen hundert kleinen, die hätten hier niemals Platz gefunden, obwohl die Torte groß ist, wir können Frau Myhrborgh beim Ausblasen helfen …

Die Augen zu und alle fünf auf einmal ausblasen, kleine Marie, sonst geht dein Wunsch nicht in Erfüllung, eine Puppe mit richtigen Haaren, die man bürsten kann, so wie Maman es morgens tut, Marie spürt, wie Gereiztheit und Wut Schrecken und Enttäuschung verdrängen, wenn dies nun doch nicht das letzte Päckchen war, na, hattest du einen schönen Silvesterabend, jetzt aber ins Bett, damit du morgen mit den Geschenken spielen kannst, und stattdessen ist Kraft in sie eingeströmt, nicht viel, aber doch so viel, dass sie ihre Stimme erheben kann.

»Noch nicht – seid nicht so laut, sondern hört zu …«

»Sch, sch, leise, Mädchen, das Geburtstagskind hält eine Rede!«

»Dies ist keine Rede, Reden halten nur die Männer, aber verstehen Sie nicht, dass dies ein schreckliches Missverständnis ist, heute ist nicht mein Geburtstag, sondern der meines Sohnes Edouard, meiner ist am letzten Junitag und seiner am letzten Dezembertag, der Unterschied beträgt in Monaten genau ein halbes Jahr, in Jahren viel mehr, auch er ist nicht mehr jung, aber in guter Verfassung, das kann man sich leicht merken, auch wenn das Gedächtnis ein wenig schlechter geworden ist, nämlich meines und nicht das von Edouard.«

»Verzeihung, Frau Myhrborgh, dies ist kein Missverständnis, wir haben im Büro Ihre Papiere, und daraus geht Ihr Geburtsdatum eindeutig hervor, außerdem …«

»Aber beste Tope – ich meine bestes Fräulein, ich werde doch wohl meinen eigenen Geburtstag wissen, auch wenn ich alt bin!«

»Natürlich, Frau Myhrborgh, natürlich, kein Grund zur Aufregung, aber Ihre Sozialversicherungskennung …«

»Ich weiß von keinen Sozialisten, ich hatte damals schon geheiratet und war nach Finnland gezogen, geben Sie das Papier her, man darf nichts glauben, bevor man die Sache schwarz auf weiß sieht, sagte mein Vater seinerzeit, Friede seiner Asche, und er war doch einer der namhaftesten Straßburger Juristen, wo ist meine Brille?«

»Ääh, ich habe es jetzt nicht hier, ich meine das Papier, aber – Stiina, du hast die jüngeren Beine, lauf doch mal schnell ins Büro und bring aus dem Archivschrank, dem hohen grauen gleich links von der Tür, Frau Myhrborghs Akte, sie sind alphabetisch geordnet, M ist zwischen L und N.«

Was meint die Frauensperson, hoffentlich nicht mich, es klingt wie eine Beschimpfung, muss denn nun unbedingt Finnisch gesprochen werden, wenn ich dabei bin, seufzt Marie, sinkt zurück in die Rückenlage und spürt, wie ihr der Schweiß auf die Stirn tritt, der Unterschied beträgt bestimmt ein halbes Jahr, so viel weiß sie noch, aber ob damals Sommer oder Winter war, am Abend ist es im Haus immer gleich, wäre es möglich, dass – nein, nein.

»So, hier ist sie, vielen Dank, Stiina, der erste Teil lautet 311299, und das Pluszeichen vor dem Zusatz sagt aus, dass die Person im neunzehnten Jahrhundert geboren wurde und nicht heute, he, he, ein lächerlicher Gedanke, Verzeihung, und jetzt ist der letzte Tag des Dezembers 1999, also Silvester, nach Adam Rieses Lehre sind das auf den Tag genau hundert Jahre, und dies ist nicht irgendein Silvester, sondern das letzte dieses Jahrhunderts und dieses Jahrtausends, es klingt seltsam, wenn man es laut ausspricht, genau deswegen konnte der Pastor nicht kommen, weil er die morgige Predigt vorbereiten muss, aber er schickt Ihnen viele Grüße.«

»Ich bin keine Person, sondern die älteste Bewohnerin dieses

Hauses, und was ist Adam Rieses Lehre, wir hatten nur Arithmetik und später Geometrie, die mochte ich gern, und Algebra, die war schwieriger, mir ist schlecht, haben wir hier einen Arzt, ich meine also Doktor …«

Es fehlte nicht viel, aber ich habe es doch im letzten Moment geschafft, den Jekyll zu verschlucken, dachte Marie und sah sich selbst in riesenhafter Größe, wie sie den zwergenhaften Doktor zwischen ihren Fingern hält, strampeln nützt nichts, pfui, was für ein schrecklicher Gedanke.

»So schlecht kann es Ihnen nicht gehen, wenn Sie lächeln können. Ja, Doktor Holmberg, er lässt Sie grüßen, und die Leiterin auch, aber bedauerlicherweise hat sich Frau Schulz gerade in dem Moment, als wir hierherkommen wollten, von der Zeit in die Ewigkeit begeben, sie war zwar schon ins Krankenzimmer gebracht worden, um dort zu warten, nachdem die neue Praktikantin sie am Fuß der Treppe gefunden hatte, eine schreckliche Erfahrung, wenn man erst seit ein paar Tagen hier arbeitet, der Hinterkopf zerschmettert und das Gehirn auf dem Fußboden verspritzt, Verzeihung, es ist doch immer irgendwie unerwartet, also, ich meine …«

»Das ist ja traurig, mein Beileid.«

Was ist schon Erstaunliches am Tod, auf den warten hier doch alle, sowohl wir Kunden – eine blöde Bezeichnung, hat Pompadour sich die selbst ausgedacht, oder war es der Pastor? – als auch das Personal, den Finnen fällt es so schwer zu sprechen, sie schicken lieber ein Telegramm, die bahnbrechende Lebensarbeit von Oberarzt Myhrborgh oder Wilhelm, oder in ehrendem Andenken, und sie sehen an einem vorbei, wenn man sich das nächste Mal begegnet, und aus Straßburg kam nicht einmal ein Telefonanruf, die Menschen begreifen nicht, wie tröstlich es wäre, wenn …

»Wer ist Frau Schulz?«

»Frau Myhrborgh wird sich bestimmt an sie erinnern, ihr Zimmer ist, ich meine, war, direkt nebenan, sie hat sich vor ein paar Stunden in der Tür geirrt, kein Wunder in diesem Alter, und ist so schlimm gegen Frau Myhrborgh geprallt, dass wir zwei Ärzte herbeirufen mussten …«

»Ach, die Rollatorfrau!«

»Wie bitte?«

»Nichts.«

»Aber Ihre Genesung scheint gute Fortschritte zu machen, ich meine, Frau Myhrborghs, nicht die von Frau Schulz.«

Marie presst das Gesicht in die Hände und kann gerade eben einen Lachanfall verhindern, das dürfen die anderen nicht bemerken, hurra, es ist wieder gelungen! Blast stärker, Mädchen, eine brennt noch, na bitte, geschafft, erzählt uns auf keinen Fall, was ihr euch gewünscht habt, sonst geht es nicht in Erfüllung, aber denkt daran, nur ein einziger Wunsch, früher war der Duft der Rauchringe das Beste, was sie kannte, jetzt riechen sie schlecht. Hoffentlich gehen diese unglücklichen Geburtstagsgratulanten bald, Marie öffnet vorsichtig die Augen, es sieht so aus, alles ist ordentlich, Geschirr und Torte sind fort, vielleicht haben sie mir endlich geglaubt.

Na und, was macht es schon, wenn sie hundert Jahre alt ist, über neunzig, wie sie damals sagte, als das vorteilhafter war, schon jetzt und nicht erst in einem halben Jahr, in Zeit macht der Unterschied nur ein halbes Prozent aus und in Lebensqualität nicht einmal so viel, im besten Fall kann ihr Zustand gleich bleiben, aber wahrscheinlich wird er sich verschlechtern, entweder allmählich, von Tag zu Tag, oder plötzlich, vielleicht wäre das gnädiger, vielleicht auch nicht. Lebenswillen hat sie trotz aller Widrigkeiten immer gehabt, gibt es immer noch Dinge, auf die zu warten sich lohnt, nämlich andere als körperliche Dinge, es ist angenehm zu essen, wenn man Hunger hat, zu trinken, wenn man durstig ist, die Toilette zu benutzen, wenn man das Bedürfnis hat, sich im Badezimmer zu waschen, wenn man schmutzig ist, oder es wäre angenehm, das alles ohne Hilfe machen zu können, ohne Topelius, auch wenn sie ihr Bestes gibt, aber sie war allzu eigensinnig in der Sache mit dem Geburtstag, ohne Pompadour, die sich einbildet, dass allein das Reden hilft, ohne Monster, von dem man nicht weiß, ob sie überhaupt ihr Bestes gibt oder ob sie sie absichtlich ärgert so wie seinerzeit das Fräulein, ohne Doktor Jekyll, der nicht furchterregend wirkt, aber Urteile ausspricht, wahrscheinlich auch Todesurteile, ohne – hör auf Marie, hör auf, wäre es jetzt nicht an der Zeit zu bekennen, dass es im Leben nur noch zwei Dinge gibt, für die es sich zu leben lohnt, den Engel und Edouard.

»Kuckuck, hier komme ich!«

»Was ist das, heute ist doch nicht Badetag, oder habe ich falsch gerechnet, ist jetzt Morgen?«

»Es ist nicht Morgen und auch nicht Badetag, sondern Zeit für das Abendessen, zwar etwas verspätet, aber lieber spät als nie.«

»Aber ist nicht ...«

»Ja, ja, aber diesmal hat Berit keine Zeit, und ich habe versprochen, sie zu vertreten.«

»Verzeihung, aber wer ist Berit?«

»Wir sind heute aber witzig, oder sind wir noch nicht wach, so, jetzt setzen wir uns auf, ich fasse Ihnen unter die Arme, oho, das geht anscheinend nicht so leicht wie in der Badewanne, ja, so, zuerst stelle ich Ihnen dieses neue Gestell über den Bauch, ist das nicht eine tolle Erfindung, da wird das Essen kinderleicht, und hier sind die Leckerbissen des Tages, wie man so schön sagt, es duftet gut, nicht wahr?«

»Das finde ich nicht ...«

Wo ist das Monster geblieben, vielleicht hatte sie Angst, dass ich sie ertränke, das ist mir recht, wenn ich es nur schaffen würde, sie ins Badezimmer zu locken, da sind die Kartoffeln, aber was ist dieses Braune, man darf das Essen nicht auf diese Weise mit der Gabel hin und her schieben und die Nase rümpfen, Edouard, als Maman klein war, gab es Leberauflauf nur an Festtagen, und da waren nicht einmal Rosinen drin, *bon appetit*, *girls*, der Speisesaal war genauso groß und düster wie der Schlafsaal, und er roch ebenso schlecht, wenn auch anders, nimm doch noch von dieser Spezialität des Hofmeisters, damit du wieder zu Kräften kommst, Marie erinnert sich an Gabriels Lachen und auch an seinen Duft, aber gerade als sie sich an sein Gesicht und an seine Augen zu erinnern meint, verschwinden sie im Nebel, dies sieht aus, ich mag nicht sagen, wie, fass nur die Forke fester, sei still, Calle, wir sind hier nicht in der

Gesindestube, sondern im Speisesaal eines adligen Gutshofs, und in demselben Moment erbricht sich Marie auf den Teller, sie erschrickt, versucht sich auf die Seite zu drehen, und das Tablett fällt zu Boden.

»O nein, was für eine Schweinerei, hol einen Lappen aus der Putzkammer, und bitte die Leiterin herzukommen, sie ist bestimmt im Büro.«

»Das sieht schlecht aus, da ist Blut dabei, oder sollte es Tomate sein, es ist wohl Zeit, die Oma ins Krankenzimmer zu verlegen.«

»So ist es wohl, wir müssen nur abwarten, bis die Mädchen nach der letzten Kundin geputzt und gelüftet haben, du glaubst gar nicht, wie zäh der Leichengeruch ist.«

»Ich weiß, ich weiß, ich bin auch einmal Praktikantin gewesen.«

»Seltsam, dass sie niemals bereit war, einen Rollator zu benutzen, jetzt ist es zu spät, ich meine, sie kann offenbar nichts anderes mehr bewegen als die Augenlider.«

21.12.2004

Ich habe schon vor langer Zeit beschlossen, keine Aufzeichnungen mehr zu machen. Ein erwachsener Mensch erinnert sich auch so an das, was wichtig ist, dachte ich und war im Irrtum. Denn ich wusste nicht mehr, dass das Schreiben einem vergessene Dinge und Stimmungen in Erinnerung ruft. Ich weiß nicht, was mich dann doch veranlasst hat, das Heft hervorzusuchen. Vielleicht die Tatsache, dass es zu viel gibt, an das ich mich erinnern will. Oder die Tatsache, dass mir das Leben nach langer Zeit gerade jetzt spannend erscheint. Oder die Tatsache, dass das Wetter jetzt genauso wintergrau ist wie beim letzten Mal. Ist das jetzt bald fünf Jahre her? Unglaublich.

An sich fällt es mir nicht schwer, mir jenen Tag zu vergegenwärtigen, so dramatisch und schicksalsschwer war er. Gegen Abend rief mich die Oberschwester an und bat mich, etwas früher zu kommen. Frau M. liegt im Sterben und fantasiert, sagte sie, die Mädchen haben erzählt, dass du Französisch kannst, der Doktor meint, die Muttersprache zu hören sei beruhigend, und es kann sein, dass sie etwas Wichtiges zu erzählen hat, vielleicht möchte sie zum Beispiel unserem Heim testamentarisch Geld vermachen, also komm bitte gleich. Als wäre der Preis für die Pflege nicht hoch genug, dachte ich zynisch und begann mich zu schminken. Lächerlich, aber ich kann einfach nicht ohne Make-up aus dem Haus gehen, und wenn es noch so eilig wäre.

Seinerzeit wunderte ich mich, warum Maries Sohn seine Mutter nicht besuchte. Natürlich wusste ich, dass er denselben Namen trägt wie unser Prof. Aber da der eine am Leben und der andere tot war, konnte es sich nicht um dieselbe Person handeln. Ein merkwürdiger Zufall, dachte ich, aber die Sache beschäftigte mich nicht weiter. Eines Abends stieß ich an der Haustür auf die Pflegerin mit den blonden Zöpfen – den Namen weiß ich nicht mehr – und fragte sie, ob sie jemals Maries Sohn gesehen habe. Ein einziges Mal, antwortete sie, das ist schon lange her, ich war gerade erst ins Haus gekommen, wir gingen, also das ganze Personal einschließlich Leiterin und Doktor, um Frau M. vom Tod des Professors zu erzählen, genau so, wie die Vorschriften es festlegen, aber sie fiel in Ohnmacht, und als sie erwachte, hatte sie alles vergessen. Eine typische Amnesie nach einem Schock, sagte ich, und sie sah mich verwirrt an.

Marie sprach weiterhin von ihrem Sohn, so als sei nichts geschehen. Wozu einen alten Menschen quälen, sagten die Pflegerinnen, sie stirbt sowieso bald. Mich beschäftigte die Sache jedes Mal, wenn ich sie besuchte. Viele Male setzte ich an, es ihr zu sagen, brachte es dann aber doch nicht übers Herz. Die Zeit verging, und es wurde unmöglich, es zu erzählen, schon allein deshalb, weil sie uns hätte beschuldigen können, dass wir ihr etwas verheimlicht haben. Letztlich lebte Marie noch viereinhalb Jahre, nachdem ihr einziges Kind gestorben war.

Ich war so nervös, dass ich nicht auf die Straßenbahn warten mochte. Die Straßen waren halb leer. Die Silvesterfeiern hatten noch nicht begonnen. Hier und dort hörte man Raketen knallen. Sollte ich Blumen kaufen?, dachte ich plötzlich, aber erst an der Tür zum Geschäft fiel mir ein, dass Silvesterabend war.

Ich öffnete die Haustür und vermutete schon von Weitem, dass ich zu spät gekommen war. In diesem Moment begannen die Uhren beider Kirchen laut zu schlagen, eins, zwei, drei, vier, fünf und sechs, unregelmäßig, wie immer. Für gewöhnlich war der Speisesaal um diese Zeit leer, aber jetzt war anscheinend das gesamte Personal versammelt.

An das Gespräch erinnere ich mich noch heute.

»Wie spät ist es?«

»Meine Güte, hast du keine Ohren!«

»Ich hab nicht gezählt, wie oft sie geschlagen hat, der Mensch darf auch andere Gedanken haben.«

»Seid still und hört alle zu, der letzte Gottesdienst des Jahrtausends beginnt.«

»Sei doch nicht so romantisch. Für mich bedeutet das nur, dass meine Schicht beginnt, und dreimal darfst du raten, ob es mir Spaß macht, dass die Freunde jetzt alle feiern gehen.«

»Nun mecker doch nicht ewig. Es gibt auf der Welt auch noch etwas anderes als …«

»Jetzt streitet doch nicht, Mädchen. Da bist du ja, Pirkko, endlich.«

»Die Steigung ist so glatt und … Ist sie …?«

»Ja, sie ist vor einer Viertelstunde gestorben.«

»Ist sie noch in ihrem Zimmer?«

»Wo denn sonst, der Leichenwagen ist bestellt, aber so schnell sind die Jungs nicht. Aber morgen ist dort schon eine neue Kundin.«

»Darf ich zu ihr gehen, wir waren doch so etwas wie Freunde, die lange Nachtschicht, zum Zeitvertreib, Sie verstehen.«

»Geh nur, da liegt die Oma auf ihrem Bett, die Augen geschlossen, eine Rolle aus Mullbinden unterm Kinn und die Hände über der Brust gefaltet. Es fehlt nichts außer dem Totenschein von Doktor Holmberg, wir haben ihn benachrichtigt, ich weiß nicht, wo er bleibt.«

Ich hielt mich nicht lange an Maries Bett auf. Ihr Gesichtsausdruck war nicht heiter, wie es in schlechten Romanen behauptet wird, eher entsetzt. Ihre Haut war fahl und so dünn, dass der Schädel durchschimmerte. Ich betupfte mir mit dem Taschentuch die Augen, und im selben Moment fiel mein Blick auf das chinesische Kästchen. Das braucht niemand sonst, dachte ich und steckte es in die Handtasche. Ich zögerte einen Augenblick, ging dann zu Marie und zog die Kette hervor – sie ihr über den Kopf zu ziehen hätte ich nicht ertragen. Ängstlich zupfte ich an dem Schlüssel. Er ging leicht ab, aber am Hals blieb eine lange rote Spur zurück wie bei den Opfern einer Erdrosselung in den Krimiserien des Fernsehens. Um Verzeihung bittend sah ich die Tote an und ging.

»Es hat dich wohl mitgenommen.«

»Marie war die Älteste im Hause, hat aber ihren Verstand bis zuletzt bewahrt, jedenfalls so ziemlich, ganz anders als viele Jüngere.«

»Die Kunden sind verschieden.«

»Sie sind keine Kunden.«

»Ach so? Na, was denn sonst?«

»Menschen. Sie hat endlich ihren Frieden gefunden.«

»Es war auch Zeit.«

»Das ist hässlich gesagt, ich fand, Frau M. war unter all den Dementen eine erfrischende Ausnahme.«

»Die Oberschwester hat gut reden, sie braucht ja nichts anderes zu tun als zu leiten. Du hättest mal kommen und die Windeln wechseln sollen, dann wüsstest du, wie erfrischend diese Ausnahme war.«

»Ich weiß sehr genau, was das bedeutet, glaubst du denn, dass man in diese Position kommt, wenn man nicht zuerst Praktikantin und dann gewöhnliche Pflegerin war, und soweit ich weiß, brauchte man ihr nicht die Windeln zu wechseln.«

»Nein, aber es hätte so sein können.«

»Wo ist die Leiterin, ich hab sie noch gar nicht gesehen?«

»Du hast aber ein schlechtes Gedächtnis, auf Hochzeitsreise mit dem Pastor.«

»Und wo?«

»In Israel.«

»Ach ja.«

»Lass uns einen Moment der französischen Oma gedenken und eine Kerze zu ihrem Andenken anzünden.«

»Warum nicht, aber zu spotten brauchst du trotzdem nicht. Lauf mal ins Büro, Stiina, und hol eine, in der großen Schublade des Aufsichtstischs müssten noch ein paar von Weihnachten sein, und erzähl mir nicht, da sind keine, man muss nur die Schublade ganz herausziehen. Und bring gleich Frau Myhrborghs Mappe mit, ein h vor dem r und eins am Ende, aus dem grauen Stahlschrank, du weißt schon.«

»Also, da leuchtet sie nun. War jemand von euch dabei, als sie starb?«

»Ja, ich.«

»Hat sie letzte Worte gesagt, es wäre schön, sie einzurahmen und in der Fernsehecke an die Wand zu hängen als Trost für die anderen Kunden, Verzeihung, für die Menschen, solche wie ›Ich lebe‹ oder ›Mehr Licht‹, obwohl ich nie verstanden habe, warum jemand sagt, ›Ich lebe‹, genau in dem Moment, wo er stirbt, aber ›Mehr Licht‹, das kann man verstehen, wenn man hinausschaut.«

»Zuerst wirkte sie furchtbar unruhig, rief dann etwas von einem Rollator, von Unsittlichkeit und Morden, beruhigte sich aber ein wenig, als ich ihr die Hand auf die Stirn legte, und murmelte dann etwas von einem Engel und von Edouard.«

Ich sagte nichts.

»Für ein geflügeltes Wort zu verworren.«

»Sie hat mich immer Topelius genannt, hatte wohl in der Kindheit zu viele Märchenbücher gelesen.«

»In Frankreich wird nicht Topelius gelesen, du Schafskopf.«

Natürlich bemerkte ich, dass ich an Marie interessiert und in den Professor vielleicht ein wenig verliebt war, aber ich konnte meine Gefühle keineswegs für außergewöhnlich halten. Aber jenes kleine, unscharfe Foto, das jahrzehntelang zwischen den Seiten der Bibel gelegen hatte, veränderte alles.

Marie war nicht mehr nur eine Patientin, die sympathischer war als gewöhnlich, sondern – Moment mal – meine eigene Muttersvatersmutter. Und der Prof, Verzeihung, Edouard, nicht nur ein Lehrer, der charmanter war als gewöhnlich, sondern mein eigener Großvater. Ich habe mich immer noch nicht an den Gedanken gewöhnt.

Marie erzählte mir sehr viel von ihrem eigenen Leben und von Edouards Kindheit und Jugend, aber von seinem Erwachsenenleben sehr wenig. Eine biologische Erklärung: Das Muttertier verliert das Interesse, wenn das Junge aus dem Nest fliegt. Blöd. Eine psychologische Erklärung: Die Mutter verliert das Interesse, wenn der Sohn sich aus ihrer Befehlsgewalt löst. Unwahrscheinlich. Eine praktische Erklärung: Das Interesse der Mutter verwandelt sich in Sehnsucht, wenn sie sich selten sehen. Möglich.

Ich habe in der Universitätsbibliothek und im Nationalarchiv über Edouard recherchiert. Tagsüber hatte ich Zeit, der Adrenalinspiegel stieg, und der verkürzte Schlaf am Tag bereitete mir keine Schwierigkeiten.

Seine Karriere war erfolgreich, aber nicht außergewöhnlich. Schnell aufeinanderfolgende Magister- und Doktorprüfung, lange Zeitabschnitte in Paris – warum nicht in Straßburg? –, Abhandlungen und Bücher. Ernennung zum Professor lange vor dem fünfzigsten Geburtstag, wonach er fast nichts mehr publizierte. Aber wie er unter seinem akademischen Panzer war, das werde ich niemals erfahren.

Der Sommerurlaub ist zu Ende, die Nachtschichten im Krankenhaus sind zu Ende, und die Nachtschichten im Heim haben wieder begonnen. Dieser Rücken kommt mir bekannt vor, dachte ich zerstreut und überholte den vor mir gehenden Mann. Bist du es, Pirkko?, rief er. Bist du es,

Joel?, rief ich. Da standen wir nun, im Parlamentspark und taxierten einander.

Etwas stämmiger geworden, etwas Grau an den Schläfen. Du siehst gut aus, sagte er, und seine Augen blitzten freundlich, ebenso wie seinerzeit im Café der Universität, Herrgott, ist das schon fünfzehn Jahre her? Danke gleichfalls, sagte ich laut und dachte, die finnlandschwedische Höflichkeit hat sich offenbar erhalten.

Er erzählte, er werde demnächst promovieren, ich erzählte, dass ich Nachtpflegerin geblieben sei. Wir verabredeten uns, ich kam zu spät zur Arbeit, und die Oberschwester drohte mir mit Kündigung. Aber ich lächelte nur schafsartig, denn ich war erfüllt von wunderbarem Klang.

Ich verzieh Joel, dass er sich geweigert hatte, sein Kind anzuerkennen, und uns nicht hatte sehen wollen. Ich vergaß die bösen Worte unseres letzten Streits und die Bitterkeit wegen der verlorenen Alimente, wenn die Zinsen für das Wohnungsdarlehen fällig gewesen waren oder wenn Aliisa Taschengeld verlangt hatte, und ich hatte sagen müssen, dass kein Geld da war, und sie mir nicht glauben wollte.

Um aus der kurzen Geschichte eine noch kürzere zu machen: Wir beschlossen zu heiraten. Früher war das Rathaus am Senatsplatz, erzählte Joel, aber jetzt nicht mehr. Die Bezeichnung Zeremonie verdiente die Veranstaltung nicht. Der Standesbeamte trug eine stark vergrößernde Brille, der zum Trauzeugen bestellte Beamte gähnte, aber Joel und Aliisa waren wunderbar.

Das Schreiben macht Spaß. Vielleicht sollte ich die alte Idee meiner Volksschullehrerin aufgreifen und eine richtige Schriftstellerin werden, was auch immer das bedeuten mag. Ich habe gelernt, dass die Sätze kurz und klar sein müssen. Ich hasse lange Ergüsse. Jetzt, wo ich die Stelle als Nachtpflegerin gekündigt und den verblüfften Gesichtsausdruck der Oberschwester genossen habe, jetzt, wo wir alle drei zusammen sind, Joel, Aliisa und ich, sieht die Zukunft rosiger aus als seit Jahren.

Dann kam mir der Gedanke, außer Aliisa auch meine Mutter bei uns aufzunehmen. Zuerst wollte sie nicht, in unserem Dorf gehört es immer noch zum guten Ton, sich zu zieren, und berief sich auf ihr hohes Alter. Ich dachte, dass zweiundsechzig Jahre nicht sehr viel sind im Vergleich dazu, was Marie für ein hohes Alter erreicht hatte, und sagte, ach was! Aber schließlich war sie einverstanden, nachdem (zu meiner großen Verwunderung) auch Joel sie darum gebeten hatte. Ein stattlicher Haufen Leute, hätte Großmutter Marja gesagt, Tochter Eeva, Tochterstocher Pirkko und Tochterstochterstochter Aliisa. Die Serie der Unbemannten ist endlich unterbrochen, lachte ich. Ich beschloss, meine Mutter erst nach unserer Reise zu fragen, ob sie etwas über ihren Vater wisse.

Ich schlug vor, nach Straßburg zu fahren. Ich wollte die Stadt sehen, von der Marie so viel und so herzlich gesprochen hatte. Aber Joel sagte, er wolle ans offene Meer und nicht ans Ufer eines lehmigen Kanals. Ich widersprach und erinnerte ihn daran, dass es dort doch den Weihnachtsmarkt gebe. Na, Kinder, streitet mal nicht, sagte Eeva – nachdem ich in diesem Jahr vierzig geworden war, hörte ich auf, sie Mutter zu nennen –, macht es so, wie Joel will. Natürlich gab ich nach, weil ich verliebt bin.

Ich bin ein bisschen aufgeregt, denn bisher habe ich es mir nicht leisten können, ins Ausland zu fahren. Alles ist fertig gepackt. Maries chinesisches Kästchen habe ich noch nicht öffnen können. Ich muss nur Maries Rat befolgen, dass man den Deckel zuerst anheben und dann den Schlüssel im Uhrzeigersinn umdrehen muss. Da wird es kaum Geheimnisse geben.

Morgen früh um neun werden blau-weiße Flügel die Nase des Flugzeugs Richtung Thailand heben. Ich bin gespannt, ob die Sandstrände des Indischen Ozeans wirklich so himmlisch sind, wie der Verkäufer im Reisebüro es behauptet hat. Es erwartet uns eine ganz andere, wunderbare Weihnachtszeit in Khao Lak.

Personenverzeichnis

Marie Elise Myhrborgh, geb. Céline

Wilhelm Myhrborgh, genannt »Guillaume« – *Maries Ehemann*
Edvard / Edouard Myhrborgh – *Maries und Guillaumes Sohn*

Elise Céline, geb. Rheinhof – *Maries Mutter*
Jean Robert Céline – *Maries Vater*
Laurent und Rainier Céline – *Maries ältere Brüder*
Henri Céline – *Maries jüngerer Bruder*

Grand-Père, Jean Céline – *Maries Großvater*
Grand-Mère, geborene Rhincourt – *Maries Großmutter*
Egon Rheinhof – *Maries Onkel mütterlicherseits, Militärpfarrer*

Bernadette und Hélène – *Klassenkameradinnen, Freundinnen von Marie in Straßburg*

Hans – *Maries erster Freund, ein Deutscher*

Louise – *Maries Freundin im englischen Internat*

der Doktor, »Doktor Jekyll« – *Arzt in Maries Pflegeheim*
»Pompadour« – *Leiterin des Pflegeheims*
»der Rabe« – *Oberschwester im Pflegeheim*
»Topelius« – *Pflegerin im Heim*
»Mongolin« – *Pflegerin*
»Edith Piaf« – *Pflegerin*

»das Monster« – *Pflegerin*

Tante Marguerite – *Schwester von Maries Mutter*
Oncle Gaston – *Marguerites Mann*
Victor – *deren Sohn, Maries Cousin*

Martta – *Hausangestellte bei Marie und Guillaume*
Marja – *Hausangestellte bei Marie und Guillaume*
Eeva – *Marjas Tochter*
Pirkko – *Eevas Tochter*
Aliisa – *Pirkkos Tochter*
Joel – *Pirkkos Freund, Aliisas Vater*

Onkel Pehr Myhrborgh – *Guillaumes Vater*
Alexandra Myhrborgh geb. Kultje, genannt Tante Alexandra – *Guillaumes Mutter*
der alte Onkel Sebastian Kultje – *Alexandra Myhrborghs Bruder, ehemaliger Gutsherr von Borgbacka*
Tante Emma – Sebastians Schwester
Börje; Simon; Calle; Lars-Olof, genannt Nebel – *Onkel Sebastians Söhne, Guillaumes Cousins*

Ingrid – *Simons Frau*
Alli – *Börjes Frau*

Doris – *Maries Freundin aus dem Nähkränzchen*
Tauno – *Verwalter des Hauses, in dem Marie und Guillaume Intellsinki wohnen*

Tatjana Haaralahti geb. Garbejlew – *Maries russische Bekannte*

Margot – *Rainiers Frau*
Ada – *Laurents erste Frau*
Bérthe – *Laurents zweite Frau*

Ein Großes Buch über die Liebe, den Abschied und die Kunst des Weiterlebens

Nicci Gerrard
DAS FENSTER
NACH INNEN
Roman
Aus dem Englischen
von Barbara Steckhan,
Rita Seuß
368 Seiten
ISBN 978-3-431-03812-5

Ralph und Oliver – diese Freunde aus Kindertagen sind Marnie unvergessen. Ralph, der sie schon damals bedingungslos liebte und sie brauchte wie niemanden sonst auf der Welt. Und Oliver, den sie so sehnsüchtig liebte, wie sie niemals wieder lieben würde. Als Marnie die beiden nach vielen Jahren wiedersieht, brechen die Gefühle von einst wieder auf. Aber dieses Mal kann Marnie nicht davonlaufen. Denn sie und Oliver haben sich in einem schottischen Landhaus versammelt, um dem todkranken Ralph einen letzten Freundschaftsdienst zu erweisen: Sie möchten ihm in seinen letzten Stunden so viel Leben wie möglich schenken.

Lübbe Ehrenwirth

»Ein hinreißendes Buch« (FAZ) *aus Schweden*

Fredrik Sjöberg
DIE FLIEGENFALLE
Über das Glück der
Versenkung in seltsame
Passionen, die Seele des
Sammlers, Fliegen und
...
... das Leben
mit der Natur
Aus dem Schwedischen
von Paul Berf
224 Seiten
ISBN 978-3-404-16462-2

Jeder kennt diesen Moment, in dem man sich fragt: Warum mache ich das eigentlich alles? Bei Fredrik Sjöberg war er erreicht, als er sich mit einem Lamm im Arm auf den Straßen Stockholms wiederfand. Im folgenden Jahr zieht er auf eine Insel und lebt endlich seine Passion aus: Fliegen zu sammeln. Und dabei findet er etwas, für das es nur einen Ausdruck gibt: LEBENSGLÜCK.

»Jeder Mensch ist ein Planet, heißt es so schön. Glücklich, wer auf seinem eigenen Insekten zu entdecken vermag. Oder wenigstens Bücher wie diese.« SÜDDEUTSCHE ZEITUNG

Bastei Lübbe Taschenbuch